丛书主编 徐正英 孙少华

海外中国古典文学研究书系

南朝山水与长城想像

王文进 著

河南人民出版社

图书在版编目(CIP)数据

南朝山水与长城想像/王文进著. —郑州：河南人民出版社, 2018.2
(海外中国古典文学研究书系/徐正英, 孙少华主编)
ISBN 978-7-215-11350-3

Ⅰ. ①南… Ⅱ. ①王… Ⅲ. ①山水诗-诗歌研究-中国-南朝时代 Ⅳ. ①I207.227.391

中国版本图书馆CIP数据核字(2018)第018952号

河南人民出版社出版发行
(地址：郑州市经五路66号　邮政编码：450002　电话：65788065)
新华书店经销　河南瑞之光印刷股份有限公司印刷
开本　710毫米×1000毫米　1/16　印张 25
字数 294千字
2018年2月第1版　2018年2月第1次印刷
定价：175.00元

目　次

序：论想像　杨牧 ………………………………………………… 1
前言 ………………………………………………………………… 1

上篇　山水新解

谢灵运诗中"游览"与"行旅"之区分 ……………………………… 3
南朝"山水诗"中"游览"与"行旅"的区分
　　——以《文选》为主的观察 ………………………………… 20
陶谢并称对其文学范型流变的影响
　　——兼论陶谢"田园""山水"诗类空间书写的区别 ……… 35
论李白诗中"谢灵运""谢朓"与"陶渊明"的排列次序
　　——兼论"二谢"与"陶谢"并称的结构基础 ………………… 82

中篇　长城别论

州府双轨制对南朝文学的影响
　　——以荆雍地带为主的观察 ………………………………… 121

南朝士人的时空思维 ························· 143

盛唐边塞诗的真幻虚实
　　——兼论南朝诗人时空思维对盛唐边塞诗形式的规范 ········ 176

南朝与南宋边塞诗的汉代图腾
　　——论南宋边塞诗对于南朝边塞诗架构的继承 ············ 228

文学史中南北文学交流论的假性结构
　　——以南朝边塞诗为脉络的探讨 ···················· 247

下篇　南北文化再探

三分归晋前后的文化宣言
　　——从左思《三都赋》谈南北文化之争 ················ 281

北魏文士对南朝文化的两种态度
　　——以《洛阳伽蓝记》与《水经注》为中心的考察 ········ 316

魏晋时期巴蜀文化史确立的三部曲
　　——由《三都赋》到《三国志》到《华阳国志》 ·········· 347

参考书目 ······································ 382

序:论想像

杨 牧

  诗和其他所有创造一样,自始至终,取决于作者的想像力。在最简单的层次上观察,所谓想像力,就是一种通过类比以发现隐喻的方法,就近加以定位,或渲染以增益之,或深凿而发现更多的细节,因此与前后滋生的相关事类相接触,产生消长互补的作用。换言之想像除了能为你提供准确,慧黠,有感染与说服力的隐喻之外,还是一种强持不懈,且具统御与组织功能,一种盱衡大局的神机。所以到了能者执翰之际,它目标超然而明确,万无一失:

每当想像力赋未知之万物
以形体,诗人的笔辗转使它
获致状貌并为它风一般的空虚
指定专属的居住,给它一个名字。

As imagination bodies forth

The forms of things unknown, the poet's pen

Turns them to shapes and gives to airy nothing

A local habitation and a name.

惟有莎士比亚能够如此生动而周延地为那抽象的经过找到具体,划定程序,触及心理思维与实际操觚之间可能存在的问题,并暗示问题其实并不存在;把虚无化真实,加以定位,回归到文字结构的根本,则不但文法与修辞粲然生动,而且指涉严谨,充满创意,再无晦涩涊淰之虞。

所谓想像力,在这以前或也曾经被简化为制作隐喻的技巧,统摄于诗人推演情节动作的过程;或者在这之后,到了波特莱尔笔下,遂变成一种力道,可以分解天地万物,并屯聚其残余资料,加以整理,进而使用来创造新境界,发现新感觉。

我从前读英诗,对爱尔兰诗人叶慈的《航向拜占庭》印象特别深刻。此诗属稿在一九二六至二七年间,无论如何,六十二岁的诗人到那一年为止,从来不曾远行来到过东方世界的拜占庭(以后也未去过),但诗一开始就说他身处的地方"不成其为老者的国度",原因不言可喻,但敷陈之余,又忽然将一切诉诸想像:

而因此我就漂洋过海一路航行

来到神圣的都城拜占庭。

And therefore I have sailed the seas and come

To the holy city of Byzantium.

接着就深入拜占庭的古老文明，主观诠释其中奥义对他个人无穷的启示，提升为某种永恒的向往，戛然而止。果然，前此两年叶慈刚完成一本题为《心象》的异书，其中曾对拜占庭有过纯属想像的评估。宗教和美学融聚于日常生活起居，举目所见到处都是金银闪烁，沈稳坚实，磅礴而深邃的大建筑，精致持久的艺术品，这一切他都如数家珍：身穿彩衣的画匠和马赛克镶嵌工人，以及圣书经典的插图师们日以继夜，无私地对着眼前各自不同的设计图样在构思，聚精会神，为艺术，也为民族精神寄托巍峨至高的境界而工作。叶慈推测那令人神往的时代就是东罗马帝国查士丁尼大帝敕命重建圣索非教堂与关闭柏拉图学院之前的时代，当西元535年。"我想，假如我能有一个月时间到古代度假，"他说："我愿意选择去住在拜占庭，"就是那时代的拜占庭，人类有史以来最辉煌、精致的时空交会点，一个最适合诗人居住的地方，宇宙间更无出其右者。这无疑就是叶慈，他的诗的想像。

西元535年。我于是就有了一个属于我们的想像，也是诗的想像。西元535年当梁武帝大同元年。假如叶慈知道更远的东方还有一个历数代持续构筑才完成的都城，金箔琉璃，秀栭藻井，甚至朝中君臣例多博学，出口成章，难道他不会考虑选择江南粉饰的建康去度假？诚然，永明以下，绝情绮语早经流为宫体，但其中细琐旖旎处犹不乏精微工艺之上品，正是叶慈晚年所耿耿于怀，流香铄金的美术，和文学。若是说这时代的建康都城已见腐败糜烂征兆，拜占庭何独不然？叶慈写《航向》后又若干年更写一诗，径题曰《拜占庭》，那里呈现出来的正是想像中的阴暗魅影，杂音诡异，一座血气贲激的名都。所以说东方更远这古城正足以印证他的想像，创造的原动力；这里长久听闻的是陆机，谢灵运，鲍照，谢朓，沈约和庾信的传承，如今抚触得到的是愈发工整的徐陵一辈绮靡的"南朝"宫体,和不知道从哪里来的,读之便觉朔氣扑面的"星旗映疏勒,云阵上祈连"以及"胡笳落泪曲,羌笛断肠歌"之类似乎从不曾止息的一股落拓,肃杀的诗风。

我们推断,庾信写胡笳与羌笛是可以理解的,论者取其《哀江南》赋与传记互参,想像他"惊才盖代,身堕殊方",诗歌自然流露激楚悲凉的音调,四顾苍茫,更增遒劲,所以咏怀诗于别泪恨心之外,必然呈现出塞北云,关山雪,以及"马有风尘气,人多关塞衣"一类的意象,亦触景生情之类,殆无可疑。然而以徐陵梁陈二代屡仕朝廷的身分,他层出不穷渲染北地行军的五言诗又显然别有根据,并不是平常人耳闻目睹的记录。何况,假定徐陵处南朝都城,竟刻意取材塞外,其动机想必非同寻常,其方法、效用,与影响也必然有可以让我们探究之处。要之,难道诗人创作之所指涉必非与他的亲身历练有关?咪吉尔作史诗《厄尼亚本纪》,以他凯撒时代的体验设定时空倒退回到湮远的傅说世界,乃托由英雄亡父在冥府下预言厄尼亚斯之后将代代相传,终于见证罗马升起,其光荣与伟壮历历如在眼前,无非诗人之见证,绝顶崇高的修辞。诚然,可是又过了多少世纪,当一心以咪吉尔为向导的但丁在他庞大的史诗中步履行过那完整,伟大的神学体系,由地狱而炼狱而不可逼视的天国乐园,沿途所见的人物和山川,虚实存灭无非想像,除了出现在终点的琵亚特丽切——但甚至曩昔人间早逝的琵亚特丽切也不是他认识的少女了,而是诗人鞭笞苦行,想像心灵创造的神似。

王文进教授从事中世纪文学研究多年,于南朝诗用力最深,年来持续以有关边塞诗的理论,时空思维、类型、诗风交融,以及对后代的影响等各层面之专著行世,引起学界广泛的讨论,其思考精微,举证缜密,结构完整,为识者所推崇,尤其他能以现代的治学方法,剑及履及,证明所谓边塞诗其实并不仅只是唐人吸收"河朔辞意"之专擅,其实早在刘宋以下那许多深植宫商于江左的文人作品里已经昭然若揭,则我们若是说唐集到处挥之不去的蓟北、龙城、李广、楼兰之类其实乃袭自南朝诗也未尝不可。此次文进以新稿一本示我,让我看到他已渐次在学术中发展出一特别具有关涉及于时空结构和政治层次的主题,则山水与长城外更有余事可以值得我们探索,令人动容。然则颜延之或谢玄晖以下的诗人身处杏花烟雨中,为什么屡次越界追逐塞外的风云,试探这些题目?文进提到乐府古题无所不在的事实,我不免就想:或许自始至终,除了少数例外,这长远、可观的系列正是西方文学史所谓的"学业制作",正如早年米尔顿以意大利文琢磨出来的十四行诗,学养术业的演练犹胜其余;然后我又想到早年读《上林赋》厌其侈丽宏衍至于烦琐,及回头再诵秦风《驷驖》,三章章四句,一出发,二射箭,三休息,何简易朗爽之极致,其余过程究竟必须诉诸想像,而司马相如之作,岂不就是汉人在大时代的开端,运用无穷的想像,写出他符合"现代"要求的大文章?

二〇〇八年二月　　西雅图

前　言

一

历来南朝诗学的讨论，大都以"山水""咏物""宫体""游仙"为主要架构的场域，却唯独遗漏"边塞"此一极为关键的体类。

其实就是文学时空论的共识，此一现象也算是合乎文学讨论的基本律则。一个远离中原地带弥漫着杏花烟雨的江南金陵，实在没有任何理由要和漠北瀚海、塞外风云产生关连。但是文学创造的奥秘也在此：文学的来龙去脉本就不是任何规律可以强加拘绊和定格的。南朝诗歌史的真正实况竟然是：在现存的文献资料中，赫然出现一百多首极为成熟的"边塞诗"错杂在齐梁的华丽诗风之中。关于这些"边塞诗"的产生原因及其对历代诗歌发展的意义与相关问题，笔者已在《南朝边塞诗新论》一书中详予讨论，并且已获得学界的认同与回应。但是随着"边塞诗"的重返南朝诗学场域所必然引起的相关新议题，却才正是方兴未艾，耐人寻味。

二

  首先必须厘清的是:"边塞诗"的重返南朝,对于南朝诗的研究而言,其实并不仅是量的增加,而更是质的改变。因为历来文学史的论述,总是将南朝诗风归类于绮丽柔美一格,至于遒劲刚健的诗风理应权属北朝。于是据此推论,唐诗之所以能蔚为大观,系由于融合北方刚健与南方柔丽两大派系而来。而今,种种资料却证明:不仅唐诗的"山水""田园""咏物""闺怨"皆源自南朝,就连一向视为刚健一格的"边塞",若也竟然成形于南朝,则所有文学史举凡涉及唐诗一环时,可能必须重新改写。而历来诸家对于南朝诗歌绮靡的责难,也必须更加审慎。最具关键性的是:文学史上"南北文学交融论"的议题可能再也无法如此视为理所当然了。《文学史中南北文学交流论的假性结构》就是为此而写。按理说,若以自刘师培以降,包括刘大杰、郑振铎、罗根泽、袁行霈、曹道衡以及日本汉学家小尾郊一诸位大师的学养而论,本不应对此问题毫无警觉,陈陈相因。但是为何此一误解竟会延续百年而积非成是?笔者的初步探究是:(一)文学史家陷入"经验主义"的执著。(二)近代中国通史中南北朝民族交融论的过度推演。(三)初唐史家南北朝文论长期的催眠与误导。这三项原因中前二者是近百年中国整体学界的思想主要潮流,置身其间本就易于陷入泥沼,而初唐史家的议论对后人又以"江左宫商发越""河朔词义贞刚"的二分法不断进行长期催眠,以致智者千虑,遂有一迷。笔者长期持续关切此一议题,耗费不少笔墨,若能因此而让百年文学史中此一阶段的真实面貌得以重现,应该也可稍稍解释笔者自身的泥滞与执迷。

三

南朝"边塞诗"的议论一但渗入唐代文学史的结构,是属于纵向的历时性问题,而"边塞诗"如何与"咏物诗""宫体诗""山水诗"相互界定内涵、甚至交错引发议论,则是横向的共时性问题。关于"边塞诗"与"闺怨诗""宫体诗"缠绕于贵游文学中的错综关系,《南朝边塞诗新论》中已略加着墨,而"山水诗"和"边塞诗"相互并置时所新产生的交错结构层,则是笔者在"六朝学"中拟欲开拓的领域。

东晋渡江金陵,立都江南以来,一般士人在面对此一历史巨大的变迁,大都会呈现两种基本的"时空思维"。一种是执念于回师中原,虽然面对江南佳景,却时时不忘神州故国,一如"新亭对泣"的故事。另外一种则是惊叹于吴会江山,释怀于当前佳色,如《世说新语·言语篇》所云:"山川自相映发,使人应接不暇。"

根据笔者先前《南朝边塞诗新论》的论述体系,"边塞诗"持续出现在南朝诗歌之中,其社会与文化因素就是源于南朝士人对中原历史的悬念,于是通过对汉代伐胡征战的咏叹,借以抒发其对世运的慨叹。所以"边塞诗"是南朝士人对汉代盛世的历史图腾。"边塞诗"若一但在南朝社会文化思维中找到这样的定位,那么"山水诗"在此世运网脉之中,是否应该也有其相对应的坐标?笔者所提示的崭新论述是:南朝士人对江南山水"应接不暇"的惊叹,就是"山水诗"在南朝世运迍邅中的曲折心证。换句话说:过江诸人并非全数笼罩在历史的巨影之中,完全成为漠北记忆的俘虏。更多的诗人在接触到江南的土地之后,也能够逐渐沉恋在眼前的山水之中。"山水诗"的出现,如果以

· 3 ·

历史世运的高度加以透视,其实在某一岩层上,代表着南朝诗人摆脱历史牵绊,纵身拥抱江南新故乡家园的具体象征。透过对"真山实水"的描绘,南朝诗人的心灵乃在此找到新的寄托与实践。

为了印证,"山水诗"有着诗人与其足之所履、心之所寄的崭新关系,遂有《谢灵运诗中"游览"与"行旅"之区分》及《南朝"山水诗"中"游览"与"行旅"之区分》两篇辅翼之作。"山水"在南朝诗人心中,是宇宙天地的代名词。但是"山水诗"在《昭明文选》的分类中却尚未具体成类,更应该注意的是:昭明太子以"行旅"和"游览"收录了许多历来被讨论吟咏的山水佳作,却无意中碰触到"山水诗"另外一层的意义。原来"山水诗"居然是南朝诗人在仕宦朝野及山居隐逸轮替生涯之中,透过"游览"和"行旅"的具体行动,一一践履斯土斯境的足迹心印。在令人应接不暇的崇山峻岭、清潭激流之前,终于搁置悬而难解的历史纠结,率性而体切地融入江南新拓的山水文化体系之中。"山水"是静态的对象,南朝诗人必须有具体的"行动"才能贴近山水。"行旅"与"游览"则是南朝诗人贴近山水最有力的方式。至于南朝诗人为何有如此得天独厚的机遇,得以遍历江南斯山斯水?《州府双轨制对南朝文学的影响》其实就是尝试想要由另外一种角度探索"山水诗"大盛于南朝的原因。南朝的地方官制最大的特色在于州刺史权力的扩充。州刺史除了在州官系统之外,都兼领将军府。是以其僚佐不但有州僚佐的"别驾""治中""主簿"之外,还有将军府的"长史""司马""参军"等庞大的员额。最重要的是府僚佐的从员系随府主调迁而行遍江南诸镇。这是南朝诗人得以在仕宦生涯中足履各处山水名迹的原因。有关魏晋南北朝制度的问题,早有史学大师严耕望先生的皇皇巨著在前,笔者只是移花接木地将此成果融入文学社会学的运作之中,未敢居美。是篇之作的写作年代反而是较早的,一九九〇年发表于古典文学会议，系改写自笔者博士论文《荆雍地带与南朝诗歌关系之研究》中的一个章节。现在看来，虽然略觉生涩，但是未料到却是触发尔后灵感，并成为建构笔者南朝诗歌体系中的基石之一。

四

既然借由"边塞诗"碰触到南朝诗人如何纠结在天汉声威与中原历史记忆的议题，理所当然地也会关注到北朝士人如何看待南方政权文化的论辩。《北魏文士对南朝文化的两种态度》其实是前阶段研究的必然发展。《洛阳伽蓝记》与《水经注》向来被学者相提并论，《四库全书总目提要》亦云："其文浓丽秀逸烦而不厌，可与郦道元《水经注》肩随。"但是这些关注大都只及于文辞章句的品鉴赏爱。而今将其置于笔者长期思考的南北朝文化探究的网脉中，赫然可以发现在两者的对衬映照之下，果真呈现出崭新的意涵。杨衒之的《洛阳伽蓝记》居然微妙地成为强烈捍卫中原正统文化的激情主义者；《水经注》的郦道元反而在从容不迫的山水叙述中，一方面对北朝自身展现出坚定的自信，一方面却又对南朝政权与文化流露出向往与宽容。能够将北朝两大巨著置于长期构筑的思考网脉中详加品读，的确有着柳暗花明的愉悦。尤其忆及二十几年前在台大跟随林文月老师研治杨衒之此书时的情景，别有时光倒流的迷濛之感。最快意的是，当时一起在课堂中慷慨陈词妙语如珠的同窗好友们，现在大都已在各著名大学任教，而《洛阳伽蓝记》一书的学脉也就在那间文学院东侧的"午后书坊"，传播出去。

《三分归晋前后的文化宣言——从左思《三都赋》谈南北文化之争》，则是笔者近年在东华大学开设"三国学"课程的投石问路之作。历来言及左思此赋者，大都震慑于其"洛阳纸贵"的热闹传说，倒是忽略了是篇无意中流露出过度自满的北方意识，其贬抑江南政权文化的口吻，果然强烈地感染了北魏时期的杨衒之。《洛阳伽蓝记》中指斥南朝"蛙龟共穴、人马同群""礼乐所不沾，宪章弗能革"的语汇措辞，几乎全然袭自《三都赋》。本文力求避免以己意强诸古人，造成学术出轨，无意对左思有任何褒贬，只客观就文献的层面指出，《三都赋》极可能无意中踩到南北文化争执的地雷，也无意中成了南北文化争执的典范文献。

《魏晋时期巴蜀文化确立的三部曲》除了承续对《三都赋》的讨论外，拟进一步探究，《三国志》与《华阳国志》二书对南朝士人故国家园的历史叙述。陈寿系由蜀入仕方欲统一的西晋，而常璩则由蜀入仕再度分裂的东晋，前者由北方南望故国，后者反而由南方北顾家园，二人分别在不同的历史坐标中，力图保存发扬巴蜀天府光辉。《三国志》历来颇受误解，论者动辄责其尊魏而抑蜀。其实蜀汉百年历史若非陈寿史笔，今恐烟飞矣！常璩气魄更大，非但将巴蜀之史上溯商周远古，其评论巴蜀之开拓原委，更能恢宏大度，不自陷于西南一隅，欣然接纳北方中原之助力，进而融铸出博厚雍容之巴蜀天府文化，令人浩叹！在当时南北两朝"胡虏""岛夷"互诬乱世之际，何西南乃出此大哲焉！

五

纵使讨论"陶谢"的著作几乎可以用汗牛充栋来加以形容，但是身为六朝文学工作者似乎无法绕此圣殿而不入。何况本书既有"南朝山水"之名，岂能越陶谢而妄议山水？因此《陶谢并称对其文学范型流传之影响》之写就，原本是有些"形势逼人"的不得不尔。没想到一着笔之后，却如着魔般不可自休。遂又有《论李白诗中"谢灵运""谢朓"与"陶渊明"的排列次序》一文，原因是将陶谢并称的问题放在中国文学史的并称传统加以考察，俨然又有渔人缘溪忘路之远近的奇遇。

中国文学史向来有一种以诗人对举并称的传统。如"陶谢""李杜""韩柳""元白""苏辛""柳周"等。这些对举的形成背后各有其不同的原因。有因风格才气相埒者如李杜，有因风格相容而呼应者如苏辛，又有因风格迥异而对比者如柳周。最重要的是，这些诗人因为并称而在文学史上流传之后，也渐渐失去其原来各自存在的面貌，造成后代阅读者在美学接受时的干扰与错觉。而其中情况最复杂的莫过于"陶谢"。

"陶谢"并称之后，其实谢灵运反而逐次沦为陪衬的受害者。因为"并称"之后，在流传的过程中，必然会出现许多对比性的议题，于是陶渊明成了断然拂衣的高士，而谢灵运则游移于朝廷：陶潜忠于司马晋而谢客成为刘宋新贵；陶诗自然浑厚而谢诗绳削精工。凡美事皆全数归陶，谢灵运反而成了巨人的背影。这是中国诗人并称在美学接受史上易出出现的重大干扰与错觉，也是"陶谢诗"学一定要重新整理清除的"文学史包袱"。

所以会对"陶谢"如此痴迷，其实也不完全是出于对六朝文学责任感。深究之：真正的动力反而是来自于"杜甫"的渲染。三十几年前读大学时，汪中老师远自台北师大到淡江授课。老师左手斜握黑檀烟斗，右手轻摇江兆申亲绘竹扇，在淡江有名的"宫灯教室"讲桌旁倚窗翩然巍然，以其铿锵有力的安徽口音，启我辈以"焉得思如陶谢手，令渠述作与同游"。是乃杜公《江上值水如海势聊短述》之名句尔！斯时也，夫子华仪我稚幼，而淡水江山正清澈宜人。斯句斯景是以终身回荡，终而萦怀成谜。究竟"陶谢"因何并称，并称之后谁复是谁?当年年少诗怀逐渐沉淀成学术漩涡,而今豁然开解。果若时光真能倒流,真想以此文呈缴老师,作为诗选课的学期报告。

六

杨牧先生的大序《论想像》以其巨斧运风的凝肃,悄悄将南朝建康城与东罗马帝国的拜占庭铁锁相连。果真"瞿塘峡口曲江头,万里烽烟接素秋"的杜工部手笔耶!有了杨牧先生的墨宝,此书将来想必更能经得起时间的磨洗。请君试看:唐人诸作,若得李杜为之书序者,即或因年岁久远而散佚,今人岂可不为其钩沉辑佚乎?论文的推演本就坚硬难读,犹若苦涩的咖啡,《论想像》一文正是那如雪花般回舞的奶油。苦涩的咖啡遂乃有了诱人浓烈的香味。

七

每一本书付梓之际,作者似乎都有机会可以借题辞献给心中敬爱的人,那么这本书,笔者要献给仙逝已久的叶庆炳老师。老师不但是笔者硕士论文的指导教授,并在老师的引荐下,得以蒙获名重海内外的林文月老师指导博士论文。老师不仅是台大众人仰望的良师,更是中文学界的典范。最近偶或回台大口考论文时,在长廊上最易想起老师当年那盏到夜深时仍熊熊炙热的研究室灯火,那真是永不熄歇的学术明灯。吾辈诸友长期以来,大都能恪守教学研究的岗位,未敢松懈,应该是得自老师的仪教。

八

　　最后当然要感谢里仁书局徐秀荣社长。笔者与秀荣兄三十年交谊，相互期许砥砺，两次出书，均蒙其热心催稿施压，方得以毕其功于一役。编辑曾美华主任巧思慧心，主持排版美工，使此书能开卷悦目。国科会的奖励补助，则是本书重要的推动力。更要感谢研究助理：林郁迢、许圣和、蔡衍庭、林盈翔诸位贤弟。除了一起在花束纵谷邀游书海，证性养情之外，更协助文稿校订，与搜索注解的繁琐工作，使本书能提早完成。是为前言。

　　　　　　　　　　　　　　　　　　岁次戊子　谷雨于花莲东华大学

上 篇

山水新解

上巻

山本権兵衛

谢灵运诗中"游览"与"行旅"之区分

一

虽然在文学史上,谢灵运几乎已经成为"山水诗"的代名词,而《文心雕龙》也早有"宋初文咏,体有因革。庄老告退,而山水方滋"[1]的宣言,但是一直到昭明太子编《文选》时,仍然未将"山水诗"归为一类。在《文选》中可以见到诸如"游仙""咏史""咏怀""招隐"等重要诗类,却独独未见"山水"踪迹[2]。

但这并非意味著《文选》忽略了"山水诗"在当时的声势。真正的关键是:《文选》系将诸多山水佳作分置于"游览""行旅"二类之中[3]。尤其是当时收录有关谢灵运的作品时,更是以此二类为主。据《文选》所收共得"游览"十一家二十三首,谢氏九首;"行旅"计有十一家三十四首,谢氏则为十首。在比例上,前者几占二分之一[4],后者则为三分之一。显然,《文选》在观察魏晋齐梁诸家诗作之际,必定认为灵运在这两类作品中应属大家。更重要的是:若用"游览""行旅"两类的观点来检视谢氏今存之作时,赫然可以发现,谢氏诗作将近半数几乎都可以入此藩篱[5]。换言之,我们除了用"山水"来认识谢灵运之外,还可以用"游览""行旅"来进一步切入谢氏的心灵深处。"山水"是被描写的客观对象,而"游览""行旅"则是诗人接触"山水"的方式与途径。"山水"是果,而"游览""行旅"是因。种如是因,得如是果,因此若要得知谢氏诗作细微曲折处,先溯本求源,推敲谢氏此诗究竟是折腾仕途之际的行旅之慨,或是心迹安顿之后的游览之情,可能是另一种务实的途径。

二

谢灵运现存诗作中,重要写就时期大约在三十八岁至四十九岁之间,大约可分为五个阶段:

(一)永嘉郡守时期:永初三年——(422~423)

(二)初次始宁归隐时期:景平元年——元嘉三年(423~426)

(三)建康秘书监、侍中时期:元嘉三年——元嘉五年(426~428)

(四)二次始宁归隐时期:元嘉五年——元嘉八年(428~431)

(五)临川内史时期:元嘉八年——元嘉十年(431~433)

由于谢氏一生几乎都徘徊在仕隐的沉浮之中,尤其在十一年生涯之中,又五易其职。因此如何掌握其心境之变化,进而区分何者为"行旅"奔波之作,何者为息迹"游览"之诗,的确是一件极艰难的工作。《文选》分类之时,显然也面对同样的困扰。兹先将《文选》所收谢氏之作简列如下:

游览:

从游京口北固应诏

晚出西射堂

登池上楼

游南亭

游赤石进帆海

石壁精舍还湖中作

登石门最高顶

于南山往北山经湖中瞻眺

从斤竹涧越岭溪行

行旅：

永初三年七月十六日之郡初发都

过始宁墅

富春渚

七里濑

登江中孤屿

初去郡

初发石首城

道路忆山中

入彭蠡湖口

入华子岗是麻源第三谷

在上列作品中最容易引起争论的是《登江中孤屿》一诗之入于"行旅"。若按《文选》所录诸家诗题所示，则游览诗最多者为点名"游"字者，如《谢叔源·

游西池》;《谢灵运·从游京口北固应诏、游南亭、游赤石进帆海》;《谢玄晖·游东田》;《沈休文·游沈道士馆》。其次就是用"登"者,如《谢灵运·登池上楼、登石门最高顶》;《江文通·从冠军建平王登庐山香炉峰》。至于行旅诗顾名思义最具关键性的字当是"赴""发""去""还",如"陆士衡·赴洛二首、赴洛道中作二首";《谢灵运·初发都、初发石首城》;《谢玄晖·京路夜发》;《丘希范·旦发渔浦潭》;《沈休文·早发定山》;《谢灵运·初去都》;《陶渊明·辛丑岁七月赴假还江陵夜行涂口》;《颜延年·还至梁城作》;《鲍明远·还都道中作》;《谢玄晖·休沐重还道中》⑥。因此《登江中孤屿》既然以"登临览物"为主,实应置诸"游览"一类⑦。但是若按谢氏写作编年而论,《登江中孤屿》系写于出守永嘉之际,视为"行旅"亦无不可。只是一旦以此为据,则《晚出西射堂》《登池上楼》《游南亭》《游赤石进帆海》俱为同时同地之作,又应全数由"游览"移至"行旅"。

职是之故,如何区隔"游览"与"行旅"之分野,并非一件容易之事。然灵运本身却早已注意"行旅"所表达之情感特性,其于《归途赋·序》中即言:

　　昔文章之士,多作行旅赋,或欣在观国,或怵在斥徙,或述职邦邑,或羁役戎阵。事由于外,兴不自己,虽高才可推,求怀未惬。今量分告退,反身草泽,经涂履运,用感其心。⑧

此赋作于宋少帝景平元年(423),《序》中虽明言"行旅赋",且在六朝"诗缘情而绮靡,赋体物而流亮"⑩的文类观念下,可知灵运此处所言乃针对《归途赋》所做的说明,故借"匪康衢之难践,谅跬步之易局"写照出"事由于外,兴不自己"的失路之悲;而"褫簪带于穷城,反巾褐于空谷"则低吟出"高才可推,求怀未惬"的不遇之叹。从中除可见谢灵运对于"行旅"之定义,若将此情绪验证于《文选》中所选诸"行旅"之诗,亦展示出六朝"行旅"文学的发展线索;而从萧统所选却独钟谢客,亦透露其对"行旅"的认知与沿承于灵运之轨迹。本文即尝试先行推断《文选》所用之准则,进而试提己见,再据此以解读谢氏有关此二类作品之底蕴。

三

虽然《文选》分体格式,历来备受訾议,但就其对谢氏诗"游览""行旅"二类之分合归属而言,的确仍有其用心脉络可循。《晚出西射堂》《登池上楼》《游南亭》《游赤石进帆海》,均为永嘉郡守任内所作,按理应该可以编入"行旅"。但是综观其"行旅"一类之收录标准,系以赴任旅途之作为主。因此举凡到任之后再行出游之作,则视为"游览"之诗。这种分类的基本精神,颇能和《宋书·谢灵运传》的说法相互呼应:

出为永嘉太守,郡有名山水,灵运素所爱好,出守既不得志,遂肆意游遨,遍历诸县,动逾旬朔。民间听讼,不复关怀。所至辄为诗咏,以致其意焉。[11]

既可"肆意游遨",所为"诗咏"当然可以谓之"游览诗",只是谢客此际遭黜外放,虽率性故欲"遍历诸县",然究其心灵底处,能无楚客游子之郁结?试读其"晚出西射堂":

步出西城门,遥望城西岑。连郭叠巘崿,青翠杳深沈。

晓霜枫叶丹,夕曛岚气阴。节往戚不浅,感来念已深。

羁雌恋旧侣,迷鸟怀故林。含情尚劳爱,如何离赏心。

抚镜华缁鬓,揽带缓促衿。安排徒空言,幽独赖鸣琴[12]。

谢灵运系于永初三年七月十六日自建康出发[13],于当年八月十二日抵永嘉[14]。由诗中景色所示当是至郡后入秋所作。"连郭叠巘崿,青翠杳深沈。晓霜枫叶丹,夕曛岚气阴"八句写来,似乎诗人真能忘情而入于山水刻画之境。但是一念之转,诗人立刻涌上愁思:"节往戚不浅,感来念已深。羁雌恋旧侣,迷鸟怀故林"。显然再美的风景,也禁不起乡愁的煎熬。"恋旧""怀故"事实上是永嘉诸多诗作的主旋律[15]。风景虽美,其实只是华丽的伴奏。这种羁旅的旋律,在谢灵运至永嘉次年初春,仍旧回荡不已。试读其名篇《登池上楼》片段:

倾耳聆波澜,举目眺岖嵌。初景革绪风,新阳改故阴。

池塘生春草,园柳变鸣禽。祁祁伤豳歌,萋萋感楚吟。

经过一季冬天的调养,谢灵运不仅能寻访山水,甚至能静心谛听永嘉山泉大音。随意举目易,静心倾耳难。可是也就在静听遥眺之际,诗人警觉到季节的变化,本来"池塘生春草,园柳变鸣禽"一片天地生机何等动人,偏偏诗人难逃乡愁束缚,"祁祁伤豳歌,萋萋感楚吟",终以泪眼收场。这就是永嘉诗作忧郁的底色。另外一首《文选》未收录的《登上戍石鼓山》,一开篇就是迎面而来的旅思:"旅人心长久,忧忧自相接。故乡路遥远,川陆不可涉。"虽然登高远眺,偶有佳景入眼:"白芷竞新苕,绿苹齐初叶",但是身处异乡,再美的乐事也与心意不协:"愉乐乐不燮",燮,即协调之意。结果还是以"佳期缅无像,骋望谁云惬",与亲友重聚遥不可期,此处徒自登高何益的感伤之句收篇,全诗正是"远望当归"的寄托[16]。除此三首之外,《游南亭》也是一首貌似游览,实则行旅之作:

> 时竟夕澄霁,云归日西驰。密林含余清,远峰隐半规。
> 久痗昏垫苦,旅馆眺郊歧。泽兰渐被径,芙蓉始发池。
> 未厌青春好,已睹朱明移。戚戚感物叹,星星白发垂。
> 药饵情所止,衰疾忽在斯。逝将候秋水,息景偃旧崖。
> 我志谁与亮,赏心惟良知。

全诗前半篇用力描写某一初夏傍晚,南亭日落,雨势乍收。但见泽兰被径,芙蓉发池,顿感时移物转,遂"逝将候秋水,息景偃旧崖",决心待秋水上涨即买舟北归。整篇天光花色尽为此二句十字逆转收束。事实上谢灵运早在此时,已立下返乡之志。像这一类的诗篇,理当视为"行旅"之作,若未经深入探索,即一概归入"游览",将何以和归隐始宁的作品区分开来?

景平元年(423)秋,谢灵运在永嘉任上方一年,即称病离职回乡。其"初去郡"一诗写其返家途中情景:"理棹遄还期,遵渚骛修坰。溯溪终水涉,登岭始山行。野旷沙岸净,天高秋月明。憩石挹飞泉,攀林搴落英。"观其备船买舟,兼程赶路,虽有跋山涉水之苦,但因家园在望,沿途皆成佳景。诗写来真可与陶渊明《归去来辞》之"载欣载奔"相互辉映。掌握到谢灵运这种羁旅在外的焦虑,相对地也就等于会意于其归乡后心灵的澄静。先试看其《石壁精舍还湖中作》一诗:

昏旦变气候，山水含清晖。清晖能娱人，游子憺忘归。

出谷日尚早，入舟阳已微。林壑敛暝色，云霞收夕霏。

芰荷迭映蔚，蒲稗相因依。披拂趋南径，愉悦偃东扉。

虑澹物自轻，意惬理无违。寄言摄生客，试用此道推。

此诗和《晚出西射堂》《登池上楼》《登上戍石鼓山》最大的不同，是诗人这时真正能心无挂恚，尽情山水。永嘉时期无论在丹枫岚气之中，或春草池塘之畔，总是不忘故林之思，楚吟之叹。这回则是"清晖能娱人，游子憺忘归""虑澹物自轻，意惬理无违"，这是真正得到心灵安顿后的游览。永嘉之游无论山水若何，终究别有牵挂，事实上是游览的伴奏，行旅的主题。

当然永嘉时期，也有许多不带乡关之愁的游览诗。像《文选》收录的《游赤石进帆海》，写来就极为旷达悠远。"扬帆采石华，挂席拾海月"，正显示谢灵运浓厚的游兴。终篇的"矜名道不足，适己物可忽。请附任公言，终然谢天伐。"用的是《庄子·山木》："直木先伐，甘井先竭"的典故[17]，系一般明哲保身的泛论。全诗与"行旅"并无直接关连。其他像《登永嘉绿嶂山》《游岭门山》《东山望海》《石室山》《过白岸亭》《舟向仙岩寻三皇井仙迹》等都是"肆意遨游，遍历诸县"之作。至于前言争论最多的《登江中孤屿》，虽然"乱流趋正绝，孤屿媚中川"之句，隐然暗喻着自身皎洁，不同流俗的孤愤，但全诗写来并未有乡关之叹，所以列入"游览"较为适宜。《入华子岗是麻源第三谷》虽然写于距离诗人至临川已有半年，但是开篇即云："南州实炎德，桂树凌寒山"，用的是《屈原·远游》："嘉南州之炎德兮，丽陆树之冬荣"的典故，当然难免屈子谪迁之伤，《文选》置于"行旅"是相当合理的。至于前文一直未予讨论的《从游京口北固应诏》一诗,终篇既然以"工拙各所宜,终以反林巢。曾是萦旧想,览物奏长谣",写其在朝为官却长思归隐故巢,也是应列置于"行旅"一类。

综合以上所述,就《文选》对谢灵运"游览""行旅"收录的情况,可以做出几项解释:

(一)凡是新职上任途中或去职之作皆为行旅。

(二)隐居始宁出游之作皆为"游览"。

(三)对于述职安顿后出游之作,无法找出临界点,故将应入于"游览"者误置于行旅,又将明显的"行旅"之作列入"游览"。

虽然《文选》的分类乍览之下恍似漫无章法,其实仍有其脉络隐然可寻。(一)(二)项算是具体明确,而第(三)项的纠葛正是反映出诗人在谪迁时复杂的心境。诗人有时无法忘怀自身的遭遇,在内心折腾之际,转而投注生命的根源——故乡,遂有行旅之思诉诸诗作。但是伟大诗人的特质也在于既能执着又能宽广辽阔。一如谢氏自己所云:"昔余游京华,未尝废丘壑。矧乃归山川,心迹双寂寞"[18],连在京城为官时,都不忘趁机寻幽访胜,何况现在来至远离官场是非的山水佳处,心灵寂寞,外务不扰,当然要放情"将穷山海迹"一番[19]。所以间或有"肆意邀游"之举,将自身遭遇忘却,直探山水奥义的游览之作。

这深情与任性的张力,正是谢诗"繁富"的缘由[20]。只是《文选》在分类时,未掌握到两者之间的分界点。

今就以上论点,拟将谢灵运重要作品,可以归入此二类者重新整理如下:

行旅	游览	时间	仕隐情形
永初三年七月十六日之郡出发都		永初三年	赴任永嘉
邻里相送方山			
过始宁墅			
富春渚			
初往新安桐庐口			
夜发石关亭			
七里濑			
晚出西射堂			
	登永嘉绿嶂山		
	游岭门山		
登池上楼		景平元年	永嘉任上
	东山望海		
登上戍石鼓山			
	石室山		
	过白岸亭		
	游赤石进帆海		
	舟向三仙岩寻三皇井仙迹		
游南亭			
	登江中孤屿		
	过瞿溪山饭僧		
行田登海口盘屿山			
北亭与吏民别			
初去郡			归隐途上
	石壁立招提精舍	景平元年或二年	始宁归隐
	石壁精舍还湖中作	景平二年	
	于南山往北山经湖中瞻眺	元嘉二年	
	从斤竹涧越岭溪行		

续表

行旅	游览	时间	仕隐情形
广陵王幕下作		元嘉三年	赴任京城
初至郡			
从游京口北固应诏		元嘉四年	京城任上
入东道路		元嘉五年	二次归隐途上
	石门新营所住四面高山，回溪石濑，修竹茂林	元嘉七年	二次归隐
	登石门最高顶		
	发归濑三瀑布望两溪		
	石门岩上宿		
初发石首城		元嘉八年	赴任临川
道路忆山中			
入彭蠡湖口		元嘉九年	
初发入南城			
入华子岗是麻源第三谷			临川任上

四

据顾绍柏《谢灵运集校注》一书整理考订，谢氏诗作今有九十二首，扣除较不具诗人个性之拟乐府十九首，计有七十八首。而根据文本统计，可以入"行旅""游览"二类者就占了四十篇，整整超过半数。若是循此骨干探索谢灵运究竟是由何种途径来触抚山水，应该会对谢灵运的研究有相当程度的贡献。

"行旅"与"游览"在《文选》分类的排列次序中，间隔了相当的距离[21]。并且游览上承游仙、招隐、反招隐，下接咏怀，而行旅上承哀伤、赠答，下接军戎，显然"行旅"本就有较接近风霜仆仆、哀感奔波的属性，而"游览"却令人易起

· 13 ·

不食人间烟火的飘逸出尘之思。最明显的是行旅诗中,普遍弥漫着与家园情节有关的字眼:

> 辛苦谁为情?游子值颓暮。
>
> 如何怀土心,持此谢远度。
>
> 从来渐二纪,始得傍归路。(《永初三年七月十六日之郡初发都》)
>
> 解缆及流潮,怀旧不能发。(《邻里相送方山》)
>
> 挥手告乡曲,三载期归旋。(《过始宁墅》)
>
> 羁心积秋晨,晨积展游眺。
>
> 孤客伤逝湍,徒旅苦奔峭。(《七里濑》)
>
> 羁雌恋旧侣,迷鸟怀故林。(《晚出西射堂》)
>
> 祁祁伤豳歌,萋萋感楚吟。(《登池上楼》)
>
> 旅人心长久,忧忧自相接。
>
> 故乡路遥远,川陆不可涉。(《登上戍石鼓山》)
>
> 故山日以远,风波岂还时。(《初发石首城》)
>
> 楚人心昔绝,越客肠今断。(《道路忆山中》)
>
> 客游倦水宿,风潮难具论。(《入彭蠡湖口》)

除了家园情怀的纠结之外,行旅在时空变迁的描述上,整体地看来,也和游览不同。由于行旅大都系远赴他地,兼程赶路,所以诗中有时千里行舟,惊流赴程的景象:

> 溯流触惊急,临圻阻参错。(《富春渚》)

不有千里棹,孰申百代意。(《初往新安桐庐口》)

孤客伤逝湍,徒旅苦奔峭。(《七里濑》)

苕苕万里帆,茫茫终何之。(《初发石首城》)

溜流激浮湍,息阴倚密竿。(《道路忆山中》)

客游倦水宿,风潮难具论。

洲岛骤回合,圻岸屡崩奔。(《入彭蠡湖口》)

而游览诗大都是用以赏玩寄情的,写来往往较舒缓亲切,像《过白岸亭》:"拂衣遵沙垣,缓步入蓬屋";《于南山往北山经湖中瞻眺》:"舍舟眺回渚,停策倚茂松"不但能缓步慢行,当面对佳景还能"停"策静赏。更有甚者还能:

川渚屡径复,乘流玩回转。(《从斤竹涧越岭溪行》)

干脆不顾行程,和自然山水捉起迷藏,在同一地方再三盘桓,真正做到因山水而"观此遗物虑"的境界[22]。造成此种差异的主因是行旅的"行"是被动的,生命时空均受制于外在的支使,而游览的"游"是主动的,是安顿后的生命向外怡然伸展。行旅的山水是目不暇接地劈面涌来,而游览山水则是自家细细寻来:

清旦索幽异,放舟越坰郊。(《石室山》)

怀新道转回,寻异景不延。(《登江中孤屿》)

晨策寻绝壁,夕息在山栖。(《登石门最高顶》)

另有诗题即着一"寻"者:《舟向仙岩寻三皇井仙迹》。就是由于这种自由自在的"寻索",山水天地的宁静细微之美也得以展露:

近涧涓密石,远山映疏木。(《过白岸亭》)

海岸常寥寥,空馆盈清思。(《游岭门山》)

岩下云方合,花上露犹泫。(《从斤竹涧越岭溪行》)

沫江免风涛,涉清弄漪涟。(《发归濑三瀑布望两溪》)

暝还云际宿,弄此石上月。(《石门岩上宿》)

侧径既窈窕,环洲亦玲珑。(《于南山往北山经湖中瞻眺》)

行旅之苦渐有空馆清思,逝湍之伤转为漪涟之弄,崩奔之岸顿成玲珑环洲。所以游览诗的确是以自己为轴心而后开展的山水美学。这样的说法并非意味游览山水胜过行旅山水。事实上应该说:由于谢氏行旅诗与游览诗交错的发展,共同开拓了山水诗的格局,丰富了山水诗的内涵。行旅谪迁感慨与仕旅奔波,一方面深化了诗中的感性,一方面强化了山水的动感;而游览的悠游自在与诗人澄静心思则细腻地挖掘了山水幽微之美[23]。

当然,谢氏游览与行旅之作之性质,也并非如此判然二分,最主要的原因是描写山水的技巧,到谢灵运时已完全成熟[24],技巧是中性的,既可用于行旅,亦可用于游览。尤其以谢灵运复杂的性格,敏锐的感受力,在行旅的奔波中,也会有静观自得"览物眷弥重"的情怀[25],像《七里濑》一诗,就在"孤客伤逝湍,徒旅苦奔峭"之后,即刻转"旅"为"览",写出"石浅水潺湲,日落山照耀"的画面;在《初往新安桐庐口》一诗中,刚刚"感节良已深,怀古徒役思"之后,也能沿途"江山共开旷,云日相照媚"地苦中作乐。但是整体看来,游览和行旅还是有区别的。

　　本文的用义并非自创义界，对此二类作品强加区隔，亦非全然反对《文选》的分类。相反的，只是设法寻找《文选》分类时的基准，再顺其脉络，去其自我矛盾之处，且加以梳理而已。

　　　　本文原发表于成功大学1993年4月所举办"第二届魏晋南北朝文学与思想学术会议"。

---

①见刘勰《文心雕龙·明诗》，参周振甫注《文心雕龙注释》（台北：里仁书局，1998年9月），页85。

②《文选》将诗类分为二十三，计有"补亡、述德、劝励、献诗、公宴、祖饯、咏史、百一、游仙、招隐、反招隐、游览、咏怀、哀伤、赠答、行旅、军戎、郊庙、乐府、挽歌、杂歌、杂诗、杂拟"。并未有"山水"的名目。

③山水佳作除见诸"游览""行旅"之外，尚有分置于"赠答"类者，如谢朓颂千古之"大江流日夜，客心悲未央"，即出自《暂使下都夜发新林至京邑赠两府同僚》，《文选》即归入卷二十六"赠答四"。但终属少数，故本文暂不讨论。

④就《文选》所列，谢灵运行旅之作为诸家之冠。但历来山水诗论者，大都忽略谢氏在这方面的特性。王锺陵云："大谢的山水诗均为登游之作，鲍写景多于羁旅之中，而小谢则常在赠答酬和诗中，及记叙自己迁徙官职的道里诗中写景"。李文初云："将宦情糅和在自然山水的描写中，是谢朓山水诗的一大特色"。王国璎亦认为宦游之作："在谢灵运和鲍照的作品里，也只是偶见，一直到谢朓的笔下才壮大了声势"。王文见氏著《中国中古诗歌史》（南京：江苏教育出版社，1998年5月），页627。李文见氏著《中国山水诗史》（广州：广东高等教育出版社，1991年5月），页57。王文见氏著《中国山水诗研究》（台北：联经出版社，1986年10月），页179。

⑤据顾绍柏《谢灵运集校注》一书整理考订，得诗九十七篇。顾氏之书征引有据，注解

详尽,体例完备,系近世谢集难得之佳作。(郑州:中州古籍出版社,1987年8月)

⑥最早注意这些关键的学者为周益忠《论文选之游览与行旅诗》一文,《师大文风》第三十八期。

⑦"登江中孤屿",《文选》入"行旅"类,唐《艺文类聚》则入于"游览"类。沈玉成在《中国古代山水诗鉴赏辞典》中,亦主张入于"游览"类。(南京:江苏古籍出版社,1989年7月,页18)

⑧据顾绍柏《谢灵运集校注》,页431。

⑨据顾绍柏《谢灵运集校注》,页432。

⑩见陆机《文赋》。参《文选》,页241。

⑪据《新校本宋书》(台北:鼎文书局,1980年8月),页1753。

⑫诗据顾绍柏《谢灵运集校注》,本文凡征引谢氏诗文部分均依此,不另详注。

⑬据谢灵运《永初三年七月十六日之郡初发都》一诗之篇题。

⑭谢灵运《答弟书》:"前月十二日至永嘉郡",顾绍柏依里程推算,定为八月。见氏著页424。

⑮怀念家园其实是古今中外所有文学均易于出现的主题之一。而南朝诗人在这方面的表现,由于交错着仕宦生涯的境界,显得格外鲜明。详参林师文月《潘岳陆机诗中的"南方意识"》一文中论陆机的部分;《台大中文学报》第五期(1992年6月)。

⑯《远望当归》主题之探讨,详参廖师蔚卿《论中国古典文学中的两大主题——从登楼赋与芜城赋探讨"远望当归"与"登临怀古"》一文。《幼狮学志》第十七卷第三期,(1983年5月),页88~103。

⑰引文据郭庆藩《庄子集释》(台北:河洛图书公司,1980年影印版),页680。

⑱诗引谢氏《斋中读书》。

⑲诗引谢氏《永初三年七月十六日之郡初发都》。

⑳语出钟嵘《诗品》评谢灵运诗之句。

㉑参照注①。

㉒诗引《从斤竹涧越岭溪行》。

㉓参王国璎《谢灵运山水诗中的"忧"和"游"》,《汉学研究》第五卷一期,(1987年6月),页161~179。

㉔南朝"巧构形似之言"的手法,至谢氏已完全成熟。《文心雕龙·物色篇》即云:"自近代以来,文贵形似,窥情风景之上,钻貌草木之中"。关于形似手法在山水诗中的运用,详参拙著《论六朝诗中巧构形似之言》《师大国文研究所集刊》二十三号(1979年6月)。

㉕诗引《于南山往北山经湖中瞻眺》。

南朝"山水诗"中"游览"与"行旅"的区分

——以《文选》为主的观察

  一般研究范围涉及魏晋南北朝文学的学者,大都会碰触到"山水诗"的问题,并且将"山水诗"与"自然诗""自然""山水"等名词放在同一范畴,来加以讨论。

  其实,如果将"山水"与"自然"看成一组名词来思考,在魏晋南北朝时期,还有明显的脉络可寻。但是如果再延伸成"山水诗"与"自然诗"的讨论[①],就会牵扯出许多复杂的问题。

  魏晋南北朝当然是"自然意识"高度发展的时期。"自然"在这段期间可以作两种解释。其一是当作与"礼教"对立的抽象理念,凡是一些与人为体制相对立的自然存在,皆包括在内。既可包括人的自然天性,也包括宇宙运行的自然之道,如老子所说的"人法地,地法天,天法道,道法自然"。当时最热门之一的议题就是如何"越名教而任自然"。另外一种解释则是单纯地定义成"自然界",指的就是日月星辰,山川河岳,风云花露种种的自然陈列[②]。当然两者之间并非全无交集,自然界的整体秩序,往往也形而上地反映着最普遍的自然之道。只是在本文论述中,举凡使用"自然"一词时,牵涉自然界这一层涵义的概率要来的高一些。中国早期的社会与西方历史的发展一样,由于群众的生产力尚属粗糙的发展阶段,人们的意志还深受自然的震慑与约制,是以先民对自然界的现象皆怀抱着敬畏膜拜的态度。像《礼记》就记录了先民面对自然现象时诚惶诚恐的心境:"山林、川谷、丘陵,能出云为风雨,见怪物,皆曰神。"③而《易经》也从自然中选取天、地、雷、火、风、泽、水、山八物作为万物的起源。接续这种敬畏膜拜态度的是将自然道德化。孔子的"知者乐水,仁者乐山"就是将山水与德性取譬作喻。董仲舒的《春秋繁露·山川颂》说得更具体:"山则茏苁昆崔,摧嵬靠巍,久不崩陁,似仁人志士"④,直接用山的形状比附仁人志士,较诸孔子时期更明确。

这种对自然抱持着敬畏膜拜以及用来比附道德的态度,直到魏晋南北朝时开始有了转折,一方面固然是文明的发展促使人们能在较安稳的环境下掌控自然的变数,自然于是逐渐成为一个可以亲近,可以观赏的对象。一方面则是由于哲学思维的演变,开拓了人们对应自然的新感性,加上老庄思想的复苏及玄学辩证的激扬,使得自然得以揭开威灵与道德严峻的面具,呈露其亲切而又多样态的姿容。尤其是东晋渡江的历史因缘,让正在酝酿中的新文化、新感性顺势找到了互相印证的舞台。一个崭新的自然观终于在"山川自相映发,使人应接不暇"的江南地带舒展开来⑤。

南朝人士除了开展出崭新的自然观之外,同时也尝试用"山水"这个新的复合词来标示他们与自然体切的美感。有一件在词语发展史上极耐人寻味的问题:那就是在中国十三经的典籍中,居然没有"山水"一词的出现⑥。用"山水"来代表自然风景之意最早见于西晋左思著名的《招隐诗》:

非必丝与竹,山水有清音[7]。

而后南朝诗人使用此语日渐普遍。像谢灵运《石壁精舍还湖中作诗》的"昏旦变气候,山水含清晖",谢朓《游山水诗》的"幸莅山水都,复值清冬缅",江淹《效阮公诗十五首之九》的"登城望山水,平原独悠悠",刘孝威《奉和六月壬午应令诗》的"为贪止山水,所竞惟逍遥"[8]。除此之外,其他典籍出现"山水"的场合,几乎遍拾皆是。兹略举数例如下:

《世说新语·赏誉》篇记载孙绰品评卫君长之言:"此子神情都不关山水,而能作文。"[9]

太祖重之,以为新安太守,前后几十三年,游玩山水,甚得其性。(《宋书·羊欣传》)[10]

敬弘少有清尚⋯⋯⋯性恬静,乐山水。(《宋书·王敬弘传》)[11]

稚珪风韵清辣⋯⋯⋯居宅盛营山水。(《南齐书·孔稚珪传》)[12]

山水似形媚道。(宗炳《画山水论》)[13]

由以上的资料可以发现:随着与自然关系的调整,南朝人士需要一种词语来象征人们和自然的亲合之感。"山水"正好符合了一种刚柔并存,实虚相应的存在,于是成了日月星辰、山川河岳、风云花露诸多自然现象的"缩写"。也反映了南朝对自然进行审美思维的重心。

但是南朝这种"山水"与"自然"的符号对应,并不一定可以推演成"山水诗",与"自然诗"间的相等性。首先从实际内容来看,如果将谢灵运为首的"山水诗"等同于"自然诗"来讨论,那么南朝另一位极负盛名的陶渊明及其

"田园"之作将如何定位？更重要的是在南朝的典籍中并未出现所谓"自然诗""山水诗"的名目，今天学界视为理所当然的"山水诗"显然是相当晚出的诗类。换言之，"山水"在南朝时期虽然已是一个有明确指涉对象的词语，但是尚未有人将模山范水的作品直接称之为"山水诗"。虽然成书于南齐的《文心雕龙》的确也注意到"山水诗"的存在，《明诗篇》中即云："庄老告退，而山水方滋"，可惜并未直接赋予类名。最值得议论的是直至萧梁昭明太子编《文选》时，在其三十三诗类中有"补亡、述德、劝励、献诗、公宴、祖饯、咏史、百一、游仙、招隐、反招隐、游览、咏怀、哀伤、赠答、行旅、军戎、郊庙、乐府、挽歌、杂歌、杂诗、杂拟"诸名，就是独缺"山水诗"的行踪。若以编书年代而论，《文选》纂集之时，"山水诗"的发展事实上早已通过谢灵运、谢朓的高峰期，难道萧统对于诗歌发展上此一明显的现象视若无睹？

事实上却又正好相反，《文选》非但没有漠视"山水诗"的存在，反而情有独钟地大量收录这类性质的作品，只是安放的位置大部分在"游览"和"行旅"的名类下。如果将今人讨论"山水诗"时所举证的作品加以分析，赫然可以发现：大多数的作品就是源自这两类[14]。换句话说，所谓的"山水诗"，在南朝时期其实根本尚未归为一类，后人系根据"游览"诗与"行旅"诗中不断出现山水的朦胧印象，于是将其摆在同一位阶上加以讨论。殊不知同样是"山水"，"行旅"中的山水可能和"游览"中的山水有着相当程度的差异[15]。其差异性的辨识，甚至可以用来剖析南朝人士在不同情境下，如何拓展其诗山水多样性的诠释。本文的意旨，就是循此脉络企求为山水诗的研究领域，提示一个较基础性的观点。

《文选》在"行旅"类中，共计收录十一家二十四首，"游览"类共计十一家二十三首。虽然《文选》的分类历来屡遭议责[16]，对"行旅"与"游览"也难免有稍许混淆重叠之处,但是在重要的分界上却能掌握要领。

  首先《文选》将赴任新职或告假之作一律归入行旅。如陆士衡《赴洛二首》《赴洛道中三首》,陶渊明《使作镇参军经曲阿作》《辛丑岁七月赴假还江陵夜行涂口》,谢灵运《初发都》《初发石首城》《入彭蠡湖口》,颜延年《北使洛》《还至梁城作》,鲍明远《还都道中作》,谢玄晖《之宣城郡出新林浦向板桥》《休沐重还丹阳道中》《京路夜发》,丘希范《旦发渔浦潭》,沈休文《早发定山》。这些作品往往在"赴""发""出""去""还"的关键字眼上就强烈地揭示题旨。所以《文选》在编排上系将"行旅"置于"军戎"类之前,隐约暗示其仆仆风尘之意也。

  谢朓《之宣城郡出新林浦向板桥》诗中名句"江路西南永,归流东北骛。天际识归舟,云中辨江树"[17],写其出为宣城太守的矛盾心情。人为的仕途迫使己身必须往西南方向前驶,但是江水的天然属性本应东北流,原来宦海奔波终究是违逆天性之举。因此欲向漫漫浩瀚天际寻索归身之舟,更愿在茫茫云雾中辨认落地之树。此处山水景物虽然已跳出秦汉以来神意及道德的制约,转而呈现出丰富的人文色彩,但是"行旅"之中的山水,色调总是来得凝重深沈。鲍照《还都道中》:"昨夜宿南陵,今旦入芦州。客行惜日月,崩波不可留。"[18]夜宿南陵,旦入芦州,言其兼程赶路之苦。客子漂泊天涯愈觉岁月不居之苦,眼见年华若江波之高涌,又若江波之崩碎,"崩波"实乃南朝人在山水中宣泄出来的新感性。但行旅之际实来自一份郁郁难遣的愁思。随后虽有"腾沙郁黄雾,翻浪扬白鸥"的佳景融入诗中,但是仍为篇末"倏悲坐还合,俄思甚兼秋"之句再度袭上灰黯色调。谢灵运"初发石首城"系称疾东归再度出任临川内史所作。全诗写景最显眼之句为:"故山日已远,风波岂还时。苕苕万里帆,茫茫终何之?"显见高蹈如谢灵运者,在行旅之作中也难逃乡关的情结,正是"行旅"诗的主题之一：

如何怀土心,持此谢远度。(《谢灵运·永初三年七月十六日之郡初发都》)

挥乎告乡曲,三载期归旋。(《谢灵运·过始宁墅》)

客游倦水宿,风潮难具论。(《谢灵运·入彭蠡湖口》)

流连入京引,踯躅望乡歌。(《鲍照·还都至三山望石头城》)

试与征途望,乡泪尽沾衣。(《谢朓·休沐重还丹阳道中》)

故乡邈已夐,山川修且广。(《谢朓·京路夜发》)

有情知望乡,谁能鬒不变。(《谢朓·晚登三山还望京邑》)

故乡相思者,当春爱颜色。(《王僧儒·中川长望诗》)

故乡已可识,游子必劳情。(《刘孝威·出新林诗》)[19]

除了家园情怀的纠结外,"行旅"之作由于大都系远赴他地,兼程赶路,所以在时空变换的描述上,节奏必然比"游览"之作来得快,个中更时常出现千里行舟,惊流急湍的景象,甚至还有猛兽环身的蛮荒场面：

急流腾飞沫,回风起江濆。孤兽啼夜侣,离鸿噪霜群。(《鲍照·还都道中三首之一》)

风急讯湾浦,装高偃桥舳。夕听江上波,远极千里目。(《鲍照·还都道中三首之二》)

溯流触惊急,临圻阻参错。(《谢灵运·富春渚》)

孤客伤逝湍,徒旅苦奔峭。(《谢灵运·七里濑》)

濯流激浮湍,息阴倚密竿。(《谢灵运·道路忆山中》)

两江皎平迥,三山郁骈罗。南帆望越峤,此榜指齐河。(《鲍照·还都至三山望石头城》)

万壑共驰骛,百谷争往来。(《江淹·渡泉峤出诸山之顶》)

洑流自洞斜,激濑视奔腾。悬崖抱奇崛,绝壁驾崚嶒。(《何逊·渡连圻二首之一》)

繁霜白晓岸,苦雾黑晨流。鳞鳞逆水去,弥弥急还舟。(《何逊·下方山诗》)[20]

因此"行旅"中的山水一方面是以"怀乡"为底色,一方面则又奔溅着惊流急湍,形成一种既低沈又快捷的节奏。当然也有极少数的行旅诗维持悠然自得、从容不迫的神情。像沈约的《早发定山》写来就丝毫未见风尘倦容,反而像忘情山水的咏叹:"夙龄爱远壑,晚莅见奇山。标峰彩虹外,置岭白云间。倾壁忽斜竖,绝顶复孤圆。归海流漫漫,出浦水溅溅。野棠开未落,山樱发欲然。忘归属兰杜,怀禄寄芳荃。眷言采三秀,徘徊望九仙。"言其早年就性爱远山,今日得此因缘攀登这座不平凡的山峰。"标峰彩虹外,置岭白云间",着一"标"与"置"字,使得"峰""岭"突然成为一掬手可捧的亲切之物,是典型南朝新感性的写法。"野棠开未落,山樱花欲燃"更是杜甫"江碧鸟逾白,山青花欲燃"千古名句之所由。

沈约的为人当然有颇多的可议之处,但正因其出仕的态度及境遇不同于谢灵运、谢朓诸人的纠结[21],反倒真正的能"我行虽纡组,兼得寻幽蹊"[22],在行旅之际悠游于山水。只是这类的作品终属行旅诗的变调,数量及比例都偏低。真正要看这一系列的作品,必须到"游览"类中去找。《文选》收录"游览"类的作品计有：魏文帝《芙蓉池作》；殷仲文《南州桓公九井作》；谢叔源《游西池》；谢惠连《泛湖出楼中玩月》；谢灵运《从游京口北固应诏》《晚出西射堂》《登池上楼》《游南庭》《游赤石进帆海》《石壁精舍还湖中作》《登石门最高顶》《于南山往北山经湖中瞻眺》《（从斤竹涧越岭溪行》，颜延年《应诏观北湖田收》《车驾幸京口侍游蒜山作》《车驾幸京口三月三日侍游曲阿后湖诗》；鲍明远《行药至城东桥》；谢玄晖《游东田》；江文通《（从冠军建平王登庐山香炉峰》；沈休文《钟山诗应西阳王教》《宿东园》《游沈道士馆》；徐敬业《古意酬到长史溉登琅邪城诗》。就以上篇目分析，可以发现：在总数二十三首，作者十一家的比例下，谢灵运一人，就独占了九首，几达二分之一。显然《文选》在整理"游览"类时，事实上是以谢灵运的作品为重心。若再比对前面所论"行旅"诗部分，赫然可以发现：在十一家三十四首中，谢灵运也占了十首。可见历来诸家喜欢将谢灵运视为中国山水诗重镇的观点并没有错，只是未能将其山水诗先分成"行旅"和"游览"作基础性的讨论。

谢灵运的"游览诗"若依照谢氏的生平行踪来定位[23]，又可以分成两类。第一类是担任永嘉太守时的游览咏怀之作。《晚出西射堂》《登池上楼》《游南亭》《游赤石进帆海》属之。第二类是隐居始宁家园出游之作。既然是出仕在外按理应视为"行旅"之作，但是《文选》显然和《宋书·谢灵运传》的说法相互呼应：

  出为永嘉太守，郡有名山水，灵运素所爱好，出守既不得志，遂肆意游遨，遍历诸县，动逾旬朔。民间听讼，不复关怀。所至辄为诗咏，以致其意焉[24]。

既可"肆意游遨",所为诗咏当然可以谓之"游览诗"。那首传诵千古的《登池上楼》就是写于永嘉太守任上:

> 潜虬媚幽姿,飞鸿响远音。薄霄愧云浮,栖川怍渊沈。
>
> 进德智所拙,退耕力不任。徇禄反穷海,卧疴对空林。
>
> 倾耳聆波澜,举目眺岖嵚。初景革绪风,新阳改故阴。
>
> 池塘生春草,园柳变鸣禽。祁祁伤豳歌,萋萋感楚吟。
>
> 索居易永久,离群难处心。持操岂独古,无闷征在今。

这首诗是谢灵运在永嘉久病初愈,猛然惊觉大地春回的喜悦。前六句写得极诚恳:面对沈潜自得的虬龙及清音绕空的鸿雁,诗人深感自惭形秽。"进德智所拙,退耕力不任"和陶渊明"守拙归田园"的坦率可以相互辉映。"徇禄反穷海,卧疴对空林"。由于在仕途上折腾浮沈,结果被逼迫到这偏远的海隅担任永嘉太守。更不幸的是整整一个冬天都在病床上挨过。现在这一些不愉快的经验,都将随着大自然节候的更新而阴霾尽扫。"倾耳聆波澜,举目眺岖嵚"。倾耳一听尽是天籁,举目乍看,全为山色。没想到就在这春光乍现之际,冰封的池塘已布满春景,园中柳枝更是栖满了喧闹的小鸟。全诗写春色的来临,极尽声光之美。但是在永嘉所写的"游览"之作,再怎么亢奋,就是摆脱不掉沉重的基调。结尾处仍然是"祁祁伤豳歌,萋萋感楚吟"[25],思乡之情仍然四面涌来。这种交错着山水之"游"与乡情之"忧"的写法[26]。在永嘉作品中屡见不鲜。像《游南亭》前面勾写来景色澄鲜:"时竟夕澄霁,云归日西驰。密林含余清,远峰隐半规。"黄昏时刻,骤雨乍歇,天色如洗,云彩随雨日攀移。浓密的树林却依然流着被雨滋润过的水气。远处山峰正好缓慢地拖

着半轮落日。写景至此,真可谓"巧构形似之言"矣!后面的情感却又浓郁了起来:

"未厌青春好,已睹朱明移",是汉魏情志传统下对生命苦短的哀叹。"逝将候秋水,息景偃旧崖",还是心有悬念,只待秋水上涨即买舟北上。这一类作品其实和"行旅"有些许貌离而神似之处。但是写景的细腻舒缓,终又使两者神似而貌离。

真正最能表现南朝"游览"诗特色的,应该是谢氏的归隐始宁之作。诗人回到家园后,得到安顿的心灵在面对山水景物时,的确真正可以澄怀观象,使山水景物呈现万端的神采。试先观其《石壁精舍还湖中作》:

昏旦变气候,山水含清晖。清晖能娱人,游子憺忘归。
出谷日尚早,入舟阳已微。林壑敛暝色,云霞收夕霏。
芰荷迭映蔚,蒲稗相因依。披拂趋南径,愉悦偃东扉。
虑澹物自轻,意惬理无违。寄言摄生客,试用此道推。

由于是在自己生命落脚的家乡,心中了无挂恚,因此得以忘情山水,恣意览物。"林壑敛暝色,云霞收夕霏",林壑是山间的深沟,自黄昏之际倒反而像是吸纳了即将暗淡的暮色般,使得山林映照出层次不同的颜色,整句传神之处就在一个"敛"字;远处晚霞也将周边的云气逐步聚拢起来,整句点睛处就在一个"收"字。非但天地有情及连草木亦善体人意:"芰荷迭映蔚,蒲稗相因依",如此和谐完美的宇宙,应该会给人什么启示呢?一旦以恬淡之心化除了外务的束缚,宇宙山水之美就会自然浮现:只要思绪舒坦,则所有万事万理皆能协调一致。一般讨论山水的学者,大都会批评谢灵运的作品无法脱离玄言诗说理的形式。其实谢氏山水作品最为精彩的地方就是结合玄言诗来完成山水体道的境界。玄言诗"寥亮心神莹,含虚映自然"[27]的审美方式正好使得谢氏的作品在空间铺展上能够超越自我的限制,采用大全景的方式坐究四方,妙写山水。像《于南山往北山经湖中瞻眺》,就是一幅构图绝佳的作品:前面四句先写"朝旦发阳崖,景落憩阴峰。舍舟眺迴渚,停策倚茂松"。两座山之间的距离随着阳光移动的幅度被快速缩写,刹那之间已是由山及水,舍舟倚松。"侧径既窈窕,环洲亦玲珑。俯视乔木杪,仰聆大壑潨",四句之中一连变换四个角度"侧""环""俯""仰",中间还分别嵌入"视""聆"的两个感官动作,的确是达到了"与物俱往,而无所不应"的功夫。"石横水分流,林密蹊绝踪。解作竟何感,升长皆丰容",水所以分岔而流是因为有岩石穿错其间,暂时看不到溪水,是因为树林茂密,但是掩抑不住的生机无时无刻不在蕴酿着。"解作"是指雷雨,突然来了一场雷雨,但既然心无挂碍,役物而不役于物,雷雨并非稍减游兴。一经雨水滋润后,大地万物更是"升长皆丰容"。"初篁苞绿箨,新蒲含紫茸"就是雨后的杰作。"海鸥戏春岸,天鸡弄和风。抚化心无厌,览物眷弥重"。这般大地正在运行着天理大化,愈看欲觉此地一景一物实堪珍爱。谢氏在官场几次折腾后,故乡山水成了最好的归宿。净化过的心灵晶莹虚静,遍照万物,面对山水的态度当然和行旅不同。此时游览是玩赏寄情,写来舒缓有致,像《于南山往北山经湖中瞻眺》:"舍舟眺迴渚,停策倚茂松",只要前有佳景,随时可以"停"策静赏。更有甚者还能不顾行程,和自然山水"随遇"而"玩"。

在同一地方内再三盘桓,无所谓行,无所谓止,即行即止,真正达到因山水而"观此造物虑"的境界。除此之外,系"抚化心无厌,览物眷弥重"(《于南山往北山经湖中瞻眺》)"情用赏为美,事昧竟谁辨?"(《从斤涧越岭溪行》)、"赏心不可忘,妙善冀能同"(《田南树园激流植援》)、"孤游非情叹,赏废理谁通"(《于南山往北山经湖中瞻眺》),诸诗中的"览物""赏""赏心"等字眼,都是属于悠游览物的举止,不像行旅山水,惊湍劈面涌来,群峰过眼奔逝。游览的"游"是主动的,是安顿后的生命向外怡然伸展。即使在永嘉时期的游览诗,也有细细"寻""索"的动作:

清旦索幽异,放舟越坰郊。(《石室上》)

晨策寻绝壁,夕息在山栖。(《登石门最高顶》)

怀新道转迥,寻异景不延。(《登江中孤屿》)

甚至还有在诗题上就标明"寻"者:《舟向仙岩寻三皇井仙迹》。这种寻幽访胜的"应物"态度,深深影响了后人的"游览"之作:

寻溪将万转,坚崿既崚嶒。(《谢朓·游山诗》)

我行虽纡组,兼得寻幽蹊。(《谢朓·游敬亭山诗》)

方寻桂水源,谒帝苍山垂。(《谢朓·将游湘山寻句溪诗》)

寻云陟累榭,随山望菌阁。(《谢朓·游东田诗》)

中坐瞰蜿虹,俯伏视流星。不寻遐怪极,则知耳目惊。(《江淹·从冠军建平王登庐山香炉峰诗》)

当然"行旅"与"游览"之作的性质并非如此泾渭分明。行旅诗的范围,就《文选》收录而言,也并非全然赴任之作。像潘安仁《河阳县作二首》,第一首"由昔倦都邑游,今掌河朔徭。登城眷南顾,凯风扬微绡"。句意看来应是登楼咏怀之作,全篇像"洪流何浩荡,修芒郁苕峣"有写景意味,其他盖皆着墨己身仕宦生涯。第二首则和谢灵运永嘉游览诸篇相似。一起笔则云:"日夕阴云起,登城望洪河。川气冒山岭,惊湍激岩阿。归雁映兰畤,游鱼就圆波,鸣蝉厉寒音,时菊耀秋华。"显然是在自己治所登览咏怀,若循谢灵运的范例,应编入"游览"类,但是《文选》视之为行旅之作。若就谢氏行旅之作而论,也并非一路皆疲于奔命。以诗人对山水的痴爱,转"旅"为"览"的情景还是不少,像《七里濑》一诗就在"孤客伤逝湍,徒旅苦奔峭"之后,写出"石浅水潺湲,日落山照曜"的静谧山水。在《初去郡》中也由"理棹遄还期,遵渚骛修坰。溯溪终水涉,登岭始山行。"写到"野旷沙岸净,天高秋月明"的舒坦稳定。更麻烦的是有些绝佳的行旅事实上是被编入"赠答"类。像谢朓的名句"大江流日夜,客心悲未央"事实上是"行旅"之作,诗题《暂使下都夜发新林至京邑赠西府同僚》也是典型的行旅诗,但因为加上"赠西府同僚"遂被置于赠答类。像谢惠连的《西陵遇风献康乐》,其"屯云蔽曾岭,惊风涌飞流。零雨润坟泽,落雪洒林丘。浮氛晦崖巇,积素惑原畴。曲汜薄停旅,通川绝行舟"。写行旅也极阔壮,却还是属于赠答之类。因此"行旅""游览"两类的划分难免会有交叠及遗漏的部分,但是宏观地看来,"行旅"与"游览"终究有其独特的属性。也正因为南朝诗人有这两项不一样的人文活动与处境,使其有更多不同的机缘去照会应对山水,南朝山水方能化万形以媚道。因此本文避开历来学者侧重对山水诗起源的大规模讨论,只试想将山水诗的研究回归到一个较基础的层面,并希望借此了解山水在南朝时期究竟借由何种人文活动进入南朝诗人习惯性思维模式之中。

  本文原系联合报文教基金会1996年7月于山东威海所举办"人

与大自然——环境文学研讨会"会议论文,后修订稿发表于《东华人文学报》第一期,1999年7月。

---

①陈鹏翔已注意到这项问题"自然诗""山水诗""田园诗"错综复杂的关系。详氏著,许丽粹译《自然诗与田园诗传统》《中外文学月刊》第十卷七期,(台北:中外文学月刊社,1981年12月),页4~16。

②详参顾彬著,马树德译《中国文人的自然观》,(上海:人民出版社,1990年1月),页1~14。

③引文录自《礼记·祭法二十三》《十三经注疏本》(台北:艺文印书馆影印),页797。

④引文录自《春秋繁露今注今译》,赖炎元注译本(台北:商务印书馆,1992年),页397。

⑤引文录自《世说新语·言话第二》。余嘉锡《世说新语笺注本》(台北:仁爱书局,1984年),页145。

⑥台湾学者陈郁夫已将十三经全文输入电脑,完成全文检索,此处系运用其学术成果检证而来。

⑦诗引左思《招隐诗二首之一》,《逯钦立辑校先秦汉魏晋南北朝诗》(台北:木铎出版社,1983年),页734。

⑧同前注引书,谢灵运诗见页1165,谢朓诗见页1424,江淹诗见页1581,刘孝威诗见页1876。

⑨同注④引书,页478。

⑩如引文录自《宋书·羊欣传》,二十四史点校本(台北:鼎文书局,1980年),页1662。

⑪同前注引书《王敬弘传》,页1729。

⑫引文录自《南齐书·孔稚珪传》,页840。

⑬引文录自《全上古三代秦汉六朝文》(北京:中华书局),页2545~2546。

⑭"山水诗"一词最早见于白居易《读谢灵运诗》："谢公才廓落,与世不相遇。壮士郁不用,须有所泄处。泄为山水诗,逸韵谐其趣"。在唐朝以前亦未有以山水为类收录该项作品者。

⑮关于这项问题笔者曾在《谢灵运诗中"游览"与"行旅"之区分》一文中以谢灵运为个案先行讨论。收入《魏晋南北朝文学与思想学术研讨会论文集》,成功大学主办(台北:文史出版社,1933年)。

⑯详骆鸿凯《文学选,义例第二》(台北:中华书局,1968年),页24~27。

⑰引诗录自《先秦汉魏晋南北朝诗》,页1429。

⑱同前注引书,页1291,但逯辑本作《上浔阳还都道中作诗》。

⑲同前注引书:接次为页1159;页1160;页1178;页1192;页1430;页1762;页1986。

⑳同前注引书;页1291;页1291;页1160;页1160;页1171;页1292;页1559;页1689;页1690。

㉑谢灵运、谢朓二人因出处境况而影响及作品之探讨可参张子敏《论谢朓的人品及其山水诗》《辽宁师院学报》,1981年,页55~60。

㉒诗文录自谢朓《游敬亭山诗》,同注⑳引书,页1424。

㉓有关谢灵运的行踪及作品系年,本文据顾绍柏《谢灵运集校注》(河南:中州古籍出版社,1987年)。

㉔《宋书·谢灵运传》,页1753。

㉕《诗豳风·七月》："春日迟迟,采繁祈祈,女心伤悲,殆及公子同归。"《楚辞·招隐士》:"王孙游兮不归,春草生兮萋萋"均为思乡怀归主题相关之作。

㉖详参王国璎《谢灵运山水诗中的"忧"和"游"》《汉学研究》第五卷第一期,(台北:中央图书馆汉学研究中心,1987年6月),页161~179。

㉗诗文录自支遁《咏怀诗五首之一》,同注㉒引书,页1080。

陶谢并称对其文学范型流变的影响

——兼论陶谢"田园""山水"诗类空间书写的区别

一、前言

中国文学史上向来有一种以诗人对举相并的传统。如陶谢、李杜、韩柳、元白、苏黄、苏辛等。这些对举的形成背后各有其不同之原因,如李杜并举,最初是论二人文学之优劣,白居易《与元九书》:"又诗之豪者,世称李杜,李之作才矣奇矣,人不逮矣。"又云:"杜诗最多,可传者千余篇,至于贯穿今古,刻缕格律,尽工尽善,又过于李。"[①]即因于此而开出李杜并举共论的议题。

而韩柳并称的讨论并非始自唐代当世,系与宋代提倡古文运动的发展有密切的关系,宋人穆修在《唐柳先生集后序》云:"唐之文章,初未去周、隋五代之气。中间称得李、杜,其才始用为胜,而号专雄歌诗,道未极其浑备。至韩、柳氏起,然后能大吐古人之文。"[②]此乃以二者于古文上的成就而推崇之;其他复合形式的讨论亦各有其不同之因素,如元白是以诗作相互应和酬唱,于是被相互并称[③],苏黄是因其诗作具有相同的质性于是被并举[④];然而不论其质性如何,二家的文学质量应该是旗鼓相当,相提并举对于二人的文学造型必然互相影响,成为文学史上的复合形式。

陶谢并称的演变及流传情况较为特殊,其本身即是一种美学鉴赏史的描绘,后人依不同的思维形式,或受之于时代氛围的影响,或因之于个人分殊的观感,从而进行作家与作家相互之间关系的建构[5]。可是详细考察诸多文献,可知陶谢并举于文学史上的演变并不单纯,而是在不断替换争夺的复杂过程中,才逐渐将二家并举的质素确立下来。同时陶谢这组复合形式的名词,也在后世文学家、诗论批评者的诠释之下,其形象遂各自分奔,朝不同面向发展。本文尝试从宗教传说的因由、仕隐传统的道德质变与文学形象的塑造三方面,来探究二者并称对双方在文学史上造型流传的影响,并兼述陶渊明与谢灵运对于空间的不同书写方式。

二、陶谢并称之初始期及其发展

陶谢并称作为一组文学史的复合形式,本身即为一牵涉多元质构交缠的有趣现象。原因在于六朝的史料典籍中,几乎遍寻不着将二家并置论列的踪迹,而是盛唐以后,二家并称方如春雷乍现,越过一段潜伏期之后,二家并称的现象更如雨后春笋般愈演愈烈;最重要的是,在漫长并称的演变史中,陶谢二人因为并称而产生相互修饰、相互定位,进而相互扩增的种种错综交缠的发展。此一现象,实为文学传播与接受史上一个相当值得探究的议题。

六朝时期,陶渊明、谢灵运并不相称,其时乃以颜延之与谢灵运并称,除了基于颜谢二人彼此"并相钦重,之外"[6],最重要的因素应该在于二人的文采在当代即齐名并列,《宋书·颜延之传》云:

延之与陈郡谢灵运俱以词彩齐名，自潘岳、陆机之后，文士莫及也，江左称颜、谢焉。[7]

这段叙述充分显示出，颜延之与谢灵运二人于元嘉时期所代表的文学地位，将二人并列视之，在当时可谓理所当然。

而陶谢二者在六朝之所以不被相提并论，应是囿于当世的文学批评观点。试看《诗品》中对于谢灵运与陶渊明之诗风的评论即有明显之区别，评谢灵运：

　　其源出于陈思，杂有景阳之体。故尚巧似，而逸荡过之。颇以繁芜为累，嵘谓若人兴多才高，寓目辄书，内无乏思，外无遗物，其繁富宜哉。[8]

评陶渊明：

　　其源出于应璩，又协左思风力。文体省净，殆无长语。笃意真古，辞兴婉惬。每观其文，想其人德。世叹其质直。[9]

钟嵘所条列者，系从其文学派别即分属不同渊源，更何况是陶谢二者诗风之迥异不同，姑且不论其源出之切合性，盖以"尚巧似，而逸荡过之。颇以繁芜为累"与"文体省净，殆无长语。笃意真古，辞兴婉惬"之评，则二人在六朝的文学地位，应该就不至于会有被并置讨论的可能性，反倒是颜延之"尚巧似"[10]之诗作风格与谢灵运有相似之处，故颜谢并称，又于此一相同基础上，再形成一个讨论的话题,因而有"汤惠休云:'谢诗如芙蓉出水,颜如错采镂金。'颜终身病之。"[11]如此一番评比二人文学优劣的议题出现[12]。

降及唐初,对于六朝文学绮靡华丽的文风开始出现检讨之声,因而颜谢与六朝一批文学家的地位开始出现松动。例如初唐四杰的杨炯(650~692)于《王勃集序》有云:"又贾、马蔚兴,已亏于《雅》《颂》;曹、王杰起,更失于《风》《骚》。儸俛大猷,未忝前载。洎乎潘、陆奋发,孙、许相因,继之以颜、谢,申之以江、鲍。梁、魏群材,周、隋众制,或苟求虫篆,未尽力于丘坟;或独狗波澜,不寻源于礼乐。"[13]这段引文以时代作为区隔,分组批判西汉至隋代著名文学家的作品风格,并表达出不满之看法,代表此时文学批评的观点正微幅进行调整;然而,陶渊明的文学地位于此时,仍旧没有受到大幅度的重视。卢照邻《乐府杂诗序》:"潘、陆、颜、谢,蹈迷津而不归;任、沈、江、刘,来乱辙而弥远。"[14]所列举的潘岳、陆机、颜延之、谢灵运等六朝作家,仍不见陶渊明名列其中。

李剑锋在《元前陶渊明接受史》说明:"初唐人虽然普遍推慕陶渊明与隐逸相关的高情逸趣,但于陶诗文却并未给予足够的注意。"[15]并且针对初唐时期欧阳询等人所编的《艺文类聚》作考察:

> 在卷四"岁时部""九月九日"条,"山部""庐山"条"草部""菊"条这些最应征引陶渊明优秀诗作的条目下,没有征引陶诗,却征引六朝谢灵运、鲍照、江淹、萧纲、何逊等众多诗人的诗。这足以说明初唐人对陶诗的隔膜[16]。

由此可见,此时陶渊明的作品所受到重视的程度仍然处于酝酿时期,还是不能与谢灵运的盛名相抗;但是,初唐之时开始逐渐有将陶谢二者并置讨论者,如宋之问《宴龙泓诗序》云:"于是借织草,挹清樽,咀芝树,浮兰桂,同谢客之山行,类渊明之野酌。"[17]或如王勃《秋日登洪府滕王阁饯别序》:"睢园绿竹,气凌彭泽之樽;邺水朱华,光照临川之笔。"[18]宋之问与王勃首开将陶渊明与谢灵运二人并称之端,然究其文章诗作的铺叙,仍是假借陶、谢个殊的行为表现,辅以说明当时游赏宴乐之趣旨,仍然未将二人作为文学典范而加以法式。

陶渊明文学典范地位的确立,一直要到杜甫将其与谢灵运并称之后,才逐渐受到文学界的重视与追认,进而开始将"陶谢并称"视为一组文学史上的"复合形式";也由于二人并称的关系,于是二者分合并置的相关性议题也随之衍伸出来。杜甫《江上值水如海势聊短述》:"焉得思如陶谢手,令渠述作与同游。"[19]一首,俨然如春雷惊蛰般将陶谢二人同台置身于文学的舞幕上,同时亦将二人于六朝文学史中的地位抬升至前所未见的高点,自此之后颜延之的地位则逐渐被陶渊明所取代。

此外,李白于《早夏于将军叔宅与诸昆季送传八之江南序》云:"陶公愧田园之能,谢客惭山水之美。佳句籍籍,人为美谈。"[20]突显二人的象征乃为"田园"与"山水"的化身,此说法之特别处在于,不仅标举出陶谢二人于日后文学史相提并论的地位,更为盛唐之后大量出现的田园诗、山水诗,图绘出鲜明的文学座标[21];甚至李白还将二人之生活情趣相互映照,融合而为自然美学的抒情结构,例如其《游谢氏山亭》一首云:"谢公池塘上,春草飒已生。花枝拂人来,山鸟向我鸣。田家有美酒,落日与之倾。醉罢弄归月,遥欣稚子迎。"[22]此首乃是化用谢灵运《登池上楼》:"池塘生春草,园柳变鸣禽。"[23]之经典名句与陶渊明《归去来兮辞》的田园宣言,浑然将二人相互映发的自然情趣结合而为一组有机体。

李白《早夏于将军叔宅与诸昆季送传八之江南序》之作写于玄宗天宝二年(743)[24]，早于杜甫《江上值水如海势聊短述》十九年，至于《游谢氏山亭》一首[25]，可能与杜甫之作的时间不相上下。不论如何，李白所指尚未直接触及文学语言的核心，杜甫的"焉得思如陶谢手"应是将陶谢二人置于文学语言的最早文献，不论其间的纠结，盛唐之时可谓陶谢并称的奠基期，尔后二人并称地位的确立，以及对举之后所出现的相关讨论，皆可溯源自此。

陶谢并称对于谢灵运所造成的负面影响在中唐时期尚未形成，但是自陶谢并称出现以后，诸多诗人的地位就受到相当冲击，例如颜延之的地位赫然为陶渊明所取代，此时与谢灵运并称还有多组搭配，例如二谢并称、鲍谢同堂。谢灵运与谢朓并称大小谢，皆以山水诗深受唐人的爱赏，如李白《宣州谢朓楼饯别校书叔云》一诗云："蓬莱文章建安骨，中间小谢又清发。"[26]此诗虽无提及谢灵运，但从单举小谢可知，必有大谢之称以相作对；将二人以"大小"标别，乃是方便指称。杜甫在《解闷十二首之七》："熟知二谢将能事，颇学阴何苦用心。"[27]贯休《归东阳临岐上杜使君七首第一》亦提到："小谢清高大谢才，圣君令泰此方来。"[28]即是将谢灵运与谢朓二人合称。

又有将鲍照、谢灵运并称者，例如杜甫《戏寄崔评事表侄苏五表弟韦大少府诸侄》提到："泥多仍径曲，心醉阻贤群。忍对江山丽，还披鲍谢文。"[29]或如韩愈于《荐士》一诗云："逶迤抵晋宋，气象日凋耗。中间数鲍谢，比近最清奥。"[30]以作品质性相近，于是将鲍照与谢灵运合称[31]，可见得此时期陶谢并称的局势还未拍板定案，陶谢、鲍谢与二谢并称的情形，在唐人诗句与诗论中经常交错出现，当中只有谢灵运的文学地位始终固若磐石。

陶谢并称的共识在中晚唐之后日渐成熟，或推尊二人的文学地位，或赏玩二人的悠闲情怀与其生活，例如释皎然《五言赠韦早陆羽》："只将陶与谢，终日可忘情。不欲多相识,逢人懒道名。"㉜;白居易《哭王质夫》:"篇咏陶谢辈,风衿嵇阮徒。"㉝《和裴令公南庄一绝》:"陶庐僻陋那堪比,谢墅幽微不足攀。"㉞;李冶《湖上卧病喜陆鸿渐至》:"强劝陶家酒,还吟谢客诗。偶然成一醉,此外更何之。"㉟;李群玉《送郑子宽弃官东游便归女儿》:"新诗山水思,静入陶谢格。"㊱;黄滔《贻李山人》:"松竹寒时雨,池塘胜处春。定应云雨内,陶谢是前身。"㊲以上皆从不同层次渐次强化陶谢二人并称的合理性,由是见出陶谢二人的并称在中晚唐之后已经慢慢成为定势。

三、陶谢并称对其形象相互依存映衬之影响

(一) 宗教传说的相依示法与转化

中晚唐以后,陶谢并称的发展可分从二方面观察,一是陶渊明与谢灵运二者的并称已经渐成趋势,至此陶谢之并称,诗人或文学批评家并不会认为二者并列的条件是比并不齐或者是有格格不入的情形,相对于盛唐的奠基期,此时陶谢合称已渐趋入稳定阶段;但是,陶谢并称对于陶渊明与谢灵运形象塑造的相互依存映衬,也肇始自此时期。尤其是宗教传说的渲染,几乎莫名地将谢灵运推向与陶渊明对立面的受害者角色,并以之作为一组具有宗教化导意义的说法教材,此系为陶谢并称的形象流传中相当值得注意的曲折点。

陶渊明与谢灵运二人的形象开始出现相互依存映衬的传说,始于白居易《代书》一文首先标举陶谢二人与庐山十八贤之关系:

庐山自陶、谢洎十八贤已还,儒风绵绵,相续不绝。㊳

白居易此文首先将陶谢二人同时置入佛教系统讨论,陶玉璞于《白居易的宗教考量》一文从自居易个人的净土信仰推论,陶渊明与谢灵运随从慧远法师的交游,应有其文学之外的潜在因素[39]。

谢灵运与庐山慧远法师的交往,今在其文集有《佛影铭并序》与《庐山慧远法师诔并序》二文流传,当中并无叙及与当时居士刘遗民、雷次宗等人共入庐山之事;而陶渊明的文集却不见有与慧远法师的交往记录,若仅凭其与慧远门人刘柴桑与周续之的酬唱诗作实难明确地推演出他与慧远的关系[40],可见白居易将陶谢二人与"庐山十八贤"共同并置,实出自其个人的臆测。更何况在《高僧传·晋庐山释慧远》所述:"彭城刘遗民、豫章雷次宗、雁门周续之、新蔡毕颖之、南阳宗炳、张莱民、张季硕等,并弃世遗荣,依远游止,远乃于精舍无量寿佛像前,建斋立誓,共期西方。"[41]一共百二十三人,当中并未提及谢灵运与陶渊明之名。因此"庐山十八贤"一词的来由应是后来好事者的附会传说。

自居易将陶渊明、谢灵运与"庐山十八贤"并置的这个说法,转至晚唐时被更进一步塑造,使得陶谢二人的宗教造型愈趋分明,齐己《题东林十八贤真堂》一诗有云:

> 白藕花前旧影堂,刘雷风骨画龙章。共轻天子诸侯贵,同爱吾师一法长。陶令醉多招不得,谢公心乱入无方。何人到此思高躅,岚点苔良满粉墙。注:谢灵运欲入社,远大师以其心乱不纳。[42]

"陶令醉多招不得,谢公心乱入无方"一语,并且注明慧远法师对于谢灵运要求入社的拒绝原因,无端地塑造出慧远法师对于陶谢二人的两种态度。陶渊明嗜酒,众所周知,慧远开方便门,招他入社,却不得其门;相较于谢灵运热衷入社,慧远却以"心乱"止之,这种说法其实全然无所凭据,对于谢灵运往后形象的负面流传,系是与陶渊明对举之后所引带来的无妄之灾。而陶渊明却因与谢灵运对举,因而使其风采品格扶摇直上。如此将陶谢个人行为,置入宗教中相互对比,对二人后世形象之影响,令人始料未及。

宋代陈舜俞更进一步将六朝与晚唐的谢灵运形象加以连结,其著《庐山记·社主远法师》云:

……陈郡谢灵运负才傲物,少所推重。一见,肃然心服。为凿东西二池,种白莲,求入净社,师以心杂止之。[43]

陈舜俞形塑谢灵运的宗教造形系本南朝梁代释慧皎《高僧传》与僧佑《出三藏记集》二文所叙而来,在《出三藏记集·慧远法师传》记载:

陈郡谢灵运负才傲俗,少所推崇。及一相见,肃然心服……春秋八十三。遗命使露骸松下,同之草木,既而弟子收葬。谢灵运造碑墓侧,铭其遗德焉。[44]

然而此文仅略提及谢灵运"负才傲俗"的性格与"肃然心服"于慧远法师之情事,至于慧远因谢灵运心乱,而止其入社之事并未提及。因此陈舜俞"求入净社,师以心杂止之"的说法似乎亦没有史料可征。

后世所解读的谢灵运形象,也与实际情形有所不合。首先是慧远曾于庐山立台书画佛像,刻铭文于石上,并委请谢灵运代为制作《佛影铭》。于此铭前之序中,谢灵运对庐山慧远多所推崇,而慧远亦以灵运有文采而请之作铭[65];由这层关系推敲慧远传记所云谢灵运对慧远法师的"肃然心服",可知后人所谓慧远以灵运心乱而止之入社的说法应属空穴来风。细究之,乃是因为与陶渊明对举之故,因而形象才转趋负面,并非本然即为如此。

再者,东晋义熙十三年慧远病故,谢灵运作《庐山慧远法师诔并序》以仰之。据其诔之序与文云:

> 庐山之崖,俯传灵鹫之旨。洋洋乎未曾闻也。予志学之年,希门人之末。惜哉!诚愿弗遂,永违此世。
>
> 自昔闻风,志愿归依。山川路邈,心往形违。始终衔恨,宿缘轻微。安养有寄,阎浮无希。呜呼哀哉![66]

上述二段引文,能确知谢灵运并无皈依慧远法师,白居易或齐己所谓的庐山十八贤应属托造,但是谢灵运欲求为慧远门人之心愿确实无误,只是如其所云乃为"山川路邈"而不能致之。

宋代以后陶渊明与谢灵运进出慧远莲社的传说,更是巧妙结合前代说法以附会之。其实东晋之时并无"莲社"的宗教组织,"莲社"一词最早见之于宋代道诚的《释氏要览》,是以将"莲社"冠于东晋慧远法师称号之前,应属后人之尊称。宗晓所编《乐邦文类》的《莲社始祖庐山法师传》,具体显示出陶谢二人与莲社的关系:

> 谢灵运负才傲物,一与远接,肃然心服。为凿二池,引水栽白莲,求入社。师以心杂止之。陶渊明、范宁,累招入社,终不能致。故齐己诗云"元

亮醉多难入社，谢公心乱入何妨"。[47]

这段叙述无疑更强化陶谢二人鲜明的对比。陶谢二人进出莲社的故事，辗转经过附会传说，终使其宗教形象逐渐定型化，由此可知齐己《题东林十八贤真堂》一诗，在无形中已经对谢灵运的宗教形象产生莫大的影响。

陶渊明与谢灵运的宗教事迹，除了相互对举，以突显二人形象之外，另外还被更进一步绘制为《莲社图》，宋人章渊的《槁简赘笔》有云：

世传十八贤，乃彭城刘遗民、豫章雷次宗、雍门周续之、南阳宗炳、南阳张野、南阳张铨……李伯时画《莲社图》，陶渊明乘篮舆，谢康乐乘马，张曲笠。二公虽不入净社，常往来山中。[48]

从《莲社图》的出现可以见出[49]，陶谢二人进出莲社的事迹已经具体化为想当然尔的佛教虚史，二人一组作为宗教教化的对比意义，远远胜于历史真实的那一面；于是，谢灵运与慧远的真实关系，即在此对举中就无端地被流传成负面的形象，成了一个伤感人物，而陶渊明与慧远本来属于模糊的关系，反而愈发清晰，甚至由此对举的意义之中凭添出许多传说故事。

清代以后，此番扭曲的形象一直未被挑剔清楚，毛先舒《诗辩坻》的《六朝》一节有云："康乐文章出处，事与陶异，远公招距亦见差别。"[50]自陶谢对举之后，二人与史实的关系便开始盘根错节、牵扯不清，就宗教形象而言，陶谢对举原来是因，有这层对举的关系，才有正负面形象分流之果，但是推究史实则因果关系又当非如此，故自初盛唐开始将二人的文学并举以来，陶、谢的形象在流传的过程中似乎很难逃离被对举比较的命运[51]。

（二）仕隐出处的典范对举

中国文学史对文人的品评，向有以文人仕隐出处是否合时、合位为评比论断的传统，所以左思有"功成不受爵，长揖归田庐"[52]之句，谢灵运自己也有"高揖七州外，拂衣五湖里"[53]的向往；但是非常不幸的是，谢灵运一旦和"古今隐逸诗人之宗"[54]的陶渊明并称之后，即无可避免地坠入此一中国道德史预设的陷阱之中。这项议题在唐代尚未明显浮出台面，但是随着"陶谢并称"的明确化以后，其潜藏已久的道德操守对照论，必然是难以回避的议题[55]。

此仕隐出处之议题系从宋人尊陶转化而来，宋人以为陶渊明系为晋宋之间第一等人，如洪迈于《容斋随笔》即云："陶渊明高简闲靖，为晋、宋第一辈人。"[56]朱熹云："晋宋人物，虽曰尚清高，然个个要官职，这边一面清谈，那边一面招权纳货。陶渊明真个能不要，此所以高于晋、宋人物。"[57]张栻亦云："陶靖节人品甚高，晋宋诸人所未易及。"[58]此番观念系与其时重视人品道德的风气有相当之关系。

李剑锋《元前陶渊明接受史》针对宋士大夫节操观念有专论，其云当时士大夫："不论出与处，皆以忠义相尚，是宋代士人最强烈的政治情感。为此，他们一方面推崇忠君忧国的诗人杜甫，另一方面又推崇不仕二朝的陶潜，认为他们都是忠义的典型。宋代士人特别是文人，在他们身上取得强烈的共鸣，在模仿陶、杜的思想言行中获得了莫大的心理平衡和精神自慰。"[59]由此可知陶渊明在宋代受到重视的程度，而谢灵运历仕二朝的政治经历，在与陶渊明对举比较之后，自然就成为批评的议题。

《宋书》载刘裕篡晋之后，谢灵运依旧"降公爵为侯，食邑五百户。起为散骑常侍，转太子左卫率"[60]而《宋书·陶潜传》则云：

自以曾祖晋世宰辅，耻复屈身后代，自高祖王业渐隆，不复肯仕。[61]

沈约的这两段记载是为陶、谢二者出处进退的不同处理方式，由于这样的记载，使得陶渊明归隐的行为，遂转为忠于东晋的象征，然而陶渊明的归隐据其《归去来兮辞并序》所记乃在东晋义熙元年，距刘裕篡晋尚有十多年，而且归隐之因在《归去来兮辞并序》即表明："质性自然，非矫励所得。"[62]言其"耻复屈身后代"的高洁品行似乎是为史家所赋予陶渊明的行为表征。显然之后宋人就是捉住这点大加逾扬，如秦观云："宋初受命，陶潜自以祖侃晋世宰辅，耻复屈身，投劾而归，躬耕于寻阳之野。"[63]朱熹亦云："陶元亮自以晋世宰辅子孙，耻复屈身后代，自刘裕篡晋夺势成，遂不肯仕。"[64]以上评论都是根据《宋书》之语，反覆推重陶渊明对晋朝的忠义形象，这样的说法一直延续至元、明、清始终不辍，如元好问《论诗绝句》有云："一语天然万古新，豪华落尽见真淳；南窗白日羲皇上，未害渊明是晋人。"[65]

相较于陶渊明对晋室的忠义形象，对谢灵运志节的评价则一步一步偏向附宋一端立论。宋代士人在论述谢灵运时，对其志节形象的塑造，专从其对刘宋朝廷的态度讨论。葛立方《韵语阳秋》即云：

谢灵运在永嘉临川，作山水诗甚多，往往皆佳句。然其人浮躁不羁，亦何足道哉！方景平天予践祚，灵运已扇摇异同，非毁执政矣。及文帝召为秘书监，自以名辈应参时政，而王昙首、王华等名位踰之，意既不平，多称疾不朝，则无君之心已见于此时矣。后以游放无度，为有司所纠，朝廷遣使收之，而灵运有"韩亡子房奋，秦帝鲁连耻"之咏，竟不免东市之戮。而白乐天乃谓"谢公才廓落，与世不相遇。壮士郁不用，须有所泄处。泄为山水诗，逸韵谐奇趣"何也？武帝、文帝两朝过之甚厚，内而卿监，外而二千石，亦不为不逢矣，岂可谓与世不相遇乎？少须之，安知不至黄散，而浮躁至是，惜哉！其作《登石门诗》云："心契九秋干，目玩三春荑。居常以待终，处顺故安排。"不知桃墟之泄，能处顺乎？五年之祸，能待终邪？亦可谓心语相违矣。⑥

这段论述乃引用《宋书》以及谢灵运文集的史料来论断谢灵运的个性与行为。首先提到谢灵运浮躁不羁的个性不足道，接着论述其非毁朝政的作为本来就存有无君之心，并否定白居易云谢灵运"与世不相遇"之说，最后论断谢灵运的想法与行为本来就是相互背违，全然对于谢灵运的政治形象无所好评，尤其引用谢灵运《临川被收》之诗句，批评谢灵运的想法与行为根本自相矛盾，不如张良与鲁仲连有忠义之思。

宋人刘克庄亦抓住谢灵运《临川被收》之句，与陶渊明的作为相互论较，在其《后村诗话》有云：

如"韩亡子房奋，秦帝鲁连耻"之句，谓之反形已具可也，康乐安得全乎？康乐若以改物为耻，窃负而逃可也，为渊明亦可也。既仕宋，乃欲为子房、鲁连，于谊未有所安，悲夫！⑥

刘克庄直接批评"韩亡子房奋，秦帝鲁连耻"之句，于谊有所不符，其因在于谢灵运若以变革而仕两朝为耻辱，其大可远离政权，或仿效陶渊明归隐的作为亦可，既然已经入宋为官，以张良与鲁仲连之志节相并比，是不能说服于人；根据这样的评论，则谢灵运犹疑不定的两面志节开始受到质疑，陶渊明的表现相对而言,是为宋人所肯定,于是谢灵运在忠义节操的议题上,因又与陶渊明对举的关系而成为对照组,陶谢二人于仕隐典范的光谱逐渐趋向两个分明的极端。

甚至到后来王质为陶渊明编辑年谱时,亦将谢灵运忠义的问题牵扯进来,以突显陶渊明的高风亮节,《栗里谱》云:

元亮高风发于宋、晋去就之际,君曾祖事晋,懋著勋劳,自宋武帝芟玄复马,逆揣其末流,即不出。武帝将收贤士,以系人心,见要,亦不应。陶、谢皆世臣,君世地色言俱僻,而灵运为武帝秉任,最后乃欲诡忠义,杂江海。[68]

宋人重视忠义节操的议题甚于过往诸朝代,梁朝昭明太子喜爱陶渊明,曾为之编文集与作传,但是对于陶渊明不仕二朝的表现仅仅依照《宋书》:"自以晋世宰辅,耻复屈身后代"的说法,未多所着墨,萧统主要是论述陶潜的逸德与饮酒之趣[69],是知,王质序文之重点放在铺陈陶渊明于晋、宋去就之际的议题,实与时风有关;然而,《栗里谱》本是专记载陶渊明经历之年谱,却无端化用谢灵运《临川被收》诗末二句所云:"本自江海人,忠义感君子。"[70]其重点系在借由忠义形象之对比,以显现出陶渊明的鲜明图像。

其实,相较于谢灵运反复无常,时仕时隐的政治作为,陶渊明所表现者亦有所难言之痛,唯宋人在看待陶、谢二者"仕隐出处"的问题却有两种批评标准。如葛立方、刘克庄等人,对于谢灵运个人处理政治仕隐的态度全然不假辞色,反而陶渊明的"三仕三隐",苏东坡却以"陶渊明欲仕则仕,不以求之为嫌;欲隐则隐,不以去之为高。"[71]视之为率真坦诚,如此正反两面皆可的诠释方式为其仕隐取舍从宽解释。据此评论观点，显示出宋人对于陶渊明道德信仰的执迷，于是在处理陶谢二者仕隐出处的议题，遂呈现出不平等之立基点。陶、谢一旦被并举，则白者盼其如玉，黑者欲其如墨。

此外，许顗《彦周诗话》云："陶彭泽诗，颜、谢、潘、陆皆不及者，以其平昔所行之事，赋之于诗，无一点愧词，所以能尔。"许顗[72]以陶渊明之诗胜于他家，原因在于陶潜人格之清高，为谢灵运等人所不及，明显可以看出陶渊明于宋人心中之地位。

宋人以忠义志节将陶谢对举并论，从而使二人政治品德形象渐行渐远的观点，影响逐渐扩大，降至清代依然不断受到讨论，毛先舒的《诗辩坻》提到：

> 灵运志存故国，但牵于禄位，不能如徵士之高蹈，意欲以禄代耕；又义心时激，发为狂躁，卒与祸构。节虽不足称，而志亦有足哀已。[73]

毛先舒"志存故国，但牵于禄位"一语，将谢灵运志节的问题诠解得相当有意思，其言谢灵运一方面于鼎革之际还存有故国之思，一方面却诱于禄位，不肯放弃爵位，虽以"义心时激"，一语为之缓颊，但相衬于陶徵士，终究还是断下"节虽不足称"之评语。

李重华《贞一斋诗话》亦云："西晋诗当以阮籍作主，潘、左辈辅之。若陶公高骨，不可以时代论；即照时代序列，断属东晋。今人以陶、谢并称，俯列宋代，不得以知言目之。"[74]其说法强烈反对文学家将陶谢并称的共识，主要理由是陶渊明之高德，无人能与之匹配，至于以时代序列的说法，系是落实重新划位的观点而已。

方东树更是具体举譬立论，说明陶谢对举的差异及分别，进而根据二人

之诗作对陶、谢的志节大加批评,其《昭昧詹言》云:

陶公说不要富贵,是真不要。康乐本以愤惋,而诗中故作恬淡;以比陶公,则探其深浅远近,居然有江湖涧沚之别。[75]

又云:

古人处变革之际,其立言皆可觇其志性。如孔北海、阮公,固激发忠愤,情见乎词。陶公淡而忘之,犹有《荆轲》等作。康乐不得志,却以自脱屣富贵,模山范水,留连光景,言之不一而足,如是而已,其志无先朝思也。"韩亡""秦帝"之诗,作于有罪之后,但支门面耳耳,何谓"忠义动君子"也。[76]

变革之际的认同问题,俨然成为宋代以来诸家评判陶谢二人高下的项目指标。由此可知,何以诸多诗论批评家在论及谢灵运志节问题的时候,常将之与陶渊明对举,或是提及陶渊明时亦顺带引出谢灵运,其原因应该在于,借由对举的比较方法,更能使问题的焦点立刻朗现。从这个意义而言,陶谢并称的流传之所以能够取代颜谢、二谢、鲍谢等复合形式而成为文学史的讨论主流,恰因二者对举的鲜明形象,正好可以作为一组传统道德史的对照教材,而谢灵运就在这条轴线上,无端被卷进中国仕隐道德论的漩涡乱流中。

南朝文人置身乱世,兼朝代嬗递甚速之际,举凡由宋入齐,出梁进陈,乃至于南北流转者多矣;但是因为没有像陶渊明这样的巨人在旁烛照,因此也没有受到如此苛刻的挑剔,所以陶谢并称对谢灵运而言,倒成了身后莫名飞来的魔咒。

(三)文学造型的互比映照

自杜甫"焉得思如陶谢手"之诗句,将陶渊明、谢灵运推举为六朝文学典范以来,此种并称的文学复合形式,其结果居然产生出共伴效应,使得陶谢二人的文学成就逐渐演变为学习与仿效的重要对象,诗人歌咏陶谢、推尊陶谢的作品即愈益频繁,尤其是宋代以后将陶渊明与谢灵运作品并称的情形多所见之。

如梅尧臣《答了素上人用其韵》:"我趋仁义急,不解如陶谢。"[77]苏轼《次韵程辅游碧落洞》:"诗成辄寄我,妙绝陶谢并。"[78]王安石《示俞秀老二首》(之二):"未怕元刘妨独步,每思陶谢与同游。"[79]黄庭坚《庚寅乙未犹泊大雷口》:"五言呻吟内,惭愧陶谢手。"[80]《出迎使客质明放船自瓦窑归》:"惜无陶谢挥斤手,诗句纵横付酒杯。"[81]陈师道《绝句》:"不共卢王争出手,邻思陶谢与同时。"[82]晁说之《次韵和法琦》:"报以五字陶谢家,要看素丝难纯束。"[83]陆游《读陶诗》:"陶谢文章造化侔,篇成能使鬼神愁。"[84]杨万里《跋徐恭仲省干近诗三首》(之三):"黄陈篱下休安脚,陶谢行前更出头。"[85]这些推举都说明诗家对陶谢文学的喜爱,故每将二人对举以阐明其高度的文学成就。

然而,杜甫将陶渊明与谢灵运并称,并不单从文学典范以推举之而已,其实"焉得思如陶谢手"一语当中潜藏着二人诗作质性分流的违逆性,此一"违逆性"初看并不明显,但却由宋人黄庭坚所点破,其《与观复书》即云:"但观杜子美到夔州后古律诗,便得句法简易,而大巧出焉。平淡而山高水深,似欲不可企及,文章成就,更无凿痕,乃为佳作耳。"[86]此处重点在于"平淡而山高水深"一语,韩经太针对杜甫诗作风格对江西诗派之影响有底下论述:

· 52 ·

柳宗元自己也表示："然而缺其文采,固不足以悚动时听,夸示后学。"唯其如此,柳宗元便有自觉继承谢灵运诗那"经营惨淡,钩深索隐"之精神的倾向。不难理解,持此而学陶者,正意味着以奇峭去发展陶诗的平淡。明晓了这层原委,则杜甫之将陶、谢并称的用心也就不难窥破了。杜甫于陶诗,曾有"颇亦恨枯槁"的看法,这并不奇怪,因为杜甫是个"熟知二谢将能事,颇学阴何苦用心"的诗人,在他看来,陶诗的省净质朴自未免枯槁。亦唯其如此,他之将陶、谢并称,其意正在明辨非大巧不能到拙朴、非奇崛不能到平淡的道理。正是在这个意义上,宋人的陶、柳并称,便又近杜甫的陶、谢并称,乃是借此表明其极雕琢之工而不留斧凿痕迹,极奇险深曲而不失平淡之旨的创作原则。[87]

从其论述或可推测杜甫将陶谢二人并称,系是效法二人"平淡"与"雕琢"的文学质性,并将这二层违逆质性融作为个人独特之风格,为盛唐以后近体诗的风貌开创出前所未有变局,唯其如此这首《江上值水如海势聊短述》的开头才会有:"为人性僻耽佳句,语不惊人死不休。"这般的自负之言[88],显然"焉得思如陶谢手"一语,当非随便凑合二家文学,乃以其诗作质性而并称之。

陶谢的文学形象早在钟嵘《诗品》即有陶渊明"文体省净,殆无长语。笃意真古,辞兴婉惬。"与谢灵运"尚巧似,而逸荡过之。颇以繁芜为累"[89]之判别,但是其时二者尚未并称,故亦无比较二者的评论,然而自杜甫以文学典范并称陶谢以后,即潜伏下文学形象分流的讨论议题。

中唐以降至宋代诸多诗家,在并举陶谢时,并未特别突显此分别,论述二人文学之不同者,明显也少于明清诗论批评家,唯是对陶渊明平淡自然的诗风有不少的讨论,如杨时:"陶渊明诗所不可及者,冲澹深粹,出于自然。"[90]杨万里："五言古诗句雅淡而味深长者，陶渊明、柳子厚也。"[91]朱熹："渊明诗平淡，出于自然，后人学他平淡，便相去远矣。"[92]陶渊明以其平淡之诗风为唐宋人所喜爱进而模仿，甚至肖似的议题也跟随引申而来，如陈善《扪虱新话》云：

> 子厚气凄怆，乐天语散缓，虽各得其一，要于渊明诗未能尽似也。东坡亦尝和陶诗百余篇，自谓不甚愧渊明，然坡诗语亦微伤巧，不若陶诗体合自然也。[93]

这番评论即从柳宗元、白居易与苏东坡评断其皆不肖似陶诗，其中苏东坡更因巧而被认为伤诗，这亦间接批评其所拟的渊明诗作不自然、平淡；宋人对于陶渊明诗及其人格的欣赏，高大鹏在《陶诗新论》有四点说明："陶诗之成为偶像，宋代实为一大关键。关于陶诗的评赏，宋代有四大事件：一、对六朝之反动；二、尊陶为极品；三、对陶诗的神化；四、对陶诗的圣化。"[94]由此明白陶渊明于宋人心中的崇高地位。

相较而言，谢灵运的诗作在与陶渊明对举之后，评价就坠入"繁芜雕饰"与"平淡自然"的对举比照的紧箍咒之中。将此二种文学质性相互对立讨论，进而评判高下好坏，并非由杜甫开创其风，杜甫还是试图将这两种违逆的文学质性当成创作性的融合，在唐人眼中这两种文学质性还是各为典范，观先前所引用的唐人诸诗句亦没有评判陶谢诗优劣的现象。但是宋代以后，特别推尊陶诗的平淡美，连带使得谢灵运诗的身价地位也塌陷下去。

将陶谢二者的文学质性对比论述，进而论断优劣高下，其实在宋代已经有此论点，如《沧浪诗话·诗评》云：

汉魏古诗，气象混沌，难以句摘。晋以还方有佳句，如渊明"采菊东篱下，悠然见南山"，谢灵运"池塘生春草"之类。谢所以不及陶者，康乐之诗精工，渊明之诗质而自然耳。[65]

严羽即是将谢灵运之"精工"与陶渊明之"自然"相对讨论，认为谢诗并不如陶，所谓"精工"者乃与"雕琢"词意接近，都与"平淡自然"为相互对立的一组语汇；先前提到陶诗以其平淡自然之风格受到宋人的高度欣赏，其实为诗当欲平淡的风气与宋人的审美观念有相当大之关系，叶梦得隐约带出这两种文学质性对比的观念，其《玉涧杂书》云：

诗本触物寓兴，吟咏性情，但能书写胸中所欲言，无有不佳。而后世但役于组织雕镂，故语言虽工，而淡雅无味。尝观陶渊明《告俨》等疏……及读其诗，所谓"孟夏草木长，绕屋树扶疏。众鸟欣有托，吾亦爱吾庐。既耕亦已种，时还读我书。"又"微雨从东来，好风与之俱。"直是倾倒所有，借书于手，初不自知为语言文字也，此其所以不可及。[66]

上述评论有二点值得注意，其一是叶氏诗学观念重视作品创作必须由主体性情自然发挥，而非文字刻意经营雕镂；其二是在此观念之下，陶渊明的作品被标榜成典范。这段评论虽然没有以谢灵运的诗风与陶渊明相互对照，但是已经显示出陶渊明诗之佳，乃佳在自然而非雕琢，无疑的此诗学观念，后来在明清人论述陶谢二人文学分流时仍没有改变。

宋人刘克庄亦认为：

> 世以陶、谢相配,谢用功尤深,其诗极天下之工。然其品故在五柳之下,以其太工也。优游栗里,僇死广市,即是陶、谢优劣,唯诗亦然。[67]

将人品与诗品连结,因而评判出二者之优劣,显然对谢灵运而言是不公平,但是由此可以观察到陶、谢的文学形象,渐渐因为其诗作的质性不同而趋于分流。

其实,谢灵运的诗作亦不完全是"繁芜雕琢"的一面,只是在与陶渊明对举的境况之下,此端才被诸诗评家强烈突显出来。早在钟嵘《诗品》论颜延之条,就有谢诗清新自然之说:

> 汤惠休云:"谢诗如芙蓉出水,颜如错采镂金。"[68]

汤惠休论谢诗拟其为"芙蓉出水"的特色,系根据其诗作本身所涵藏的"自然"质性作评立;此一说法就判定谢灵运文学具有的"清新""自然"属性。而且谢诗"清新"的说法一直到唐代还保有此观点,例如李延寿《南史》云:

> 延之与陈郡谢灵运俱以辞采齐名,而迟速县绝。……延之尝问鲍照己与灵运优劣,照曰:"谢五言如初发芙蓉,自然可爱。君诗若铺锦列绣,亦雕缋满眼。"[69]

《诗品》的观点入唐以后,为史家所增饰,因而有上述一段鲍照的评论,以"初发芙蓉"形容谢灵运诗,其风格显然就是"自然可爱"。而谢灵运诗中最足以令人引发联想的,就是其名句"池塘生春草";由于"池塘春草"之句,夹带着谢灵运因梦谢惠连,无意得之的传说[100],使得谢诗遂有清新自然之意象。

关于谢诗具有清新意象的说法,宋至明清都有,但是止于个别论述,例如叶梦得《石林诗话》云:"'池塘生春草,园柳变鸣禽。'世多不解此语为工,盖欲以奇求之耳。此语之工,正在无所用意,猝然与景相遇,借以成章不假绳削,故非常情所能到。"[101]叶氏的观点,其实不违其在《玉涧杂书》的说法,总是不以绳削雕琢为上,故其赞赏谢灵运的此二句诗。又如明人谢榛《四溟诗话》云:

谢灵运"池塘生春草",造语天然,清景可画,有声有色。[102]

许学夷《诗源辩体》:

灵运佳句既妙合自然,至如"杳杳日西颓"通篇圆畅,亦近自然矣。[103]

清人陈祚明《采菽堂古诗选》:

康乐公诗,《诗品》拟似初日芙蓉,可谓至矣。[104]

若依《诗品》所述,则谢灵运的文学质性就当非"繁芜雕缋"这一端而已,另外还有"清新自然"的一面,而值得观察的是"清新自然"的说法系是与颜延之相互论较之后得来,但是尔后在与陶渊明对举时,则其质性又被对显成为"繁芜雕琢",此种对象、风格之间相互转换比较的情形,实为"中国文学观念比较"中值得探究的现象。

明清以降,陶谢文学形象的分流愈趋明显,不过此时有一点值得观察的转变,即是宋人将陶谢诗作优劣对举,明清的诗论家反而一反常见,能够有较为持平之观点。钟优民于《陶学史话》云:"历代陶谢往往并举,明代依然,但探讨的深度却今非昔比,后来居上。"[103]但是其对于并举与受到讨论之因并无深论。

明人许学夷在《诗源辩体》云:"若靖节,则所好实在诗文,而其意但欲写胸中之妙耳,不欲效颜谢刻意求工也。"[104]又云"晋宋间诗以俳偶为王,靖节则真率自然,倾倒所有,当时人初不知尚也。"[105]又云:"五言自士衡至灵运,体尽俳偶,语尽雕刻,不能尽举。然士衡语虽雕刻,而佳句尚少,至灵运始多佳句矣。"[106]上述三条正是说明晋宋之间的诗风,对于陶谢二人的诗风也只是以自然与雕刻这两种文学质性区别之,并无对二者有高下之分判。

陶渊明、谢灵运二者文学形象分流,乃因其诗作质性不同,但是对此质性之别,没有不平等或者是过分的优劣之分,此种持平的观点至清代亦然。清人沈德潜《说诗晬语》云:

> 陶诗合下自然,不可及处,在真在厚。谢诗经营而反于自然,不可及处,在新在俊。陶诗胜人在不排;谢诗胜人正在排。[109]

沈氏在此强调陶谢二人的文学特色,各自往其其属性尽力发挥,因此二人皆有胜场,唯比较特别的是以"真、厚"与"新、俊"说明二家文学之特色,是过去诗论少有的看法。

方东树《昭昧詹言》云：

　　诗文须神气浑涵，不露圭角。汉、魏以下，惟陶公能尔。大谢以人巧肖天工，已自逊之，是根本不逮，然犹自浑厚。⑩

又云：

　　大约谢公清旷，有似陶公，而气之骞举，词之奔会，造化天全，皆不逮，固由其根底源头本领不逮矣；而出之以雕缛、坚凝、老重，实能别开一宗。⑪

又云：

　　陶公不烦绳削，谢则全由绳削，一天事，一人工也。⑫

必须注意的是，方东树的前二条论述，虽对陶、谢文学有高下之评比，但还是以"犹自浑厚"与"别开一宗"二语为之解释，大体而言方东树的观点是化用前人将陶谢文学质性对举的路数。此外，刘熙载《艺概·诗概》："康乐诗较颜为放手，较陶为刻意，炼句用字，在生熟深浅之间。"⑬在评比陶谢时，加入颜延之进来辅助讨论，使得二者之形象能更为突显。

　　陶渊明、谢灵运二人形象的流传，乃与各个时代的风气有关系，宋代的影响尤大；在二人的对比论列之中，陶渊明因为经过宋代这个转折期，加之与谢灵运对举，故其形象可谓锦上添花；然而对谢灵运而言，却是雪上加霜，甚至在于宗教流传的过程中，居然因与陶渊明并举，而产生诸多无中生有的佛教

· 59 ·

故事,于是二人在此三方面的形象即逐渐分流,而陶谢在并论的过程中,讨论的议题愈发热烈,最后陶谢并举的发展,渐次摆落颜谢、二谢、鲍谢等复合形式一跃而为文学史之主流。

四、陶谢"田园""山水"诗类空间书写的区别

透过上文所论,可以观察出系因陶谢并称之故,辗转使得谢灵运的形象不断受到侵蚀与伤害,但是陶谢并称对于谢灵运形象的影响,其实并不全然是负面的;由于诗论家将陶谢并称,终于促使陶渊明变成六朝田园诗的代表,谢灵运则被视为山水诗的典范,于是后人在讨论二家并称时,即有两大论述议题,其一是从二家的比列并置以论其宗教传说、仕隐出处、文学造型之区别,其二是受到二家文学书写题材之诱导,从而以田园、山水诗类的规格以解读陶、谢之作品。本段则拟更进一步探究陶谢二家对于田园与山水两大自然空间的不同书写方式。

从陶谢文学作品中的个殊特质而言,主要是文学家在界定二者诗作风格的定位上,系以陶渊明的诗风类型与谢灵运相互对举,因而双方的作品立刻各自形成显著的文学坐标;易言之,此种对举系从山水、田园诗类为双方的文学风格作出明显的类型区隔,如此则陶渊明渐渐归类为六朝田园诗的代表,而谢灵运则演变为六朝山水诗的典范,于是二人在文学光谱上再次强化为两个分明的极端。李白于《早夏于将军叔宅与诸昆季送傅八之江南序》云:

……陶公愧田园之能,谢客惭山水之美。佳句籍籍,人为美谈。[114]

李白突显二人的象征乃为田园与山水。此论之特别处在于,不仅标举出陶谢二人于日后文学史相提并论的地位,更为盛唐之后大量出现的田园诗、山水诗,开拓出鲜明的文学坐标。⑮

陶谢二人对于大自然的感受亦因诗类的不同而被解读出不同的空间书写,因此"空间结构"当是此二种诗类最大的区别所在;所谓"空间结构"的区别乃在于陶渊明笔下的田园世界主要是一隐逸闲适的心灵空间;而谢灵运寓目辄书、极貌写物的自然景物,全然如印之印泥的山水画作,实际上也是借由文字积极的刻画出真实的地理空间;又通过"空间结构"叙写之别,乃有不同之空间感受,于是陶渊明、谢灵运笔下的田园与山水自然发展出相异之"空间经验"。

陶渊明笔下田园世界自然淳朴的景况,最为具体的莫如《桃花源记》一文的描绘:

> 土地平旷,屋舍俨然,有良田、美池、桑竹之属,阡陌交通,鸡犬相闻。其中往来种作,男女衣着,悉如外人。黄发垂髫,并怡然自乐。见渔人乃大惊,问所从来,具答之。便邀还家,设酒杀鸡作食。村中闻有此人,咸来问讯。⑯

此令刘子骥等人欣然规往而"遂迷不复得路"的"桃花源",其真实的场景应该就在陶渊明自身居处的乡村聚落附近,由《归园田居》第一首、第五首可略见之:

> 开荒南野际,守拙归园田。方宅十余亩,草屋八九间。

榆柳荫后园,桃李罗堂前。暧暧远人村,依依墟里烟。
狗吠深巷中,鸡鸣桑树巅。户庭无杂尘,虚室有余闲。[117]

怅恨独策还,崎岖历榛曲。山涧清且浅,遇以濯吾足。
漉我新熟酒,只鸡招近局。[118]

《桃花源记》与《归园田居》对于田园空间的书写,无疑是相当接近的,纵然"桃花源"为虚构的香格里拉,但此世界应是出于陶渊明之田园经验而想象建构;高友工先生在《文学研究的美学问题(下):经验材料的意义与解释》一文说明:"艺术不论它的最初创造时的表现方式为'代表'抑为'体现';在成为艺术品以后却没有问题地是原有美感经验的环境的重现。有了这重现的材料,我们才能想象一种原有经验的重现。"[119]显然,外在的空间环境作为生活的经验场域,经由诗人的内心感受而行诸于诗文的描述,乃是传达过去所经验过而且存于记忆的事物;于是田园的空间书写的传达,即在《桃花源记》与《归园田居》出现类似的场景物像,此种情形实系诗人一己之经验所及之范围而致。

在诗与文的对照之下,我们可以发现这个空间结构的布置大致是接近的,农村的代表物像,诸如屋舍的位置、鸡狗的活动,甚至是邻里的邀约,这些人文景致与活动在每一首田园诗作中的安置其实是相当有机的;有时阅读者亦必须透过想象以体现诗文中的时间与空间的相互穿插及其行进位置,而此想象可以是自由的,与诗作中的人文景致以及直拙的语言相互搭配,构成一闲适而自在的农村印象,不必如"印之印泥"的素描写真式所要求的准确传达。

此种有机而自由的空间结构,如前所述是透过个人经验所致,然而在安置上却可有几分的想象,对于陶渊明而言,主要是田园作为一经验的空间,相较于尘俗的纷扰,田园生活的经验毋宁是闲适愉悦的,故其言:"园田日梦想,安得久离析。"[120]

在一首田园诗作中,描写空间的句子并不多见,如泼墨山水,破析浓墨,短短几句之间即刻挥洒一片田园意象:

白日掩荆扉,虚室绝尘想。时复墟里人,披衣共来往。
相见无杂言,但道桑麻长。(《归园田居五首》之二)[121]
有客赏我趣,每每顾林园。谈谐无俗调,所说圣人篇。
或有数斗酒,闲饮自欢然。(《答庞参军一首并序》)[122]
弊庐何必广,取足蔽床席。邻曲时时来,抗言谈在昔。
奇文共欣赏,疑义相与析。(《移居二首》之一)[123]
过门更相呼,有酒斟酌之。农务各自归,闲暇辄相思。
相思则披衣,言笑无厌时。(《移居二首》之二)[124]
故人赏我趣,挈壶相与至。班荆坐松下,数斟已复醉。
父老杂乱言,觞酌失行次。(《饮酒二十首》之十四)[125]

上述所引的几首诗作中,可以看出陶渊明对于空间位置的经营实为有趣;往往是一个极为简单的舞台布景,象征农村田园,其重点是铺演作者于此间的人文活动,而此布景在传统的农村中是随意可见之景,无甚特殊,如有醒目之处,则在于此闲适的田园之中,陶渊明与邻里乡党斟酒饮酌,或者是不求甚解的读书之乐。

由此可见,陶诗中的田园空间其实与心灵空间是相互延通,书写田园之空间,着重空间物色所呈显之象征性,而点染景物的用意则在于抒情。关于人与空间互动关系的讨论,西方学者艾兰·普瑞德于《结构历程和地方——地方感觉和感觉结构的历程》一文引用段义孚(Tuan, Yi-fu)与瑞夫(Relph)等相关学者的研究说明:

> 经由人的居住,以及某地经常性活动的涉入;经由亲密性及记忆的累积过程;经由意象、观念及符号等意义的给予;经由充满意义的"真实的"经验或动人事件,以及个体或社区的认同感、安全感及关怀的建立;空间及其实质特征于是被动员并转形为"地方"。㉛

从上文的论述可以明白,从空间转形为地方的过程,其要义在于人为活动的积极参与,透过人与空间经常性的互动关系,空间一词所代表的意义于是熟悉化而为地方,而人的感受亦渐次由空间的生疏感转化成为地方的熟识感,一如《读山海经十三首》之一所云:

> 孟夏草木长,绕屋树扶疏。众鸟欣有托,吾亦爱吾庐。
> 既耕亦已种,时还读我书。穷巷隔深辙,颇回故人车。
> 欢然酌春酒,摘我园中蔬。微雨从东来,好风与之俱。
> 泛览周王传,流观山海图。俯仰终宇宙,不乐复何如?㉜

"俯仰终宇宙,不乐复何如?"的肯定式问句,旨在阐发俯仰天地之间的自由自在,诗人终日在园田间进行着人文活动,诸如耕种、读书、饮酒、摘蔬,从而与自然环境产生相当良好的互动关系，于是幽静的田园，经由陶渊明的淡墨式的点染慢慢转化为心灵的闲适空间；《饮酒》诗之五云："采菊东篱下，悠然见南山，山气日夕佳，飞鸟相与还。"[128]所写的即是诗人农忙劳务毕后，闲暇时的无心眺望，亦不经意地将田园的空间景物纳入心胸，无有物我分别，淡雅地浮作心田的一处"桃花源"；而"众鸟欣有托，吾亦爱吾庐"的爱家名言，则在《归去来兮辞》一文有详细的说明："携幼入室，有酒盈樽。引壶觞以自酌，眄庭柯以怡颜。倚南窗以寄傲，审容膝之易安。园日涉以成趣，门虽设而常关。"[129]职是，自然与人文乃凭借时间所累积的旧识感性而有更进一步的交流，自然空间于此逐渐默化而为心灵空间的无限延伸。

然而，空间结构的书写之于山水诗类，明显则与田园诗类出现相当不同的风格。所谓的"山水诗"，并不是泛指一切描写风景的作品皆足称之，林文月先生于《中国山水诗的特质》一文尝为之定义：

> 在我们的观念上，"山水诗"是指南朝宋齐那一段时期的风景诗而言；更具体地说，乃是以谢灵运为代表的那种模山范水的诗而言。[130]

虽说谢灵运之前与唐代以后也有不少的写景之诗作，但是林文月先生以为这些作品不是陪衬性质的成分居多，即是叙景的分量贫乏单薄，至于唐代以后的山水诗类，实际与田园诗类相互汇融，已不纯然符合"模山范水"之定义[131]。

相应于陶渊明田园诗所开展的心灵空间，谢灵运对于空间的描写所着重的是欲求眼目所见，能够纤毫毕现，也就是《诗品》对谢灵运诗的品评：

> 嵘谓若人兴多才高，寓目辄书，内无乏思，外无遗物，其繁富宜哉。[132]

钟嵘所谓的"兴多才高,寓目辄书,内无乏思,外无遗物",系指谢灵运之才情天份足以将感官所觉受之外在的空间现象,适切地借由文字语言生动传达,而表现最为显目突出者乃为其山水诗作。高友工先生针对吾人感官与外在材料、对象的关系有所论述,其云:

> 我们感官随时所感受的万千印象仿佛定在未对准焦距的镜头后的一片模糊影像;而注意的集中把其中某些材料置于正确焦点之下,形成一幅清晰的感像。这注意的集中是由于两类原因:一则是对象本身性质的突出引起了我们的注意,一则是经验者个人的意旨使我们注意某些性质或对象。[13]

高友工归类的第二项原因,是为《宋书·谢灵运传》所言:"郡有名山水,灵运素所爱好"[14],此乃由于个人性之所好,于是殊丽之山川物色特别受到注意;而其第一项原因,实际上也可以用来说明山水诗的创作之所以在东晋以后逐渐兴盛的潜在因素,笔者尝在《南朝文人的"历史想象"与"山水关怀"——论"边塞诗"的"大汉图腾"与"山水诗"的"欣于所遇"》一文提出当时士人的两种基本的思维格局,其一即是:南朝士人在面对眼前真切闪耀的山水时,浑然跳出历史抽象时空的羁绊,转而紧紧掌握可触、可感、可欣的"所见"之景[15]。

即此"欣于所遇"的兴奋之情,诗人于是透过一种别于过往的新感性,从而以新的诗歌题材——"山水诗"来刻印江南之名山大川[16]。谢灵运所创作的山水诗的空间结构应当循此思维模式以理解。

谢灵运山水诗的空间书写,当从"题目"之设计,即开始展开跋山涉水的

行动,李丰楙于《山水传统与中国诗学》一文点出此项特色:

> 题目之作是山水诗中所占分量极为可观的部分,从早期开始尝试记游式的写法,诗题就是简短的游记,如谢灵运精于制作的题目:《游赤石进帆海》《于南山往北山经湖中瞻眺》……类此题咏记实之篇,其佳者模山范水,为一案头山水。[137]

"山水诗"类另一项别于"田园诗"类的特征,就在于"点题"所呈显之特殊性。观察《文选》所收录的"游览诗"与"行旅诗",几乎每一首诗题都具体点明标志与地名,有时亦载下出游的精确时间,甚至有些诗题之设计,可谓兼涉空间感与动感,例如谢灵运的《从斤竹涧越岭溪行》《石壁精舍还湖中作》《入华子岗是麻源第三谷》等诗作[138],系是借由亲身登临山水的行动,将山川景物以动态纪录的方式如实传真,故此诗题之制作,实为山水诗类之一大特色。

而谢诗山水空间的书写方式,不尽然如图画般的一景一物整体绘现,乃是经由一个行动接着一个步骤,上下攀爬跋涉,寻山陟岭,终于形构出立体的山水空间,在《登永嘉绿嶂山》《石壁精舍还湖中作》二诗可以见出:

> 裹粮杖轻策,怀迟上幽室。行源径转远,距陆情未毕。
> 澹潋结寒姿,团栾润霜质。涧委水屡迷,林回岩逾密。
> 眷西谓初月,顾东疑落日。践夕奄昏曙,蔽翳皆周悉。
> 《蛊》上贵不事,《履》二美贞吉。幽人常坦步,高尚邈难匹。[139]

> 昏旦变气候,山水含清晖。清晖能娱人,游子憺忘归。

出谷日尚早,入舟阳已微。林壑敛暝色,云霞收夕霏。

芰荷迭映蔚,蒲稗相因依。披拂趋南迳,愉悦偃东扉。

虑澹物自轻,意惬理无违。寄言摄生客,试用此道推。[140]

《登永嘉绿嶂山》《石壁精舍还湖中作》二首于"诗题"即点出登游之地点,尤其是第二首清楚标示出自一地前往另一处的行动过程。"记游→写景→兴情→悟理"四项流程是为谢灵运山水诗典型的结构设计[141],此二首可以明显见出,首先是开头的四句,其一写登临绿嶂山的行前准备与行经的路线动向,其二则叙述石壁山的山水景致与气候环境,从"诗题"至"记游"的过程,逐渐将沿途寓目所见之地理空间缓缓地伸展扩张。

至于《登永嘉绿嶂山》的"写景"部分,则是叙述在跋涉过程中,所见到的秋水荡漾之寒姿与竹林团乐密布之充实感,应是陟岭渐高,又时而峰回路转,故眼下之河流溪涧,全然不能清楚俯望,因四周之树林亦复深密,而不能识路,整条蜿蜒崎岖的攀爬路径,渐渐让读者感到山势的高度位置,终至方向迷失,以致于日月之升落方位竟复不能清楚辨识,然而此时,作者之行迹已然周遍绿嶂山;最后以"兴情""悟理"收摄此行程。

而《石壁精舍还湖中作》的空间书写则没有登绿嶂山式的探险过程,转而以一番较为舒缓之态度以遨游山水。"写景"部分,首先交代离开石壁山与还湖的时间,接着直接从"还湖"之时间点叙起,上写眼前之苍茫暮色,下则描绘身边的芰、荷、蒲、稗的叠相映蔚,将周遭之空间环境,借由一上一下四句之景象铺叙,撑开整片石壁山的山水天地,最后暮色转入暗冥,诗人于是舍舟上岸,入室休息。诗末仍以"兴情""悟理"感怀结束。

试观《登永嘉绿嶂山》一诗曲折的探险过程,在谢灵运的登临经验中,似乎不只一次而已。其他类此者，可自《石门新营所住四面高山，回溪石濑，修竹茂林》《登石门最高顶》二诗见之：

跻险筑幽居，披云卧石门。苔滑谁能步，葛弱岂可扪。
袅袅秋风过，萋萋春草繁。美人游不还，佳期何由敦？
芳尘凝瑶席，清醑满金樽。洞庭空波澜，桂枝徒攀翻。
结念属霄汉，孤景莫与谖。俯濯石下潭，仰看条上猿。
早闻夕飙急，晚见朝日暾。崖倾光难留，林深响易奔。
感往虑有复，理来情无存。[142]

晨策寻绝壁，夕息在山栖。疏峰抗高馆，对岭临回溪。
长林罗户穴，积石拥基阶。连岩觉路塞，密竹使径迷。
来人忘新术，去子惑故蹊。活活夕流驶，嗷嗷夜猿啼。
沈冥岂别理，守道自不携。心契九秋干，目玩三春荑。
居处以待终，处顺故安排。[143]

《石门新营所住四面高山，回溪石濑，修竹茂林》《登石门最高顶》二诗若说叙述攀涉之惊险与犹疑，应在于"苔滑谁能步，葛弱岂可扪。"与"连岩觉路塞，密竹使径迷。来人忘新术。去子惑故蹊。"数句，可以具体呈显出当时谢灵运在幽暗森林行走的屡步维艰，与拉附藤葛攀爬岩壁的危险过程，甚至是行至路塞径迷，因而忘失掉去来之时的山势路径，整座石门的山势地形的结构隐隐约约经由"方向迷失"这个动作辗转渲染开来，此亦增添作品空间感的经验深度，王建元于《中国山水诗的空间经验时间化》一文指出："山水诗应是一种表达'空间经验'的艺术形态;其歌咏的对象是一切自然景物。诗人大都亲身登临山水,从实际经历中获取某种美感经验。"[14]而此二诗所描写的空间范围,大体涵括于浙江省嵊县西北石门山的广阔腹地[145]。

终究江南殊丽的山水,处处散发着迷人风采,雅好山水的谢灵运屡屡为之痴狂,因而所到之处极目眺览,务必将耳目感官所接触之空间景物以诗载传,于是写下"俯濯石下潭,仰看条上猿。早闻夕飙急,晚见朝日暾。崖倾光难留,林深响易奔。"如此充满动感之诗句,系山崖之陡斜,故光照不长,亦是森林之幽深,故回音响来不绝于耳;而溪声潺潺、猿声此起彼落,为此石门山之溪谷,凭添几许热闹之气息,观此二诗对于整体空间与自然环境之书写,可谓成功地将读者带入其境,仿佛亲身见闻秀丽险峻之景色。

郑毓瑜于《观看与存有》一文,针对谢灵运寓目观望与亲临跋涉山水,进而极力铺写山水,有以下的说明:

> 谢灵运诗中"寓目"与"身观"双重体验的解析,会发现到原来人面对山水,可以不必只是为标识物性而去拼列,也可以不必然为了表情而去应用山水,而可以就是以眼耳闻见的声色、身体经历的形势,来构现出一个真实不扭曲、活泼不僵化的本然世界;在其中,各种物色声光相互造访、彼此辐射,就在交接、对比、映照、争夺的关系连结中,波洒出山水所以实存的生机意趣。而观者正是以一己之身目来投注并体现出山水的真实形象。[146]

无疑的,谢灵运山水诗所营造的空间结构系是借由亲身登览莅临,以令外在实存之空间景物具体化、真实化,故而其诗所描写的地景位置,往往不是平面铺排,而是必须以身体的行动与眼耳见闻的感受,将山水之实景,转换作空间感十足之诗句,如此实开出中国诗史上山水写实之先锋。

至于写实之景的工笔绘制,有时亦近乎阅读地图般的清晰明显,谢灵运居会稽始宁墅时,除了写一系列的山水诗作之外,亦作有一篇说明浙江会稽一带山势地形相当重要的文字纪录,即其著名的《山居赋》,在此赋中较为细致地处理山水之地理位置,例如:

> 别有山水,路邈缅归。求归其路,乃界此山。栈道倾亏,蹬阁连卷。复有水径,缭绕回圆。弥弥平湖,弘弘澄渊。孤岸竦秀,长洲芊绵。既瞻既眺,旷矣悠然。及其二川合流,异源同口。赴隘入险,俱会山首。[147]

此段乃写南山行经北山间《今浙江上虞县南东山》,沿途所见之山水迂回缭绕之景致,亦对川流渊源与其流向作一清楚交代;而其于此段作一自注云:"往反经过,自非岩涧,便是水径,洲岛相对,皆有趣也。"[148]由此可见出诗人对山水景色叙写之用心。而此番山环水绕的佳景,其实在《于南山往北山经湖中瞻眺》一诗也有描述:"舍舟眺回渚,停策倚茂松。侧径既窈窕,环洲亦玲珑。俯视乔木杪,仰聆大壑灇。石横水分流,林密蹊绝踪。"[149]诗与赋二者之间,居然塑造出不同的空间感受,一者偏属为静态之作,一者则又突显了上下攀爬求索的动态之貌,迥然化为两重叠合的山水世界。从以上多方面的讨论可以见出,陶谢二家对整体大自然空间书写,以及其个殊的空间感受与经验,其实是存在着相截然不同大之风貌。

五、结论

陶谢并称的意义大致可以分成几个阶段来看待,其一是初盛中唐时期,此时期陶谢二人的并举，其实是相互加分，一来是推举陶谢成为六朝诗人的典范，并作为师法学习的对象，二者则是盛唐以后，山水田园诗的写作日益兴盛，陶谢二者的文学书写的对象之情趣与经验，自然受到诗人作家所注目，因而将二人区分成"山水"与"田园"的代表，并且视二人的作品为自然文学写作的楷模，从而有诸多的探究议题绵延至今。本文所兼论二家对于"田园"与"山水"诗类的空间书写之区别，亦缘于此兴味而发[19]。

其二是晚唐至宋代，这个时期陶谢并称的意义乃在于突显二者对举之个殊性，陶渊明、谢灵运的形象开始论列对比，不再如先前单纯视二者为文学典范的代表，而是借由在宗教、忠义、与文学的对比之中，将二人刻画出鲜明的形象，则其被认识与接受的造型愈发清晰，进而形成两个极端的对比。

其三则是宋代至明清这段时期，诸多诗话、诗论等文学批评作品，对于陶谢二家文学作品风格的讨论更加详细，并将陶谢二人的风格作出高下评比，此举相对六朝时期的文学批评而言，是检讨亦是重新诠释。

此外，"陶谢"地位的确立并非一蹴可几，系是历经多组文学复合形式的汰换更迭，方逐渐于文学史的长期发展过程中趋向主流位置。从文学发展历程明显可以观察出谢灵运堪受讨论的角度与形象最为多重，先是与颜延之并称而为"元嘉之雄"，继之又被诗论家移来与谢朓、鲍照相互论较评比，最后又辗转与陶渊明论战纠缠。在错综复杂的讨论过程中，谢灵运形象的发展起伏波折不断，却始终韧性十足，故其在多组的复合形式中，乃是一重要的隐性主轴；而此隐性主轴在因缘际会之下与时代所重视的议题相互碰撞与结合，乃能翻转出另一波丰富、多元的文学新象[20]。

本文曾于2006年宣读于第二届"文学传播与接受"学术会议，

并刊于《东华人文学报》第九期,2006 年 7 月。

① 朱金城《白居易集笺校》(上海:上海古籍出版社,1988 年),页 2791。

② 收录《柳宗元集》(北京:中华书局,1979 年),页 1444。

③ 白居易《余思未尽加为六韵重寄微之》:"诗到元和体变新。"并自注:"众称元白为千字律诗,或号元和格。"引自朱金城《白居易集笺校》,页 1532。

④《宋史·黄庭坚传》云:"庭坚于文章尤长于诗,蜀、江西君子以庭坚配轼,故称'苏、黄'"。引自《宋史·黄庭坚传》(台北:鼎文书局,1994 年),页 13110。

⑤ 有关中国文学家并举所产生的种种错综复杂的文学议题,笔者将另文论之。

⑥《宋书·王弘之传》:"始宁沃川有佳山水,弘之又依岩筑室。谢灵运、颜延之并相钦重……。"(台北:鼎文书局,1993 年),页 2282。

⑦《宋书·颜延之传》,页 1904。

⑧ 王叔岷《钟嵘诗品笺证稿·宋临川太守谢灵运诗》(台北:中研院中国文哲所,1992 年),页 196。

⑨ 王叔岷《钟嵘诗品笺证稿·宋徵士陶潜诗》,页 260。

⑩ 有关"巧构形似之言"与六朝文人的关系,可参拙著《论六朝诗中巧构形似之言》(台湾师范大学国文所硕士论文,1976 年)。

⑪ 王叔岷《钟嵘诗品笺证稿,末光禄大夫颜延之诗》,页 267。

⑫ 颜谢并称的另一基础,应与当时两人同朝为官有关。《宋书·武三王传》对于颜延之与谢灵运的宦途交往,有此记载:"义真聪明爱文义,而轻动无德业。与陈郡谢灵运、琅邪颜延之、慧琳道人并周旋异常,云得志之日,以灵运、延之为宰相,慧琳为西豫州都督。"(台北:鼎文书局,1993 年),页 1635~1636。

⑬ 唐·杨炯《盈川集》卷三,收录于《影印文渊阁四库全书》,册 1065(台北:台湾商务印书馆,1986 年),页 207。

⑬唐·卢照邻《卢升之集》卷六,收录于《影印文渊阁四库全书》,册1065,页329。

⑭李剑锋《元前陶渊明接受史》(济南:齐鲁书社,2002年),页131。

⑮李剑锋《元前陶渊明接受史》,页131。

⑯唐·沈佺期、宋之问;陶敏、易淑琼校注《沈佺期宋之问集校注》下册(北京:中华书局,2001年),页654。

⑰唐·王勃等撰《初唐四杰集》卷五(台北:台湾中华书局,1970),页12。

⑱唐·杜甫著、仇兆鳌注《杜诗详注》(台北:里仁书局,1980年),页810。李辰冬《杜甫作品系年》,参考仇兆鳌《杜诗详注》与杨伦《杜诗镜铨》,将此诗系于肃宗上元二年(西元761年)。(台北:东大图书公司,1977年),页71。

⑲瞿蜕园等校注《李白集校注》(台北:里仁书局,1980年),页1576～1577。

⑳案:陶谢并称之后,将二人划归成六朝"田园诗"与"山水诗"的代表作家,应首见于此诗。

㉑瞿蜕园等校注《李白集校注》,页1177。

㉒引自顾绍柏校注《谢灵运集校注》(台北:里仁书局,2004年),页95。

㉓此诗系年,参阅詹锳《李白全集校注汇释集评》(天津:百花文艺出版社,1996年),页4156、4162。

㉔此诗系年,参阅詹锳《李白全集校注汇释集评》,页2857。

㉕引自瞿蜕园等校注《李白集校注》,页1077。

㉖引自杜甫著、仇兆鳌注《杜诗详注》,页1515。

㉗引自贯休《禅月集》卷二十,收录于《丛书集成初编》,(北京:中华书局,1985年),页107。

㉘引自杜甫著、仇兆鳌注《杜诗详注》卷二十,页1777。

㉙引自钱仲联《韩昌黎诗系年集释》(台北:学海出版社,1985年),页527～528。

㉚鲍谢并称尚见于:白居易《序洛诗》:"苏、李以还,次及鲍、谢徒,迄于李、杜辈,其间

词人,闻知者累百,诗章流传者钜万。"引自朱金城《白居易集笺校》卷七十(上海:上海古籍出版社,1988年),页3757。或见于,空海大师《文镜秘府论·南/论文意》:"中有鲍照、谢康乐、纵逸相继,成败兼行。至晋、宋、齐、梁,皆悉颓毁。"引自王利器《文镜秘府论校注》(台北:贯雅文化,1990年),页327。

㉛引自释皎然《杼山集》卷二,收录于《影印文渊阁四库全书》,册1071,页795。

㉜引自朱金城《白居易集笺校》卷十一,页598。

㉝引自朱金城《白居易集笺校》卷三十三,页2307。

㉞引自《全唐诗》(台北:明伦出版社,1970年10月),册11,页9057。李冶(一作裕)约与皎然、陆羽同时。

㉟引自李群玉《李群玉诗集》卷上,收录于《影印文渊阁四库全书》,册1083,页11。

㊱引自黄滔《莆阳黄御史集》卷四,收录于《丛书集成初编》,页92。

㊲引自朱金城《白居易集笺校》卷四十三,页2760。

㊳参见陶玉璞《谢学史论——试论历史如何安顿谢灵运》(淡江大学中国文学研究所硕士论文,1996年),页111~112。

㊴陶渊明诗今存《和刘柴桑》《酬刘柴桑》《示周续之、祖企、谢景夷三郎》三首与慧远门人的唱和作品。

㊵引自释慧皎撰、汤用彤校注《高僧传》(北京:中华书局,1997年),页214。

㊶齐己《白莲集》卷七,收录于《影印文渊阁四库全书》,集部40,册1084,页3786。

㊷引自陈舜俞《庐山记》卷三,收录于《大正新修大藏经》,册51(台北:新文丰出版社,1983年),页1039。

㊸收录于《大正新修大藏经》,册55,页110。

㊹引自顾绍柏校注《谢灵运集校注》,页359~360。

㊺引自顾绍柏校注《谢灵运集校注》,页378~380。

㊻引自宗晓编《乐邦文类》卷三,收录于《大正新修大藏经》,册47,页192。

㊼收录于陶宗仪编纂《说郛》(台北:台湾商务印书馆,1972 年),页 2876~2877。

㊽陶玉璞撰有《“莲社十八贤”观念的发展与“陶、谢”地位的演变》一文(未刊稿),对“莲社十八贤”故事有详细的叙述,盼其大作能早日问世。

㊾收录于郭绍虞编《清诗话续编》,页 33。

㊿有关陶谢二人与莲社十八贤传说的错综复杂问题,陶玉璞的论文应是最早详予讨论的开拓之作。本节多处参考其论述。

(51)左思《咏史诗》八首之一。引自逯钦立辑校《先秦汉魏南北朝诗》,第一册(北京:中华书局,1998 年),页 732。

(52)谢灵运(述祖德二首并序)之二。引自顾绍柏校注《谢灵运集校注》,页 154。

(53)王叔岷《钟嵘诗品笺证稿·宋徵士陶潜诗》,页 260。

(54)关于陶渊明、谢灵运二者仕隐出处、忠义名节的讨论,可分别参见齐师益寿《陶渊明的政治立场与政治理想》一书,内文详尽探讨北宋以降,年谱学者处理“晋书年号、宋书甲子”的问题(台湾大学,《文史哲丛刊》之二十五,1968 年);锺优民《陶学史话》第二章《高山仰止,推崇备至》亦罗列出,宋代对于陶渊明“忠于晋室”的相关讨论议题(台北:允晨文化,1991 年);此外,陶玉璞《谢学史论——试论历史如何安顿谢灵运》的《陶、谢——忠义问题之始宋及末人如何以忠义观念来安顿》一节,则最先将陶谢的“忠义问题”并置讨论。本文承以上诸家的研究观点,另设焦距,以陶谢二者的并称,探究其忠义志节形象的相互牵引、定位,并细论历代学者如何塑造与诠释二人“仕隐出处”的议题。

(55)引自洪迈《容斋随笔》卷八(上海:上海古籍出版社,1996 年),页 103。

(56)朱熹撰《朱子全书·子谓颜渊章》(上海:上海古籍出版社,2002 年),页 1226。

(57)张拭《南轩集》卷一,收录《文津阁四库全书》(北京:商务印书馆,2005 年),册 390,页 141。

(58)李剑锋《元前陶渊明接受史》,第三编《忽如一夜春风来,千树万树梨花开——陶渊明接受史的高潮期(两宋上)》,页 235。

㉟《宋书·谢灵运传》,页1753。

㉠《宋书,陶潜传》,页2288~2289。

㉡引自袁行霈笺注《陶渊明集笺注》(北京:中华书局,2003年),页460。

㉢秦观撰、徐培均笺注《淮海集笺注·王俭论》卷二十二(上海:上海古籍出版社,1994年),页745。

㉣朱熹撰《朱子全书·向蕲林文集后序》,页3662。

㉤元好问、施国祈注《新校元遗山集笺注》卷十一(台北:世界书局,1982年),页525。

㉥葛立方《韵语阳秋》卷八(上海市:上海古籍出版社,1984年),页104~105。

㉦刘克庄《后村诗话》卷一(台北:广文书局,1971年),页30。

㉧王质《绍陶录》卷上,收录于王云五主持《四库全书珍本》,九集(台北:台湾商务印书馆,1979年),页1。

㉨参见俞绍初校注《昭明太子集校注》(郑州:中州古籍出版社,2001年),页191~192、199~200。

㉩顾绍柏校注《谢灵运集校注》,页294。

㉪苏轼《书李简夫诗集》。引自孔凡礼点校《苏轼文集》,第5册(北京:中华书局,1986年),页2148。

㉫引自许顗《彦周诗话》,收录于吴文治主编《宋诗话全编》(南京:江苏古籍出版社,1998年),页1398。

㉬收录于郭绍虞编《清诗话续编》(台北:木铎出版社,1973年),页33。

㉭收录于丁福保编《清诗话》(台北:木铎出版社,1988年),页926。

㉮引自方东树《昭昧詹言》卷五(台北:广文书局,1962年),页3。

㉯引自方东树《昭昧詹言》卷五,页3~4。

㉰引自朱东润《梅尧臣集编年校注》(台北:源流文化,1983年),页804。

㉱引自王文诰辑注、孔凡礼点校《苏轼诗集》(北京:中华书局,1987年),页2124。

⑦⑧引自《临川先生文集》（台北：华正书局，1975年），页328~329。

⑦⑨引自仁渊、史容、史温《黄山谷诗集注》（台北：世界书局，1975年），页307。

⑧⑩引自仁渊、史容、史温《黄山谷诗集注》，页326。

⑧①引自任渊注、冒广生笺注《后山诗笺注》（台北：学海出版社，1980年），页144。

⑧②晁说之《景迂生集》收录于《影印文渊阁四库全书》，册1117，页81。

⑧③引自钱仲联《剑南诗稿校注》（上海：上海古籍出版社，1985年），页4327。

⑧④引自杨万里《诚斋诗集》（台北：中华书局，1965年），页13。

⑧⑤引自黄庭坚著《黄庭坚全集》（成都：四川大学出版社，2001年），页471。

⑧⑥引自氏著《论宋人平淡诗观的特殊指向与内蕴》，收录于张高评编《宋诗综论丛编》（高雄：丽文文化，1993年），页403。

⑧⑦引自杜甫著、仇兆鳌注《杜诗详注》，页810。

⑧⑧王叔岷《钟嵘诗品笺证稿》，页260、196。

⑧⑨杨时撰《杨龟山集》卷十（台北：台湾商务印书馆，1965年），页472。

⑨⑩杨万里撰《诚斋诗话》，收录丁福保辑《历代诗话续编》（北京：中华书局，2001年），页142。

⑨①朱熹撰《朱子全书》卷一百四十，页4322。

⑨②陈善《扪虱新话》下集卷四，收录《百部丛书集成·儒学警悟》（板桥：艺文印书馆，1966年），页5。

⑨③高大鹏《陶诗新论》（台北：时报文化出版企业股份有限公司，1981年），页73。

⑨④引自严羽《沧浪诗话》，收录于吴文治主编《宋诗话全编》，页2726~2727。

⑨⑤引自《叶梦得诗话·玉涧杂书》，收录于吴文治主编《宋诗话全编》，页8727。

⑨⑥刘克庄《后村集》卷四十五，收录《文津阁四库全书》，册394，页437。

⑨⑦引自王叔岷《钟嵘诗品笺证稿·宋光禄大夫颜延之》，页267。

⑨⑧《南史·颜延之传》，页881。

㊽引自王叔岷《钟嵘诗品笺证稿·宋法曹参军谢惠连》:"《谢氏家录》云:康乐每对惠连,辄得佳语。后在永嘉西堂,思诗竟日不就。寤寐间忽见惠连,即成'池塘生春草'。故尝云:'此语有神助,非吾语也。'"页277。

⑩引自叶梦得《石林诗话》卷中,收录于吴文治主编《宋诗话全编》,页2704。

⑩引自谢榛《四溟诗话》卷二,收录于吴文治主编《明诗话全编》,页1164。

⑩引自许学夷著、杜维沫校点《诗源辩体》卷七(北京:人民文学出版社),页110。

⑩收录于《续修四库全书》,册159(上海:上海古籍出版社,2002年),页137。

⑩钟优民《陶学史话》,页113。

⑩引自许学夷著、杜维沫校点《诗源辩体》卷六,页100。

⑩引自许学夷著、杜维沫校点《诗源辩体》卷六,页101。

⑩引自许学夷著、杜维沫校点《诗源辩体》卷六,页109。

⑩收录于《续修四库全书》,册1701,页7。

⑩引自方东树《昭昧詹言》卷一,页28。

⑩引自方东树《昭昧詹言》卷五,页2。

⑩引自方东树《昭昧詹言》卷五,页4。

⑫引自刘熙载著、薛正兴点校《刘熙载文集》(南京:江苏古籍出版社,2000年),页98。

⑬瞿蜕园等校注《李白集校注》,页1576~1577。

⑭案:后世将陶谢二人定位为六朝田园、山水诗的代表作家,应首见于此诗。

⑮晋·陶渊明:袁行霈笺注《陶渊明集笺注》(北京:中华书局,2003年),页479。

⑯引自袁行霈笺注《陶渊明集笺注》,页76。

⑰引自袁行霈笺注《陶渊明集笺注》,页89。

⑱高友工著《中国美典与文学研究论集》(台北:台大出版中心,2004年),页52。

⑲引自袁行霈笺注《陶渊明集笺注》,《乙巳岁三月为建威参军使都经钱溪一首》,页210。

⑳引自袁行霈笺注《陶渊明集笺注》,页 83。

㉑引自袁行霈笺注《陶渊明集笺注》,页 115。

㉒引自袁行霈笺注《陶渊明集笺注》,页 130。

㉓引自袁行霈笺注《陶渊明集笺注》,页 132。

㉔引自袁行霈笺注《陶渊明集笺注》,页 268。

㉕收录夏铸九,王志弘编译《空间的文化形式与社会理论读本》(台北:明文书局,1994年),页 86。

㉖引自袁行霈笺注《陶渊明集笺注》,页 393。

㉗引自袁行霈笺注《陶渊明集笺注》,页 247。

㉘引自袁行霈笺注《陶渊明集笺注》,页 460~461。

㉙收录于林师文月著《山水与古典》(台北:三民书局,1996 年),页 26。

㉚详见林师文月著《山水与古典》,页 26。另可参考王国璎"山水与田园情趣合流"一章之讨论,收录氏著《中国山水诗研究》(台北:联经出版事业公司,1996 年)。

㉛引自王叔岷《钟嵘诗品笺证稿·宋临川太守谢灵运》,页 196。

㉜参阅高友工《文学研究的美学问题(下):经验材料的意义与解释》,收录氏著《中国美典与文学研究论集》,页 64。

㉝《宋书·谢灵运传》,页 1753。

㉞参见拙著《南朝边塞诗新论》附录(台北:里仁书局,2000 年),页 243。

㉟本文所指的"山水诗",系从后来诗派分类的概念说明此类以"模山范水"为主之诗作。详见拙著《南朝"山水诗"中"游览"与"行旅"的区分——以《文选》为主的观察》,收录《东华人文学报》第一期(台湾东华大学,1999 年)。

㊱参见李丰楙《山水传统与中国诗学》,收录于罗宗涛等著、王梦鸥审查《中国诗歌研究》(台北:中央文物供应社,1985 年),页 115。

㊲谢灵运的"山水诗"系多收入于《文选》的"行旅"与"游览"二诗类中,关于谢灵运此

二诗类之差异及其各自代表之意义。可参阅拙著《谢灵运诗中"游览"与"行旅"之区分》,收录台湾成功大学中文系编辑《第二届魏晋南北朝文学与思想学术研讨会论文集》(台北:文史哲出版社,1993年)。

⑬引自顾绍柏校注《谢灵运集校注》(台北:里仁书局,2004年),页84。

⑭引自顾绍柏校注《谢灵运集校注》,页165~166。

⑭详见林师文月《中国山水诗的特质》一文的研究,收录于氏著《山水与古典》。

⑭引自顾绍柏校注《谢灵运集校注》,页256。

⑭引自顾绍柏校注《谢灵运集校注》,页262。

⑭收录氏著《现象诠释学与中西浑厚观》(台北:东大图书公司,1992年),页135。

⑭参见顾绍柏于《谢灵运集校注》的对"石门山"地理位置的考证,页256~257。

⑭收录氏著《六朝情境美学综论》(台北:台湾学生书局,1996年),页160。

⑭引自顾绍柏校注《谢灵运集校注》,页462。

⑭引自顾绍柏校注《谢灵运集校注》,页462。

⑭引自顾绍柏校注《谢灵运集校注》,页175。

⑭关于"山水""田园"诗派之定义与其于文学史中代表的意义。葛晓音《山水田园诗派在中国美学史上的地位》一文有详细的讨论,收录氏著《山水田园诗派研究》(潘阳:辽宁大学出版社,1999年)。

⑮本文资料之检索得力于:一、北京大学中文系《陶渊明资料汇编》(北京:中华书局,1962年1月)。二、顾绍柏《谢灵运集校注》(附录评丛)(台北:里仁书局,2004年4月)。三、陶玉璞《谢学史论——试论历史如何安顿谢灵运》(附录部分)(淡江大学中国文学研究所硕士论文,1996年6月)。

论李白诗中"谢灵运""谢朓"与"陶渊明"的排列次序
——兼论"二谢"与"陶谢"并称的结构基础
一、前言

中国诗史上,陶渊明(365~427)谢灵运(385~433)二人并称,似乎被视为理所当然、绝无异议。但是二家并称非文学史的原貌,而是经过文学史漫长地演进。首先是六朝的颜、谢并举,入唐之后始出现陶、谢并称,接着二谢、三谢、鲍谢之说相继夹杂其间;然而,陶谢并称的条件远胜于二谢、三谢、鲍谢诸说。因此,在经历漫长的起伏淘洗,终于在明、清之际拍板定案,成为文学史的定论。

推究陶、谢二家并称之所以成为文学史的定论,最主要的原因是由于二人在并称时所可能激荡出的议题具有最大的开拓性及抗衡性。最早出现"陶谢""二谢"显著名称的,可能始自杜甫的《江上值水如海势聊短述》:"焉得思如陶谢手,令渠述作与同游。"[①]《夜听许十一诵诗爱而有作》:"陶谢不枝梧,风骚共推激。"[②]至于"二谢"也是出自杜甫,如《解闷十二首》之七:"熟知二谢将能事,颇学阴何苦用心。"③但是在李白(701~762)的诗中,虽然尚未明显标示出"陶谢""二谢"的名目,但却在其作品中不断出现隐性的"二谢"与"陶谢"并置的事实。如最有名的《宣州谢朓楼饯别校书叔云》:"蓬莱文章建安骨,中间小谢又清发。"④既有小谢之名,则大谢当然呼之欲出。而《游谢氏山亭》:"谢公池塘上,春草飒已生。花枝拂人来,山鸟向我鸣。田家有美酒,落日与之倾。醉罢弄归月,遥欣稚子迎。"⑤李白在这首诗中,则很显然将陶、谢并置。

本文的主旨,即拟经由对李白诗作的考察,分析其对待"陶谢"与"二谢"的叙述模式,进而探测李白心目中如何摆放"陶谢"并置与"二谢"并置的比重,并借此呈现出:即使在"陶谢""二谢"并置的滥觞阶段,李白其实早已预示"陶谢"终将取代"二谢"的文学史趋势。

二、王士禛"一生低首谢宣城"本义还原

王士禛《论诗绝句三十二首》之三论李白:"青莲才笔九州横,六代淫哇总废声。白苎青山魂魄在,一生低首谢宣城。"⑥成为太白崇拜谢朓定论的重要依据,然细究其上下文脉可知,渔洋所指仅为李白继承玄晖"清新"的诗风⑦。然后世学者或许受到《新唐书·文艺中·李白传》的影响:"白晚好黄老,度牛渚矶至姑孰,悦谢家青山,欲终焉。及卒,葬东麓。元和末,宣歙观察使范传正祭其冢,禁樵采。访后裔,惟二孙女嫁为民妻,进止仍有风范,因泣曰:'先祖志在青山,顷葬东麓,非本意。'传正为改葬,立二碑焉。"⑧遂出现谢朓系李白人格典型寄托之论。而如李直方则认为谢朓"清丽"诗风对李白的影响不及鲍照(405~466)俊逸之气,所以李白倾慕谢朓完全是"触景生情""睹物思

人"[9];小尾郊一则认为太白怀念宣城乃出于自己的不顺遂,且谢朓于山水之作中也吐露了一己之愁情[10];阮廷瑜亦谓:"太白低首宣城,集中处处可见,或拟其诗题,或用其诗句,或摹其句法,或借之自况,或对之怀慕。"[11]而莫砺锋亦以小谢将仕隐挣扎寄情丘壑[12];薛天纬更明言李白借谢朓抒发放逐之感[13];茆家培则视李白对谢朓别有一番情意,实乃包含对其政治遭遇的怜惜[14]。不过同样也多有认定李白于谢朓的崇仰,仅止于文学风格与技巧上的传承,如施逢雨肯定李白仰慕谢朓在很大的程度上是因为心仪其诗[15];周本淳则从谢朓于宣城的政绩剖析,直指李白曾谓:"以为谢公德不及后世,亭不留要冲,无勿拜之言",而认为太白倾倒之言仅限于玄晖诗作[16];周勋初则藉以讨论李白所建立起的"清""真"美学[17];而杨义则专注于李白如何利用谢朓的"清",转化了谢灵运精工丽密之山水诗中的沉重呆滞[18]。

以上诸多研究皆聚焦于李白对谢朓仕隐挣扎的感通,与文学成就的崇慕。但事实上,在李白诗中除了谢朓之外,还频繁地出现谢灵运与陶渊明的踪迹。况且除了"蓬莱文章建安骨,中间小谢又清发"[19]的钦羡外,李白同样也不只一次提到他对谢客文学成就的惊叹,如"顿惊谢康乐,诗兴生我衣"[20]"梦得池塘生春草,使我长价登楼诗"[21],可见大谢诗风对李白之创作可能更具影响力;至于陶渊明则无论直书其人或化用典故,出现频率更是不计其数,故李白是否一生仅低首于谢宣城,是本节主要讨论的焦点。

然据王士禛的立场,其显然仅出于对李白诗作之评价,但却遭受后世学者过度引申解读,推演出谢朓出处进退的际遇,根据笔者对李白诗的逐条考索,发现其诗中对"二谢"与"陶谢"其实各有不同的描述立场。故以下将借由原典操作,对此三人与李白的关系加以梳理,以厘清在李白诗中对"二谢""陶谢"并置错综复杂的来龙去脉。

李白在《夜泛洞庭寻裴侍御清酌》一诗中叙述其独泛舟中寻友解闷之情绪：

日晚湘水渌，孤舟无端倪。明湖涨秋月，独泛巴陵西。
遇憩裴逸人，岩居陵丹梯。抱琴出深竹，为我弹鹍鸡。
曲尽酒亦倾，北窗醉如泥。人生且行乐，何必组与珪？[22]

这首看似平凡的感怀游览之作，李白却于其中分别透露出对陶渊明、谢灵运、与谢朓的不同看法。首四句抒发自我孤独之感，"孤舟无端倪"乃化用谢灵运《游赤石进帆海》："冥涨无端倪，虚舟有超越。"[23]谢诗作于贬谪永嘉之际，借描写赤石胜境与扬帆越海之游，表达对功名富贵虚幻不实的怅惘，惟有隐居方能避祸保身，故康乐后诗中主要透露怀才不遇的痛苦，遂利用帆海的无际衬托出自己孤身超越于人间纷扰。故李白在此化用谢诗典故，亦可令人感受自况康乐的联想。次四句则描述裴侍御隐居处的胜景与生活，在此李白称其为"裴逸人"，可知裴氏亦为一贬谪文人，《李白集》中有多首与"裴侍御"唱和之作，多集中于乾元元年（758）遭流放夜郎之后[24]，据《湖南通志·流寓人物传》云："裴隐官侍御，谪居岳州，与岫道人鼓琴自娱。李白流夜郎过之，相与唱和游宴。"[25]故李白有《流夜郎至西塞驿寄裴隐》《酬裴侍御对雨感时见赠》《酬裴侍御留岫师弹琴见寄》《答裴侍御先行至石头驿以书见招期月满泛洞庭》《至鸭栏驿上白马矶赠裴侍御》等诸诗，亦可证明两人之间确有悲士不遇的共同话题。"岩居陵丹梯。创作透露着谢朓描写山水的影子，《游敬亭山》有："要欲追奇趣，即此凌丹梯。"[26]而在《鼓吹登山曲》中亦有："暮春春服美，游驾凌丹梯。"[27]李善（？～689）《文选注》指："丹梯，谓山也。"[28]吕延济的解释则更为形象:"丹梯,谓山高峰入云霞处也。"[29] 故李白此句乃描述山势挺拔,以及裴侍御所隐居深山的孤峭。而知己相见,除有琴瑟和鸣之趣外,也令李白怀想着隐逸诗人的典型——陶渊明,故末四句借由饮酒行乐,表达对陶渊明:"达人解其会,逝将不复疑。忽与一觞酒,日夕欢相持。"[30]之智慧的倾心!因此,其"北窗醉如泥"乃借用陶潜《与子俨等疏》:"常言五六月中,北窗下卧,遇凉风暂至,自谓是羲皇上人。"[31]陶潜于北窗下享受仲夏凉风,与李白在裴隐北窗下痛饮烂醉,皆欲表达出一种安贫乐道、任真自得的审美情趣,可见在此诗中李白所描述的陶潜形象,是一种人格境界的追慕与生活情趣的向往[32]。此一诗之中,李白巧妙地让陶渊明、谢灵运、谢朓鼎足三分,实对三人在认知与评价上富含深意。

至此可以发现在李白诗中,陶渊明、谢灵运、与谢朓实际上存在着不同的作用与写法:面对陶渊明,李白多着墨于其饮酒豪情与不慕荣利之精神境界;至于对待谢灵运,则主要在宽慰自己不遇的痛苦与仕隐挣扎的情绪;谢朓则较为单纯地从文学技巧落笔,就算最接近玄晖内在情绪探讨的作品,也几乎都是李白游历宣城时所作,故无法以此概括李白一生的感受,而认定太白"一生低首谢宣城"在文学传承涵义之外的有效性。

三、李白透过对谢灵运的抒怀遥探谢安人格风范

因此,若过度一味强调李白在遭谪后对谢朓诗文产生同样不遇之悲的认同[33],则似乎将其政治思想看得太过肤浅。安旗曾指出当李白首次入京时:"渴望君臣遇合之心至切,惟有求女之情能仿佛其万一。"[34]虽最终失望而归,但无损其于对再次入京的期待:"因感君恩未衰,故对同列明其素志,尚期功

成然后身退。"㉟而李白自己也曾说:"申管晏之徒,谋帝王之术,奋其智能,愿
为辅弼。使寰区大定,海县清一,事君之道成,荣亲之义毕,然后与陶朱、留
侯,浮五湖,戏沧州,不足为难矣。"㊱因此,冈村繁乃对李白的仕宦心态作出:
"乃是大功告成之后过一种恬淡无欲的归隐生活的志向"㊲之判断。无奈其所
任职的翰林院在性质上或皇帝的认知上,都只是御用文人的角色㊳,虽然葛晓
音主张李白遭玄宗放还后仍津津乐道于京中所受的宠遇㊴,但事实是李白始
终没有一展抱负的机会:

尝高谢太傅,携妓东山门。楚舞醉碧云,吴歌断清猿。
暂因苍生起,谈笑安黎元。余亦爱此人,丹霄翼飞翻。
遭逢圣明主,敢进兴亡言。白璧竟何辜,青蝇遂成冤。
一朝去京国,十载客梁园。猛犬吠九关,杀人愤精魂。
皇穹雪冤枉,白日开氛昏。太阶得夔龙,桃李满中原。
倒海索明月,凌山采芳荪。愧无横草功,虚负雨露恩。
迹谢云台阁,心随天马辕。夫子王佐才,而今复谁论。
曾飙振六翮,不日思腾骞。我纵五湖棹,烟涛恣崩奔。
梦钓子陵湍,英风缅犹存。彼希客星隐,弱植不足援。
千里一回首,万里一长歌。黄鹤不复来,清风愁奈何。
舟浮潇湘月,山倒洞庭波。投泪笑古人,临濠得天和。
闲时田亩中,搔背牧鸡鹅。别离解相访,应在武陵多。㊵

由"一朝去京国,十载客梁园"可知,此诗应作于李白遭唐玄宗放还之后,詹锳
除系于天宝十二年(753)外,并认为应是南游之前于梁园与蔡雄告别所作。

有趣的是,李白于此诗中不仅同时运用谢灵运与陶渊明的典故,还出现对谢安(320~385)的追慕。如首十句即针对谢安开始描述,据《晋书·谢安传》载:"初辟司徒府,除佐著作郎,并以疾辞。寓居会稽,与王羲之及高阳许询、桑门支遁游处,出则渔弋山水,入则言咏属文,无处世意。……有司奏安被召,历年不至,禁锢终身,遂栖迟东土。尝往临安山中,坐石室,临浚谷,悠然叹曰:'此去伯夷何远!'……安虽放情丘壑,然每游赏,必以妓女从。"[41]李白首先使用谢安携妓隐居东山的典故,楚舞与吴歌所描述的正是谢安隐居时的惬意生活,但当面对国家危亡之刻,谢安亦可谈笑用兵:"暂因苍生起,谈笑安黎元",正是李白一生仕进的理想典型。然李白欣羡谢安乃是其有幸受到重用,反观自己的遭遇正是接下来十六句的写照,如同白璧之洁遭到青蝇之瑕;而"猛犬"二句正影射李林甫(?~752)于天宝中诛逐忠良事,如五年(746)贬杀韦坚、六年(747)又杀李邕、裴敦复,并贬王嗣忠[42]等事;"皇穹"二句则透露出杨国忠与李林甫间政治斗争的实况,杨派虽极力拉拢文人,号称天下贤才无遗逸,但从李白:"青蝇易相点,《白雪》难同调"[43]可知,其任翰林时即已与诸臣不合[44];如今又见朝廷政争及文人趋附,故"愧无"四句除透露对时政之灰心外,不也正是一种无奈的反讽!值得注意的是,李白在此化用了许多谢灵运的诗句,如《还旧园作,见颜范二中书》:"盛明荡氛昏,贞休康屯邅。"[45]《入彭蠡湖口》:"圻岸屡崩奔……泪露馥芳荪。"[46]尤其,在"夫子王佐才"以下十四句,颇有一股不如归去之感,"我纵"二句使用范蠡之典,《国语·越语下》:"(灭吴)反至五湖,范蠡辞于王……遂乘轻舟以浮于五湖,莫知其所终极。"[47]然谢灵运在《述祖德诗二首》之二中亦曰:"秦赵欣来苏,燕魏迟文轨。贤相谢世运,远图因事止。高揖七州外,拂衣五湖里。随山疏濬潭,傍岩艺扮梓。遗情舍尘物,贞观丘壑美。"[48]可见此典也有谢客身影。而"梦钓"两句则借用后汉严光:"除为谏议大夫,不屈,乃耕于富春山,后人名其钓处为严陵濑焉。"[49]然同样在谢灵运的《七里濑诗》中有曰:"既秉上皇心,岂屑末代诮。目睹严子濑,想属任公钓。"[50]而诗末则提出陶渊明的"桃花源"意象,但差异在于陶渊明寓自我之理想[51],而非李白逃避不遇之愧叹。借此显示出李白于描述不遇之悲时的抒情模式,而这种模式与谢灵运却有几分雷同,过去研究者仅止于"谢安"意象之运用在于表达李白仕进之理想,却皆无探究李白如何联系谢安与谢灵运之间的结合所形成之抒情模式[52],此将为本节探讨重点。

在谢灵运于宋文帝元嘉元年(424)第一次隐居故乡会稽始宁时所作的《山居赋》中,即说明了他对谢安丰功伟业的崇拜之情:"余祖车骑建大功淮、肥,江左得免横流之祸。后及太傅既薨,远图已辍,于是便求解驾东归,以避君侧之乱。废兴隐显,当是贤达之心,故选神丽之所,以申高栖之意。经始山川,实基于此。"[53]因此,当谢灵运面对"君子道消"[54]的政治黑暗,与"何意冲飚激,烈火纵炎烟"[55]的人事斗争,"还东山"便成为谢灵运解消不遇悲苦的避风港:"仰前哲之遗训,俯性情之所便。奉微躯以宴息,保自事以乘闲。愧班生之夙悟,残尚子之晚研。年与疾而偕来,志乘拙而俱旋。谢平生于知游,栖清旷于山川。"[56]李白与谢灵运所面临的政治问题相当类似,故令其在处理不遇问题的态度上,似乎也循着谢灵运的模式,向往谢安"兼抱济物性,而不缨垢氛"[57]的仕隐典型。

如《春滞沅湘有怀山中》:"所愿归东山,寸心于此足。"[58]《题元丹丘颍阳山居》:"忽遗苍生望,独与洪崖群……终愿狎青鸟,拂衣栖江濆。"[59]《示金陵子》:"谢公正要东山妓,携手林泉处处行。"[60]《出妓示金陵子呈卢六四首》之一:"安石东山三十春,傲然携妓出风尘。"[61]《古风五十九首》之九:"却秦振英声……拂衣可同调。"[62]《东山吟》:"携妓东土山,怅然悲谢安。"[63]《留别西河刘少府》:"东山春酒绿,归隐谢浮名。"[64]《赠韦秘书子春》:"谢公不徒然,起来为苍生。"[65]上述诸诗皆显现出李白特别着墨于谢安"功成拂衣"的形象,此举与谢灵运叙述谢安的心态有异曲同工之妙,但谢客存有对先祖功业的怀想与无法克绍箕裘的遗憾,而李白则是出于对自己已是天地弃才之慨叹:

> 君平既弃世,世亦弃君平。观变穷太易,探元化群生。
> 寂寞缀道论,空帘闭幽情。驺虞不虚来,鸑鷟有时鸣。
> 安知天汉上,白日悬高名。海客去已久,谁人测沈冥。[66]

严君平即严遵,《汉书·王贡两龚鲍传》谓:"君平卜筮于成都市,以为'卜筮者贱业,而可以惠众人。有邪恶非正之问,则依著龟为言利害。与人子言依于孝,与人弟言依于顺,与人臣言依于忠,各因势导之以善,从吾言者,已过半矣。'裁日阅数人,得百钱足自养,则闭肆下帘而授《老子》。博览亡不通,依《老子》、严周之指著书十余万言。"[67]鲍照《咏史》诗亦曾言:"君平独寂寞,身世两相弃。"[68]李善《文选注》云:"言身弃世而不仕,世弃身而不任。"[69]可见,李白乃借用严遵甘贫守己、淡泊自适之心境,来安慰自己以下的遭遇;"驺虞""鸑鷟"皆是祥瑞之物,但仍待有识之士的发觉,故利用张骞乘槎游天的传说[70],来对照自己同样不得志于人间的处境。因此,明人唐汝询在《唐诗解》中便说道:"此太白废斥之后,无心用世,而托君平以见志也……天生是人,如驺虞、鸑鷟,不终使之泯泯……此盖太白叹其不为人知也。"[71]不过,谢灵运借谢安巨大身影来呵护自己于仕途上饱受伤害的手法,则完全被李白所承袭。如:"安石在东山,无心济天下。一起振横流,功成复潇洒。"[72]或"安石泛溟渤,独啸长风还。逸韵动海上,高情出人间。灵异可并迹,澹然与世闲。"[73]

除显示淡泊名利、"不以死生得失萦于念虑"[74]之心外,亦同样与谢灵运借由寓情山水,而完成其对不遇之悲的抒情模式。又如《与周刚清溪玉镜潭宴别》曰:

> 康乐上官去,永嘉游石门。江亭有孤屿,千载迹犹存。我来游秋浦,三入桃陂源。千峰照积雪,万壑尽啼猿。兴与谢公合,文因周子论。扫崖去落叶,席月开清樽。溪当大楼南,溪水正南奔。回作玉镜潭,澄明洗心魂。此中得佳境,可以绝嚣喧。清夜方归来,酣歌出平原。别后经此地,为余谢兰荪。[75]

"清溪"又作"青溪",李白有《秋浦歌十七首》之二曰:"青溪非陇水,翻作断肠流。"[76]《舆地纪胜》载其位于池州,即今安徽贵池县[77];而据詹锳《系年》可知,李白于天宝十三年(754),自广陵、金陵而至宣城,往来于池、歙诸州[78];"玉镜潭"可借由周必大(1125~1204)《泛舟游山录》所载:"清溪水正碧色,下浅滩数里,至玉镜潭,水自南来,触岸西折,弯环可喜,潭深则二三丈。李白诗云:'江祖一片石,青天扫画屏。'又云:'溪水正南奔,回作玉镜潭。'皆实录也。"[79]周刚其人其事无考。故整首诗似仿谢灵运于谪守永嘉时,借游山玩水以寄有志难伸之惆怅:首四句即用谢客典故,宋武帝永初三年(422),灵运因"构扇异同,非毁执政"[80],而遭到朝廷贬斥至永嘉,但康乐于任上则开发了永嘉山水之美,"石门"即指《登石门最高顶》诗[81],而"孤屿"则有《登江中孤屿》诗[82],可见李白虽面对清溪之景,内心却早已怀想康乐之游,其中共同的"不遇之悲",成为彼此契合的催化剂;次四句则描述于玉镜潭宴别之况,其千峰明若积雪,万壑皆闻猿啼,足见当地景色秀丽;再四句则点出李白与周刚出游仿若谢公,借文学笔墨妆点山水清音;再四句亦同样描写清溪断肠之景,并借澄清的湖心映衬自己丹心之明;末六句写宴后分别,"为余谢兰荪"除赞赏周刚外,也含有自比之意,明崇祯三年(1630)刻伪署严羽、刘会孟评点《李杜全集》本谓:"《楚辞》学用得好"[83],便是指末句之法。谢宇衡在其研究中认为,李白倾心谢灵运不仅是赞赏其山水诗的成就,还包含对兄弟的情谊与邀游各地之生活[84]。不过他却将谢安与谢灵运在李白诗中的意象硬生生拆散,而将李白诗中关乎出处进退之事皆归纳入谢安的比喻系统,但此种分类似过于刻板,且更无法透析李白诗中对谢灵运所寄寓的抒情内涵:即盼望能"脚着谢公屐,身登青云梯"[85],而于功成名就后归隐江湖[86]。在《金门答苏秀才》诗中,太白便将此种心情淋漓表达出来:

君还石门日,朱火始改木。春草如有情,山中尚含绿。折芳愧遥忆,永路当日勖。远见故人心,平生以此足。巨海纳百川,麟阁多才贤。献书入金阙,酌醴奉琼筵。屡忝白云唱,恭闻黄竹篇。恩光照拙薄,云汉希腾迁。铭鼎倘云遂,扁舟方渺然。我留在金门,君去卧丹壑。未果三山期,遥欣一丘乐。玄珠寄象罔,赤水非寥廓。愿狎东海鸥,共营西山药。栖岩君寂灭,处世余龙蠖。良辰不同赏,永日应闲居。鸟吟檐间树,花落窗下书。缘溪见绿筱,隔岫窥红蕖。采薇行笑歌,眷我情何已。月出石镜间,松鸣风琴里。得心自虚妙,外物空颓靡。身世如两忘,从君老烟水。[87]

首八句乃李白于朝中对远方朋友的思念;次十句除描述翰林院人才济济外,也对自己蒙受圣上恩宠而高兴自满,但李白却在这种兴奋的情绪中说出:"铭鼎倘云遂,扁舟方渺然",宋杨齐贤在《分类补注李太白诗》中曰:"扁舟,言功成遂身退,如范蠡扁舟泛五湖也。"⑧⑧可知功成不居本就为李白坚持之立场;而后十句便述说自己虽仕于朝廷,但仍心系丘壑,栖岩丹洞之中;再次八句则显现对苏秀才隐居生活的欣羡之情;末六句言欲从苏秀才隐居石门。借以上分析可知,李白虽然倾心栖逸生活,但仍有建功立业的前题,故如下列诗句:"一振高名满帝都,归时还弄峨嵋月。"⑧⑨"拂衣逃人群……独朗谢垢氛。"⑨⓪"令弟经济士,谪居我何伤?潜虬隐尺水,著论谈兴亡。"⑨①"以兹谢朝列,长啸归故园。"⑨②等皆可证明,在李白诗中所运用以抒发自我不遇挫折的原型,正与谢灵运移情于谢安的怀念及对永嘉山水之青睐,息息相关。

因此,探讨李白于诗中使用谢灵运的意象,应该跳脱过去研究者过度拘限于山水诗的窠臼,太白诗中写山水的作品何其多,并非仅拘限于对二谢山水诗美学技法的承袭而已。若能深入探讨其诗中出现谢灵运时所产生的抒情效果,便会发现"谢安"与"山水"结合,方为李白借以宽慰自己仕途不遇之愁苦的要件。不过,李白亦不时透露出另一种人理想之境界,即追慕陶潜"归去来兮"中的"桃花源":"若得功成拂衣去,武陵桃花笑杀人。"⑨③

四、李白诗中的陶渊明意象

在李白诗中写陶渊明可分为两大类型,一是借"饮酒"描述陶潜生活情趣乃为隐逸高士;二是利用"桃花源"的意象表达企慕陶潜"归去来"之洒脱。前者如《戏赠郑溧阳》:

陶令日日醉,不知五柳春。素琴本无弦,漉酒用葛巾。清风北窗下,自谓羲皇人。何时到栗里,一见平生亲。⑨④

"溧阳"在宣州㉕,而"郑溧阳"据《溧阳濑水贞义女碑铭》可知即为郑晏㉖,故此诗应作于安史之乱(755～762)前㉗。全诗可说是《宋书·隐逸·陶潜传》的改写:

> 潜少有高趣,尝著《五柳先生传》以自况,……为彭泽令,……解印绶去职,赋《归去来》。……江州刺史王弘欲识之,不能致也。潜尝往庐山,弘令潜故人庞通之斋酒具于半道栗里要之。潜……既至,欣然便共饮酌。俄顷弘至,亦无忤也。……潜不解音声,而畜素琴一张,无弦,每有酒适,辄抚弄以寄其意。……郡将候潜,值其酒熟,取头上酒巾漉酒毕,还复著之。……尝言五六月北窗下卧,遇凉风暂至,自谓是羲皇上人。㉘

可知"栗里"正是隐射"溧阳",虽然此诗乃赠郑晏之作,但自头至尾李白皆为叙说自己心中的理想生活,明代朱谏在《李诗选注》中即认为,李白此诗主旨实欲表达欣慕渊明生活情趣的看法:

> 此李白用渊明故事戏赠郑溧阳也。言渊明好酒而常醉,春来五柳亦不知也。畜无弦之琴,戴漉酒之巾,高卧北窗,自谓羲皇上人,是皆渊明之高致也。吾平士愿慕,惟恨不得以相亲者。今溧阳之地,即栗里也,溧阳之令,即渊明也,我又何时到于栗里,以见吾平生之所亲慕者乎?㉙

因此,此诗透露出李白对陶渊明所偏好的两大因素,其一是"酒",其次则是"羲皇上人"的精神境界。

袁以涵在《陶渊明和酒和李白》一文中即指出陶、李二人爱酒之因乃出于"不得志"的愁绪,此点虽然说服力不足,但对二人饮酒赋诗之风格差异的描述则颇具参考:"一个是慷慨激昂,一个是冲淡平和,一个是'笔落惊风雨,诗成泣鬼神',而有摇山撼海的气魄;一个是'肯与邻翁相对饮,隔篱呼取尽余杯',饶田舍闲逸的风味。"[100]文中虽借杜甫(712~770)诗《寄李十二白二十韵》[101]与《客至》[102]来分判陶、李二人饮酒态度之差异,但无法否认的是李白诗中有关"酒"的描写多少都有陶潜的影子[103],如:"颜公三十万,尽付酒家钱。"[104]便是化颜延之(384~456)予渊明酒钱二万的故事[105];"河阳富奇藻,彭泽纵名杯。"[106]则指陶潜于彭泽令时种秫秔之事[107];"吟诗作赋北窗里,万言不值一杯水。"[108]即又出现陶潜《与子俨等疏》的场景:"携壶酌流霞,搴菊泛寒荣。"[109]正有陶潜:"一觞虽独进,杯尽壶自倾"[110]之风;而"我醉欲眠卿且去"[111],亦如陶潜语[112]。更别说是以陶的形象写人,除了上引郑晏比陶令外,对崔秋浦的描写则似进一步说明唐人为官之道的特色:

  吾爱崔秋浦,宛然陶令风。门前五杨柳,井上二梧桐。山鸟下听事,檐花落酒中。怀君未忍去,惆怅意无穷。[113]

朱谏谓:"言我爱崔君为秋浦之令,以其宛然有陶令之风也。"[114]日人近藤元粹则指出:"诗亦有陶令风。"[115]可知,"陶令"在李白诗中不仅是对陶渊明的追慕,更似含有当时士人为官之道的理想典型。而"陶令"出现于李诗中更与"酒"密切相连,故在其第二首亦可见:"崔令学陶令,北窗常昼眠。抱琴时弄月,取意任无弦。见客但倾酒,为官不爱钱。东皋多种黍,劝尔早耕田。"[116]"抱琴"二句即陶潜"无弦琴",之典,"见客"二句乃《晋书》本传之载[117],"东皋"二句则见《归去来兮辞》:"怀良辰以孤往,或植杖而耘耔,登东皋以舒啸,临清流而赋诗。"[118]可见李白之饮酒,除了"李白一斗诗百篇,长安市上酒家眠。天子呼来不上船,自称臣是酒中仙。"[119]的豪迈不羁外,陶渊明不慕荣利、嗜酒轻财的生活情趣,更是李白描写"酒"的主要技巧。

而此技巧所透露的,正是李白之慕陶精神,尤其是"羲皇上人"政治清明的社会环境。"羲皇"指"伏羲氏",据司马贞《三皇本纪》曰:"太皞庖牺氏,风姓。代燧人氏,继天而王。母曰华胥,履大人迹于雷泽,而生庖牺于成纪。蛇身人首,有圣德。仰则观象于天,俯则观法于地,旁观鸟兽之文与地之宜,近取诸身,远取诸物,始画八卦,以通神明之德,以类万物之情,造书契以代结绳之政。于是始制嫁娶,以俪皮为礼;结网罟以教佃渔,故曰宓牺氏。养牺牲以庖厨,故曰庖牺。有龙瑞,以龙纪官,号曰龙师。作三十五弦之瑟。木德王,注《春令》,故《易》称帝出乎震,月令孟春,其帝太皞是也。"[120]传说其时代人民生活自在,无忧无虑,而李白除以此述陶潜之乐外,亦借之表达自己对"羲皇上人"时代政治清明之渴望:"弦歌咏唐尧,脱落隐簪组。心和得天真,风俗犹太古。牛羊散阡陌,夜寝不扃户。问此何以然,贤人宰吾土。"[121]与自适生活之境的崇仰:"百里独太古,陶然卧羲皇。"[122]"长啸无一言,陶然上皇逸。"[123]或"畴昔在嵩阳,同衾卧羲皇。"[124]

此外,又如借陶嘲谑之作,如《嘲王历阳不肯饮酒》:"地白风色寒,雪花大如手。笑杀陶泉明,不饮杯中酒。浪抚一张琴,虚栽五株柳。空负头上巾,吾于尔何有?"[125]或出游唱和:"虽游道林室,亦举陶潜杯"[126]"恭陪竹林宴,留醉与陶公"[127]等作,皆可见"饮酒"与"陶渊明"于李白诗中,终究不出隐逸高士的象征。如《下终南山过斛斯山人宿置酒》曰:

· 96 ·

暮从碧山下，山月随人归。却顾所来径，苍苍横翠微。相携及田家，童稚开荆扉。绿竹入幽径，青萝拂行衣。欢言得所憩，美酒聊共挥。长歌吟松风，曲尽河星稀。我醉君复乐，陶然共忘机。[129]

根据明刻伪署严羽评点本称此诗："绝似陶，真意宛然。"[129]所谓的"真意"可由清人沈寅、朱昆所补辑之乾隆刻本《李诗直解》的串讲来理解："此下终南过隐士之家得酒共乐以忘机也。"[130]故从"隐士""得酒乐"与"共忘机"等词观察，此诗实借陶潜的文学意象离析斛斯山人幽居饮酒之乐："……谷风转凄薄，春醪解饥劬。弱女虽非男，慰情良胜无。栖栖世中事，岁月共相疏。耕织称其用，过此奚所须。去去百年外，身名同翳如。"[131]正如方宗诚所谓："素位而行，不愿乎外，利念名念扫除净尽，岂可以旷达目之。"[132]也正说明陶渊明之于李白，不仅是饮酒情趣的洒脱，则还包括着另一层涵义——"桃花源"的追慕。

整体而言，李白对陶渊明的向往约可略分为三期，天宝三年以前其理解多停留在陶潜"好酒"与"隐逸"象征，与自我内在情绪较无深切地连结；然李白诗中有关陶渊明辞官归去，或桃花源意象的诗作，多集中在天宝九年（750）以后所作，此时李白已于天宝三年（744）赐金放还，至天宝六年间唐朝政局持续恶化，李白也没有机会再回到朝廷任官，故此年春白乃经淮南往游会稽、金陵，至天宝九年前往寻阳，借途北上，直至天宝十二年复南下至宣城[133]，此段时间的游历可说逐渐消磨李白建功立业的壮志；但到了上元元年以后至宝应元年，即李白五十九至六十二岁间，或许受到"永王璘事件"的影响，让李白终将心灵归宿于陶渊明。此时的陶渊明对李白而言，已经成为一种图腾式的雕像，融合了好酒、隐逸、与桃花源熔铸而成的人生终极归宿。就如《寻阳紫极宫感秋作》：

何处闻秋声,翛翛北窗竹。回薄万古心,揽之不盈掬。静坐观众妙,浩然媚幽独。白云南山来,就我檐下宿。懒从唐生决,羞访季主卜。四十九年非,一往不可复。野情转萧洒,世道有翻覆。陶令归去来,田家酒应熟。[133]

"翛翛"乃风吹竹子之声,谢朓《冬日晚郡事隙诗》有:"飒飒满池荷,翛翛荫窗竹。"[133]秋风飒飒,竹啸凄凄,李白面对怀才不遇的困境,只能寄托于宗教的宁静与山水的环绕,即使人间有观相者精如唐举、卜卦者神如司马季主可以探访,但人生也已蹉跎了四十九个年头,面对杨氏家族的跋扈、皇亲贵戚的奢侈、玄宗又对安禄山宠信不疑,不断扩张其兵权、南诏又发生叛变[136],种种乱象令李白有世道翻覆之叹,惟有"肆志于林泉,舒情于萧散,逍遥自适,乃吾之志也。"[135]故产生如陶渊明"归去来"之感实属真心向往,较之前所关注"饮酒"与"高士"的差异,乃在于此刻更添入"归去来"之感叹与"桃花源"之理想。

故在李白诗中,亦频繁地出现与"桃花源"或"归去来"有关的诗句与用典,如"秦人相谓曰,吾属可去矣。一往桃花源,千春隔流水。"[138]"桃花流水窅然去,别有天地非人间。"[139]"别离解相访,应在武陵多。"[140]"成功解相访,溪水桃花流。"[141]"渌水接柴门,有如桃花源。"[142]"海水三清浅,桃源一见寻。"[143]而李白在上述诸诗中所描写的桃花源理想境地,实皆建立在以下的情绪之中:

朝饮苍梧泉,夕栖碧海烟。宁知鸾凤意,远托椅桐前。慕兰岂袭古,攀桂是当年。愧非黄石老,安识子房贤。功业嗟落日,容华弃徂川。一语已道意,三山期着鞭。蹉跎人间世,寥落壶中天。独见游物祖,探元穷化先。

何当共携手,相与排冥筌。[144]

全诗虽名为"赠",实际上则为自比之意,首四句借用《庄子》典故:"夫鹓**鶵**发于南海而飞于北海,非梧桐不止,非练实不食,非醴泉不饮。"[145]即以鸾凤、梧桐等高洁之物自拟,其次更借由司马相如(179B.C.~118B.C.)之慕蔺相如,与向秀之慕嵇康(223~263),表达对张司户能得知遇之欣羡,而自己虽有张良之才,却始终无缘得黄石老的赏识,仅能如刘备般叹年华逐渐老去[146],又何况孔子逝川之叹?故只能期待于三山仙境的遨游,以离尘而绝俗。"三山"即指蓬莱、方丈、瀛洲;"壶中天"典出后汉费长房,乃借入壶中达至仙境[147];"物祖"即万物之祖,语出《庄子·山木》[148];"排冥筌"可见江淹(444~505)《杂体诗三十首·许徵君自序询》:"一时排冥筌,泠然空中赏。"[149]李善《注》云:"鱼之在筌,犹人之处尘俗,今既排而去之,超在埃尘之外,故泠然涉空,得中而留也。"[150]可知,李白急欲挣脱尘世不公,与自我的挫败,因此对仙境的渴望与对桃源之迷恋,是具有共同心理因素。而据詹锳《系年》知此诗已作于天宝十二年游幽州失意后,因此,日后出现有关陶渊明"桃花源"或"归去来"的意象,都不得不考虑李白这种失落的情绪。

故如《春日醉起言志》:

处世若大梦,胡为劳其生。所以终日醉,颓然卧前楹。觉来盼庭前,一鸟花间鸣。借问此何时,春风语流莺。感之欲叹息,对酒还自倾。浩歌待明月,曲尽已忘情。[151]

此诗虽无明确系年,但全诗所透露的正是李白晚年的心境独白,人生如梦幻一场,功名富贵更是虚无飘渺,可见应是李白仕宦挫折后所作。此刻只有借酒来麻痹自己,故无论是春风、莺语、浩歌、明月,一切都已毫无意义,只有继续借酒来让自己脱离一事无成的愁绪。唐汝询《唐诗解》谓李白此时已"厌世而逃于酒也"。[152]但明人伪署严羽评点本则称此诗:"甚适,甚达,似陶,却不得言学陶。"[153]而吴昌祺《删订唐诗解》亦曰:"正似陶公。"[154]又云:"有感时之思,而不觉自得于酒;有高歌之兴,而不觉遽忘其情。"[155]则故此诗实透露出李白描述陶公"归去来"或"桃花源"的抒情模式,但后人多认为李白效陶,不过就如朱金城所说:"白之高视千古,于陶虽无所贬,然亦未尝屑屑以学之也。"[156]所以,与其执着于争论李白对陶公诗学的相似模拟,不如探究李白如何利用陶潜进行抒情程式,除如上文所指出的"桃花源"外,陶公"归去来"的情绪亦成为李白重要的抒情资产,就如:"陶令八十日,长歌《归去来》。"[157]"命驾归去来,露华生绿苔。"[158]"陶令去彭泽,茫然元古心。"[159]"白云归去来,何事作交战?"[160]上述诸诗皆可观察出李白如何转化陶渊明"归去来"的情绪,但须注意则是陶公"性本爱丘山"[161]的自白,而太白却始终不愿对现实困境屈服。因此,借由《至陵阳山登天柱石酬韩侍御见招隐黄山》谓:"……天子昔避狄,与君亦乘骢。拥兵五陵下,长策遏胡戎。时泰解绣衣,脱身若飞蓬。鸾凤翻羽翼,啄粟坐樊笼。海鹤一笑之,思归向辽东。黄山过石柱,巇崿上攒丛。因巢翠玉树,忽见浮丘公。又引王子乔,吹笙舞松风……"[162]可见,一方面唐代遭受安史之乱严重破坏,一方面朝廷识人不明、朝臣因循苟且,而这些因素不仅塑成了李白隐居之志与求仙之梦,也令其重新诠释了陶渊明"五柳""桃源"等意象:"梦见五柳枝,已堪挂马鞭。何日到彭泽,长歌陶令前。"[163]诗中彭泽令虽指颜尚书,但由此唱和亦显示出李白终生从未放弃功名进取之愿矣。

五、"二谢"与"陶谢"并称的结构基础

由此,我们可以对李白诗中处理"二谢"与"陶谢"的不同态度进行整理,笔者以为在李白诗中,"二谢"并称的可论性仅在"诗学风格"的议题上,如《酬殷明佐见赠五云裘歌》:

> 我吟谢朓诗上语,朔风飒飒吹飞雨。谢朓已没青山空,后来继之有殷公。粉图珍裘五云色,晔如晴天散彩虹。文章彪炳光陆离,应是素娥玉女之所为。轻如松花落金粉,浓似苔锦含碧滋。远山积翠横海岛,残霞飞丹映江草。凝毫采掇花露容,几年功成夺天造。故人赠我我不违,著令山水含清晖。顿惊谢康乐,诗兴生我衣。襟前林壑敛暝色,袖上云霞收夕霏。群仙长叹惊此物,千崖万岭相萦郁。身骑白鹿行飘飖,乎翳紫芝笑披拂。相如不足跨鹔鹴,王恭鹤氅安可方。瑶台雪花数千点,片片吹落春风香。为君持此凌苍苍,上朝三十六玉皇。下窥夫子不可及,矫首相思空断肠。[164]

首二句即指谢朓《观朝雨》诗:"朔风吹飞雨,萧条江上来。"[165]宋萧士赟《注》曰:"'朔风吹飞雨',谢朓《观朝雨诗》之全句也。太白之所谓'我吟'者,吟此诗特添'飒飒'字耳。"[166]次二句则谓殷明佐能继谢朓而有诗才,"青山"上文已见《新唐书·李白传》中的"谢家青山",指谢朓之墓;而此诗其实要咏颂的是殷明佐所赠之"五云裘",故以下十句皆为对此裘之特写,其中"素娥"指如同月色之白[167],而"碧滋"则如同草色青翠[168]。然接下去六句,写李白披裘之后,原本仅令山水清晖的丽服,顿时自惊着后竟仿若谢灵运诗兴丛生,以致写下

此篇作品,可说是活化了谢诗《石壁精舍还湖中》之典故:"昏旦变气候,山水含青辉……林壑敛冥色,云霞收夕霏。"[169]而末十二句则写已披赠裘后的愉悦心情。值得注意的是,李白在此以谢朓比殷氏,而自许为谢灵运,同样自比谢客的例子还有《送二季之江东》:"初发强中作,题诗与惠连。多惭一日长,不及二龙贤。"[170]安旗认为此乃以灵运自喻,而以惠连(397~433)喻二季[171];《寻阳送弟昌峒鄱阳司马作》:"尔则吾惠连,吾非尔康乐。"[172]朱谏则谓"以尔之贤,是吾之惠连也;以吾之愚,岂能为尔之康乐乎?而认为李白实谦称自己不如康乐[173],但如果没有这种意识又何必取康乐为例呢?所以,在《泾川送族弟錞》:"置酒送惠连,吾家称白眉。愧无海峤作,敢阙河梁诗?"[174]不仅使用谢灵运《登临海峤初发彊中作与从弟惠连见羊何共和之》之例[175],更以"吾家"显示李白视灵运为吾家事,故有:"昨梦见惠连,朝吟谢公诗。"[176]"他日相思一梦君,应得池塘生春草。"[177]纵使有人以为李白诗中的二谢或小谢,指的应该是谢惠连[178],但这都不影响李白自拟谢灵运的心态。故在《劳劳亭歌》中:"我乘素舸同康乐,朗咏清川飞夜霜。昔闻牛渚泳五章,今来何谢袁家郎。"[179]则李白不仅认为自己才不下于康乐,更憾恨无若谢尚之赏识袁宏[180],可见李白对谢灵运的情感亦非仅止于文学作品的欣赏。

李直方曾就李白诗句中出现"谢朓"相关语词作过统计,虽然数量众多,但李氏认为李白对谢朓的情怀仅在"清丽"诗风与睹物思人的情境,所谓"低首谢宣城"是难以成立的,故其认为李白较倾慕者还是谢灵运[181]。事实上,"二谢"的可论性仅局限在山水诗的风格争议范畴上,大谢"以细致的刻画达到形似",而小谢则"形成一种清新流丽的风格"[182],可见"二谢"实处于同一水平线上,以个别分析山水诗形式之不同,故其研究视角较为平面。况且,李白自己毕竟说过:"吾人咏歌,独惭康乐。"[183]就其诗作看来,使用谢朓处多着眼于文学技巧的议论:"诺为楚人重,诗传谢朓清。"[185]"解道澄江净如练,令人长忆谢玄晖。"[185]反而绝少进入自我情绪的内涵,倒是陶潜与谢灵运,在李白诗中的繁复性,也开启后世对"陶谢"并称议题的序曲。

虽然初唐时已见陶、谢并称之例,但真正加深陶、谢共构的关键则可溯自李白。其大略可分三点述说,首先是人格的议论,其次是山水与田园的题材映照,第三则为繁缛与清新风格的对比。由前文研究可知,李白于诗中撷取二人意象之作用乃具差别性,谢灵运代表一种仕途不顺而悲士不遇的痛苦,陶渊明则代表李白向往的饮酒逸趣与桃源理境,故在《赠闾丘宿松》中即曰:"阮籍为太守,乘驴上东平。剖竹十日间,一朝风化清……何必宓子贱?不减陶渊明。吾知千载后,却掩二贤名。"[186]"剖竹"即用谢灵运《过始宁墅》诗:"剖竹守沧海。"[187]因此虽然全诗透露一种无为而治的思想,但谢诗典故在此代表出仕的象征,故文末"何必"二句则借宓子贱与陶渊明的归隐来作为闾丘仕宦的对照,则一方面可显示出李白始终不忘宦情,令一方面也足见陶、谢二人在李白诗中所被设定的角色。故就如《赠从弟南平太守之遥二首》其一曰:"梦得池塘生春草,使我长价登楼诗。别后遥传临海作,可见羊何共和之。"[188]前二句为李白以谢灵运、谢惠连比拟自己和李之遥的关系,惠连事见《南史》本传:"谢惠连,年十岁能属文,族兄灵运嘉赏之,云'每有篇章,对惠连辄得佳语'。尝于永嘉西堂思诗,竟日不就,忽梦见惠连,即得'池塘生春草',大以为工。常云'此语有神功,非吾语也'。"[189]而据《宋书·谢灵运传》记载:"灵运既东还,与族弟惠连、东海何长瑜、颍川荀雍、泰山羊璿之,以文章赏会,共为山泽之游,时人谓之四友。"[190]安旗认为此诗乃自叙生平,为其前二次入长安时的实况[191],但亦可作为谢灵运在李白作品中的特殊作用,以此与下一首描写陶渊明田园之乐与隐居生活进行对照:"东平与南平,今古两步兵。素心爱美酒,不是顾专城。谪官桃源去,寻花几处行?秦人如旧识,出户笑相迎。"[102]陶渊明在此产生的作用,即不恋栈官职,与追寻桃花源之境,相对于前引谢灵运之例,可知李白刻意借二人在人格精神、文学风格的差异性,建立一种不同于传统的"陶谢"并称的平台。

在此之前,如宋之问(?～712)《宴龙泫诗序》:"同谢客之山行,类渊明之野酌。"[103]或王勃(648～675)《秋日登洪府滕王阁饯别序》:"气陵彭泽之樽……光照临川之笔。"[104]皆仅将其作为文章铺叙的过程[105],然从中亦可观察出唐人对于陶、谢在"物色"书写的差异性,宋之问用"山行""野酌"适度地表现出陶、谢二人在"山水"与"田园"诗类之不同风格,而王勃则以"气陵"与"光照"作为后人解读陶、谢诗的线索,并显示出陶、谢在人格精神上的差异性。而林文月先生早已指出,陶、谢各自处理诗中所透露的孤独感:陶擅象征,虽表面平静但内藏强烈感情;而谢则擅雕绘,但其光鲜亮丽之外表下却内涵无比的沉郁[106]。借此实可发现,李白利用陶、谢二人在人格与文风的差异性,建立起他独特的抒情模式:当面对仕隐挣扎时,谢灵运成为其心灵的最佳宽慰:"剖竹商洛间,政成心已闲。萧条出世表,冥寂闭玄关。"[107]但若追慕隐居逸趣时,陶潜却如千杯不醉的知己:"可叹东篱菊,茎疏叶且微。虽言异兰蕙,亦自有芳菲。未泛盈樽酒,徒沾清露辉。当荣君不采,飘落欲何依?"[108]足见"陶谢"二人在李白诗中,不再拘泥于诗风的继承,更重要的着墨处乃是人格典型之欣慕。就康乐而言,透过对谢安的遥慕以形成李白悲士不遇的抒情宽慰;陶渊明则借由饮酒之乐与桃花源之理想,构筑出太白于宦途不顺时,所油然而生对归去来之咏叹。可知"二谢"并称的可论性在质与量上,实无法与"陶谢"并称等而视之,故其议题之贫乏,也成为日后终为"陶谢"并称取代的原因。

六、结论

　　本文从王士禛《论诗绝句》："一生低首谢宣城"的文学意见的提出,及后人据此的衍伸而产生质疑,发现事实上在李白的诗作中,的确存在着对二谢与陶渊明在文学作用上的主观意见,而这种作用也使李白建立起三种不同的抒情模式,谢朓已多有前人研究之成果,而不离其山水描写清发流丽之范畴[199];但面对谢灵运,则据本文考察可知,李白借以抒发自我不遇之悲的情绪,故其遵循康乐以谢安为怀想对象,进行二人皆无法达成的"穷则独善其身,达则兼善天下"的志愿。故谢灵运对谢安的悬念,与康乐谪官而游山玩水的纪叙,成为李白解决仕隐冲突与挣扎的主要线索。陶渊明则让李白紧绷的宦心得到精神的解放,饮酒的逸趣与桃花源的理境,让李白随时可以摆脱尘世纷扰,遁入仙境。

　　但值得一提的是,在李白的文学系统中,"陶谢"并称尚未有高下可言,比起李白处理"二谢"并称所表现的主观性,陶、谢二人可说旗鼓相当,最佳的例子可以李白诗中所提到慧远(335～417)与谢灵运之间的关系,在唐朝齐己提出:"陶令多招醉不得,谢公心乱入无方"[200]的评价后,谢灵运即陷入与陶渊明对立的受害者角色[201],但在李白诗中,二者的地位却是平等无异的,如《同族侄评事黯游昌禅师山池二首》之一:"远公爱康乐,为我开禅关。"[202]与《庐山东林寺夜怀》:"霜清东林钟,水白虎溪月……湛然冥真心,旷劫断出没。"[203]前者谓慧远对谢客之欣赏,后者使用康乐《山居赋》:"析旷劫之微言,说像法之遗旨。"[204]由此亦可发现,至少在李白时代,慧远对陶、谢二人立判高下的故事还未流传,同时期的杜甫也仅云:"优游谢康乐,放浪陶彭泽。"[205]亦无对陶、谢有高下之分,只描述二人生活情趣之差异!此现象实可证明,在李白诗中,相对于谢灵运与谢朓的"二谢",组合而言,以陶潜与康乐并置之"陶谢",并不仅止于诗歌风格上的继承,还更加着墨于对陶、谢二人人格精神典型之追慕。然仍须厘清者,是李白从未放弃过对仕进的期许,"陶谢"或"二谢"只是其纾解内心压力的良方,而也借由不同的抒情模式,使我们可以更深入地探讨李白于运用文学意象上所透露的人生价值。而中国文学史上这样大量地提到陶、谢各种意象者,李白应是开其先例者,故中国文学史上的"陶谢"并称自此确立,但真正赋予其文学典范意义者,则应至杜甫《江上值水如海势聊短述》:"焉得思如陶谢手,令渠述作与同游。"[20]但李白如此大量的使用陶、谢意象,亦足以令陶渊明的重要性,逐渐取代二谢的谢朓、鲍谢的鲍照、或颜谢的颜延之,故李白不仅以期作品与杜甫在唐代文学史上建构了"李杜文章在,光焰万丈长"[20]的李杜帝国,却又在无意中催生了"陶谢"并称的文学版图。

  本文题目原为《论李白诗中"二谢"与"陶渊明"的排列次序——兼论"二谢"与"陶谢"并称的结构基础》,系应明道大学于1996年11月16日(五)、17日(六)举办"唐宋诗词国际学术研讨会"所发表之论文,经讲评人胡楚生教授建议改为此题,顿使本文有云破月现之朗彻。特志于此,以书大会之盛事,并对胡教授敬上谢忱。

---

①参[清]仇兆鳌(1638～1713)注《杜诗详注》(北京:中华书局,2004年),册二,页810。

②同前注,册一,页246。

③同前注,册三,页1515。

④参瞿蜕园(1894～1973)等校注《李白集校注》(清乾隆刊王琦辑注本,台北:里仁书局,1981年),册二,页1077。

⑤同前注,册二,页1177。

⑥参吴世常辑注《论诗绝句二十种辑注》(西安:陕西人民出版社,1984年),页146～147。

⑦参张健《王士禛论诗绝句三十二首笺证》(台北:文史哲出版社,1994年),页51。

⑧参[宋]宋祁(996～1061)、欧阳修(1007～1072)撰《新唐书》(点校本,北京:中华书局,1997年9月),页5763。

⑨见氏著《李白与谢朓》。收录于夏敬观(1875～1953)、任半塘(1897～1991)等著《李太白研究》(台北:里仁书局,1985年),册上,页272。

⑩参小尾郊一原著,谭继山编译《飘逸诗人—李白》(台北:万盛出版有限公司,1983年),页160～161。

⑪参氏著《李白诗论》(台北:台湾编译馆,1986年),页210。

⑫见氏著《论李杜对二谢山水诗的因革》。收录于王运熙等编《谢朓与李白研究》(北京:人民出版社,1995年),页72。

⑬见氏著《嘤其名矣,求其友声—关于李白情系谢朓的解说》。参《谢朓与李白研究》,页122。

⑭见氏著《谢朓与李白研究序》。参《谢朓与李白研究》,页1～3。

⑮参氏著《李白诗的艺术成就》(台北:大安出版社,1992年),页226。

⑯见氏著《李白"一生低首谢宣城"析》。参《谢朓与李白研究》,页70。引文见李白(赵公西候新亭颂)。参《李白集校注》,册二,页1602～1607。

⑰参氏著《李白评传》(南京:南京大学出版社,2005年),页368。

⑱参氏著《李杜诗学》(北京:北京出版社,2002年),页274。

⑲见《宣州谢朓楼饯别校书叔云》。参《李白集校注》,册二,页1077。

⑳见《酬殷明佐见赠五云裘歌》。参《李白集校注》,册一,页580。

㉑见《赠从弟南平太守之遥二首》之一。参《李白集校注》,册一,页748。

㉒参《李白集校注》,册二,页1193～1194。

㉓参顾绍柏校注《谢灵运集校注》(台北:里仁书局,2004年),页115。

㉔詹锳将诸诗皆系于乾元元年(758)至乾元二年(759)间所作。参氏著《李白诗文系年》,收录于《李太白研究》,册下,页125～137。

㉕参[清]曾国荃(1824～1890)等撰《湖南通志》(清光绪十一年重刊本,台北:京华书局,1967年),册九,页4362。

㉖参[南朝齐]谢朓著,曹融南校注集说《谢宣城集校注》(上海:上海古籍出版社,2001年),页240。

㉗参《谢宣城集校注》,页157。

㉘参[南朝梁]萧统(501～531)编,[唐]李善注,[清]胡克家(1757～1816)考异《文选》(台北:华正书局,2000年),页384。

㉙参萧统编,[唐]李善、吕延济、刘良、张铣、李周翰、吕向注《增补六臣注文选》(台北:华正书局,1980年),页502。

㉚见陶潜《饮酒诗二十首》之一。参《陶渊明诗集校笺》(上海:上海古籍出版社,2004年),页211。

㉛参《陶渊明诗集校笺》,页441。

㉜[清]林云铭《古文析义初编》曰:"与子一疏,乃陶公毕生实录,全副学问也。穷达寿夭,既一眼觑破,则触处任真,无非天机流行。"参氏评注《古文析义》(台北:广文书局,1989年),页200。

㉝见李子龙〈读李白集散记〉。参《谢朓与李白研究》,页131～133。

㉞参氏著《李白研究》(台北:水牛图书出版事业有限公司,1996年),页50。

㉟同前注,页68。

㊱见《代寿山答孟少府移文书》。参《李白集校注》,册二,页1526。

㊲参氏著《唐代文艺论》(上海:上海古籍出版社,2002年),页77。

㊳参前野直彬著,洪顺隆译《唐代的诗人们》(台北:幼狮文化公司,1978年),页200~201。

㊴见氏著(李白一朝去京国以后)。参氏著《汉唐文学的嬗变》(北京:北京大学出版社,1990年),页386~404。

㊵见《书情赠蔡舍人雄》。参《李白集校注》,册一,页666~670。

㊶参[唐]房玄龄(578~648)等撰《晋书》(点校本,北京:中华书局,1997年),页2072。

㊷参[宋]司马光编著(1019~1086),[元]胡三省音注(1230~1302)《资治通鉴》(点校本,北京:中华书局,1997年),页6875~6876。

㊸见《翰林读书言怀呈集贤院内诸学士》。参《李白集校注》,册二,页1398。

㊹参戴伟华《唐代文学综论》(北京:商务印书馆,2006年),页132~134。

㊺参《谢灵运集校注》,页183。

㊻同前注,页281。

㊼参[周]左丘明撰,[三国吴]韦昭(222~284)注《国语》(四部刊要本,台北:汉京文化事业有限公司,1983年),页658~659。

㊽参《谢灵运集校注》,页154。

㊾见《后汉书·逸民·严光传》。参[南朝末]范晔(398~445)撰,[唐]李贤(651~684)等注《后汉书》(点校本,北京:中华书局,1997年),页2764。

㊿参《谢灵运集校注》,页78。

(51)陈寅恪(1890~1969)在(桃花源记旁证)曾从西晋末年以来堡坞形制来探讨桃花源的真实性。参氏著《金明馆丛稿初编》(北京:三联书店,2001年)。龚斌谓:"(桃花源记)创造之境界,既有写实成分,即历史与现实中人民逃入深山绝境已避乱的事实;也有寓意成分,即作者的理想、追求及审美观念。”参《陶渊明诗集校笺》,页410。

(52)前人相关研究可参考姜波《身在山川心存辅弼——析(五月东鲁行答汶上翁)》《语文天地》(2001年),第24期。刘和椿《试论李白“纵酒”“携妓”诗的用事与寄寓》《成都教育学院学报》(2001年),第11期。韩建勇(从李白诗中引用的事典看其人生追求)《信阳农业高等专科学校学报》(2005年),第3期。

(53)参《谢灵运集校注》,页451。

(54)见《述祖德诗·序》。同前注,页153。

(55)见《还旧园作,见颜范二中书》。同前注,页183。

(56)见《山居赋》。同前注,页451。

(57)见《述祖德诗二首》之一。同前注,页153。

(58)参《李白集校注》,册二,页1366。

(59)同前注,册二,页1425。

(60)参《李白集校注》,册二,页1500。

(61)同前注,册二,页1501。

(62)同前注,册一,页110。

(63)同前注,册一,页521。

(64)同前注,册一,页914。

(65)同前注,册一,页615。

(66)见《古风五十九首》其十三。同前注,册一,页116。

(67)参[汉]班固撰,[唐]颜师古(581~645)注《汉书》(点校本,北京:中华书局,1997年)《汉书》,页3056。

(68)参[南朝末]鲍照著,钱仲联(1908~2003)增补集说校《鲍参军集注》(上海:上海古籍出版社,2005年),页326。

(69)参《文选》,页304。

⑰参［晋］张华（232～300）撰，范宁校证《博物志校证》（台北：明文书局，1984年），页111。

⑱参詹锳主编《李白全集校注汇释集评》（天津：百花文艺出版社，1996年），页82。

⑲见《赠常侍御》。参《李白集校注》，册一，页724。

⑳见《与南陵常赞府游五松山》。同前注，册二，页1199。

㉔见朱谏《李诗选注》。参《李白全集校注汇释集评》，页2913。

㉕参《李白集校注》，册二，页1184。

㉖同前注，册一，页534。

㉗参［宋］王象之撰《舆地纪胜》（曝书亭藏宋刻初本，台北：文海出版社，1962年），页434。

㉘见《李白诗文系年》。参《李太白研究》，册下，页96～97。

㉙见［宋］周必大：《文忠集》。参［清］纪昀等总纂《文渊阁四库全书》（集部别集类，台北：台湾商务印书馆，1986年），卷一六九，页834。

㉚见《宋书·谢灵运传》。参［南朝梁］沈约撰《宋书》（点校本，北京：中华书局，1997年），页1753。

㉛参《谢灵运集校注》，页262。

㉜同前注，页123。

㉝参《李白全集校注汇释集评》，页2874～2875。

㉞见氏著《李白"一生低首谢宣城"衍述》。参《成都大学学报》，1997年第一期，页26～32。

㉟见《梦游天姥吟留别》。参《李白集校注》，册一，页898。

㊱参施逢雨《李白生平新探》（台北：台湾学生书局，1999年），页149。

㊲参《李白集校注》，册二，页11077～1108。

㊳参《李白全集校注汇释集评》，页2663。

(89)见《峨眉山月歌送蜀僧晏人中京》。参《李白集校注》,册一,页568。

(90)见《赠僧崖公》。同前注,册一,页698。

(91)见《赠别舍人弟台卿之江南》。同前注,册一,页771。

(92)见《闻丹丘子于城北营石门幽居中有高凤遗迹仆离群远怀亦有栖遁之志因叙旧以寄之》。同前注,册一,页838。

(93)见《当涂赵炎少府粉图山水歌》。同前注,册一,页543~544。

(94)见《戏赠郑溧阳》。参《李白集校注》,册一,页697。

(95)参[唐]李吉甫《元和郡县志》。收录于《文渊阁四库全书》(史部地理类),卷二八,页476。

(96)参《李白集校注》,册二,页1647。

(97)见《李白诗文系年》。参《李太白研究》,册下,页97。

(98)参《宋书》,页2286~2287。

(99)参《李白全集校注汇释集评》,页1559。

(100)《李太白研究》,册上,页56、79。

(101)参《杜诗详注》,册二,页661。

(102)同前注,页793。

(103)参《李白评传》,页314。

(104)见《赠宣城宇文太守兼呈崔侍御》。参《李白集校注》,册一,页778。

(105)见《宋书·隐逸·陶潜传》:"颜延之为刘柳后军功曹,在寻阳,与潜情款。后为始安郡,经过,日日造潜,每往必酣饮致醉。临去,留二万钱与潜,潜悉送酒家,稍就取酒。"参《宋书》,页2288。

(106)见《赠从孙义兴宰铭》。参《李白集校注》,册一,页687。

(107)见《宋书·隐逸·陶潜传》:"以为彭泽令。公田悉令吏种秫稻,妻子固请种秫,乃使二顷五十亩种秫,五十亩种秔。"参《宋书》,页2287。

⑩见《答王十二寒夜独酌有怀》。参《李白集校注》,册二,页1143。

⑩见《九日》。同前注,册二,页1206。

⑩见《饮酒诗二十首》之七。参《陶渊明集笺注》,页224。

⑪见《山中与幽人对酌》。参《李白集校注》,册二,页1348。

⑫见《宋书·隐逸·陶潜传》:"贵贱造之者,有酒辄设。潜若先醉,便语客:'我醉欲眠,卿可去。'其真率如此。"参《宋书》,页2288。

⑬见(赠崔秋浦三首)之一。参《李白集校注》,册一,页705。

⑭参《李白全集校注汇释集评》,页1583。

⑮同前注。

⑯见《赠崔秋浦三首》之二。参《李白集校注》,册一,页706。

⑰见《晋书·隐逸·陶潜传》:"既绝州郡觐谒,其乡亲张野及周旋人羊松龄、宠遵等或有酒要,或要之共王酒坐,虽不识主人,亦欣然无忤,酣醉便反"参《晋书》,页2462。

⑱见《归去来兮辞并序》。参《陶渊明集笺注》,页391。

⑲见杜甫《饮中八仙歌》。参《杜诗详注》,册一,页81。

⑳参[日本]泷川龟太郎(1865~1946)著《史记会注考证》(高雄:丽文文化事业股份有限公司,1997年1月),页7。

㉑见《赠清漳明府侄聿》。参《李白集校注》,册一,页642。

㉒见《经乱离后天恩流夜郎忆旧游书怀赠江夏韦太守良宰》。同前注,册一,页726。

㉓见《赠清漳明府侄聿》。同前注,册一,页642。

㉔见《闻丹丘子于城北营石门幽居中有高凤遗迹仆离群远怀亦有栖遁之志因叙旧以寄之》。同前注,册一,页838。

㉕同前注,册二,页1353。

㉖见《陪族叔当涂宰游化城寺升公清风亭》。同前注,册二,页1208。

㉗见《流夜郎至江夏陪长史叔及薛明府宴兴德寺南阁》。同前注,册二,页1188。

⑫㉘同前注,册二,页1165。

⑫㉙参《李白全集校注汇释集评》,页2826。

⑬㉚同前注,页2825。

⑬㉛见《和刘柴桑》。参《陶渊明集笺注》,页119。

⑬㉜见氏著《陶诗真诠》。参氏著《柏堂遗书》,收录于《丛书集成三编》(台北:艺文印书馆,1971年),页4。

⑬㉝见《李白诗文系年》。参《李太白研究》,册下,页39～96。

⑬㉞参《李白集校注》,册二,页1400。

⑬㉟参《谢宣城集校注》,页228。

⑬㊱俱参《资治通鉴》,页6897～6901。

⑬㊲参《李白全集校注汇释集评》,页3475。

⑬㊳见《古风五十九首》之三十一。参《李白集校注》,册一,页148。

⑬㊴见《山中答问》。同前注,册二,页1095。

⑭㊵见《书情赠蔡舍人雄》。同前注,册一,页668。

⑭㊶见《赠别从甥高五》。同前注,册一,页681。

⑭㊷见《之广陵宿常二南郭幽居》。同前注,册二,页1265。

⑭㊸见《拟古十二首》之十。同前注,册二,页1382。

⑭㊹见《赠饶阳张司户燧》。同前注,册一,页640。

⑭㊺见《庄子·秋水》。参王先谦(1842～1917)撰《庄子集解》(台北:汉京文化事业有限公司,1988年),页148。

⑭㊻《三国志·蜀志·先主传》裴松之《注》引孙盛《九州春秋》:"备住荆州数年,尝于表坐起至厕,见髀里肉生,慨然流涕。还坐,表怪问备,备曰:'吾常身不离鞍,髀肉皆消。今不复骑,髀里肉生。日月若驰,老将至矣,而功业不建,是以悲耳。'"参[晋]陈寿(233～297)撰,(南朝宋)裴松之(372～451)注《三国志》(点校本,北京:中华书局,1997年),页

876。

⑭《后汉书·方术列传下·费长房》:"费长房者,汝南人也。曾为市掾。市中有老翁卖药,悬一壶于肆头,及市罢,辄跳入壶中。市人莫之见,唯长房于楼上观之,异焉,因往再拜奉酒脯。翁知长房之意其神也,谓之曰:'子明日可更来。'长房旦日复诣翁,翁乃与俱入壶中。唯见玉堂严丽,旨酒甘肴盈衍其中,共饮毕而出。翁约不听与人言之。后乃就楼上候长房曰:'我神仙之人,以过见责,今事毕当去,子宁能相随乎?楼下有少酒,与卿为别。'"参《后汉书》,页2743。

⑭参《庄子集解》,页167。

⑭参[明]胡之骥注《江文通集汇注》(北京:中华书局,1999年),页142。

⑮参《文选》,页450。

⑮参《李白集校注》,册二,页1348。

⑮参《李白全集校注汇释集评》,页3316。

⑮同前注,页3317。

⑮同前注。

⑮同前注。

⑮参《李白全集校注汇释集评》,页3317。

⑮见《对酒醉题屈突明府厅》。参《李白集校注》,册二,页1330。

⑮见《春陪商州裴使君游石娥溪》。同前注,册二,页1171。

⑮见《赠临洺县令浩弟》。同前注,册一,页644。

⑯见《赠王汉阳》。同前注,册一,页741。

⑯见陶潜《归园田居五首》之一。参《陶渊明校笺》,页73。

⑯参《李白集校注》,册二,页1140。

⑯见《寄韦南陵冰于江上乘兴访之遇寻颜尚书笑有此赠》,同前注,册一,页854。

⑯参《李白集校注》,册一,页580。

⑯⑤参《谢宣城集校注》,页 215。

⑯⑥参《李白全集校注汇释集评》,页 1226。

⑯⑦见谢庄(421~466)《月赋》:"集素娥于后庭"。[唐]李周翰《注》曰:"嫦娥窃药奔月,月色白,故云素娥。"参《增补六臣注文选》,页 252。

⑯⑧江淹《杂体诗三十首·张司空离情》:"庭树发红杉,闺草含碧滋。"参《江文通集汇注》,页 145。张铣《注》:"碧滋,谓草色翠而繁滋。"参《增补六臣注文选》,页 590。

⑯⑨参《谢灵运集校注》,页 165。

⑰⑩参《李白集校注》,册二,页 1074~1075。

⑰①参《李白全集校注汇释集评》,页 2559。

⑰②参《李白集校注》,册二,页 1060。

⑰③参《李白全集校注汇释集评》,页 2521。

⑰④参《李白集校注》,册二,页 1083。

⑰⑤参《谢灵运集校注》,页 245。

⑰⑥见《书情寄从弟邠州长史昭》。参《李白集校注》,册一,页 868。

⑰⑦见《送舍弟》。参《李白集校注》,册二,页 1055。

⑰⑧参朱恒夫《李白诗中的"小谢"是谁?》。参朱恒夫、王基伦主编《中国文学史疑案录》(南京:江苏教育出版社,1998 年),页 300~301。

⑰⑨参《李白集校注》,册一,页 513。

⑱⓪《世说新语·文学》:"袁虎少贫,尝为人佣载运租。谢镇西经船行,其夜清风朗月,闻江渚闲估客船上有咏诗声,甚有情致。所诵五言,又其所未尝闻,叹美不能已。即遣委曲讯问,乃是袁自咏其所作《咏史诗》。因此相要,大相赏得。"参[南朝宋]刘义庆(403~444)著,[南朝梁]刘孝标(462~521)注,余嘉锡(1884~1955)笺疏,周祖谟(1914~1995)、余淑宜整理《世说新语笺疏》(台北:华正书局,1993 年),页 268。

⑱①见氏著《李白与谢朓》。参《李太白研究》,册上,页 279。

⑱见袁行霈《中国山水诗的艺术脉络》。参氏著《中国诗歌艺术研究》（北京：北京大学出版社，2002年），页363。

⑱见《春夜宴桃李园序》。参《李白集校注》，册二，页1590。

⑱见《送储邕之武昌》。同前注，册二，页1089。

⑱见《金陵城西楼月下吟》。同前注，册一，页520。

⑱参《李白集校注》，册一，页716。

⑱参《谢灵运集校注》，页63。

⑱参《李白集校注》，册一，页748。

⑱参［唐］李延寿撰《南史》（点校本，北京：中华书局，1997年），页537。

⑲参《宋书》，页1774。

⑲参《李白全集校注汇释集评》，页1743。

⑲见《赠从弟南平太守之遥二首》其二。参《李白集校注》，册一，页751。

⑲参［唐］沈佺期（656～714）、宋之问撰，陶敏、易淑琼校注《沈佺期宋之问集校注》（北京：中华书局，2001年），册下，页654。

⑲参［唐］王勃等撰《初唐四杰集》（台北：台湾中华书局，1970年），卷五，页12。

⑲参拙作《陶谢并称对其文学范型流变的影响——兼论陶谢"田园""山水"诗类空间书写的区别》《东华人文学报》第九期，页74。

⑲参林师文月《山水与古典》（台北：三民书局，1996年），页74。

⑲见《春陪商洲裴使君游石娥溪》。参《李白集校注》，册二，页1171。

⑲见《感遇四首》之二。同前注，册二，页1396。

⑲有关谢朓与李白之间的诗文关联或袭套继承，相关的研究成果已颇丰硕，可参考由王运熙等所编《谢朓与李白研究》一书。

⑳见［唐］齐己《题东林十八贤真堂》。参［清］彭定求等编《全唐诗》（北京：中华书局，2003年），册二十四，页9536。

㉛参拙作《陶谢并称对其文学范型流变的影响——兼论陶谢"田园""山水"诗类空间书写的区别》,《东华人文学报》(2006年),第九期,页77~81。而陶玉璞有《莲社十八贤与"陶、谢"地位的演变》一文(未刊稿),早已对此议题表示关注,并对"莲社十八贤"的故事有详细描述,盼其大作能早日问世。

㉜参《李白集校注》,册二,页1180。

㉝同前注,册二,页1349。

㉞参《谢灵运集校注》,页463。

㉟见(石柜阁)。参《杜诗详注》,册二,页717。

㊱参《杜诗详注》,册二,页810。而有关杜甫对"陶谢"并称研究,将另文发表。

㊲见韩愈《调张籍》。参钱仲联集释《韩昌黎诗系年集释》(上海:上海古籍出版社,1998年),册下,页989。

中 篇

长城别论

州府双轨制对南朝文学的影响

——以荆雍地带为主的观察

一

南朝的地方官制有一项重要的特色,即州刺史的僚佐除了仍有以别驾、治中、主簿的州官系统之外,更兼有以长史、司马、参军诸职的府官系统。这项州、府双轨制的特色,早已为史学界所重视[①],但是这种地方制度对南朝文学所产生的深远影响,则尚未为人所论及。

综合《宋书·百官志》《南齐书·百官志》及《隋书·百官志》的记载,南朝时期州佐的主要成员大致有:别驾从事史、治中从事史、主簿、西曹书佐、祭酒从事史、议曹从事、部郡从事史[②]。而府佐吏的主要成员大致有:长史、司马、谘议参军及录事以下十八曹[③]。三国西晋时代,州刺史只设州官系统的僚佐。虽然此一时期已有加将军号者,但史传中绝少见有以州将军开府的僚佐[④]。至东晋以后逮于梁陈,州刺史不但多加将军之号,其僚佐且正式在州刺史系统外加上将军府的系统。此一演变造成各地方州刺史的僚佐在质量两方面的变化。并且对南朝文人及其活动产生了极显著的影响。

就量方面而言,由于增设了府僚佐,其员额之倍增,当然使得南朝文人获得更多的栖身机构,南朝贵游文学集团蓬勃发展的原因,可就此中探得消息。就质的方面而言,由于府僚佐系由中央除授,并且不限于本籍人士,使得天下俊才得以经此管道随府主游仕各大州镇,遍览四方风物,经略南北交界要塞,品题名城山水,促成南朝中央与地方之间人文的交互融合。换言之,南朝文人得以至各地游历,开拓个人生命体验,江南名山胜水也得以邀获文人品题,使山水生辉耀彩,其关键大都在此。本文即尝试以南朝荆、雍为主要线索,探讨此一影响南朝文学发展甚巨的地方制度。

二

南朝自东晋以来,州刺史的僚佐出现了州、府两个系统。州官系统系沿承汉魏以来的规模及精神,其中最值得注意的是:以州刺史别驾、治中、主簿为轴线的府官系统,大致都恪守前代遗规,即州刺史不得为本籍人士[5],而僚佐却必须为本籍人士。例如:

> 习凿齿,字彦威,襄阳人也。……荆州刺史桓温辟为从事,江夏相袁乔深器之,数称其才于温,转西曹主簿,亲遇隆密……累迁别驾。(《晋书》卷八十二《习凿齿传》)

> 罗含,字君章,桂阳耒阳人也……后为郡功曹,刺史庾亮以为部江夏从事。太守谢尚与含为方外之好,乃称曰:"罗君章可谓湘中之琳琅。"寻转州簿。(《晋书》卷九十二《罗含传》)

> 庾于陵字子介,散骑常侍黔娄之弟也……齐随王子隆为荆州"召为"簿。(《梁书》卷四十九《庾于陵传》)

> 宗懔字元懔,八世祖承,晋宣都郡守,属永嘉东徙,子孙因居江陵焉。普通中,为湘东王府兼记室……后又为世祖荆州别驾。(《梁书》卷四十一《宗懔传》)

上述习凿齿为襄阳人,罗含为桂阳人,据《晋书·地理志》,两郡隶属荆州[6]。庾于陵系庾黔娄之弟,乃南阳新野人[7],故为荆州主簿[8]。宗懔既世居江凌,当然为荆州人士。由以上四例可见南朝州官系统的存在与其籍贯的限定。

> 王羲之字逸少,司徒导之从子……起家秘书郎,征西将军庾亮请为参军,累迁长史。(《晋书》卷八十《王羲之传》)

> 谢安字安石……征西大将车桓温请为司马。(《晋书》卷七十九《谢安传》)

> 王秀之,字伯奋,琅邪临沂人也……出为辅国大将军,随王镇西长史,南郡内史。(《南齐书》卷四十六《王秀之传》)

> 徐摛字士秀,东海郯人也……普通四年,王出镇襄阳,摛固求西上,迁晋安王谘议参军。(《梁书》卷三十《徐摛传》)

> (刘)遵字孝陵……王后为雍州,复引为安北谘议参军。(《梁书》卷四十一《刘遵传》)

> 王籍字文海。琅邪临沂人……湘东王为荆州,引为安西府谘议参军,带作塘令。(《梁书》卷五十《王籍传》)

以上六人均非籍属荆雍,但均经庾亮、桓温、萧纲、萧绎分别以军府佐吏辟请至荆雍。由此可见南朝府官系统的确能够容纳更多的僚佐,使南朝有更多的机构得以安顿文人。但是这项制度在文学研究上最重要的意义在于:府僚佐的身份既然无籍贯的限制,则天下俊才均可经此中央的管道,随府主至各地州镇,读万卷书,行万里路,开拓其视野胸襟。相对地,也必然提升州镇地方的文风。

三

就目前史料显示,借由府官系统聚集文人最多且又对南朝文学发展影响最明显的州镇,当属荆、雍二州地带。

南朝荆雍地带的规模编制,主要是沿汉代荆州七郡与西晋二十二郡的规模演变而来[⑨],其范围大致在今湖北、湖南二省。其地理的重要性,早于三国孙吴时期已被注意。面对曹操随时挥兵沿江东下的威胁,甘宁即力陈其险要云:

> 今汉柞日微,曹操弥骄,终为篡盗。南荆之地,山陵形便,江川流通,诚是国之西门也。[⑩]

鲁肃亦云:

> 夫荆楚与国邻接,水流顺北,外带江汉,内阻山陵,有金城之固,沃野万里,士民殷富。若据而有之,此帝王之资也。[⑪]

司马睿建国江南,其地理形势与孙吴北抗曹魏的处境相似,所以荆州就一直承续着"国之西门"的角色。东晋何充即云：

荆楚国之西门，户口百万，北带强胡，西邻劲蜀，经略险阻，周旋万里。得贤则中原可定，势弱则社稷同忧。⑫

沈约《宋书》亦云：

江左以来，树根本于扬越，任推毂于荆楚。⑬

《南齐书·州郡志》

江左大镇，莫过荆、扬。弘农郡陕县，周世二伯总诸侯，周公主陕东，召公主陕西，故称荆州为陕西也。⑭

显然荆州在南朝的地位较诸三国孙吴时期更为重要。除了继续捍卫西方门户之外，至此已更进一步达到和扬州、建康并列的地位。

荆、扬之争系由永昌元年（322）的王敦之乱揭开序幕，随后几乎与长达一百年的东晋王朝共始终。历任刺史有王虞、王含、王舒、陶侃、庾亮、庾翼、桓温、桓豁、桓冲、桓石民、王忱、殷仲堪、桓修、桓玄、桓伟、桓石康、司马休之、魏咏之、刘道规、刘毅、刘道邻、刘义隆，计二十四任二十二人。其中以陶侃、庾氏兄弟及桓氏家族对荆州政局影响最深。桓氏家族的桓玄甚至演出东下篡位之举。

宋武帝刘裕以北府军的力量篡晋即位之后⑮，曾经推行三项政策，企图削弱荆州的势力：

（一）限制荆州将吏之数目，使不得自由扩展武力。

（二）分割荆州另立新州，以缩小其辖区。

（三）以宗室出镇荆州，以防异姓二心[16]。

其中第三项对南朝文学有极大的影响，由于限定以宗室出镇荆州，也因此使得南朝许多优秀的文人跟随诸王出镇至此的机会大增，如谢朓之于萧子隆；孔稚珪之于萧遥欣；刘峻之于萧秀；刘之遴、颜之推、徐君蒨诸人之于萧绎，均是因此机缘而西入荆州。至于第二项，则使得荆州在刘宋之后，分割出雍州来。

雍州在南朝中期开始跃为舞台要角。齐永明十一年，北魏太和十七年（493），由于孝文帝迁都洛阳，雍州顿时成为南北兵家要冲；齐永元三年（501）萧衍又以雍州刺史的权势发兵襄阳，开创梁朝天下，尔后雍州地位日形险重。但是事实上雍州在地理形势上和荆州原属一体。《宋书·地理志·雍州条》云：

> 雍州刺史，晋江左立。胡亡氐乱，雍、秦流民多南出樊、沔，晋孝武始于襄阳侨立雍州，并立侨郡县。宋文帝元嘉二十六年，割荆州之襄阳、南阳、新野、顺阳、随五郡为雍州。[17]

《南齐书·地理志·雍州条》亦云：

> 宋元嘉中，割荆州五郡属，遂为大镇。[18]

而雍州在萧梁时期，由于简文帝萧纲在镇八年，也因此成为研究南朝文学必须关注的据点之一。

今试据史传可考者，将南朝出镇荆雍兼又雅好风雅的府主及其史富文名的僚佐列表如下：

府主	文人	籍贯	历代荆雍官称 州	历代荆雍官称 府	史书出处
庾亮	殷浩	陈郡长平		征西记室参军	《晋书·殷浩传》2043
庾亮	孙绰	太原中都		征西参军	《晋书·孙绰传1544》
庾亮	王胡之	琅邪临沂		征西记室参军	《世说新语·企羡篇》
庾亮	王羲之	琅邪临沂		1. 征西参军 2. 征西长史	《晋书·王羲之传》2093
桓温	范汪	顺阳山阴		安西长史	《晋书·范汪传》1982
桓温	谢奕	陈郡阳夏		安西司马	《晋书·谢安传·附谢奕传》2080
桓温	孙盛	太原中都		安西参军	《晋书·孙盛传》2147
桓温	谢安	陈郡阳夏		征西司马	《晋书·谢安传》2072
桓温	郝隆	不详		征西参军	
桓温	罗含	桂阳耒阳	别驾	征西参军	《晋书·罗含传》2403
桓温	孟嘉	江夏鄳县		1. 征西参军 2. 从事中郎 3. 长史	《晋书·孟嘉传》2580
桓温	王殉	琅琊临沂		大司马参军	《晋书·王殉传》1756
桓温	郗超	高平金乡		大司马参军	《晋书·郗鉴传·附郗超传》1803
桓温	习凿齿	襄阳	1. 从事 2. 西曹主簿 3. 别驾		《晋书·习凿齿传》2152
桓温	王坦之	太原晋阳		大司马长史	《晋书·王湛传·附王坦之传》1964
桓温	袁宏	陈郡阳夏		大司马记室	《晋书·袁宏传》2391
桓温	伏滔	平昌安丘		大司马参军	《晋书·伏滔传》2399
桓温	顾恺之	晋陵无阳		大司马参军	《晋书·顾恺之传》2404
桓温	王徽之	琅邪临沂		大司马参军	《晋书·王徽之传》2103

续表

府主	文人	籍贯	历代荆雍官称 州	历代荆雍官称 府	史书出处
刘义庆	何长瑜	东海		平西记室参军	《宋书·谢灵运传·附何长瑜传》1775
刘子顼	鲍照	东海		平西前军参军	《宋书·鲍照传》1477
萧子隆	张欣泰	竟陵		镇西中兵参军（南平内史）	《南齐书·张欣泰传》881
萧子隆	庾于陵	新野	主簿		《梁书·庾于陵传》689
萧子隆	王秀之	琅邪临沂		镇西长史（南郡太守）	《南齐书·王秀之传》799
萧子隆	谢朓	陈郡阳夏		镇西功曹参军	《南齐书·谢朓传》825
萧子隆	萧衍	南兰陵		镇西谘议参军	《金楼子·与王篇》
萧遥欣	孔稚珪	会稽山阴		平西长史（安郡太守）	《南齐书·孔稚珪传》835
萧秀	刘峻	平原 平原		西平户曹参军	《梁曹·刘峻传》701
萧秀	王僧孺	东海郯县		安西参军	《梁书·王僧孺传》469
萧秀	庾仲容	颍川鄢陵		军西中记参军	《梁书·庾仲容传》723
萧秀	谢微	陈郡夏阳		安西法曹	《梁书·谢微传》718
萧秀	何逊	东海郯县		安西参军事	《梁书·何逊传》693
萧纲	徐摛	东海郯县		晋安王谘议参军	《梁书·徐摛传》446
萧纲	刘孝仪	彭城		安北功曹史	《梁书·刘孝仪传》594
萧纲	刘孝威	彭城	主簿	安北法曹	《梁书·刘孺传·附刘孝威传》595
萧纲	刘遵	彭城		安北谘议参军	《梁书·刘孺传·附刘遵传》593

续表

府主	文人	籍贯	历代荆雍官称 州	历代荆雍官称 府	史书出处
萧绎	臧严	东莞莒县		1. 西中郎录事参军 2. 安西录事参军	《梁书·臧严传》718
	王籍	琅邪临沂		安西谘议参军	《梁书·王籍传》713
	宗懔	江陵	别驾		《北周书·宗懔传》759
	刘杳	平原 平原		平西谘议参军	《梁书·刘杳传》714
	刘之遴	南阳 涅阳		西中郎长史（南郡太守）	《南书·刘之遴传》572
	刘之亨	南阳 涅阳		安西长史（南郡太守）	《南书·刘之遴传·附刘之亨传》574
	徐君蒨	东海郯县		镇西谘议参军	《南书·徐绲本传·附徐君蒨传》441
	颜鳃	琅邪临沂		镇西谘议参军	《北齐书·颜鳃传》617
	周弘直	汝南安城		录事谘议参军	《陈书·周弘正传·附周弘直传》310
	殷不害	陈郡长平		镇西记事参军	《陈书·殷不害传》424
	刘璠	沛国沛县		镇西谘议参军	《北周书·刘璠传》761

四

南朝文人经由府官系统出仕荆雍一事,在文学上的首要意义是:南北文人因此而有赴身南北要塞的战地经验。论者尝谓唐代边塞诗的兴盛当归诸于唐代诗人"累佐戎幕"。事实上这种赴边亲临烽火的机会,南朝诗人早已捷足先登:孔稚珪据《南齐书·本传》所载,于建武初(494)为冠军将军萧遥欣平西长史，直至永元元年（499）方为都官尚书。这段时期正是北魏孝文帝迁都洛阳，萧齐海陵崩殂"宏闻高宗践阼非正，既新移都，兼欲大示威力"之际。所以孔稚珪在这一段时期最起码亲临两次大规模的战役，一次在建武元年至二年之间（494～495），一次在建武四年至永泰元年之间（497～498）。其中第二次之役，南齐沔北五郡还一度陷魏[19]。孔稚珪就是在这亲身的经历写下一篇有名的《谏和表》：

> 匈奴为患，自古而然，虽三代知勇，两汉权奇，筹略之要，二涂而已。一则铁马风驰，奋威沙漠；二则轻车出使，通驿虏廷。权而言之，优劣可观。……建元之初，胡尘犯塞，永明之始，复结通知，十余年间，边候且息。……兴师十万，日费千金，五岁之费，宁可赀计。陛下向惜匹马之驿，百金之赂，数行之诏，诱此凶顽，使河塞息肩，关境全命，蓄甲养民，以观彼敝。……陛下用臣之启，行臣之计，何忧玉门之下，而无款塞之胡哉！[20]

观其写景用语，恍若置身汉代大漠风沙之中，因此孔稚珪的那首《白马篇》之能够描写出边塞萧瑟之气，恐怕就不光只是凭模拟汉魏乐府古题就能写出来，诗人在荆州的烽火经验应该是不可或缺的原因。刘峻据《梁书·本传》云："安成王秀好峻学，及迁荆州，引为户曹参军"，今考诸《安成王本传》得知，萧秀于天监七年出镇荆州，至十一年征为侍中，刘峻随秀在荆应在这段时间。天监七、八年之间，南北正有义阳之争，安成王秀还有遣兵赴援之举[21]，可见刘峻也必然卷身战鼓，无怪乎其《出塞》一诗写来遒劲有力。其他像刘孝仪为安北曹史，刘孝威为安北法曹，刘孝陵为安北谘议参军，也必然跟随萧纲在雍州守边遍听胡笳。因为萧纲自己就曾自述其他镇雍州的亲身感受：

· 130 ·

伊昔三边,久留四战,胡雾连天,征旗拂日,时闻坞笛,遥听塞笳,或乡思凄然,或雄心愤薄。[22]

根据《梁书·简文帝本纪》,萧纲"在襄阳拜表北伐,遣长史柳津,司马董当门,壮武将军杜怀宝,振远将军曹义宗等众军进讨……"可知萧纲在雍州八年,的确置身"胡雾""塞笳"之间,为其僚佐者岂能不共主患难并肩御敌乎?

综合以上所述,可以得知南朝文人并非全部生于深宫之中。由于特殊的府官系统,促使其有许多机会游仕各地。而荆雍又为南朝重镇,形势险要,文人至此大都亲睹南北烽火之争。明乎此,就可以说明南朝为何出现两百多首边塞诗的原因[23],也可以解答大陆学者阎采平对梁陈诸文人并未有从军边塞的生活却又偏能写出边塞诗的困惑。[24]

五

随府主出镇的制度,除了带给南朝文人烽火经验之外,更带来行山涉水的机会。《世说新语·赏誉篇》云:"孙兴公为庾公参军,共游白石山。"《世说新语·容止篇》云:"庾太尉在武昌,秋夜气佳景清,使吏殷浩、王胡之之徒登南楼理咏"[25]。《南齐书·谢朓传》亦云:"子隆在荆州好辞赋,数集僚友,朓以文才,尤被赏爱,流连晤对,不舍日夕"。俱见府主僚佐徜徉山水吟咏赋作之乐。因此南朝山水诗的发展,和府官制度应有密切的关系。萧绎为府主尝有《登江州百花亭怀荆楚诗》云:

极目才千里，何由望楚津。落花洒行路，垂杨拂砌尘。

柳絮飘晴雪，荷珠漾水银，试酌新春酒，遥劝阳台人。㉖

此诗系萧绎在镇守荆州十四年，转江州刺史时怀念旧地之作。阴铿亦写就一首极出色的相应之作，《和登百花亭怀荆楚诗》云：

江陵一柱观，浔阳千里潮。风烟望似接，川路恨成遥。

落花轻未下，飞丝断易飘。藤长还依格，荷生不避桥。

阳台可忆处，唯有暮将朝。㉗

二人这种"极目千里，风烟似接"的两地情怀写来动人。江陵在荆州，浔阳在江州，两地相隔千里，遥遥相望，却有风烟相接，不断如续。山水写景至此，气势确是开前人所未有。唐人王勃的"城阙辅三秦，风烟望五津"，杜甫的"瞿塘峡口曲江头，万里风烟接素秋"的千古名句，就是传摹于此。据《陈书·阴铿传》云："释褐梁湘东王法曹参军"㉘，显然阴铿应是随萧绎东西移镇，饱看山水之士。这种千里山水的写法和名士在家居四周精工细琢山水的格局截然不同。是一种四方行旅，过尽千山万水的动感。随府主出镇正好具备了这项条件。

鲍照一生跟随刘义庆至江州、南兖州，又随刘义季至徐州，再随刘濬出镇京口，最后又随刘子琼至荆州㉙。其《阳岐守风》一诗，即写江陵景色：

差池玉绳高，掩蔼瑶井没。广岸屯宿阴，县崖栖归月。

役人喜先驰，车令申早发。洲回风正悲，江寒雾未歇。

飞云日东西，别鹤方楚越。尘衣孰挥浣，蓬思乱光发。㉚

首句由天际玉绳星辰遥写而下,逐步描出"广岸屯宿阴,悬崖栖归月"宇宙苍茫森冷之景,属次分明。"洲回风正悲,江寒雾未歇"则借景抒情,荡人心魄。方东树评此诗云:"直书即目,兴象华妙,清警开小谢,沉郁紧健开杜公。"㉛鲍照另一诗作《发长松遇雪》云:"土牛既送寒,冥凌方淓驰。振风摇地局,封雪满空枝。江渠合为陆,天野浩无涯。"㉜其中"江渠合为陆,天野浩无涯"亦可谓善写荆州辽阔之景。鲍照作品一洗刘宋诗人铅华,和其超乎他人的阅历有极大关系。

谢朓山水诗中脍炙人口的名句"大江流日夜,客心悲未央",系出自《暂使下都夜发新林至京邑赠西府同僚》诗。诗云:

大江流日夜,客心悲未央。徒念关山近,终知返路长。
秋河曙耿耿,寒渚夜苍苍。引领见京室,宫雉正相望,
金波丽鳷鹊,玉绳低建章。驱车鼎门外,思见昭丘阳。
驰晖不可接,何况隔两乡。风云有鸟路,江汉限无梁。
常恐鹰隼击,时菊委严霜。寄言罻罗者,寥廓已高翔。㉝

此诗系谢朓随萧子隆出镇荆州受谗而被敕回京城途中所作。首句"大江流日夜,客心悲未央"落笔即有千古沧桑的悲壮之情。"秋河曙耿耿,寒渚夜苍苍"在大静止的景色中掩抑心中的大激动。"风云有鸟路,江汉限无梁"借鸟翔高空,舟人江汉的大景色妙尽心中的大自在。所以方东树评曰:"一起兴象千古,非徒起调云尔也,若云悲之未央,似江流无已时,比而兴也。"㉞荆州自东晋以来就和扬州东西并峙,故虽为南朝大镇,但亦最受朝廷猜防,已详前

文，直至萧衍时方对诸王撤其猜忌之心㉟。所以谢朓一旦被谗敕回，其郁郁之志，猝然与山水相遇，而有悲怆客心与大江常流鲜明对照的慷慨顿挫之作，大开山水诗的格局规模。

江淹随建平王刘景素至荆州，其《望荆山诗》云："奉义至江汉，始知楚塞长。南关绕桐柏，西岳出鲁阳。寒郊无留影，秋日悬清光……"《秋至怀归诗》云："怅然集汉北，还望岨山田。沨沨百重壑，参差万里山。楚关带秦陇，荆云冠吴烟。草色敛穷水，木叶变长川。秋至帝子降，客人伤婵娟……"㊱则能以他乡异客的心境描写荆州的历史掌故及飘泊羁旅之感。

由以上数例可以看出：南阳文人随府主出镇，的确给南朝方兴未艾的山水诗注入新的生命。由于府官僚佐不限籍贯，文人所面对的山水均是异地风物，加以文人频频随府主迁镇，所以其所写山水新鲜可喜，景观变动的幅度也大；另一方面各地山水也因此得以获得文人的品题。《四库全书总目提要》云："自古名山大泽，秩祀所先，但以表望封圻，未开品题名胜，逮典午而后，游迹始盛，六朝文士，无不托兴登临。"㊲六朝之际所以能够"游迹始盛"，不得不把府官系统这项文人四方仕游的管道考虑在内，山水灵秀之气，因此终能自苍莽洪荒之中进入人文历史的舞台。

六

荆雍地带由于是南朝的重镇，长期以来人才鼎盛，也成为仅次于扬州京城的文学重镇。由日人森野繁夫所列的南朝文学集团当中，几乎有将近一半的活动地点系在荆雍地带㊳。这项传统到了萧纲时期，更造成了萧梁文风一次关键性的演变。

昭明太子自小就接触儒家经典。"三岁受《孝经》《论语》，五岁遍读五经"，六岁出居东宫以后，更接受完整的储君教育，因此造就其"宽和容众，喜愠不形于色"的雍容大度。其文学品位也近乎文质彬彬的典正之音。其《答湘东王求文集》及《诗苑英华》书中即云：

文夫典则累野，丽亦伤浮。能丽而不浮，典而不野，文质彬彬，有君子之致。吾尝欲为之，但恨不逮耳。[39]

因此在昭明太子三十一岁坠船而薨之前的梁初中央文风，大致都以典正为主。但是在一个以萧纲为主的文学集团却在远离建康城之外的雍州别开天地。

萧纲的年纪只比萧统小两岁，生于天监二年。但是由于萧统在天监元年就已立为太子，所以萧纲从小就未被科范以东宫教育的要求。一直到中大通三年（531），因昭明太子薨，而被立为太子，时萧纲已经二十九岁，其性情及文学见解早已在雍州时期趋于定型。

雍州时期的萧纲正是二十一岁至二十七岁的青年阶段，一方面由于没有东宫身份的拘限，一方面由于雍州距离京师遥远，可以不受中央各方面的节制，因此萧纲得以从容树立其文学集团的特色。今观其追忆与刘孝仪在荆州吟咏之事，可以得知萧纲文学集团平日在外藩"言志赋诗"的盛况：

吾昔在汉南，连翩书记，及忝朱方，从容坐首。良辰美景，清风明月，鹢舟乍动，朱鹭徐鸣，未尝一日而不追随，一时而不会遇。酒阑耳热，言志赋诗，校覆忠贤，榷扬文史，益者三友，此实其人。[40]

此系萧纲在天监十三年时,一度出为荆州刺史在汉南的文学生活写照,而其在雍州期间更继续挺揽文人。《南史·庾肩吾传》云:

> (庾肩吾)在雍州被命与刘孝威、江伯摇、孔敬通、申子悦、徐防、徐摛、王囿、孔铄、鲍至等十人,抄撰众籍,丰其果馔,号高斋学士。[41]

高斋十学士中,除庾肩吾、徐摛、刘孝威以外,其余七人生平已不可考[42]。《梁书·庾肩吾传》亦有类似的记载:

> 初,太宗在藩,雅好文章士,将肩吾与东海徐摛、吴郡陆杲、彭城刘遵、刘孝仪、仪弟孝威,同被赏接。[43]

以上除陆杲恐系陆罩之误,其他诸人均曾历雍州府佐。这些雍州的文士在萧纲继为太子后,也都跟随左右。目前虽然没有资料证明萧纲文学集团在雍州时期的文学主张,却可以看到萧纲自己写作的《雍州十曲》。

《雍州十曲》目前留下《南湖》《北渚》《大堤》三首,系写襄阳作为长江沿岸商业城市的另一面貌。《南湖》云:"荷香乱衣麝,桡声送急流";《北渚》云:"好值城傍人,多逢荡舟妾";《大堤》云:"宜城断中道,行旅极留连。出妻工织素,妖姬惯数钱",的确是极尽声色之娱。这类风格的作品在《昭明文选》中是不可能被接受,但是萧纲僚佐徐陵所编的《玉台新咏》却以皇太子之名收入。所以其一互入主东宫,立刻对京师文风表示不满:

比见京师文体,懦钝殊常,竞学浮疎,争为阐缓。玄冬修夜,思所不得,既殊比兴正背风骚。若夫六典三礼,所施则有地;吉凶嘉宾,用之则有所。未闻吟咏情性,反拟《内则》之篇;操笔写志,更摹《酒诰》之作。迟迟春日,翻学归藏,湛湛江水,遂同大传。[44]

显然萧纲在雍州时期必然早已形成异于京师集团的文学品位[45]。再者一向跟随其身边的徐摛的文学主张:

摛幼而好学,及长,遍览经史,属文好为新变,不拘旧体。……摛文体既别,春坊尽学之,"宫体"之号,自斯而起。[46]

所以《隋书·文学传论》云:

梁自大同之后,雅道沦缺,渐乖典则,争驰新巧。简文湘东,启其浮放……。[47]

"宫体""新变"是否该当"浮放"之罪,此处暂不论,但是《隋书》此段文字显然认为在"大同"之前萧梁尚有"典则"可言。《梁书·庾肩吾传》亦云:

及(太宗)居东宫,又开文德省,置学士,肩吾子信,摛子陵,吴郡张长公,此地傅弘,东海鲍至等充其选。齐永明中,文士王融、谢朓、沈约文章始用四声,以为新变,至是转拘声韵,弥尚丽靡,复踰于往时。[48]

这段记载有两点极需注意之处：

（一）文中先云"齐永明中"王融、谢朓、沈约始用四声以为新变事，继又云"至是"丽靡输于往时。据此可知由永明末历经梁初至中大通三年，这三十几年间，"新变"之风曾经受挫于京城，一直到萧纲入主东宫，新变之风才卷土重来。郭绍虞曾将齐末梁初这种现象释为"复古思想之萌芽"，并以刘勰为重镇[49]。但是真正有具体力量足以扼止永明新变之风的，主要应该是来自昭明东宫集团的文学作风。

（二）文中所述徐摛子徐陵也是由雍州入东宫的重要人物。普通二年，徐摛为萧纲平西将军，宁蛮校尉谘议时，陵即为宁蛮府军事。由此可见萧纲东宫集团的一切作为，实为雍州时期的延续。因此萧纲在雍州时期的府官僚佐的确能在昭明东宫集团罩建康文坛之际，在京外重镇厚养另一风格迥异的文学集团，改变了梁代中期以后的文风。

七

综合以上所述可知：南朝这种州僚佐双轨仕的地方制度，的确在无形中影响着南朝文学的发展。生活经验是文学创作极重要的泉源。南朝文人较两汉文人幸运的关键在于：两汉的地方官僚佐限定要本籍贯的人士，使得大多数的文人无法像南朝文人一样有较多行遍天下的机会，相对地也使其作品较缺少个人的经验。长城战役虽盛于两汉，但文人赴边者少，反倒是南朝文人却出乎一般文学研究者的意料，有许多赴边的机会。边塞诗形成于南朝对于解释中国诗歌史的发展有着结构性的地位。因此文人经验的追踪是极重要的。山水诗的形成本来是由"求仙""隐逸"而来，但是文人随府出镇却给山水的写作带来新的视野,另方面也给各地山水带来品题的机会[50]。本文因为局限于以荆雍地带为主,其实江州庐山、扬州会稽更多游仕文人的踪迹,故未及讨论。荆雍西陲重镇,不但对南朝政治有着深远的影响,对于文学风潮也能遥相激荡。萧纲就是以雍州文学集团而对梁代诗风产生重大的转变,凡此关键,皆可于南朝地方僚佐制度中探得消息。

本文原发表于 1990 年第十一届中国古典文学会议,收录于《文学与社会论文集》(台北:台湾学生书局,1990 年 10 月),页 1~26。

---

① 严耕望《中国地方行政制度史、卷中、魏晋南北朝地方行政制度》一书对此论之甚详。《中央研究院史语所专刊之四十五》,(台北:中央研究院史语所,1963 年)。

② 此处职称采用《宋书·百官志》之说。《南齐书·百官志》为"州置别驾、治中、议曹、文学、祭酒、诸曹、部从事"。《隋书·百官志》述梁之州吏为"州置别驾治中从事各一人。主簿、西曹、议曹从事、祭酒从事,部传从事、文学从事"。皆无太大出入。

③ 其名称出入情形和州佐吏相同,此处用《南齐书》所载。

④ 见严书,上编,卷中之上,第三章《州府僚佐》,页 152。

⑤ 汉代首创此制。见严耕望《中国地方行政制度史·卷上·秦汉地方行政制度》,第十一章(籍贯限制)。

⑥《晋书·地理志下》,鼎文版,页 455、457。

⑦《梁书·庾黔娄传》:"庾黔娄字子贞,新野人也",页 650。

⑧ 据《南齐书·州郡下》,新野郡已入雍州,但庾于陵却为荆州主簿,此处可见荆州、雍州在当时的界限并不严格。

⑨《晋书·地理志》,页 453~454。

⑩《三国志·甘宁传》,页 1292。

⑪《三国志·鲁肃传》,页1269。

⑫《晋书·何充传》,页2030。

⑬《宋书·何尚之·史臣曰》,页1739。

⑭《南齐书·州郡志》,页274。

⑮详参吴慧莲《东晋刘宋时期之北府》,第五章"北府对政局的影响"(台北:台湾大学文史丛刊,1985年6月),页157~166。

⑯详参傅乐成《荆州与六朝政局》。收入《汉唐史论集》(台北:联经出版事业公司,1977年9月)。

⑰《宋书·地理志·雍州条》,页1135。

⑱《南齐书·州郡志·雍州条》,页282。

⑲《资治通鉴》卷一百四十一(明帝建武四年)(台北:世界书局,1979年),页4412~4416。

⑳《南书·孔稚珪传》,页838。

㉑《梁书·安成王传》,页343~344。

㉒萧纲《答张缵谢示集书》,张溥《百三名家集,梁简文帝集》(台北:文津出版社影印),页3383。

㉓详参拙作《边塞诗形成于南朝论》。收入《古典文学》第十集(台北:1988年12月)。案:本文系1988年10月8日第九届古典文学会议宣读之论文。

㉔阎采平《梁陈边塞乐府论》一文甚有见地,但对南朝文人的边塞生活经历总是囿于传统见解无法突破。阎文发表于《文学遗产》1988年第6期(北京:中国社科院文学研究所,1988年12月)。

㉕据余嘉锡《世说新语笺疏》,页478、页618。

㉖据逯钦立《先秦汉魏晋南北朝诗》,《梁诗》卷二十五,页2049。

㉗据逯钦立《先秦汉魏晋南北朝诗》,《陈诗》卷一,页2451。

㉘《陈书·阴铿传》,页472。

㉙据钱振伦《鲍参军集注》所附年表(台北:木铎出版社,1982年2月)。

㉚《鲍参军集注》,页322。

㉛据汪师雨盦编《方东树评古诗选》(台北:联经出版事业公司,1975年5月),页203。

㉜案:"土牛既送寒,冥凌方浃驰",诸本皆误。有作"奠陵"者,有作"冥陆"者,其义难通。钱振伦《鲍参军集注》据《楚辞·大招》:"冥凌浃行",王逸注:"冥,玄冥,北方之神也。凌,犹驰也。沃,徧也。"订为"冥凌"。此处承洪顺隆先生提示,据以修正,特此致谢。

㉝同注㉖,页1426。

㉞同注㉛,页220。

㉟同注⑯。

㊱离同注㉖,页557~1558。

㊲《四库全书总目提要·徐霞客游记》,《万有文库荟要》(台北:台湾商务印书馆,1965年)。

㊳见森野繁夫《六朝诗·研究》,第一、二章(东京:第一学习社,1876年)。并详参拙作《荆雍地带与南朝诗歌关系之研究》,第三章第一节(台大博士论文,1987年12月)。

㊴据《两汉魏晋南北朝文学批评资料汇编》(台北:成文出版社,1978年9月),页253。

㊵《梁书·刘遵传》,页593。

㊶《南史·庾肩吾传》,页1246,

㊷据刘汉初之说。见氏著《萧统兄弟的文学集团》,第三章第一节(台大中文研究所硕士论文,1975年6月),页87。

㊸《梁书·庾肩吾传》,页690。

㊹同注㊴,页245。

㊺采刘汉初之说。见同注㊷,第三章。

㊻《梁书·徐摛传》,页446~447。

㊼《隋书·文学传论》,页 1730。

㊽同注㊷。

㊾见氏著《中国文学批评史》,第四篇第二章第六节《刘勰与复古思想之萌芽》(台北:明伦出版社,1972 年)。

㊿王国璎《中国山水诗研究》一书尝以"求仙与山水""隐逸与山水""游览与山水"五项条件说明山水诗形成的条件。本文所论正可与"游览与山水"一项中有力的证据。参见氏书第二部分"中国山水诗的发展"(台北:联经出版事业公司,1986 年),页 81~120。

南朝士人的时空思维

一

南朝自东晋建武元年(318)立国,历经宋、齐、梁、陈凡两百七十二年,系立国江南之偏安局面,亦为中国历史上第一次大规模分裂。

由于在分立之前,有汉代王朝大一统的辉煌规模,也使得东晋以来士人在南渡以后,时时刻刻以汉家雄风为唯一的帝国怀想,甚至一般汉代典章制度也成为南朝人士在时空思维上的自然投射。

这种将南朝时空和汉代时空交糅融合的思维模式,在南朝一百多首边塞诗中表现得最为明显,像徐悱的《白马篇》就是最典型以"长安"为据点,进而延伸至边塞战境的作品:

闻有边烽急,飞候至长安。然诺窃自许,捐躯谅不难。(页1770)[①]

在这种意义上,"长安"在南朝士人心目中其实几乎等同于圣战的根据地。孔稚珪(447~501)的《白马篇》,其笔法意象亦然:

陇树枯无色，沙草不常青。勒石燕然道，凯归长安亭。（页1408）

环绕着"长安"为重心的边塞诗系列，其中最值得注意的是完整地出现"汉将""嫖姚""李将军"及"匈奴""单于""胡兵"的汉代征战人物：

拥旄为汉将，汗马出长城。长城地势险，万里与云平。
（虞羲《咏霍将军北伐诗》，页1607）

骥子蹋且鸣，铁阵与云平。汉家嫖姚将，驰突匈奴庭。
（孔稚归《白马篇》，页1408）

朝驱左贤阵，夜薄休屠营。昔事前军幕，今逐嫖姚兵。
（范云《效古诗》，页1547）

谇此倦游士，本家自辽东。昔隶李将军，十载事西戎。
（袁淑《效古诗》，页1211）

天山已半出，龙城无片云。汉世平如此，何用李将军。
（吴均《战城南三首之二》，页1719）

匈奴时未灭，连年被甲兵。明君思将帅，方听鼓鼙声。
（裴子野《答张贞成皋诗》，页1790）

回山时阻路，绝水亟稽程。往年郅支服，今岁单于平。
（梁简文帝萧纲《陇西行三首之三》，页1906）

回钗挂反环，拭泪绳春线。今夜月轮圆，胡兵必应战。
（刘孝威《奉和湘东王应令诗二首之一春宵》，页1881）

随后更耐人寻味的是南朝明明是立都在杏花烟雨的江南,其边塞系列,却重复出现"长城""阴山""居延""玉门""祁连""天山""楼兰""轮台""交河""疏勒""雁门""蓟北""玄菟"等旧时汉代北伐边城要塞的地名:

> 蓟门秋气清,飞将出长城。绝漠冲风急,交河夜月明。(刘峻《出塞》,页1758)
>
> 风断阴山树,雾失交河城。(范云《效古诗》,页1547)
>
> 居延箭箙尽,疏勒井泉枯。(刘孝威《结客少年场行》,页1869)
>
> 天子羽书劳,将军在玉门。(吴均《战城南三首之三》,页1720)
>
> 追兵待都护,烽火望祁连。(何逊《学古诗三首之一》,页1693)
>
> 天山积转寒,无因辞日逐。(张正见《雨雪曲》,页2479)
>
> 甘泉警烽候,上谷抵楼兰。(徐悱《古意酬到长史溉登琅邪城诗》,页1771)
>
> 前年出右地,今岁讨轮台。(梁简文帝萧纲《从军行二首之一》,页1904)
>
> 瀚海波难息,交河冰未坚。(顾野王《陇头水》,页2468)
>
> 扶山翦疏勒,傍海扫沉黎。(吴均《古意诗二首之一》,页1747)
>
> 箭衔雁门石,气振武安瓦。(吴均《边城将四首之二》,页1738)
>
> 蓟北驰胡骑,乘南接短兵。(张正见《战城南》,页2476)
>
> 黄龙戍北花如锦,玄菟城前月似蛾。(梁元帝萧绎《燕歌行》,页2035)

根据笔者的研究,南朝边塞诗这种以长安为据点所发展出来的汉将、匈奴及长城要塞的体系,并不能当成单纯诗中典故的运用而已,最具价值的看法,是将其视为南朝人士根深蒂固的时空思维。亦即南朝人士虽然身处江南,但是由于特殊的处境,一方面受北方政敌的威逼,一方面又欲效汉代北伐匈奴之威势,所以会以一百多首边塞诗来构筑其心灵深处的汉代图腾[②]。

有关边塞诗和南朝士人的时空思维问题,笔者已有相当程度的研究成果[③],此篇不再赘论。本文意在探讨边塞诗作品以外的文献资料所出现的相关问题。

二

南朝人士除了以边塞之作表达其对汉代帝国的迷恋与执着之外,在其他乐府古题中,也不断出现对"长安"的咏叹。最具体可观的是以"长安道"为题的作品。像庾肩吾(487~551)的《赋得横吹曲长安道》,就极力铺陈其对长安故都的遐思:

桂宫连复道,黄山开广路。远听平陵钟,遥识新丰树。
合殿生光彩,离宫起烟雾。日落歌吹回,尘飞车马度。(页1982)

对于长安城的宫殿、道路、日影,甚至遥远的钟声均一一加以铺述。陈后主(583~589)的《长安道》亦云:

建章通未央,长乐属明光。大道移甲第,甲第玉为堂。
游荡新丰里,战马渭桥傍。当垆晚留客,夜夜苦红妆。(页2507)

观察此二首《长安道》的内容,可见其喧染的是一片繁华盛世的都会风情,和"闻有边烽急,飞候至长安"及"勒石燕然道,凯归长安亭"的烽火战鼓相较,可以看出南朝人士对长安的迷恋,其实是由两个层次陷入的:其一是雄壮的帝国声威,另一层面则是其繁华绮丽的都会风情。前者若是属于"心理的补偿"作用,后者则是对金陵建康城的移情手法④。

南朝人士对于长安的痴迷当然关涉着长安在历史上的辉煌记忆。长安是汉代帝都,象征着大汉帝国的文教昌盛与经济繁荣;雄威远播与开通西域的辉煌历史。偏安一隅的南朝人士既思天汉雄威,则自然亦对象征汉朝国威的长安城溢满欣羡。其实作为大汉帝国首都的长安城,在立都之初,也曾有一段举棋不定、难以定策的坎坷历史。汉高祖刘邦(206B.C.~195B.C.)定陶即位之后,原欲东都洛阳,后因娄敬上陈述关中地势之优越,长安才有角逐帝京的机会:

夫秦地被山带河,四塞以为固,卒然有急,百万之众可具也。因秦之故,资甚美膏腴之地,此所谓天府者也。陛下入关而都之,山东虽乱,秦之故地可全而有也。⑤

其后张良(?~186B.C.)附议娄敬之说,对于汉高祖立都长安更有决定性的影响:

雒阳虽有此固,其中小,不过数百里,田地薄,四面受敌,此非用武之国也。夫关中左殽函,右陇蜀,沃野千里,南有巴蜀之饶,北有胡苑之利,阻三

南朝山水与长城想像

面而守,独以一面东制诸侯。诸侯安定,河渭漕輓天下,西给京师;诸侯有变,顺流而下,足以委输。此所谓金城千里,天府之国也,刘敬说是也。⑥

由是,长安遂成汉朝帝都,在汉人心中根植下不可撼动的地位,因此东汉光武(25~57)定都洛阳之初,并未获得朝野普遍一致的支持,而有"关中耆老犹望朝廷西顾"⑦的情形,于是东汉虽都洛阳,却不得不继续以长安为东汉西京,作为扬威塞外的根据地⑧。基于长安这样的历史性格,不难理解南朝人士何以会对于过往长安声威充满艳羡与迷恋。

但是有一项极令人讶异的统计数字:遍寻逯钦立《先秦汉魏晋南北朝诗》,南朝士人在诗作中只出现四次"金陵"之名。最脍炙人口的是谢朓(464~499)的"江南佳丽地,金陵帝王州"(《隋王鼓吹取时首之四·入朝曲》,页1413),其他只有王融(468~494)的"总棹金陵渚,方驾玉山阿"(《永明乐十首之九》,页1393),沈约(441~513)的"青槐金陵陌,丹毂贵游士"(《长安有狭斜行》,页1616)及梁武帝(502~548)的"金陵曲"(《上云乐七曲之七》,页1524)。

难道立都两百七十几年的金陵建康,在都会文化、生活风情上,居然没有值得南朝士人去稍稍咏叹的余地吗?我的推测是:南朝士人根本就是以写"长安"的名目来写建康。试看下面几首《长安道》的纵歌声色,何处不像"江南佳丽地,金陵帝王州"的氛围:

神皋开陇右,陆海实西秦。金槌抵长乐,复道向宜春。落花依度幰,垂柳拂行轮。金张及许史,夜夜尚留宾。

(萧纲《长安道》,页1912)

西接长楸道,南望小平津。飞甍临绮翼,轻轩影画轮。雕鞍承赭汗,槐路起红尘。燕姬杂赵女,淹留重上春。

(萧绎《长安道》,页 2033)

凤楼临广路,仙掌入烟霞。章台京兆马,逸陌富平车。东门疏广饯,北阙董贤家。渭桥纵观罢,安能访狭斜。

(顾野王《长安道》,页 2468)

建章通未央,长乐属明光。大道移甲第,甲第玉为堂。游荡新丰里,戏马渭桥傍。当垆晚留客,夜夜苦红妆。

(陈后王《长安道》,页 2507)

辇道乘双阙,豪雄被五都。横桥象天汉,法驾应坤图。韩康卖良药,董偃鬻明珠。喧喧拥车骑,非但执金吾。

(徐陵《长安道》,页 2526)

长安开绣陌,三条向绮门。张敞车单马,韩嫣乘副轩。宠深来借殿,功多竞置园。将军夜夜返,弦歌着曙喧。

(陈暄《长安道》,页 2542)

前登灞陵道,还瞻渭水流。城形类北斗,桥势似牵牛。飞轩驾良驷,宝剑杂轻裘。经过狭斜里,日暮与淹留。

(萧贲《长安道》,页 2556)

长安驰道上。钟鸣宫寺开。残云销凤阙。宿雾敛章台。骑转金吾度。车鸣丞相来。蔼蔼东都晚。群公骆御回。

(阮卓《长安道》,页 2561)

以上所有写"长安道"的作品,其实和边塞诗的时空坐标是同出一辙的。这种思维方式并不只限于边塞乐府,也不限于普通乐府古题,就是在普通的现实作品中,也会不经意地流泻在自然品题之作中。像刘孝威(496~549)的《出新林诗》:

芒山眺洛邑,函谷望秦京。遥分承露掌,远见长安城。

故乡已可识,游子必劳情。雾罢前林见,风息涌川岸。

坐观暮潮落,渐见夕烟出。无由一羽化,徒想御风轻。(页1877)

"新林"就在金陵建康附近。刘孝威却一再将长安和建康联想在一起。像谢朓的《晚登三山还望京邑诗》,更是把建康与长安交叠在一起:

灞涘望长安,河阳视京县。白日丽飞甍,参差皆可见。

余霞散成绮,澄江静如练。喧鸟覆春洲,杂英满芳甸。

去矣方滞淫,怀哉罢欢宴。佳期怅何许,泪下如流霰。

有情知望乡,谁能鬒不变。(页1430)

由以上作品的析论可以看出,南朝士人虽然置身于江南建康,但其举笔挥翰之际,似乎一直笼罩在历史的"长安"情结之中。除了写挥兵出塞的长安,也写日落歌吹的长安,更写和故乡交叠难分的长安。而其深层思维却是长安建康合而为一。

三

除了一系列的《长安道》之外,南朝人士更以一系列的《洛阳道》来表现其对汉代东都的向往之情。沈约之作是其中最显目佳作之一:

洛阳大道中,佳丽实无比。燕裙傍日开,赵带随风靡。
领上葡萄绣,腰中合欢绮。佳人殊未来,薄暮空徒倚。(页1660)

车𫗧之作,也是同样铺写洛阳繁华风采:

洛阳道八达,洛阳城九重。重关如隐起,双阙似芙蓉。
王孙重行乐,公子好游从。别有倾人处,佳丽夜相逢。(页2115)

这种对京都繁华的铺排,如果和谢朓《隋王鼓吹曲·入朝曲》中写"金陵"的盛况,实有许多形同神似之处:

江南佳丽地,金陵帝王州。逶迤带绿水,迢递起朱楼。飞甍夹驰道,垂杨荫御沟。凝笳翼高盖,叠鼓送华辀。献纳云台表,功名良可收。(页1413)

和王融《永明乐十首之九》的:"总棹金陵渚,方驾玉山阿。轻露炫珠翠,初风摇绮罗"(页1393),也在写景上,动辄"燕裙""赵带""珠翠""绮罗"齐摇。显然,南朝人士是把"金陵"和"洛阳"的歌舞升平,并肩齐看。陈后主叔宝更是一连写下五首《洛阳道》,今抄录如下,以观南朝人士如何在汉都洛阳之中,赏玩自己的"江南佳丽地":

谊诈照邑里,邀游出洛京。霜枝嫩柳发,水堑薄笞生。停鞭回去影,驻轴敞前薨。台上经相识,城下屡逢迎。踟蹰还借问,只重未知名。(页2506)

日光朝杲杲,照耀东京道。雾带城楼开,啼侵曙色早。佳丽娇南陌,香气含风好。自怜钗上缨,不叹河边草。(页2506)

建都开洛汭,中地乃城阳。纵横肆八达,左右辟康庄。铜沟飞柳絮,金谷落花光。忘情伊水侧,税驾河桥傍。(页2506~2507)

百尺瞰全垺,九衢通玉堂。柳花尘里暗,槐色露中光。

游侠幽并客,当垆京兆妆。向夕风烟晚,金羁满洛阳。(页2507)

青槐夹驰道,御水映铜沟。远望凌霄阙,遥看井榦楼。黄金弹侠少,朱轮盛彻侯。桃花杂渡马,纷披聚陌头。(页2507)

除了沈约、车𪡴、陈后主五首之外,尚有简文帝萧纲(503~551)一首、梁元帝萧绎(508~554)一首、庾肩吾一首、张正见一首、徐陵(507~583)二首、陈暄一首、岑之敬一首、江总(519~594)二首、王瑳一首,总计十八首。若是和《长安道》一起总计起来有二十八首之多。洛阳之所以成为南朝诗人向往的原因,当然有其历史文化的背景。

在中国六大古都中,洛阳的历史最为悠久,武王克殷,迁置九鼎,洛阳就开始走上历史的舞台,成王即天子位,因洛邑居"天下之中,四方入贡,道理均也"⑨,乃选为"陪都"。后平王正式迁都洛邑,东周肇始,更加确立洛阳在中国历史上的重要性。

汉高定鼎,本来准备"常都雒阳",后因张良劝止,遂改长安为都⑩。西汉虽然定部长安,却始终没有忘情洛阳。元帝时,翼奉就有再次迁都洛阳之议:

> 臣愿陛下徙都于成周,左据成皋,右阻黾池,前乡崧高,后介大河,建荥阳,扶河东,南北千里以为关,而入敖仓;地方百里者八九,足以自娱;东厌诸侯之权,西远羌胡之难,陛下共己亡为,按成周之居,兼盘庚之德,万岁之后,长为高宗。汉家郊兆寝庙祭祀之礼多不应古,臣奉诚鸡宣居而改作,故愿陛下迁都正本。⑪

即使汉高祖欲都洛阳的计划落空,到元帝(48B.C.~33B.C.)时却一直不肯放弃迁都洛阳的愿望,由此可见洛阳在当时西汉士大夫心中的地位,因为迁都洛阳带有继承历史文化正统的象征意义。东汉光武中兴,果然以洛阳为都,重振汉室之风,尔后曹魏、西晋遂循其例立都洛阳,一则是因为长安经连年战争摧残,早已残败;一则可以凸显出洛阳在执政者心中难以撼摇的重要性,因其不仅是政治文化的中心,更是代表中原文化正统的标志⑫,因此南朝人士对于洛阳的题咏,其实掺杂着极浓厚的正统文化观。

更有甚者,南朝出现"长安""洛阳"之名者,尚不止限于《长安道》《洛阳道》之中,其他如《长安有狭邪行》《行路难》《闺怨诗》《胡逢狭路间》诸篇之中,实见其名,据笔者统计,长安之名出现七十二处,洛阳出现六十二处(包括篇名)。考以金陵四见,而长安、洛阳一百三十四见的比例(见篇末附录),南朝人士的时空思维,的确超乎正常的逻辑运作。

在"长安""洛阳"的歌咏中,南朝人士还又流行着"京洛"的名词。像刘宋刘义恭《拟古诗》即云:"束甲辞京洛,负戈事乌孙"(页1248),鲍照(405~466)《代堂上歌行》:"昔仕京洛时,高门临长河"(页1266),《代北风行》:"京洛女儿多严妆,遥艳帷中自悲伤"(页1279),《绍古辞》:"三川穷名利,京洛富妖妍"(页1297),谢朓《咏明乐十首之六》:"燕肆游京洛,赵服丽有辉",(页1419),《答张齐兴诗》:"我滞三冬职,谁知京洛念"(页1426),《酬王晋安德元诗》:"谁能久京洛,缁尘染素衣"(页1426),《和江丞北戍琅邪城诗》:"京洛多尘雾,谁济未安流"(页1444),沈约《登高望春诗》:"登高眺京洛,街巷何纷纷"(页1633),孔奂《赋得名都一何绮诗》:"京洛信名都,佳丽拟蓬壶"(页2536)。可见"长安""洛阳""京洛"就是"金陵"。但见南朝人士特殊的时空思维使其惯于使用历史的名词,却反而忽略了自己置身江南偏安的实境。

值得一提的是,无论是用"长安""洛阳"或是"京洛",其中还涉及了南朝人士争取"正统"的执着。大体而言,东晋声称"晋祚虽衰,天命未改"[13],以正统自居的情形,并未受到战乱不断的北方胡族政权之挑战,只要不主动承认北方政敌的合法性,正统就是己方。但是到了南北朝就不一样了,北魏(386~534)统一中原,孝文帝(471~499)迁都洛阳,实行汉化之后,遂开启了南北二朝争正统的战端,北国以包括二都,占有中原的绝对优势,贬南朝为远逃江会,不闻华土,僭立江表的伪政权,[14]甚至还进一步以"汉"自居,如其《报卢渊议亲伐江南诏》:

今则驱驰先天之术,驾用仁义之师,审观成败,庶免斯咎。长江之阻,未足可惮;踰纪之略,何必可师。洞庭、彭蠡,竟非殷固,奋臂一呼,或成汉业。经略之义,当付之临机,足食之筹,望寄之萧相。[15]

此诏书作于太和十七年六月(493),据《资治通鉴·齐纪四》载:"魏主以平城地寒,六月雨雪,风沙常起,将迁都洛阳,恐臣不从,乃议大举伐齐,欲以胁众。"[16]而北魏政府对于汉文化由排斥到接纳的过程,实与其国土不断扩大所造成的统治压力有关[17],但鲜卑贵族惧于利益损失,才是阻碍孝文帝推行汉化的主要因素[18],故拓跋宏不得不与汉族士人卢渊合唱双簧,一面借由南齐(479~502):"今萧氏以篡杀之烬,政虐役繁,又支属相屠,人神同弃。吴会之民,延踵皇泽,正是齐轨之期,一同之会"而师出有名,一面又假"关右之民,自比年以来,竞设斋会,假称豪贵,以相扇惑。显然于众坐之中,以谤朝廷。无上之心,莫此之甚"以树立朝廷威仪[19],当然最后南伐虽无功而返,却足以让孝文帝完成迁都之举,而这一连串的政治举动,亦处处显露出大汉图腾的时空思维。上列诏书中,孝文帝不仅明确表达南伐之举如同汉业,且更穿插萧何故事,除强调其南征之师的正统性外,也不难看出对于大汉帝国之怀想,乃同时俱存于南北双方之中。故如北魏宣武帝(500~515)《诏有司敕蠕蠕使人勿六跋》更视己方为周、汉正统:

大魏之德,方隆周汉,跨据中原,指清八表。[20]

而崔宏的《国号议》更将北魏政统一路上推至三皇五帝,振振有辞地强调其中原正统性:

三皇五帝之立号也,或因所生之土,或即封国之名。故虞、夏、商、周始皆诸侯,及圣德既隆,万国宗戴,称号随本,不复更立。……昔汉高祖以汉王定三秦,灭强楚,故遂以汉为号。国家虽统北方广漠之土,逮于陛下,应运龙飞,虽曰旧邦,受命维新,是以登极之初,改代曰魏。又慕容永亦奉进魏土。夫"魏"者大名,神州之上国,斯乃革命之征验,利见之玄符也。臣愚以为宜号为魏。[21]

崔宏所显示出的企图心正是欲推行儒家礼乐而改变北方胡风[22],然而也透露出北儒"久处北国,自隔华风"[23]的困顿,亦显示出"大汉图腾"的时空思维于北朝发酵的两种面向:一是留滞北方的汉族高门对南朝礼乐制度的向往[24];另外则是北朝欲借以争夺正统名分之手段[25]。而南朝人士面对此似是而非的正统之说,以及北朝俨然以中原正统自居的态势,似乎也无法提出有效的反驳,于是只好诉诸空间起源的认同方式,借由不断地题咏先朝故都"长安""洛阳""京洛",来证明自己与汉代中原文化正统的延续性。

四

是以诗歌中这种不断出现的"长安""洛阳""京洛"等意象,也频繁地见于诏、疏、议、表等各类文献中,相较于诗歌的"虚拟性",这些文献却如实呈现南朝人士在现实政治处境中仍不忘收复中原故土的壮怀。如孝武帝《与朗法师书》:

昔刘曜创荒,戎狄继业。元皇龙飞,遂息江表。旧京沦没,神州倾荡。苍生荼蓼,寄在左衽。每一念至,嗟悼朕心。长驱魏、赵,扫平燕、代。今

龙旗方兴,克复伊、洛。思与和尚同养群生。㉖

"朗法师"即竺僧朗(232~348),借由《高僧传》的记载可知,朗法师于当世名望甚高,各政权皆急欲拉拢之:"秦主苻坚钦其德素,遣使征请,朗同辞老疾乃止,于是月月修书遗。坚后沙汰众僧,乃别诏曰:'朗法师戒德冰霜,学徒清秀,昆仑一山,不在搜例。'……燕主慕容德钦朗名行,假号东齐王,给以二县租税,……晋孝武致书遗,魏王拓跋珪亦送书致物。其为时人所敬如此。"㉗而孝武帝(361~396)似欲借由宗教势力的影响鼓动北方百姓群起叛变,以一举收复故土,然从苻坚诏令可知,朗法师处于兵荒马乱之际,仍坚持其"蔬食布衣,志耽人外"㉘的气节,而免于汰僧之难,故想当然晋武帝的期望也就必石沉大海。但从此信却能发现,退守江左已成为南朝士人心中永远的缺憾,不仅朝廷时刻悬念光复:"自永嘉丧师,绵踰十纪,五都分崩。然正朔时暨,唯三秦悬隔,未之暂宾。致令羌虏袭乱,淫虐三世,资百二之易守,恃函谷之可关。庙筹韬略,不谋之日久矣。公命世抚运,阐曜咸灵,内研诸侯之虑,外致上天之罚。故能食呪甫训,则许、郑风偃,钲铖未指,则瀍、洛雾披。俾旧阙元阳,复集万国之轸;东京父老,更睹司隶之章。"㉙又军权大握的荆州刺史,更时常欲以北伐突显战功,以更能掌控建康朝政。故如庾亮(289~340)《谋开复中原疏》即曰:

襄阳北接宛、许,南阻汉水,其险足固,其土足食。臣宜移镇襄阳之石城下,并遣诸军罗布江、沔。比及数年,戎士习练,乘衅齐进,以临河、洛。㉚

虽然历来史家论六朝政局,总会提及荆州守将与朝廷之间的不合矛盾㉛,但由庾亮此《疏》可知,南朝人士北伐之志,不论在建康或在上流荆、湘,均举国皆应、未尝稍减[32]。因此,"河、洛"意象除了是南北国界之延伸外,更与大汉图腾的时空思维无法切割,故"洛阳"实为南方将士的精神寄托。

所以,桓温(312~373)即于《平洛表荐谢尚》中说道:

> 今中州既平,宜时缓定,镇西将军豫州刺史尚,神怀挺率,少致人誉,足以入赞百揆,出蕃方司宜进据洛阳,抚宁黎庶。[33]

桓温于晋穆帝永和十年(354)春二月乙丑"遂统步骑四万发江陵,水军自襄阳入均口,至南乡,步自淅川以征关中,命梁州刺史司马勋出子午道。别军攻上洛,获苻健荆州刺史郭敬,进击青泥,破之。健又遣子生、弟雄众数万屯峣柳、愁思堆以距温,遂大战,生亲自陷阵,杀温将应诞、刘泓,死伤千数。温军力战,生众乃散。雄又与将军桓冲战白鹿原,又为冲所破。雄遂驰袭司马勋,勋退次女娲堡。温进至霸上,健以五千人深沟自固,居人皆安堵复业,持牛酒迎温于路者十八九,耆老感泣曰:'不图今日复见官军!'"[34]故北地汉民早就殷殷期盼东晋朝廷恢复故都,而桓温此时功高震主,更图谋移鼎之业,而在这封荐表中,虽美其名推荐谢尚足堪抚宁黎庶之重任,实际上却暗地强逼建康朝廷移驾于洛阳,以巩固桓温政治势力,也使其不轨之心表露无疑。因此,至永和十二年止,桓温便屡屡上表建请迁都洛阳,即使"河洛萧条,山陵危逼"[35],也不惜以辞官进逼:"若凭宗朝之灵,则云彻席卷,呼吸荡清,如当假息游魂,则臣据河洛,亲临三寇。"[36]而借此亦可发现"伊、洛"于南朝士人的时空思维中所存在的第三种象征,即政治权力的角逐[37],故如桓玄(369~404)《上疏理谤》:"西平巴蜀,北清伊洛。使窃号之寇系颈北阙,园陵修复,大耻载雪,饮马灞浐,悬旌赵魏,勤王之师,功非一捷。"㊳便借由其父北伐之业,以抒元勋之后而怀才不遇之情。又如刘裕(363～422)于《请褒赠王镇恶表》中道:

> 王师西伐,有事中原,长驱洛阳,肃清湖、陕。入渭之捷,指麾无前,遂廓定咸阳,俘执伪后,克成之效,莫与为畴,实扞城所寄,国之方邵也。㊴

晋安帝义熙十二年(416)加太尉刘裕中外大都督,随即于当年八月率兵北伐,此时建康朝廷:"裕以世子异服为中军将军,兼太尉留府事。刘穆之为左仆射,领监军、中军二府军司,入居东府,总摄内外",实已成刘裕掌中之物,而"欲以义声怀远,奉琅邪王北伐。"㊵当年,王镇恶(373～418)等军即已进逼洛阳㊶,隔年(417)甚至攻入长安㊷,可说是南朝北伐事业之高峰㊸,但也突显出权臣借由北伐而与建康中央政府之间的剑拔弩张,然也因此造成对中央政府的权力恐慌,如王彪之(305～377)面对桓温的压迫:"太尉桓温欲北伐,屡诏不许。温辄下武昌,人情震惧。或劝殷浩引身告退,彪之言于简文曰:'此非保社稷为殿下计,皆自为计耳。若殷浩去职,人情崩骇,天子独坐。既尔,当有任其责者,非殿下而谁!'"㊹如此君臣猜忌下,也是造成南朝北伐事业往往功败垂成的主因。

由此可以发现,在文学虚实书写的技巧下,"洛阳""长安""伊洛""京洛"等地名意象,于南朝文学中所具有的意义,便不仅仅只是典故的利用,其中包含有实地考察的故都怀想,如傅亮(374～426)《为宋公至洛阳谒五陵表》:

> 近振旅河湄,扬旆西迈,将届旧京,威怀司雍,河流湍急,道阻且长。加

以伊洛榛芜,津涂久废,……。㊺

或沈亮《修治石堨笺》:

顷北洛侵芜,南宛彫毁,狯犹肆凶,犬夷充疆,远肃烽驿,近虞郊闬……。㊻

皆指出长安、洛阳经五胡乱华之难后的残破不堪㊼,即使胡人或北人亦有同感,如赫连勃勃(381~425)与沮渠蒙逊(368~433)的盟辞中竟称:"自金晋数终,祸缠九服,赵、魏为长蛇之墟,秦、陇为豺狼之穴,二都神京,鞠为茂草,蠢尔众生,罔知凭赖。"㊽而北魏泸水人盖吴于宋文帝元嘉二十三年(446)于杏城天台举兵反虏,其乃上表曰:"狯犹侏张,侵暴中国,使长安为豺狼之墟,邺、洛为蜂蛇之薮,纵毒生民,虐流兆庶,士女能言,莫不叹愤。"㊾因此,无论就经济层面或战略地位考量,长安、洛阳虽然早已失去传统重要性地位,但无论大小战役,南朝文人却又屡屡提及京洛意象,此举即足以说明南朝士人对于北方故都的思维模式,早就跳脱现实而进入一种时空之怀想,或图腾的象征。所以长安、洛阳不仅代表着"函渭灵区""伊洛神基"㊿"正翔之风"[51]等圣城代码,也是维系南方政权正统性的主要关键,故如晋元帝(317~323)《改元大赦令》云:

惠、怀多难,帝王不造,夷狄豺狼,肆其暴乱,京都倾覆,宗庙为墟。孤悼心图,靡知所错。缮甲修兵,补结天网,将以雪皇家之耻……。[52]

·160·

或晋成帝(326~342)的《北讨诏》云：

> 戎夷猾夏，神州倾覆。二帝辞宫，幽没虏庭。永言厥艰，夙夜慨愤。百闻江表，屡自事故。克平内难，始渐夷泰。……今羯寇衰弊，王略弥振……荡涤区宇，以雪国耻。[53]

皆视收复长安、洛阳为洗雪国耻之举，但在此动机的背后，却是借由收复京洛为号召，重扬晋室正统地位之旗帜。也就是说"洛阳"在实写方面，的确为南朝故都之所，因此不断出现如庾翼(305~345)《北伐至夏口上表》："胡寇衰灭，其日不远。臣虽未获长驱中原，咸截凶丑。亦不可以不进据要塞，思攻取之宜。"[54]或谢灵运(385~433)《上书劝伐河北》："自中原丧乱，百有余年，流离寇戎，湮没殊类。先帝聪明神武，哀济群生，将欲荡定赵魏，大同文轨，使久凋文于正化，偏俗归于华风……。"[55]但在虚写技巧下，则又展现出南朝士人借之怀想大汉雄风的帝国图腾，因此王敦(266~324)《与刘隗书》便曰："今大贼未灭，中原鼎沸，欲与足下周生之徒，戮力王室，共静海内。"[56]桓温《与抚军笺》："北胡肆逆四十余载，倾覆社稷，毁辱陵庙……不齐力扫灭，则犬贼何由而自平，大耻焉得而自雪。"[57]或梁武帝萧衍于《北伐诏》中曰："百道并驱，同会洛邑。戡剪逋丑，咸扫鲸鲵。"[58]又如梁元帝萧绎《言志赋》："戮封豕于海内，斩长狄于关中。"[59]或是江淹(444~505)《北伐诏》："组甲十万，铁骑千马，斜趣颍洛，冲其要津。……骁雄竞奋，火烈风扫，克定中原，肃清河洛。"[60]上述诸文皆以号召天下兵马克复神州、恢复旧京为职志，亦可看出，南朝人士始终认为中原正统在己，只是"神州"沦难，故北伐复国以维正统，便是南朝士人于大汉图腾的时空思维中所表达的主要目的之一。

然这种动辄口诵旧京、伊洛的思维,当然和时刻悬念北归,再定故都的情怀相联系,如桓温《请还都洛阳疏》:

> 夫先王经始,玄圣宅心,画为九州,制为九服,贵中区而内诸夏,诚以量度自中,霜露惟均,冠冕万国,朝宗四海故也。自强胡陵暴,中华荡覆,狼狈失据,权幸扬越,蠖屈以待龙伸之会,潜蟠以俟风云之期,盖屯圮所钟,非理胜而然也。而丧乱缅邈,五十余载,先旧徂没,后来童幼,班荆辍音,积习成俗,遂望绝于本邦,宴安于所托。眷言悼之,不觉悲叹!臣虽庸劣,才不周务,然摄官承乏,属当重任,愿竭筋骨,宣力先锋,翦除荆棘,驱诸豺狼。自永嘉之乱,播流江表者,请一切北徙,以实河南,资其旧业,反其土宇,勤农桑之务,尽三时之利,导之以义,齐之以礼,使文武兼宣,信顺交畅,井邑既修,纲维粗举。[61]

即使洛阳早已"戎狄肆暴,继袭凶迹",且东晋王室又以"河洛丘墟,所营者广,经始之勤,致劳怀也"为借口拒绝还都[62],但"洛阳"的地位至此已非故都形象之单纯,实更带有南朝士人渴望大汉盛世再现的企求,而这也是桓温于《疏》中所强调的中原正统性,所谓"请一切北徙"使"纲维粗举",或可视为桓温不帝之心的障眼法,但也透露出南北朝时期,长安、洛阳的现实环境虽已残破不堪,但仍旧具有维系政权正统的政治性象征,而这种符码使用的心态,则可借由王融《画汉武北伐图上疏》的内容表达出来:

> 蠢尔獯狁,敢仇大邦,假息关河,窃命函谷,沦故京之爽垲,变旧邑而荒凉,息反坫之儒衣,久伊川之被发。北地残氓,东都遗老,莫不茹泣吞悲,倾

耳载目,翘心仁政,延首王风。若试驰咫尺之书,具甄戎旅之卒,徇其堕城,纳其降虏,可弗劳弦镞,无待干戈。真皇王之兵,征而不战也。臣乞以执殳先迈,式道中原,登瀚渚之恒流,扫狼山之积雾,系单于之颈,屈左贤之膝,习呼韩之旧仪,拜銮舆之巡幸。然后天移云动,勒封岱宗,咸五登三,追踪七十,百神肃警,万国具僚,璿弁星离,玉帛云聚,集三烛于兰席,聆万岁之祯声,岂不盛哉!岂不韪哉!⑥

据《南齐书·王融传》曰:"永明末,世祖欲北伐,使毛惠秀画《汉武北伐图》,使融掌其事。"⑥萧子显论此事道:"晋世迁宅江表,人无北归之计,英霸作辅,芟定中原,弥见金德之不竞也。元嘉再略河南,师旅倾覆,自此以来,攻伐寝议。虽有战争,事存保境。王融生遇永明,军国宁息,以文敏才华,不足进取,经略心旨,殷勤表奏。若使宫车未晏,有事边关,融之报效,或未易限。夫经国体远,许久为难,而立功立事,信居物右,其贾谊、终军之流亚乎!"⑥王融虽以文学传家⑥,但其心并不以文章而足,萧子显指其有贾谊、终军之流,实可借其《上疏乞自效》一文证之:

臣每览史传,见忧国忘家,捐生报德者,未曾不抚卷叹息,以为今古共情也。然或以片言微感,一餐小惠,参国士之眄,同布素之游耳。岂有如臣,独拔无间之伍,过超非分之位,名器双假,荣禄两升,而宴安昃罢之晨,优游旰食之日。……自猃狁荐食,荒侮伊瀍,天道祸淫,危亡日至,母后内难,粮力外虚,谣言物情,属当今会。若借巫、汉之归师,骋士卒之余愤,取函谷如反掌,陵关塞若摧枯。但士非素蓄,无以即用,不教民战,是实弃之。特希私集部曲,豫加习校。若蒙垂许,乞隶监省拘食人身,权备石头防卫之数。⑰

上《疏》显见王融自责于优渥富庶之生活,却对国家安全毫无贡献,故恳请齐武帝(483～493)答应其训练部曲,保持战备,可知萧子显所誉并非空穴来风,且其论也运用了汉代事典加以形容⑱。纵使王融为《汉武北伐图》所作之文,也无可避免揉化汉代典故:"故京""旧邑"所指即洛阳、长安;而东都遗老乃化用班固《两都赋》而来;"瀚渚"即瀚海,《史记·骠骑将军传》曰:"封狼居胥山,禅于姑衍,登临瀚海。"又《汉书·贾谊传》曰:"行臣之计,请必系单于之颈,而制其命。""左贤"即匈奴左贤王,《史记·匈奴传》曰:"置左右贤王、左右谷蠡王、左右大将、左右大都尉、左右大当户。""呼韩"则见《汉书·匈奴传下》:"呼韩邪单于款五原塞,愿朝。"而班固《东都赋》谓:"封岱勒成"。

故王融虽据图而文,但借其本身欲经略北征之志,实可想见上文中所用之典,并非仅仅单纯为文学技巧之美,需配合着南齐当时与北魏的对峙,即足以证明南朝士人面对北方庞大的军事威胁下,大汉图腾乃成为宣泄此压力之出口,而南朝士人的时空思维,便不仅仅只是文学想象上的艺术手法。

从以上文献所显示,南朝人士虽然在杏花烟雨的江南写其绮靡的宫体诗,玄远的山水诗及游仙诗,但在其心灵深处,仍时时未忘北伐中原之志。这种长期以北方中原为依归的想象意志,一如在诗歌中的表现一样,会对自己所处的金陵建康,产生一种混淆与错置。梁元帝萧绎《丹阳尹传序》云:"自二京版荡,五马南渡,固乃上烛天文,下应地理,尔其地势,可得而言。东以赤山为成皋,南以长淮为伊洛,北以钟山为芒阜,西以大江为黄河。既变淮海为神州,亦即丹阳为京尹"⑲,就是完全把建康和长安比附在一起的时空思维。

五

  南朝是中国第一次南北大分裂的时代。南朝士大夫被迫迁离视为中原文化正统象征的长安、洛阳。虽然在江南历经两百七十余年的物质建设,由"山水""宫体""咏物"诸诗体的出现,可以反映出"江南佳丽地"物质化的高度发展。无怪严论诗者尝曰:

  溯自建安以来,日趋于艳。魏艳而丰,晋艳而缛,宋艳而丽,齐艳而纤,陈艳而浮。[70]

  但是在这些浮艳的心灵深处,却沉藏着南朝士人内心的隐痛,那就是对中原故乡失陷的空虚感。所以根据笔者一系列的南朝边塞诗研究,早已证明以汉代长安、洛阳为中心的南朝边塞诗,事实上是南朝人士对汉代雄威的心理投射。本文再次发现除了边塞诗之外,尚有《长安道》《洛阳道》及其他诸作中,更以夸张式的描写长安、洛阳来取代对金陵建康的歌咏。而在其他更多的诏、书、令、表各类文献中,更丰富地呈现出南朝人士无法忘怀中原故地的证据。透过诗、文全面性的考察,可以发现大汉图腾的时空思维在南朝士人中所存在的三种意义,其一是南北政权正统性的争夺;其次是南方士人的精神寄托;其三则成为隐藏着南朝政治权力角逐之密码。但即使借由文学表现虚实手法交错复杂,但却可从中证明南朝人士是如何开始了中华民族这种时空错置的时空思维方式,此手法往后将强烈的影响唐代边塞诗的书写模式。而尔后,中国历史上的南宋,乃至今日的海峡两岸历史文化发展之盘根错节,均或多或少受到这种制式思维的影响,因此,时空思维实是一个研究中国人思维模式饶富兴味的题目,而南朝则只是一个开端而已。

附录:南朝诗中"长安""洛阳"的使用情形。

※但取诗句中有"长安""洛阳"者;虽诗题涉及"长安""洛阳",然诗句中不见"长安""洛阳"者不取。

姓名	诗题	内容	页数
袁淑	效曹子建白马篇	剑骑何翩翩,长安五陵间。	1211
宋孝武帝刘骏	丁督护歌六首·之二	洛阳数千里,孟津流无极。	1219
	丁督护歌六首·之六	黄河流无极,洛阳数千里。	1219
鲍照	代白纻曲二首·之一	洛阳少童邯郸女。	1273
	拟行路难十八首·之二	洛阳名工铸为金博山。	1274
	学古诗	会得两少妾,同是洛阳人。	1298
孔稚珪	白马篇	勒石燕然道,凯归长安亭。	1408
谢朓	晚登三山还望京邑诗	灞涘望长安,河阳视京县。	1430—1431
	落日怅望诗	既乏琅琊政,方憩洛阳社。	1433
	夜听妓诗二首·之一	要取洛阳人,共命江南管。	1451
虞通之	赠傅昭诗	英妙擅山东,才子倾洛阳。	1471
释宝月	行路难	夜间南城汉使度,使我流泪忆长安。	1480
梁武帝萧衍	临高台	仿佛洛阳道,道远离别识。	1514
	长安有狭邪行	洛阳有曲陌,曲陌不通驿。	1514~1515
	河中之水歌	河中之水向东流,洛阳女儿名莫愁。	1520~1521
	戏题刘孺手板诗	张率东南美,刘孺洛阳才。	1537
范云	别诗	洛阳城东西,长作经时别。	1553
任昉	答刘孝绰诗	彼美洛阳子,投我怀秋作。	1598
丘迟	答徐侍中为人赠妇诗	侧闻洛阳客,金盖翼高车。	1603
虞羲	僧何录事诨之诗	汉北张生,洛阳贾子。	1606~1607

续表

姓名	诗题	内容	页数
沈 约	相逢狭路间	相逢洛阳道,击声流水车。	1616
	白马篇	直去已垂涕,宁可望长安。	1619
	临高台	所思竟何在,洛阳南陌头。	1620
	洛阳道	洛阳大道中,佳丽实无比。	1620~1621
	登高望春诗	回首望长安,城阙郁盘桓。	1633
	奉和竟陵王郡县名诗	一窥长安城,羞言杜陵橡。	1643
	三月三日率尔成章诗	洛阳繁华子,长安轻薄儿。	1644
	伤虞炎	东南既擅美,洛阳复称才。	1654
柳 镇	题所居斋柱诗	况念洛阳士,今来归旧林。	1672
柳 恽	度关山	长安倡家女,出入燕南垂。	1673~1674
何 逊	拟轻薄篇	长安九逵上,青槐荫道植。	1679
	学古诗三首·之一	长安美少年,羽骑暮连翩。	1693
	赋咏联句	曼倩尔何为,独叹长安索。	1712
吴 均	携手曲	艳裔阳之春,携手清洛阳。	1724
	行路难五首·之一	洛阳名工见咨嗟,一剪一刻作琵琶。	1727
	行路难五首·之二	蹀躞横行不肯进,夜夜血汗至长安。长安城中	1728
	行路难五首·之四	君不见长安客舍门。	1728
	发湘州赠亲故别诗三首·之二	徒劳易水布,空负洛阳衣。	1736
	入兰台赠王治书僧孺诗	予为陇西使,寓居洛阳社。	1740
	至湘州望南岳诗	长安远如此,无缘得报君。	1744
	闺怨诗	妾坐江之介,君戍小长安。	1746
王僧孺	登高台	若非邯郸美,便是洛阳才。	1761
	赠顾仓曹诗	洛阳十二门,楼阙似西昆。	1763
徐 伺	白马篇	闻有边烽急,飞候至长安。	1771
	古意酬到长史溉登琅邪城诗	登陴起遐望,回首见长安。	1771
到 洽	答秘书丞张率诗八章	九重窈窕,长安莫窥。	1787

续表

姓名	诗题	内容	页数
昭明太子萧统	将进酒	洛阳轻薄子,长安游侠儿。	1792
萧子显	燕歌行	洛阳梨花落如雪,河边细草细如茵。……洛阳	1817~1818
刘孝绰	上虞乡亭观涛津渚学潘安仁河阳县诗	昔余筮宾始,衣冠仕洛阳。	1830~1831
	太子洑落日望水诗	欲待春江曙,急涂像洛阳。	1831
	登阳云楼诗	回首望长安,千里怀三益。	1831
刘孝威	奉和简文帝太子应令诗	延贤博望苑,视膳长安城。	1875
	出新林诗	遥分承露掌,远见长安城。	1877
萧子晖	春宵诗	传语长安驿,辛苦寄辽西。	1887
	应教使君春游诗	洛阳城闭晚,金鞍横路归。	1887
梁简文帝萧纲	长安有狭斜行	长安有径涂,涂径不通舆。	1904
	陇西行三首·之一	长安路远书不还,宁知征人独伫立。	1905
	临高台	仿佛洛阳道,道远离别识。	1910
	洛阳道	洛阳佳丽所,大道满春光。	1911
	上留田行	田家斗酒群相劳,为歌长安金凤凰。	1921
	采菊篇	月精丽草散秋株,洛阳少妇绝妍姝。	1923
	七夕诗	洛阳疑剑气,成都怪客星。	1958
庾肩吾	长安有狭斜行	长安有曲陌,曲陌不容幰。	1981
	赛汉高庙诗	宁知临楚岸,非复望长安铭。	1989
鲍泉	南苑看游者诗	洛阳小苑地,车马盛经过。	2027
萧绎	洛阳道	洛阳开大道,城北达城西。	2033
	紫骝马	长安美少年,金络铁连钱。	2033
	刘生	扶风好惊坐,长安恒借名。	2034
徐防	长安有狭斜行	长安有勾曲,勾勾不通驿。	2068
费昶	行路难二首·之一	君不见长安客舍门。	2083
	和萧记室春旦有所思诗	洛阳远如日,何由见宓妃。	2085

续表

姓名	诗题	内容	页数
戴暠	从军行	长安夜刺闺,胡骑白铜鞮。	2098
	度关山	今上关山望,长安树如荠。	2100
车鳌	洛阳道	洛阳道八达,洛阳城九重。	2115
谈士云	咏安仁得果诗	月上河阳县,来看洛阳花。	2123
王金珠	丁督护歌	黄河流无极,洛阳数千里。	2128
沈满愿	王昭君叹二首·之一	早信丹青巧,重货洛阳师。	2132
王褒	饮马长城窟	北走长安道,征骑每经过。	2330~2331
	入塞	建章楼阁迥,长安陵树高。	2332
庾信	对酒歌	何处觅钱刀,求为洛阳贾。	2347
	乌夜啼	御史府中何处宿,洛阳城头那得栖。	2352
	燕歌行	洛阳游丝百丈连,黄河春冰千片穿。	2352~2353
	奉和赵王隐士诗	洛阳征五隐,东都别二贤。	2364
	拟咏怀诗二十七首·之二	洛阳苏季子,连衡遂不连。	2367
	拟咏怀诗二十七首·之二十二	不言登陇首,唯得望长安。	2370
	和张侍中述怀诗	汉阳钱遂尽,长安米空索。	2371
	聘齐秋晚馆中饮	欣兹河朔饮,对此洛阳才。	2385~2386
	见游春人诗	长安有狭邪,金穴盛豪华。	2386
	代人伤往诗二首·之二	杂树本唯金谷苑,诸花旧满洛阳城。	2410
沈炯	长安少年行	长安好少年,骢马铁连钱。	2443
张正见	轻薄篇	洛阳美少年,朝日正开霞。	2475
	长安有狭邪行	少年重游侠,长安有狭邪。	2481
	煌煌京洛行	唯当卖药处,不入长安城。	2482
	与钱玄智泛舟诗	还乘金谷水,俱望洛阳城。	2488
陈后主叔宝	洛阳道五首·之四	向晚风烟晚,金羁满洛阳。	2507
	刘生	游侠长安中,置驿过新丰。	2508
	乌栖曲三首·之一	长安游侠无数伴,白马骊珂路中满。	2511
徐陵	洛阳道二首·之二	洛阳道上驰,春日起尘埃。	2526
	长相思二首·之二	欲见洛阳花,如君陇头雪。	2528

续表

姓名	诗题	内容	页数
陈暄	洛阳道	洛阳九逵上,罗绮四时春。	2542
	长安道	长安开绣陌,三条向绮门。	2542
阳慎	从驾祀麓山庙诗	依稀长安驿,萧条都尉城。	2559
阮卓	长安道	长安驰道上,钟鸣宫寺开。	2561
江总	梅花落	长安少年多轻薄,两两共唱梅花落。	2574
	邱日登广州城南楼诗	徒怀建邺水,复想洛阳宫。	2579
	赠贺左丞萧舍人诗	回首望长安,犹如蜀道难。	2580～2581
	遇长安使寄裴尚书诗	传闻合浦叶,远向洛阳飞。	2581
	同庾信答林法师诗	君看日远近,为忖长安城。	2593
苏子卿	南征诗	一朝游桂水,万里游长安。	2601～2602
王瑳	洛阳道	洛阳夜漏尽,九重平旦开。	2611

本文原为国科会计画:"南朝士人之时空思维研究"(90－2411－H－259－002－),成果发表于《东华人文学报》,第五期。

2007年12月修订稿完成

---

①本文所引诗句,皆本逯钦立(1911～1973):《先秦汉魏晋南北朝诗》(台北:学海出版社,1991年),正文但标作者、诗题、页码,不再附注出处。

②参拙作《"南朝文人的历史想像"与"山水关怀"—"边塞诗"的"大汉图腾"与"山水诗"的"欣于所遇"》,第三届"魏晋南北朝文学国际学术研讨会"(台北:东海大学中国文学系与中国古典文学研究会主办,1997年)。

③参拙作《南朝边塞诗新论》(台北:里仁书局,2000年)。

④据南宋绍兴年间人张敦颐所编《六朝事迹编类》卷上:"南史宋前废帝景和元年,以东府成为未央宫,以石头城为常乐宫,以北邸为建章宫,南第为长阳宫。"(台北:广文书局,1970年),页48。案:南朝人士几乎是把汉代长安的地标如实地搬到了金陵建康城,更可

见其对于汉都长安的迷恋与向往。

⑤《史记·刘敬传》，见［汉］司马迁(145 B. C. ～86 B. C.)撰［南朝宋］裴骃集解，［唐］司马贞索隐，［唐］张守节正义《史记》(点校本，北京：中华书局，1997年)，页2716。

⑥《史记·留侯世家》，见《史记》，页2043～2044。

⑦《后汉书·班彪传》，见［南朝宋］范晔(398～445)撰，［唐］李贤(651～684)等注《后汉书》(点校本，北京：中华书局，1997年)，页1335。

⑧有关长安的小史，详参林郁迢《南宋士人思维中的南朝影像》，第四章(南朝与南宋士人的地理坐标)(王文进教授指导，花莲：台湾东华大学中国语言学系硕士论文，2003年)。

⑨《史记·周本纪》，页133。

⑩《史记·高祖本纪》，页380～381。

⑪《汉书·翼奉传》，见［汉］班固(32～92)撰，［唐］颜师古(581～645)注《汉书》(点校本，北京：中华书局，1997年)，页3176。

⑫有关洛阳立都小史，详参林郁迢《南宋士人思维中的南朝影像》，第四章(南朝与南宋士人的地理坐标)。

⑬《晋书·温峤传》，见［唐］房玄龄(578～648)等撰《晋书》(点校本，北京：中华书局，1997年)，页1786。

⑭关于南北朝正统之争的问题，拙作《净土上的烽烟——洛阳伽蓝记》中已有论证，此不再赘述。(台北：时报文化出版企业股份有限公司，1998年)，页123～127。

⑮《魏书·卢玄附传》，见［北齐］魏收(505～572)《魏书》(点校本，北京：中华书局，1997年)，页1048。

⑯［宋］司马光(1019～1086)撰，［元］胡三省(1230～1302)注《资治通鉴》(点校本，北京：中华书局，1997年)，页921。

⑰参逯耀东(1933～2006)《从平城到洛阳》(台北：东大图书股份有限公司，1993年)，

⑱参唐长孺(1911～1994)《魏晋南北朝史论丛》(石家庄:河北教育出版社,2002年),页587～612。

⑲卢渊(议亲伐江南表)。见[清]严可均(1762～1843)校辑《全上古三代秦汉三国六朝文·全后魏文》,册四(缩印本,北京:中华书局,1999年),页3699。

⑳《魏书·蠕蠕传》,页2297。

㉑《魏书·崔玄伯传》,页620～621。

㉒参吴先宁《北朝文学研究》(台北:文津出版社,1993年),页40。

㉓《宋书·张畅传》。见[南朝梁]沈约《宋书》(点校本,北京:中华书局,1997年),页1603。

㉔《北齐书·杜弼传》:"高祖《高欢》曰:'弼来,我语尔。天下浊乱,习俗已久。今督将家属多在关西,黑獭常相招诱,人情去留未定。江东复有一吴儿老翁萧衍者,专事衣冠礼乐,中原士大夫望之以为正朔所在。'"见[唐]李百药(565～648)《北齐书》(点校本,北京:中华书局,1997年),页347。

㉕如孝文帝一方面责备高句丽王与南齐政府的越境外交:"道成亲杀其君,窃号江左,朕方欲兴灭国于旧帮,继绝世于刘氏,而卿越境外交,远通篡贼,岂是藩臣守节之义!"一方面又以仁政泽被,收买民心:"萧道成逆乱江淮,戎旗频举,七州之民,既有征运之劳,深乖轻徭之义,朕甚愍之。其复常调三年。"见《全后魏文》,册四,页3527。

㉖《全晋文》,册二,页1526～1527。

㉗[南朝梁]释慧皎(497～554)撰,汤用彤(1893～1964)校注《高僧传》(汤一玄整理,北京:中华书局,1997年),页190。

㉘同前注。

㉙《宋书·武帝纪中》,页42。

㉚《晋书·庾亮传》,页1923。

㉛傅乐成(1922~1984)《荆州与六朝政局》。参氏著《汉唐史论集》(台北:联经出版公司,1981年),页93~115。

㉜《世说新语·言语》:"过江诸人,每至美日,辄相邀新亭,借卉饮宴。周侯坐而叹曰:'风景不殊,正自有山河之异!'皆相视流泪。唯王丞相愀然变色曰:'当共戮力王室,克复神州,何至作楚囚相对?'"见[南朝宋]刘义庆(403~444)著,[南朝梁]刘孝标(462~521)注,余嘉锡笺疏,周祖谟(1914~1995)余淑宜整理《世说新语笺疏》(台北:华正书局,1993年),页92。

㉝《全晋文》,册三,页2136。

㉞《晋书·桓温传》,页2571。

㉟同前注,页2573。

㊱《晋书·桓温传》,页2575。

㊲如桓温与殷浩(?~356)之争,《晋书·桓温传》曰:"及石季龙死,温欲率众北征,先上疏求朝廷议水陆之宜,久不报,时知朝廷杖殷浩等以抗己,温甚忿之,然素知浩,弗之惮也。以国无他衅,遂得相持弥年,虽有君臣之迹,亦相羁縻而已,八州士资调,殆不为国家用。声言北伐,拜表便行,顺流而下,行达武昌,众四、五万。殷浩虑为温所废,将谋避之,又欲以驺虞幡住温军,内外嚣嗜,人情震骇。"《晋书·桓温传》,页2569~2570。

㊳《晋书·桓玄传》,页2586。

㊴《宋书,王镇恶传》,页1371。

㊵[宋]袁枢(1131~1205)撰:《通鉴记事本末》(历代记事本末合订本,北京:中华书局,1997年),册上,页1525。

㊶《宋书·武帝纪中》:"先是遣冠军将军檀道济、龙骧将军王镇恶步向许、洛,羌缘道屯守,皆望风降服。……十月,众军至洛阳,围金墉。"见《宋书》,页36。

㊷《宋书·武帝纪中》:"八月,扶风太守沈田子大破姚泓于蓝田。王镇恶克长安,生擒泓。九月,公至长安。长安丰全,帑藏盈积。"同前注,页42。

㊸《宋书》曰:“义熙以后,大功仍建,自桓温旍旆所临,莫不献珍受朔。及金墉请吏,元勋将举,九命之礼既行,代终之符已及,方复观兵函、渭,用师天险,独克之举,振古难称。若使闭门反政,置兵散地,后败责其前功,一眚亏其盛业,岂复得以黄屋朱户,为衰晋之贞臣乎。及其灵威薄震,重关莫守,故知英算所苞,先胜而后战也。王镇恶推锋直指,前无强陈,为宋方叔,壮矣哉!”同前注,页1386。

㊹《晋书·王彪之传》,页2007。

㊺[南朝梁]萧统(501~531)编,[唐]李善注,[清]胡克家(1757~1816)考异《文选》(台北:华正书局,2000年),页534。

㊻《宋书·自序》,页2452。

㊼刘峻《辩命论》:“自金行不竞,天地版荡,左带沸唇,乘间电发。遂覆缠洛,倾五都。居先五之桑梓,窃名号于中县。与三皇竞其氓黎,五帝角其区宇。种落繁炽,充牣神州。”见《梁书·文学下》。[隋]姚察(533~606),[唐]姚思廉(557~637)、魏征(580~643)合撰:《梁书》(点校本,北京:中华书局,1997年),页705。

㊽《晋书》,页3207。

㊾《宋书》,页2340。

㊿周朗(上旧献谠言)。见《宋书·周朗传》,页2095。

(51)简文帝萧纲《庆洛阳平敔》。参《全梁文》,册三,页3004。

(52)《全晋文》,册二,页1506。

(53)同前注,册二,页1516~1517。

(54)《晋书·庾亮传》,页1934。

(55)《宋书·谢灵运传》,页1772。

(56)《晋书·刘隗传》,页1838。

(57)《全晋文》,册三,页2138。

(58)同前注,页2958。

㊿同前注,页 3038。

⓺⓪[明]胡之骥注《江文通集汇注》(北京:中华书局,1999 年),页 315。

⓺①《晋书·桓温传》,页 2573~2574。

⓺②同前注,页 2574。

⓺③《南齐书·王融传》,见[南朝梁]萧子显(489~537)《南齐书》(点校本,北京:中华书局,1997 年),页 821。

⓺④同前注,页 820。

⓺⑤同前注,页 828。

⓺⑥《南齐书·王融传》:"王融,字元长,琅邪临沂人也。祖僧达,中书令,曾高并台辅。……父道琰,庐陵内史。母临川太守谢惠宣女,惇敏妇人也。教融书学。融少而神明警惠,博涉有文才。"同前注,页 820。

⓺⑦《南齐书·王融传》,页 823。

⓺⑧如《汉书·贾谊传》曰:"是时,匈奴强,侵边。天下初定,制度疏阔,诸侯王僭拟,地过古制,淮南、济北王皆为逆诛。谊数上疏陈政事,多所欲匡建。"见《汉书》,页 2320。又《汉书·终军传》曰:"当发使匈奴,军自请曰:'军无横草之功,得列宿卫,食禄五年。边境时有风尘之警,臣宜被坚执锐,当矢石,启前行。驽下不匀金革之事,今闻将遣匈奴使者,臣愿尽精厉气,奉佐明使,画吉凶于单于之前。臣年少材下,孤于外官,不足以亢一方之任,窃不胜愤懑。'"见《汉书》,页 2820。

⓺⑨《全梁文》,册三,页 3050。

⓻⓪见丁福保(1874~1952)编纂《全汉三国晋南北朝诗·绪言》(台北:艺文印书馆,1975 年),页 23。

盛唐边塞诗的真幻虚实

——兼论南朝诗人时空思维对盛唐边塞诗形式的规范

一、前言

  无可否认地,"边塞诗"当然以唐代(618~907)的作品为大宗及巅峰时期,相对地边塞诗类的形成也必须延迟到宋、明之后,如《文苑英华》卷第二百九十九至卷第三百有"军旅"类诗,其中收有"边塞诗"共五十四首[①],这是中国文学史上首次出现边塞诗类的记录,也意味着边塞诗观的建立,至迟不会晚于宋太宗太平兴国七年(982),因为此年九月宋太宗下令李昉等人修编《文苑英华》[②]。而此后姚铉(986~1020)编《唐文粹》,也于卷十二"乐府辞上"与卷十七上"古调歌篇"中分出边塞诗类共三十二首与三首[③],可知,边塞诗类的概念似已在宋人阶段形成。虽然,《文苑英华》与《唐文粹》并没有对"边塞"作出任何的定义或界说,但日后方回(1227~1307)在《瀛奎律髓》中却尝试对边塞诗作出说明:

征战守戍,大而将帅,小而卒伍,其情不同。《采薇》以遣之,《杕杜》以劳之,此周之诗然也。后世之边塞非古矣,从军有乐,问所从谁。六月于迈,言观其师。女人才士,类能言之。凡兵马射猎等,亦附此。[④]

方回认为最初的边塞诗其实指的是"征戍诗",其书写策略乃取决于抒情叙事的角色与立场,故其以为如《采薇》之旨在于"遣之",观朱熹(1130～1200)《诗集传》于《采薇》首章曰":此遣戍役之诗。以其出戍之时采薇以食,而念归期之远也,故为其自言,而以采薇起兴曰:'采薇采薇',则薇亦作止矣;'曰归曰归',则岁亦莫止矣。然凡此所以使我舍其室家而不暇启居者,非上之人固为是以苦我也,直以玁狁侵陵之故,有所不得已而然耳。"[⑤]又曰:"古者戍役,两朞而还。今年春莫行,明年夏代者至,复留备秋,至过十一月而归。又明年中春至,春暮遣次戍者。每秋与冬初,两番戍者皆在疆圉,如今之防秋也。"[⑥]则可知,《采薇》乃旨在兴发征夫遣戍而思乡之愁。至于《杕杜》,朱熹则于首章解释曰:"此劳还役之诗。……故女心悲伤,而曰征夫亦可以暇矣,曷为而不归哉!"[⑦]故可见,方回对于古代征戍诗之理解,实乃继承宋儒而来,并认为古时征戍诗与后世边塞诗之最大差异,在于解读"情"的观点与立场,如同郑玄(127～200)所谓:"遣将率及戍役,同歌同时,欲其同心也。反而劳之,异歌异日,殊尊之也。"[⑧]

相较于古代征戍诗明显的叙事差异,后世边塞诗显然扩大了作者层面与题材范围,且对于抒情的对象与主题,也不再受到身分或现实之局限。故方回的界定对边塞诗的性质实有画龙点睛之效,不但分殊了古代征戍诗与后世边塞诗之区别,更重要者是将"边塞诗"的书写方式自征戍传统中加以解放,尤其"凡兵马射猎等,亦附此"看似无关紧要之句,却为日后杨慎(1488～

1559）："唐人边塞曲：'金装腰带重,锦缝耳衣寒。'耳衣,今之暖耳也"[9]埋下伏笔,也就是说,边塞诗的咏怀或抒情,不再如古代征戍诗般仅以事件或人物为主轴,即使细微如"暖耳"之物,亦可作为感发边塞惆怅之媒介。然至清人施补华《岘佣说诗》："'秦时明月'一首,'黄河远上'一首,'天山雪后'一首,'回乐峰前'一首,皆边塞名作,意态绝健,音节高亮,情思悱恻,百读不厌也。"[10]虽可看出对边塞诗美学之探讨,实自宋、明起即已受到关注,但古典文献中却没有真正地对"边塞诗"的定义作出完整并清晰的论述。

直到现代学者的研究中,才开始试图建构"边塞诗"的定义为何,何寄澎着眼于书写的题材范围：

> 笔者以为凡诗中描写的人、事,只要不脱边塞范围,就应列为边塞诗；反之,若与边塞毫无关系,即使诗人所写的,如严寒酷暑、狂风大雪等酷肖边塞的特殊景观,也不为所混,一概不取。[11]

何寄澎先将"边塞诗"的内容标准界定出来,实有助于我们日后研究边塞诗的取材方向,但何氏尚未对"边塞"一词加以定义,日后谭优学才以"沿长城一线及河西陇右的边塞之地(秦长城西起临洮、经兰州,其实也可以包括河、陇)"[12],将"边塞"的范围较为真实地勾勒出来；而胡大浚亦以为："唐代边塞诗当然也写到东北,也写到西南以至南疆；但主要是沿长城一线,尤其是西北,陕、甘、宁、青、新,还有内蒙古沿边一代,这是由当时的社会历史条件决定的。"[13]则可知"长城"实为界定"边塞"非常重要的指标。但谭、胡二氏太着重于"长城"的现实性,反而忽略了作为文学意象中"长城"所具备的其他效用,包含时间的累积与空间的交叠。

因此,从笔者对南朝(420~589)边塞诗多年的研究考察认为:所谓"边塞",就历史意义的考察,应该是指自秦汉以长城和胡人为界以后才成熟的概念。换句话说,当"边塞"的"边"字在使用时,使用者必然是站在一各自许为"中枢"的空间立场发言。……于定战争的空间则以长安洛阳为焦距,辐射至当时长城边塞,战争的将军则以当时的李广、卫青、霍去病为主面,战争的性质则为惨烈的胡汉之争。战争所带来的心灵主题后果则是征人思乡或闺人怀思。如果用这种意义来看,南朝的战争诗绝大部分系置身于汉代讨伐匈奴之战。若从技巧层面来看,说南朝的征战诗是一种对汉代之战的歌咏亦无不可。⑭

如此看来,"长城"于边塞诗中并不只是一种地理分界,还应考量"长城"背后所累积的胡汉交锋之历史意象,而这段历史又以"大汉图腾"作为时空思维的坐标,这也是南朝文人得以建立起边塞诗基本格式的重要依据。故本文认为,唐代边塞诗无论在题材、内容与艺术形式的美学结构,事实上早在南朝时期即已规模具备,而以大漠风沙、瀚海胡笳为主的边塞诗,似应具备着亲临实地的经验书写,然而虚构与想象,竟自南朝文人隔江遥望中原京洛以来,即成为边塞诗的主要创作思维,也形成边塞诗基本的格式之一。故本文拟以此为基础,试图下探盛唐时代边塞诗中所描述的时空虚实,以推究此真幻交错的艺术手法为盛唐边塞诗带来的影响与突破。此议题笔者曾在《南朝边塞诗新论》中略有着墨,但尚未深入举证,本文借国科会专题研究的资助,拟沿其途径,深入推衍详论之。

二、边塞诗虚实书写之定义与唐人疆域概念之转变

苏珊玉曾试图建构"边塞情怀"来界定盛唐边塞诗之范围,然苏氏过于关注诗人是否亲临边塞,也意味着其认为边塞诗的感情基础,必须是诗人"身之所历,目之所见"所兴起的感发,以达到情景交融的审美境界[15]。不过,缪文杰早已提出边塞诗运用"意象"的效果,即使其站在"诗人们在战时与平时对戍守边塞山关、荒漠营地生活的体会"的论述立场,但却也不否认边塞诗存在着"现实与幻觉的交互作用"[16]。但是唐代实际有边塞经验的诗人并不多,却依然能够将边塞诗作在艺术形式上推向另一波高峰,个中奥义即在此特殊的时空想象之移换与交叠处。

笔者自研究南朝边塞诗起,便主张"虚实真幻"的"移疆换位",为边塞诗主要的美学性格,如南朝许多边塞乐府诗,都是诗人在杏花烟雨的江南,运用"大汉图腾"来勾勒对漠北塞外之想象,故虚实交错的创作手法在边塞诗的传统中早已根深柢固。因此,本文拟就诗人有无边塞经验作为虚实书写的依据,再以此细分出:

"实景实用"(诗人亲历边塞,并以当代地名或事件为对象)

"实景虚用"(诗人亲历边塞,但以汉代地名或事件为对象)

"虚景实用"(诗人未至边塞,却以当代地名或事件为对象)

"虚景虚用"(诗人未至边塞,且以汉代地名或事件为对象)

而这些虚实真幻的交错,不但继承着南朝边塞诗所建立起的基本类型,也将对诗人写作边塞诗的艺术心灵推进入更绵密的美学网脉之中[17]。

但在讨论盛唐边塞诗之真幻书写前,必须对唐人所认定边塞作一考察。

《旧唐书·地理志》曰："今举天宝十一载地理。唐土东至安东府，西至安西府，南至日南郡，北至单于府。南北如前汉之盛，东则不及，西则过之。（注：汉地东至乐浪、玄菟，今高丽、渤海是也。今在辽东，非唐土也。汉境西至敦煌郡，今沙州，是唐土。又龟兹，是西过汉之盛也。）"[18]谭其骧（1911~1992）据此范围以作盛唐疆域之标准[19]，但却遭到严耕望（1916~1996）的反对，严氏则以北疆为例，认为："自居延海北之花门山堡以东，与伊吾军北境以西，可视为唐代盛时最稳定之疆界线，花门堡以西，至伊吾军之北，可视为唐疆最盛时期曾经北达之境界线。"[20]不过这是就领土范围而言，若讨论边塞，便必须以都护府或节镇为依据，故黄麟书（1893~1999）在《唐代诗人塞防思想》中即以唐太宗（627~649）《饮马长城窟行》："执契静三边"[21]为例，指出："盖三边者安西都护之西，燕然都护之北，辽东于平定高丽后置安东都护之东。"[22]则"三边"实际上也意味着唐代的国防战线，章群即认为"三边"的界线是随着都护府的迁移而改变[23]，而唐代国威声望所及实已超越此线[24]，但从"三边"的词义发展也显示出自汉代以来，中国传统所关注的军事防线乃在北方的三边[25]。不过，就唐代诗人所认为的边塞，实际上是以，"关"和"山"来作为文学地图的标界[26]，且随着国势消长而进退推移[27]，但就盛唐诗人而言："雾扫清玄塞，云开静朔方"[28]"陇头那用闭，万里不防胡"[29]，却是其对"边塞诗"的主要立场与态度。因此，唐人对疆域的认知乃关系着诗人所到之处是否属于塞外，而三边线上的关防与山屏，则是诗人在创作心灵上对边塞之认定，故判断诗作虚实与否，将须结合诗人足迹与疆域边界的考察，以判断作品书写时空的真幻虚实。

三、实写边塞诗的真幻交错

(一)出使入幕

王绩(585~644)《晚年叙志示翟处士正师》:"明经思待诏,学剑觅封侯"[30],杨炯(650~?)《从军行》:"宁为百夫长,胜作一书生。"[31]骆宾王(619~687)《咏怀古意上裴侍郎》:"穷经不治用,弹铗欲谁申。"[32]由上述诗句已可嗅出唐代文人对于投笔从戎、从军出塞的高度意愿,再加上"唐制,新及第人,例就辟外幕。而布衣流落才士,更多因缘幕府,躐级进身"[33]。造成文人对"一闻边烽动,万里忽争先"[34]的热衷,就在于出塞与功名之间的密切联系,而文人出塞的机会又多以入幕或出使的形式达成[35],其中高适(704~765)、岑参(715~770)至今遗存较多与出塞经验的相关作品。

高适的出塞经验,除了由史传记载:"客游河右,河西节度哥舒翰见而异之,表为左骁卫兵曹,充翰府掌书记。"[36]而多认为是天宝十一年(752)秋入哥舒翰(?~757)幕府,至天宝十四年(755)冬因安史之乱而返京佐哥舒翰守潼关为止,不过傅璇琮则指出高适真正进入哥舒翰幕府应在天宝十二年初夏,直至天宝十四年秋冬返朝[37]。然而据刘开扬《高适年谱》可知,天宝九年(750)秋高适曾奉命送兵至清夷军[38],此时高适已是封丘县尉[39],故以下先列出高适出塞所作之边塞诗:

天宝九年	《送兵到蓟北》《使清夷军入居庸关三首》《蓟中作》
天宝十年	《答侯少府》
案:以上第一次出塞。	
天宝十一年	《登龙》《金城北楼》《登百丈峰二首》《自武威赴临洮谒大夫不及因书即事寄河西陇右幕下诸公》《送浑将军出塞》
天宝十二年	《同李员外贺哥舒大夫破九曲之作》《同吕判官从哥舒大夫破洪济城回登积石军多福七级浮图》《塞下曲》《九曲词三首》《同吕员外酬田著作幕门军西宿盘山秋夜作》《河西送李十七》《部落曲》
天宝十三年	《武威同诸公过杨七山人》《陪宝侍御灵云南亭宴诗并序》《陪宝侍御泛灵云池》《和宝侍御登凉州七级浮图之作》《入昌松东界山行》《奉寄平原颜太守并序》
案:以上第二次出塞。	

而岑参的生平资料遗留更少[40],虽然(唐)杜确在《岑嘉州诗集序》中提及岑参天宝三年(744)出塞入幕之事[41],但据闻一多(1899~1946)《岑嘉州系年考证》可知,岑参入幕安西乃在天宝八年(749)至天宝十年(751)为高仙芝(?~755)僚佐[42],不过闻氏认为岑参的第二次出塞在天宝十年则有误,由陈铁民、侯忠义合著之《岑参集校注》所附《岑参年谱》考证可知,应该是在天宝十三年(754)赴北庭入封常清之幕,直到至德二年(757)六月归抵凤翔[43]。不过,在傅璇琮的考证中,岑参共有五次入幕经验[44],除了上述两次之外,其他分别还有:宝应元年(762)充关西节度判官、宝应元年(762)为雍王李适掌书记、以及大历元年(766)山南西道剑南东西川副元帅、剑南西川节度使杜鸿渐以岑参为职方郎中兼殿中御史,而列置幕府。然而,柴剑虹于《岑参边塞诗系年补订》中认为:"从当时的安西、北庭与河西的实际情况来看,至德二载后岑参也绝无可能再去西北边塞。安史之乱时,唐王朝不但一次又一次地将驻守西域的军队调回中原作战,还借助了大量的西域少数民族军队来平息叛

乱。……吐蕃政权却乘机占据了河西、陇右大片土地。……一直到唐德宗建中二年(781),李元忠、郭昕派出的使者才绕道经回纥境内回到长安,……此时,岑嘉州已去世十一年了。"⑮故可知,岑参有出塞经验而作的边塞诗应该只能出现在前两次入幕,以下便按柴氏《系年补订》将岑参边塞诗列表如下：

天宝八年	《初过陇山途中呈宇文判官》《经陇头分水》《西过渭州见渭水思秦川》《送人赴安西》《暮秋山行》《题金城临河驿楼》《过燕支寄杜位》《敦煌太守后庭歌》《碛中作》《逢入京使》《过碛》《碛西头送李判官入京》《岁暮碛外寄元伪》《玉关寄长安李主簿》
天宝九年	《经火山》《安西馆中思长安》《银山碛西馆》《早发焉耆怀终南别业》《日没贺延碛作》《寄宇文判官》
天宝十年	《题苜蓿烽寄家人》《武威春暮闻宇文判官西使还已到晋昌》《河西春暮忆秦中》《登凉州尹台寺(是沮渠蒙尹夫人台)》《戏问花门酒家翁(在凉州)》《田使君美人如莲花舞北铤歌(此曲本出北同城)》《武威送刘单判官赴安西行营便呈高开府》《武威送刘判官赴碛西行军》《临洮客舍留别祁西》《送李副使赴碛西官军》《送韦侍御先归京(得宽字)》
	案：以上第一次出塞。
天宝十三年	《临洮泛舟赵仙舟自北庭罢使还京(得城字)》《发临洮将赴北停留别(得飞字)》《赴北庭度陇思家》《凉州馆中与诸判官夜集》《过酒泉忆杜陵别业》《北庭作》《北庭西郊候封大夫受降回军献上》《登北庭北楼呈幕中诸公》《奉陪封大夫宴(得征字时封公兼鸿胪卿)》《陪封大夫宴瀚海亭纳凉》《灭胡曲》《奉陪封大夫九日登高》《走马川行奉送出师西征》《轮台歌奉送封大夫出师西征》《献封大夫破播仙凯歌六首》

续表

天宝十四年	《轮台即事》《北庭贻宗学士道别》《火山云歌送别》《题铁门关楼》《宿铁关西馆》,《白雪歌送武判宫归京》《赵将军歌》《使交河郡郡在火山脚其地苦热无雨雪献封大夫》《热海行送崔侍御还京》《送崔子还京》《天山雪歌送萧治归京》《送张都尉东归》《送四镇薛侍御东归》《胡歌》
天宝十五年、至德元年	《与独孤渐道别长句兼呈严八侍御》《优钵罗花歌并序》《使院中新栽柏树子呈李十五栖筠》《敬酬李判官使院即事见呈》《送李別将还伊吾令充使赴武威便寄崔员外》《送郭司马赴伊吾郡请示李明府(郭子是赵节度同好)》《首秋轮台》《玉门关盖将军歌》《赠酒泉韩太守》《酒泉太守席上醉后作》《醉里送裴子赴镇西》
	案:以上第二次出塞。

而从历来对高、岑二人诗歌的评论,多集中在悲壮、浑厚、奇逸、峭丽等风格上,如唐人殷璠即称高适:"诗多胸臆语,兼有气骨,……至如《燕歌行》等篇,甚有奇句。"[46]而称岑参为:"诗语奇体峻,意亦奇造。"[47]宋代许顗则曰:"岑参诗亦自成一家,盖尝从封常清军,其记西域异事甚多。"[48]严羽(1197~1241)也说:"高、岑之诗悲壮,读之使人感慨。"[49]至明代高棅(1350~1423)则曰:"开元、天宝间,则有李翰林之飘逸,杜工部之沉郁,孟襄阳之清雅,王右丞之精致,储光羲之真率,王昌龄之声俊,高适、岑参之悲壮,李颀、常建之超凡,此盛唐之盛者也。"[50]又道:"高达夫之气骨,岑嘉州之奇逸。"[51]王世贞(1526~1590)则以"岑气骨不如达夫遒上,而婉缛过之"[52]来分殊高、岑之异。清代王士禛(1634~1711)也持相同意见:"高悲而厚,岑奇逸而峭。"[53]施补华则曰:"高达夫七古,骨整气遒,已变初唐之靡。特奇逸不如李,雄径不如岑耳。岑嘉州七古劲骨奇翼,如霜天一鹗,故施之边塞最宜。"[54]翁方纲(1733~1818)也指:"高之浑厚,岑之奇峭。"[55]刘熙载(1813~1881)曰:"岑超高实,则趣尚

各有近焉。"[56] 上述资料在在显示出，历代对于高、岑二人诗歌之讨论，皆仅着眼于雄浑悲壮，或奇逸峭丽之风格论上，而这也影响着日后学界对于高、岑二人诗歌研究的主要观点，不外于实景地描写、奇特的想象、战事的记录等等[57]。不过，在这么丰富的研究成果中，却始终缺少对高、岑诗歌中时空虚实交错之艺术形式的讨论。虽然高、岑二人因有着实际的出塞经验，相对地提高其边塞诗内容的真实性，然而若仔细阅读文本，仍可发现在看似实景实写的内容中，却普遍存在着许多虚幻交错的陷阱。

程千帆（1913～2000）曾在《论唐人边塞诗中地名的方位、距离及其类似问题》一文中提出："在某些诗篇（其中包括了若干篇边塞诗的代表作品）里所出现的地名，常常有方位、距离与实际情况不相符合的情况。"[58] 按照程氏的意见，唐代边塞诗中会出现这种时空错乱、相互矛盾的现象，其实是一种文学创作的艺术手法，作家借由违反自然规律或抵触社会生活原有次序的矛盾，以获取更大的艺术效果，而在唐代边塞诗人的目的则是："为了唤起人们对于历史的复杂的回忆，激发人们对于地理上的辽阔的想象，让读者更其深入地领略边塞将士的生活和他们的思想感情。"[59] 也就因此，程氏认为站在文学艺术之角度而论，这些显而易见的错误便可以忽略，然而唐代边塞诗中普遍存在的时空错置，难道真的只是一种艺术手法的表现形式吗？程千帆曾经注意到唐代边塞诗中地名有汉、唐兼用的现象，他认为这与"用典"的手法有关：

> 如众所周知，汉是唐以前惟一的国势强盛、历史悠久的统一大帝国；就这些方面说，汉、唐两朝有许多可以类比的地方，因而以汉朝明喻或暗喻本朝，就成为唐代诗人的一种传统的表现手法，其例举不胜举。当诗人们写边塞诗的时候，也往往是这样做的。诗中或全以汉事写唐事，专用汉代原

有地名;或正面写唐事,但仍以汉事作比,杂用古今地名。由于是用典的关系,所以对古地彼此之间,乃至今地与古地之间的方位、距离不符实际的情况,也就往往置之不顾了。至于全写当时情事的诗篇,偶尔也有这种情况,则纯然是为了以夸张的手段,创造作品所需要的特定气氛,那也是不难体会的。[60]

从程千帆的分析可以为唐诗中使用汉代地名或事典找到理由,一方面是唐代诗人传统的用典方式,另一方面则是唐人认为历史上仅有汉代可与其并驾,可知程千帆完全是站在文学想象与隶事用典的角度来思考此问题,而此立场也影响着学界对于边塞诗中时空交错的研究,包括唐代边塞诗人具有浓厚的汉代情结与英雄意识[61]、长城意象的移用[62]、以汉喻唐、代唐或复合结构的意象重叠与宗汉意识[63]、对汉代边塞战争英雄的崇拜[64]等等。不过从笔者多年来对南朝边塞诗的研究却发现,南朝不但是中国边塞诗成熟的关键时期,甚至对日后边塞诗的主要书写模式的定型也影响深远[65]。据笔者研究发现,南朝边塞诗中已经具涵后世边塞诗的内在思维与外在形式,所谓内在思维即是南朝边塞诗中普遍存在的"时空思维",而最显著的特征就是以长安为焦距而复制出来的大汉帝国拓边守疆的历史缩影,因此诗中的人名、地名一一呈现了当年胡汉战役的时空架构[66];而此汉代时空的运用除了是一种"用典"之手法外,事实上并不能忽略在南朝士人的时空思维中具有根深柢固的"大汉图腾"之概念[67]。因此,南朝边塞诗中以长安洛阳为中心发展出来的空间思维方式,于战争则以长安洛阳为焦距,辐射至当时的长城边塞,战争的将军则以当时的李广(?~119B.C.)、卫青(?~106B.C.)、霍去病(140B.C.~117B.C.)为主,战争的性质则为惨烈的胡汉之争,在在皆显示出南朝的战争诗绝大部分系置于汉代讨伐匈奴之战,故从技巧层面来看,说南朝的征战诗是一种对汉代边塞之战的歌咏亦无不可[68]。而这样的写作习惯,仍持续至唐人的边塞诗中,所以程千帆以"用典"的立场解释唐人边塞诗中时空之错置,却没有对唐人此用典之法的深层思维加以讨论[69],而借由笔者对南朝边塞诗之研究,即可发现边塞诗这种时空真幻虚实之交错,实际上除具有相当深沉的历史意识外,也是边塞诗传统上的基本格式。而论者所谓的"以汉易唐""以汉代唐"云云,则必须通过南朝诗人的思维传统,才能厘清其脉络原委。

以高、岑二人为例,虽然两人出塞时间与地点皆不同,却同样在诗中再三引用汉代的地名或人名,明显地沿袭着南朝边塞诗的传统:

> 朝登百丈峰,遥望燕支道,汉垒青冥间,胡天白如扫。忆昔霍将军,连年此征讨,匈奴终不灭,寒山徒草草,惟见鸿雁飞,令人伤怀抱。(《登百丈峰二首》之一,页250)[70]

> ……飞鸣盖殊伦,俯仰忝诸曹,燕颔知有待,龙泉惟所操。……(《自武威赴临洮谒大夫下及因书即事寄河西陇右幕下诸公》),页254)

> 将军族贵兵且强,汉家已是浑耶王。子孙相承在朝野,至今部曲燕支下,控弦尽用阴山儿,登阵常骑大宛马。银鞍玉勒绣蝥弧,每逐嫖姚破骨都,李广从来先将士,卫青未肯学孙吴。……(《送浑将军出塞》,页257)

> ……石城与岩险,铁骑皆云屯,长策一言决,高踪百代存。威稜慴沙漠,忠义感乾坤,老将暗无色,儒生安敢论?……(《同李员外贺哥舒大夫破九曲之作》,页265~266)

> ……万里不惜死,一朝得成功,画图麒麟阁,入朝明光宫。……(《塞下曲》,页269)

蕃军傍塞游,代马喷风秋,老将垂金甲,阏氏著锦裘。珊戈蒙豹尾,红斾插狼头,日暮天山下,鸣笳汉使愁。(《部落曲》,页275)

……上将拓边西,薄才忝从戎,岂论济代心,愿效匹夫雄,骅骝满长皂,弱翮依雕笼。行车动若飞,旋斾信严终,屡陪投醪醉,窃贺铭山功,虽无汗马劳,且喜沙塞空。……(《奉寄平原颜太守并序》,页282~283)

上列各诗出现与汉代相关典故计有:"霍将军""匈奴""燕颔""浑耶王""大宛马""嫖姚""骨都""李广""卫青""威稜憺沙漠""麒麟阁""明光宫""阏氏""汉使""窃贺铭山功"。其中"燕颔"为高适以班超(32~102)自比,《后汉书·班超传》曰:"(超)生燕颔虎颈,飞而食肉,此万里侯相也。"[71]"骨都"是汉代匈奴对异姓大臣之名,《史记·匈奴列传》:"置左右贤王,左右谷蠡王,左右大将,左右大都尉,左右大当户,左右骨都侯。"[72]裴骃《集解》曰:"骨都,异姓大臣。"[73]"威稜憺沙漠"乃借李广之战功比拟哥舒翰,《汉书·李广传》曰:"上(汉武帝)报曰:'将军者,国之爪牙也。'《司马法》曰:'登车不式,遭丧不服,振旅抚师,以征不服;率三军之心,同战士之力,故怒形则千里竦,威振则万物伏;是以名声暴于夷貉,威稜憺乎邻国。'夫报忿除害,捐残去杀,朕之所图于将军也;若乃免冠徒跣,稽颡请罪,岂朕之指哉!将军其率师东辕,弥节白檀,以临右北平盛秋。'广在郡,匈奴号曰'汉飞将军',避之,数岁不入界。"[74]"麒麟阁"见《汉书·苏武传》:"甘露三年,单于始入朝,上思股肱之美,乃图画其人于麒麟阁,法其形貌,署其官爵姓名。"[75]颜师古《注》引张晏曰:"武帝获麒麟时作此阁,图画其象于阁,遂以为名。"[76]"明光宫"据《汉书·武帝纪》:"(太初四年)秋,起明光宫。"[77]"阏氏"为汉代单于皇后之号,《史记·陈丞相世家》曰:"高帝用陈平奇计,使单于阏氏,围以得开。"⁷⁸裴骃《集解》引苏林曰:"阏氏音焉支,如汉皇后。"⁷⁹"窃贺铭山功"则指窦宪(？~92)于燕然山刻石以纪北伐匈奴之功⁸⁰。虽然上列各诗皆可算是即景而书,但却很明显能够观察出与"大汉图腾"相关的语汇及时空思维错落其间。

同样的情况也出现在岑参的作品中:

银山峡口风似箭,铁门关西月如练。双双愁泪沾马毛,飒飒胡沙迸人面。丈夫三十未富贵,安能终日守笔砚。(《银山碛西馆》,页79)⁸¹

……西望云似蛇,戎夷知丧亡。浑驱大宛马,系取楼兰王。……(《武威送刘单判官赴安西行营便呈高开府》,页91)

火山六月应更热,赤亭道口行人绝。知君惯度祁连城,岂能愁见轮台月?(《送李副使赴碛西官军》,页95)

君不见走马川行雪海边,平沙莽莽黄入天!轮台九月风夜吼,一川碎石大如斗,随风满地石乱走。匈奴草黄马正肥,金山西见烟尘飞,汉家大将西出师。……虏骑开之应胆慑,料知短兵不敢接,车师西门伫献捷。(《走马川行奉送出师西征》,页148)

胡地苜蓿美,轮台征马肥;大夫讨匈奴,前月西出师。……阴山烽火灭,剑水羽书稀;却笑霍嫖姚,区区徒尔为!……前年斩楼兰,去岁平月支;……自逐定远侯,亦著短后衣:……(《北庭西郊候封大夫受降回军献上》,页149–150)

……军中日无事,醉舞倾金罍。汉代李将军,微功今可哈!(《使交河郡郡在火山脚其地苦热无雨雪献封大夫》,页152)

轮台城头夜吹角,轮台城北旄头落。羽书昨夜过渠黎,单于已在金山

西。……(《轮台歌奉送封大夫出师西征》,页145)

上列诸诗中依然可见汉代事典:"安能终日守笔砚""大宛马""楼兰王""轮台""匈奴""车师""霍嫖姚""月支""定远侯""李将军""渠黎""单于"。"安能终日守笔砚"与"定远侯"皆指班超,《后汉书·班超传》曰:"(超)家贫,常为官佣书以供养。久劳苦,尝辍业投笔叹曰'大丈夫无它志略,犹当效傅介子、张骞立功异域,以取封侯,安能久事笔研间乎!'"[82]又"明年(永元七年),(和帝)下诏曰:'往者匈奴独擅西域,寇盗河西,永平之末,城门昼闭。先帝深愍边萌婴罗寇害,乃命将帅击右地,破白山,临蒲类,取车师,城郭诸国震慑响应,遂开西域,置都护。而焉耆王舜、舜子忠独谋悖逆,持其险隘,覆没都护,并及吏士。先帝重元元之命,惮兵役之兴,故使军司马班超安集于窴以西。超遂踰葱领,迄县度,出入二十二年,莫不宾从。改立其王,而绥其人。不动中国,不烦戎士,得远夷之和,同异俗之心,而致天诛,蠲宿耻,以报将士之仇。《司马法》曰:"赏不喻月,欲人速覩为善之利也。"其封超为定远侯,邑千户。'"[83]"大宛马"见《史记·大宛传》:"大宛在匈奴西南,在汉正西,去汉可万里。其俗土著,耕田,田稻麦。有葡萄酒。多善马,马汗血,其先,天马子也。"[84]"楼兰王"事可参考《汉书·张骞传》,当初汉武帝(140B.C.~87B.C.)通西域,楼兰与姑师两国皆攻劫汉使,又为匈奴耳目,故汉武帝乃派赵破奴攻灭之[85]。"轮台"在岑参诗中有两处,此诗所指为"古轮台",即汉代的轮台旧址,在今新疆轮台县南[86],而唐代的轮台实指北庭府城也[87]。"车师"为汉代西域古国,《汉书·西域传下》曰:"武帝天汉二年,以匈奴降者介和王为开陵侯,将楼兰国兵始击车师,匈奴遣右贤王将数万骑救之,汉兵不利,引去。征和四年,遣重合侯马通将四万骑击匈奴,道过车师北,复遣开陵侯将楼兰、尉犁、危须凡六国兵别击车师,勿令得遮重合侯。诸国兵共围车师,车师王降服,臣属汉。"[88]"月支"即"大月氏",《汉书·西域传上》曰:"大月氏国,治监氏城,去长安万一千六百里。不属都护。户十万,口四十万,胜兵十万人。东至都护治所四千七百四十里,西至安息四十九日行,南与罽宾接。土地风气,物类所有,民俗钱货,与安息同。出一封橐驼。"[89]又曰:"大月氏本行国也,随畜移徙,与匈奴同俗。控弦十余万,故强轻匈奴。本居敦煌、祁连间,至冒顿单于攻破月氏,而老上单于杀月氏,以其头为饮器,月氏乃远去,过大宛,西击大夏而臣之,都妫水北为王庭。其余小不能去者,保南山羌,号小月氏。"[90]"渠黎"据《汉书·武帝纪》载:"(天汉二年)渠黎六国使使来献。"[91]颜师古《注》引臣瓒曰:"渠黎,西域胡国名。"[92]

由此可知,即使高、岑皆有实际出塞之经验,且其诗之内容亦多有实境描述之题材,但仍然普遍地运用汉代的地名、人名等物件,作为诗歌意象组成之元素,而这如果仅以"用典"手法括之,则似乎稍嫌单薄。此种时空真幻交错的表现手法,除了隶事用典之艺术技巧外,根据笔者观察,实与边塞诗传统中"大汉图腾"之基本格式相关,唐人并非边塞诗之开创者,其必然面对南朝所留下一百多首边塞作品的影响,因此可以说:"是南朝边塞传统提供了边塞诗的基本骨架,而唐人如岑参者则在此基本格局中,注入自己的生命,一但溯本追源,南朝边塞诗对岑参的影响仍然有迹可寻。"[93]从其他同样具有出塞经验的诗人作品中即可窥见此规律,如崔颢(？～754)《送单于裴都护赴河西》:"单于莫近塞"[94]、寇泚《度涂山》:"行闻汉飞将,还向皋兰宿。"[95]甚至连以《田园诗风》著称的王维(699～759),在其短暂出塞经验中所留下的作品,也刻画着"大汉图腾"的时空思维[96]。可见,自南朝边塞诗所建立的格式后,即使唐代诗人有更多于实地实写的机会下,依然无法避免借用"大汉图腾"来建构诗歌虚实交错的真幻时空。

（二）游边

而唐代诗人另一种出塞的模式即为"游边"，不过游边者多为布衣之士，而其游边的目的又多为寻求入幕机会以建功干禄[97]，因此，唐代诗人游边实具有浓厚的功利心态。不过，戴伟华认为唐人游边多选择东北一带，原因在于东北相对西北较为安定，此外还受到古代游侠传统之影响[98]；然而唐诗中仍存在许多描述西北边塞的游边作品，可知在唐代"关中本位政策"[99]下，西北边塞对文人而言似乎更具有功名之机会，再加上唐代河西陇右一带实益常发达，故文人往西北游历并不至于有太大之不便与危险[100]。因此，像高适便曾在年轻时游历东北幽、蓟一带[101]，而在辞去封丘县尉后，便开始西行客游河右，以致后来得到哥舒翰赏识揽入其幕。所以，由盛唐诗人所遗留下来的游边诗歌，可以发现实际范围还包括了西北河陇一带的边塞，然而就整体观之，其范围也不出东北幽、并至西北陇右[102]。

余恕诚在《战士之歌和军幕文士之歌——从两种不同类型之作看盛唐边塞诗》一文中曾以"战士之歌"来统整文人游边之作，从其研究中大致可知"战士之歌"的主要特色有：

1. 出自社会上一般诗人之手。

2. 按照"征人"的方式去思考和表述问题。

3. 欲以"典型"概括的意识。[103]

上述三点分别表示着所谓"战士之歌"之作者皆为文人，而其论述乃站在"征人"，即"士兵"之立场，因此作品便多为拟、代之言，故"典型"之概括即指诗人借用乐府古题或历史典故来作为诗作意象的主要成分：

由士兵眼里去看边塞,特点是有下层人民对问题的深入体察和实事求是的批判精神。……他们的情思远溯秦、汉,对征戍的意义进行历史性的推求;他们怀念古代名将,透露出对现实问题的认识和态度[104]。

余氏已然注意到在文人游边的"战士之歌"作品中,存在着"情思远溯秦、汉""对征戍的意义进行历史性的推求""怀念古代名将"等文学"用典"的艺术手法,不过仍未讨论深埋在这种"用典"意识下内在的"时空思维",而这也是笔者始终强调于"边塞诗"中出现"大汉图腾"之历史想象,并不只是文学用典的创作方式而已。

如高适在早年游历幽、蓟一带时所留下的诗:

东出卢龙塞,浩然客思孤。亭堠列万里,汉兵犹备胡。边尘满北溟,虏骑正南驱。转斗岂长策,和亲非远图。惟昔李将军,按节临此都。总戎扫大漠,一战擒单于。常怀感激心,愿效纵横谟。倚剑欲谁语?关河空郁纡。(《塞上》,页29)

蓟门逢古老,独立思氛氲。一身既零丁,头鬓白纷纷。勋庸今已矣,不识霍将军。(《蓟门五首》之一,页33)

……飘飖戎幕下,出入关山际。转战轻壮心,立谈有边计。云沙自回合,天海空迢递。星高汉将骄,月尽胡兵锐。沙深冷陉断,雪暗辽阳闭。亦谓扫欃枪,旋惊陷蜂虿。归旌告东捷,辟骑传西败。遥飞绝汉书,已筑长安第。画龙俱在叶,宠鹤先归卫。勿辞部曲勋,不借将军势。……(《赠别王十七管记》,页35)

驱马蓟门北,北风边马哀。苍茫远山口,豁达胡天开。五将已深入,前

军止半回。谁怜不得意,长剑独归来。(《自蓟北归》,页46)

……北上登蓟门,茫茫见沙漠。倚剑对风尘,慨然思卫霍。拂衣去燕赵,驱马怅不乐。……(《淇上酬薛三据兼寄郭少府微》,页53)

前二首分别为高适在幽、蓟一带的实地描写,第三首为赠别幽州节度使张守珪之管记王悔而作,第四首为自蓟北南还时作,最末首则是途经淇上《今河南省淇县》时所作。这五首诗内容不是对幽、蓟景观之描绘,便是对边塞战事之记载,否则即是诗人自己怀才不遇的失志之悲,然而却同样可在诗中发现使用"大汉图腾"的"时空思维":"李将军""单于""霍将军""遥飞绝漠书""已筑长安第""五将已深入""前军止半回""卫霍"。"遥飞绝漠书"据刘开扬《编年笺注》释为"求救信"[106],然若据《后汉书·西域传》陈忠上疏汉安帝(107~125)曰:"臣闻八蛮之寇,莫甚北虏。汉兴,高祖窘平城之围,太宗屈供奉之耻。故孝武愤怒,深惟久长之计,命遣虎臣,浮河绝漠,穷破虏庭。……遂开河西四郡,以隔绝南羌,收三十六国,断匈奴右臂。……由此察之,戎狄可以威服,难以化狎。……方今边境守御之具不精,内郡武之备不修,敦煌孤危,远来告急,复不辅助,内无以慰劳吏民,外无以威示百蛮。蹙国灭土,经有明诫。臣以为敦煌宜置校尉,案旧增四郡屯兵,以西抚诸国。庶足折冲万里,震怖匈奴。"[107]而《旧唐书·张守珪传》曰:"契丹首领屈剌与可突干恐惧,遣使诈降。守珪察知其伪,遣管记右骑曹王悔诣其部落就谋之。晦至屈剌帐,贼徒初无降意,乃移其营帐渐向西北,密遣使引突厥,将杀悔以叛。会契丹别帅李过折与可突干争权不叶,悔潜诱之,夜斩屈剌及可突干,尽诛其党,率余烬以降。"[108]可见,"绝漠书"似乎没有求救之意,却是灭虏奇策,且就此诗上下文意也可推知"绝漠书"分明为战胜之捷报,故才有所谓"已筑长安第"。据《史记

·卫将军骠骑列传》曰:"骠骑将军为人少言不泄,有气敢任。天子尝欲教之孙吴兵法,"对曰:"顾方略何如耳,不至学古兵法。"天子为治第,令骠骑视之,对曰:"匈奴未灭,无以家为也。"由此上益重爱之。[108]如果对照王悔的府主张守珪之战功,可知张氏不但为"立功边域,为世虎臣[109]",更因灭契丹而使唐玄宗欲以其为权如宰相的侍中,只是受到张九龄(673~740)的反对而作罢[110],如此可知,高适此处实乃借用霍去病之典故,来形容王悔为张守珪建立奇功,使之受到玄宗赏赐。

而"五将已深入"事见《汉书·匈奴传上》:"本始二年,汉大发关东轻锐士,选郡国吏三百石伉健习骑射者,皆从军。遣御史大夫田广明为祁连将军,四万余骑,出西河;度辽将军范明友三万余骑,出张掖;前将军韩增三万余骑,出云中;后将军赵充国为蒲类将军,三万余骑,出酒泉;云中太守田顺为虎牙将军,三万余骑,出五原;凡五将军,兵十余万骑,出塞各二千余里。"[111]"前军止半回"则据《汉书·匈奴传上》可知:"蒲类将军出塞千八百余里,西去候山,斩首捕虏,得单于使者蒲阴王以下三百余级,虏马牛羊七千余。闻虏已引去,皆不至期还。天子薄其过,宽而不罪。祁连将军出塞千六百里,至鸡秩山,斩首捕虏十九级,获牛马羊百余。逢汉使匈奴还者冉弘等,言鸡秩山西有虏众,祁连即戒弘,使言无虏,欲还兵。御史属公孙益寿谏,以为不可,祁连不听,遂引兵还。虎牙将军出塞八百余里,至丹余吾水上,即止兵不进,斩首捕虏千九百余级,虏马牛羊七万余,引兵还。上以虎牙将军不至期,诈增虏获,而祁连知虏在前,逗遛不进,皆下吏自杀。"[112]由此可知,高适在《自蓟北归》诗中,一方面对唐军浩荡进攻北虏加以描述,以显示唐玄宗着力开边的政策;二方面却也透露出当时边将隐匿战情,谎报战果的现象,故以汉典对之进行挞伐。不过刘开扬在《编年笺注》中认为此诗高适作于开元二十年冬,且曰:"此诗'五将已深入，前军止半回'，必有所指，惜未知何事耳。"[113]但如果考察开元二十年前后史事可知："二十年，诏礼部尚书信安王祎为行军副大总管，领众与幽州长史赵含章出塞击破之，俘获甚众。可突于（案：《资治通鉴》作'干'）率其麾下远遁，奚众尽降，祎乃班师。明年，可突于又来抄掠。幽州长史薛楚玉遣副将郭英杰、吴克勤、邬知义、罗守忠率精骑万人，并领降奚之众追击之。军至渝关都山之下，可突于领突厥兵以拒官军。奚众遂持两端，散走保险。官军大败，知义、守忠率麾下遁归，英杰、克勤没于阵，其下六千余人，尽为贼所杀。诏以张守珪为幽州长史兼御史中丞以经略之。可突于渐为守珪所逼，遣使伪降。俄又回惑不定，引众渐向西北，将就突厥。守珪遣管记王悔等就部落招谕之。时契丹衙官李过折与可突于分掌兵马，情不叶，悔潜诱之，过折夜勒兵斩可突于及其支党数十人。"[114]如此，便可与高适北游时所经历之战事加以联系，信安王凯旋班师乃在开元二十年三月[115]，而参照《旧唐书·北狄传》所述，以及《资治通鉴》之记载："（开元二十一年）闰月，癸酉，幽州道副总管郭英杰与契丹战于都山，败死。……余众六千余人犹力战不已，虏以英杰首示之，竟不降，尽为虏所杀。"[116]则可知，此次可突干的反攻造成唐军死伤惨重，并使唐军出现士卒遁归的现象，也埋下日后王悔始为招抚，终究夷灭契丹，而为张守珪立功之事的伏笔。不过就诗题观之，只知此诗为高适自蓟返归后而作，并无法确定到底作于何年，如果诗人真意有所指的话，则就时间序列与事件发生的空间，仅有此事较为吻合，故刘开扬将之系于开元二十年所作仍可商榷，而高适也借由汉代将士"不至期还"以受罚之典故，影射此次唐军临阵脱逃的事件。

从以上诸例即可发现，文人游边的作品，在创作思维上仍旧充满着浓厚的大汉图腾之影像，以及汉、唐交叠的时空思维，因此，如王昌龄虽终身没有

入幕出塞之经验[117],却借着游边经历留下许多描写边塞之作品,其中也同样运用了大量与汉代相关的典故:

　　边头何惨惨,已葬霍将军。部曲皆相吊,燕南代北闻。功勋多被黜,兵马亦寻分。更遣黄龙戍,唯当哭塞云。(《塞下曲四首》之四,页42)[118]

　　关城榆叶早疏黄,日暮云沙古战场。表请回军掩尘骨,莫教兵士哭龙荒。(《从军行七首》之三,页47)

　　青海长云暗雪山,孤城遥望玉门关。黄沙百战穿金甲,不破楼兰誓不还。(《从军行七首》之四,页47)

　　胡瓶落膊紫薄汗,碎叶城西秋月团。明敕星驰封宝剑,辞君一夜取楼兰。(《从军行七首》之六,页50)

　　向夕临大荒,朔风轸归虑。平沙万里余,飞鸟宿何处?虏骑猎长原,翩翩傍河去。边声摇白草,海气生黄雾。百战苦风尘,十年履霜露。虽投定远笔,未坐将军树。早知行路难,悔不理章句。(《从军行二首》之一,页51)

　　……十五役边地,三回讨楼兰。连年不解甲,积日无所餐。将军降匈奴,国使没桑乾。……(《代扶风主人答》,页54)

以上诸诗皆是王昌龄漫游河西、陇右边塞时所作[119],诗中除了有实写当代边塞如"代北""青海""雪山""玉门关""碎叶城""白草""桑乾"等处外,还出现空间错置的幻笔:"燕南""黄龙戍",此于当时皆属于东北要塞,然王昌龄以"部曲皆相吊,燕南代北闻"来形容对汉将霍去病之崇拜,其去世知消息竟惊动燕南王代北的军卒将士,也意味着此事件对汉代国防的打击与影响,然由此也可看出王昌龄虽无亲临战场的经验,但在写作与边塞相关的作品时,仍不脱"大汉图腾"之"时空思维":"霍将军""龙荒""楼兰""定远笔""将军树""匈奴"。其中,"龙荒"指的是古代匈奴祭天之处—"龙城"[123],王昌龄于此则借指当时塞北荒漠之地;"将军树"可见《后汉书·冯异传》:"异为人谦退不伐,行与诸将相逢,辄引车避道。进止皆有表识,军中号为整齐。每所止舍,诸将并坐论功,异常独屏树下,军中号曰'大树将军'。及破邯郸,乃更部分诸将,各有配隶。军士皆言愿属大树将军,光武以此多之。别击破铁胫于北平,又降匈奴于林阇顿王,因从平河北。"[122]全诗的语气看似王昌龄对军功未报之叹[122],然事实上王昌龄从未有过任何实战经验,故此诗应可视为如余恕诚所谓"战士之歌"的"拟代体",王昌龄实借由班超与冯异之典故,透露出唐代军功赏罚不明的社会现象。

又如李白(699~762)因得罪高力士(684~762),故遭其摘诗以构陷毁谤杨贵妃(719~756),再加上张垍谗谮,使得太白乃恳求还山,而玄宗也赐金放归[123]。王琦于《李白年谱》曰:"自是浮游四方,北抵赵、魏、燕、晋,西涉邠、岐,历商于,至洛阳,南游淮、泗,再入会稽,而家寓鲁中,故时往来齐鲁间,前后十年中惟游梁宋最久。"[124]而在瞿蜕园等人的《校注》中则曰:"自天宝三载至十三载,中间十年,客游梁、宋之间,而家在东鲁,往来其地,有时北抵赵、魏、燕、晋,西涉邠、岐,历商于,到洛阳,皆未尝久羁,而一过再过,盘桓税驾,多历岁时,则惟梁地为然。"[125]故詹锳作《李白诗文系年》便于天宝十年载:"北游塞垣。"[126]天宝十一年:"春游广平邯郸诸地,旋北游蓟门,秋抵幽州。"[127]天宝十二年:"春归至魏郡(今河北大名县东),复西北游太原。旋经洛阳返梁宋。"[128]则可知,李白亲至边塞的时间应在天宝十年秋至天宝十二年春,其间所作诗歌如:

幽州胡马客,绿眼虎皮冠。笑拂两只箭,万人不可干。

弯弓若转月,白雁落云端。双双掉鞭行,游猎向楼兰。

出门不顾后,报国死何难?天骄五单于,狼戾好凶残。

牛马散北海,割鲜若虎餐。虽居燕支山,不道朔雪寒。

……

(《幽州胡马客歌》,页344)⑩

裁把两赤羽,来由燕赵间。天狼正可射,感激无时闲。

观兵洪波台,倚剑望玉关。请缨不系越,且向燕然山。

风引龙虎旗,歌钟昔追击。击筑落高月,投壶破愁颜。

遥知百战胜,定扫鬼方还。

(《登邯郸洪波台置酒观发兵》,页1220)

不仅使用如"楼兰""天骄五单子""牛马散北海""燕然山"等"大汉图腾"之历史元素,更出现身在幽、蓟却书写异地空间的错置迷幻:"燕支山""玉关""越""燕然山""鬼方"。可见,就算唐人已有充分的实写经验,但"实景虚用"或"虚景虚用"等手法的交错,更证明著唐人的边塞诗必须攀附于由南朝所发展出来的基本格式,而此格式便是"大汉图腾"与"时空思维"⑪。

四、虚写边塞诗的文学传统

(一)南朝乐府传统格式的延续

但并非每位诗人皆具有边塞经验,如李颀,就傅璇琮考证的的结果,并无法确知是否有出塞经验,但其却认为:"现在看来,李颀诗最可以肯定的大致

有三方面,一是边塞诗,如《古从军行》等;二是描写音乐的一些诗篇,……三是寄赠其友人之作。[131]如《古从军行》:

白日登山望烽火,黄昏饮马傍交河。行人刁斗风沙暗,公主琵琶幽怨多。野云万里无城郭,雨雪纷纷连大漠。胡雁哀鸣夜夜飞,胡儿眼泪双双落。闻道玉门犹被遮,应将性命逐轻车。年年战骨埋荒外,空见蒲桃入汉家。[132]

诗中看似诗人亲临现场的实景书写,但在资料有限的情况下,仍无法大胆地说李颀此诗乃于边塞而作,然由诗中所运用如:"公主琵琶"为汉江都王女刘细君嫁乌孙事[133];"闻道玉门犹被遮"为汉武帝阻挡李广利兵败回关[134];"轻车"为汉代将军号,著名者如李广从弟李蔡尝为轻车将军[135];"蒲桃入汉家"则指汉代讨伐西域而引进的物产,象征战争的胜利[136]等诸多汉代事例,再加上南朝陈释智匠于《古今乐录》中曰:"《从军行》,王僧虔云,荀录所载左延年《苦哉》一篇今不传。"[137]而吴兢(670～749)《乐府解题》亦云:"《从军行》皆军旅苦辛之辞。"[138]沈建《广题》则说:"左延年辞云:'苦哉边地人,一岁三从军。三子到敦煌,二子诣陇西。五子远斗去,五妇皆怀身。'陈伏知道又有《从军五更转》。"[139]则显示出:

1. 唐代边塞诗的用典内涵实具有非常深化的历史意识,而这就是"大汉图腾"。

2. 唐代边塞诗中更有着许多延续自南朝乐府传统而来的作品。

事实上,南朝以"大汉图腾"来描写战争的作品,多数皆采用汉魏乐府为象题,这也可看出南朝边塞诗对于文人而言,实有着想象与模拟的意味,所以南朝边塞诗在本质上乃含有极重的"咏史"成分,再加上想象空间的虚构,造成从未到过的"边塞"亦是南朝宫廷君臣唱和的主题之一[40]。

以李颙为例,在其现存的边塞诗中,便有多首是以乐府形式出现的:

> 黄云雁门郡,日暮风沙里。千骑黑貂裘,皆称羽林子。
> 金笳吹朔雪,铁马嘶云水。帐下饮蒲萄,平生寸心是。

(《塞下曲》,页1338)

> 行人朝走马,直指蓟城傍。蓟城通漠北,万里别吾乡。
> 海上千烽火,沙中百战场。军书发上郡,春色度河阳。
> 袅袅汉宫柳,青青胡地桑。琵琶出塞曲,横笛断君肠。

(《古塞下曲》,页1338)

> 少年学骑射,勇冠并州儿。直爱出身早,边功沙漠垂。
> 戎鞭腰下插,羌笛雪中吹。膂力今应尽,将军犹未知。

(《塞下曲》,页1359)

据郭茂倩《乐府诗集》曰:"《晋书·乐志》曰:'《出塞》《入塞》曲,李延年造。'曹嘉之《晋书》曰:'刘畴尝避乱坞壁,贾胡百数欲害之,畴无惧色,援笳而吹之,为《出塞》《入塞》之声,以动其游客之,于是群胡皆垂泣而去。'按《西京杂记》曰:'戚夫人善歌《出塞》《入塞》《望归》之曲。'则高帝时已有之,疑不起于延年也。唐又有《塞上》《塞下》曲,盖出于此。"[41]再加上诗中不时出现如"帐下饮蒲萄""袅袅汉宫柳""琵琶出塞曲""并州儿"[42]等具汉代意识的典

· 202 ·

故,可知在李颀的边塞诗中,不仅有许多作品乃延续着自南朝以来的乐府主题,其创作模式也依循着"大汉图腾"的"时空思维",故纵使无法确知其是否有亲身经历边塞之经验,李颀也依然可借着这种用典方法与历史意识,建构出其心中对塞外边战之想象。如《崔五六图屏风各赋一物得乌孙佩刀》:"乌孙腰间佩两刀,刃可吹毛锦为带。握中枕宿穹庐室,马上割飞翳蟠塞。执之魍魉谁能前,气凛清风沙漠边。磨用阴山一片玉,洗将胡地独流泉。……"[143]《听董大弹胡笳声兼寄语弄房给事》:"蔡女昔造胡笳声,一弹一十有八拍。胡人落泪沾边草,汉使断肠对归客。古戍苍苍烽火寒,大荒沈沈飞雪白。先拂商弦后角羽,四郊秋叶惊摵摵。……嘶酸雏雁失群夜,断绝胡儿恋母声。川为净其波,鸟亦罢其鸣。乌孙部落家乡远。……"[144]《古意》:"……黄云龙底白雪飞,未得报恩不能归。……今为羌笛出塞声,使我三军泪如雨。"[145]等诸诗,便说明着自南朝起,文人利用"大汉图腾"来确立的边塞传统,对盛唐边塞诗所造成的影响,于时空真幻交错下所建构出的独特美学。

又如李白《紫骝马》:"紫骝行且嘶,双翻碧玉蹄。临流不肯渡,似惜锦障泥。白雪关山远,黄云海树迷。挥鞭万里去,安得念春闺。"[146]除了继承南朝边塞乐府对"咏马"主题的关注外,《古今乐录》也曰:"《紫骝马》古辞云:'十五从军征,八十始得归。道逢乡里人,家中有阿谁?'又梁曲曰:'独柯不成树,独树不成林。念郎锦裲裆,恒长不忘心。'盖从军久戍,怀归而作也。"[147]而从太白诗即可看出确是照着"从军久戍,怀归而作"的传统旋律所作,这无疑提示我们在边塞诗类中,乐府题材的传统使诗人不必亲临塞垣,却仍可依循着文学历史的格式,对遥远的边塞或战场进行咏怀与想象。因此,在李白其他诗中亦出现相同的文学效果:

· 203 ·

……匈奴以杀戮为耕作,古来唯见白骨黄沙田。秦家筑城备胡处,汉家还有烽火燃。……　　　　　　　　(《战城南》,页222)

天马来出月支窟,背为虎文龙翼骨。……　(《天马歌》,页234)

……汉家战士三十万,将军兼领霍嫖姚。……胡无人,汉道昌。陛下之寿三千霜,但歌大风云飞扬,安得猛士守四方。

(《胡无人》,页269~270)

……长风几万里,吹度玉门关。汉下白登道,胡窥青海湾。……

(《关山月》,页279)

汉家秦地月,流影照明妃。……燕支长寒雪作花,蛾眉憔悴没胡沙。生乏黄金枉图画,死留青冢使人嗟。

(《王昭君》二首之一,页298)

……叱咤万战场,匈奴尽奔逃。归来使酒气,未肯拜萧曹。

(《白马篇》,页357)

……愿将腰下剑,直为斩楼兰。　(《塞下曲》六首之一,页362)

……何当破月氏,然后方高枕。　(《塞下曲》六首之二,页364)

……弯弓辞汉月,插羽破天骄。……功成画麟阁,独有霍嫖姚。

(《塞下曲》六首之三,页364~365)

烽火动沙漠,连照甘泉云。汉皇按剑起,还召李将军。……

(《塞下曲》六首之六,页367~368)

大汉无中策,匈奴犯渭桥。……命将征西极,横行阴山侧。燕支落汉家,妇女无华色。……萧条清万里,瀚海寂无波。

(《塞上曲》,页371)

……列卒赤山下,开营紫塞旁。……挥刃斩楼兰,弯弓射贤王。单于一平荡,种落自奔亡。……　　(《出自蓟北门行》,页402)

……铁骑若雪山,饮流涸滹沱。扬兵猎月窟;转战略朝那。倚剑登燕然,边烽列嵯峨。……　　　　　　　(《发白马》,页415)

从军玉门道,逐虏金微山。……愿斩单于首,长驱静铁关。

(《从军行》,页446)

百战沙场碎铁衣,城南已合数重围。突营射杀呼延将,独领残兵千骑归。　　　　　　　　　　　　　(《从军行》,页1456)

从郭茂倩《乐府诗集》对上列各诗之题解,如《天马歌》引《汉书·武帝纪》曰:

· 205 ·

"太初四年春,贰师将军李广利斩大宛王首,获汗血马来,作《西极天马之歌》。"[149]《关山月》《塞上曲》《塞下曲》皆属于"马上奏之,盖军中之乐也"的"横吹曲"[149],《乐府解题》则解《白马篇》曰:"鲍照云:'白马骍角弓。'沈约云:'白马紫金鞍。'皆言边塞征战之事。"[150]而《古今乐录》解释《王昭君》为:"匈奴盛,请婚于汉,元帝以后宫良家子明君配焉。初,武帝以江都王建女细君为公主,嫁乌孙王昆莫,令琵琶马上作乐,以慰其道路之思,送明君亦然也。其造新之曲,多哀怨之声。"[151]而《胡无人》可借贯休(832~912)的诗得知其来龙去脉:"霍嫖姚,赵充国,天子将之平朔漠。……将军既立殊勋,遂有《胡无人》曲。"[152]而《战城南》据王琦《注》曰:"案《宋书》,汉鼓吹铙歌十八曲中有《战城南》曲。《乐府古题要解》:《战城南》,其辞大略言:战城南,死郭北,野死不得葬,为乌鸟所食。愿为忠臣,朝出攻战而暮不得归也。"[153]则可见,上举诸诗皆具有边塞或征戍之意,也是这些乐曲所形成的叙事传统,更重要的乃赋予了边塞乐府重要的文学象征,故诗人于诗中持续引用着如:"匈奴""天马""月支""霍嫖姚""大风云飞扬,安得猛士兮守四方""白登道""明妃""燕支""楼兰""月氏""天骄""麟阁""甘泉""汉皇""李将军""贤王""单于""朝那""燕然""呼延"等汉代事典,即可证明南朝文人为边塞乐府诗所建立的格式,以及"大汉图腾"的时空思维,实为日后唐代边塞诗中不可或缺的文学元素。

而这也说明纵使诗人未至边塞,却仍然可运用文学历史之累积,对千里之外实际存在的塞外风光,融合历史的咏怀,进行想象的虚写,因此,如王维《陇头吟》:

长安少年游侠客,夜上戍楼看太白。陇头明月回临关,陇上行人夜吹笛。关西老将不胜愁，驻马听之双泪流。
身经大小百余战，麾下偏裨万户侯。苏武才为典属国，
节旄空尽海西头。[154]

便以歌颂游侠欲扬声朔北，临战大漠，带出"长安少年游侠客"的雄姿，与塞外紧绷的兵戈战气。事实上，"游侠"与边塞诗之间的主要联系，便是"游"，但在仗剑千里，身经百战的豪气背后，却始终透露着一股"关西老将不胜愁，驻马听之双泪流"的悲哀，此悲此愁显然与"复得还旧丘"[155]的游侠乐府传统有关，老将听闻行人吹笛，却勾起对家乡无尽的悬念！王维不但写实地表达出唐人"功名只向马上求"的社会氛围，并延续着南朝游侠乐府与边塞题材间的有机关联[156]，以及"大汉图腾"思维下使事用典的基本格式。由此实可看出，"乐府"传统对于边塞诗的影响，不仅是题材与类型的延续，更有着传统的基本格式与叙事角度之坚持。因此，唐代边塞诗继承南朝文学最明显的轨迹，即是乐府古题的延续，而高适之《燕歌行》更可观察出此中脉络之演变：

汉家烟尘在东北，汉将辞家破残贼。男儿本自重横行，
天子非常赐颜色。摐金伐鼓下榆关，旌旆逶迤碣石间。
校尉羽书飞瀚海，单于猎火照狼山。山川萧条极边土，
胡骑凭陵杂风雨。战士军前半死生，美人帐下犹歌舞！
大漠穷秋塞草腓，孤城落日斗兵稀。身当恩遇常轻敌，
力尽关山未解围。铁衣远戍辛勤久，玉箸应啼别离后。
少妇城南欲断肠，征人蓟北空回首。边庭飘飖那可度，
绝域苍茫无所有。杀气三时作阵云，寒声一夜传刁斗。

相看白刃血纷纷,死节从来岂顾勋。君不见沙场征战苦,
至今犹忆李将军。[157]

据《乐府解题》曰:"晋乐奏魏文帝《秋风》《别日》二曲,言时序迁换,行役不归,妇人怨旷无所诉也。"[158]而《广题》则道:"燕,地名也,言良人从役于燕,而为此曲。"[159]可知,《燕歌行》在乐府传统中实具有两大特质:"征怨"与"闺怨"。因此,从曹丕(187～226)、陆机(261～303)、谢灵运(385～433)等人泛咏"念君客游多思肠"[160]"念君客游苦恒悲"[161]"念君行役怨边城"[162]等叙事立场,至王褒(513～576)加入"陇西将军""楼兰校尉""关山月""蓟城云"等具有"大汉图腾"与"边塞意象"后[163],将"闺怨"与"征怨"巧妙地结合起来,而这也为《燕歌行》的主要旋律予以定调。因此,在高适的作品中也同样由"少妇城南欲断肠,征人蓟北空回首"出发,吟唱出沙场征战之苦,与苍茫萧条的边土,但更重要的是诗中依旧借用许多汉代典故,凸显出边塞诗的内在思维与传统格式,是无法与"大汉图腾"脱钩的。

(二)赠答酬唱与文人对边塞的想象

而高适在《燕歌行》前实作有一序:

开元二十六年,客有从元戎出塞而还者,作《燕歌行》以示适,感征戍之事,因而和焉。[164]

可见,高适《燕歌行》实为唱和之作,而边塞诗于南朝即已出现贵游文学的系统,故君臣或文人之间往往借由同题共作或应赠酬答,并创作出"征怨"或"闺怨"之作。因此,从高适的《序》中可以发现,文人以"边塞"为题的唱和活动,

至盛唐仍旧持续不辍。如开元十年："闰月壬申,张说巡边。"⑯据《旧唐书·张说传》:

> 八年秋,朔方大使王晙诛河曲降虏阿布思等千余人。时并州大同、横野等军有九姓同罗、拔曳固等部落,皆怀震惧。说率轻骑二十人,持旌节直诣其部落,宿于帐下,召首帅以慰抚之。……九年四月,胡贼康待宾率众反,据长泉县,自称叶护,攻陷兰池等六州。诏王晙率兵讨之,仍令说相知经略。……明年,又敕说为朔方军节度大使,往巡五城,处置兵马。时有康待宾余党庆州方渠降胡康愿子自立为可汗,举兵反,谋掠监牧马,西涉河出塞。说进兵讨擒之,并获其家属于木盘山,送都斩之,其党悉平,获男女三千余人。于是移河曲六州残胡五万余口配许、汝、唐、邓、仙、豫等州,始空河南朔方千里之地。⑯

上述文献显示出,张说经略东北边塞已行之有年,且战功彪炳,故唐玄宗才"诏为朔方节度大使,亲行五城,督士马。"⑯等于将东北地区的一切防务全权交给张说,而张说赴职前似乎受到很盛大的饯行款宴,这从《全唐诗》收有多首以送其"巡边"而应制唱和之作:

作者	诗题	内容(以"大汉图腾"之思维为准)	页码
玄宗	送张说巡边	宝胄匡韩主,华宗辅汉王。	39
崔日用	奉和圣制送张说巡边	列将怀威抚,匈奴畏盛名。	562
崔泰之	奉和圣制送张尚书巡边	伫勒燕然颂,鸣驺计日归。	986
源乾曜	奉和圣制送张尚书巡边	匈奴迩河朔,汉地须戎旅。	1109

· 209 ·

续表

作者	诗题	内容（以"大汉图腾"之思维为准）	页码
徐 坚	奉和圣制送张说巡边	累相承安世,深筹协子房。……燕山应勒颂,麟阁伫名扬。	1110
许景先	奉和圣制送张尚书巡边	汉主知三杰,周官统六卿。……伫看铭石罢,同听凯歌声。	1135
袁 晖	奉和圣制送张尚书巡边	坐见威稜洽,弥彰事业恢。……羽书雄北地,龙漠寝南垓。	1141
徐知仁	奉和圣制送张说巡边	由来词翰手,今见勒燕然。	1142
席 豫	奉和圣制送张说巡边	已勒封山记,犹闻遗戍篇。五营将月合,八阵与云连。	1143
贺知章	奉和圣制送张说巡边	遣戍征周牒,恢边重汉功。	1147

其实若统计《全唐诗》中保存此次送张说巡边的诗作,共有二十首之多,上表只选录诗中出现与汉代相关事典之作,但却已可说明唐代边塞诗不仅继承自南朝以来贵游唱和之文学传统,也透露出即使文人处在京华庙堂之上,仍旧可以借由历史的想象与时空思维写作边塞诗。

而唐人也时常利用出使、护边、入幕、任官、和蕃等机会,创作出许多看似亲临现场的边塞诗,如李峤(644～713)《饯薛大夫护边》:"……登山窥代北,屈指计辽东。伫见燕然上,抽毫颂武功。"[⑩]苏颋《同饯阳将军兼源州都督御史中丞》:"右地接龟沙,中朝任虎牙。然明方改俗,去病不为家。将礼登坛盛,军容出塞华。朔风摇汉鼓,边马思胡笳。……"[⑩]王维《送张判官赴河西》:"单车曾出塞,报国敢邀勋。见逐张征虏,今思霍冠军。……"[⑩]李颀《别梁锽》:"……抗辞请刃诛部曲,作色论兵犯二帅。一言不合龙额侯,击剑拂衣从此弃。"[⑩]储光羲《贻鼓吹李丞时信安王北伐李公王之所器者也》:"尝思骠骑

·210·

幕,愿逐嫖姚兵。"[122]李白《送族弟绾从军安西》:"汉家兵马乘北风,鼓行而西破犬戎。尔随汉将出门去,剪虏若草收奇功。君王按剑望边色,旄头已落胡天空。匈奴系颈数应尽,明年应入蒲陶宫。"[123]《送梁公昌从信安王北征》:"旋应献凯入,麟阁伫深功。"[124]又《送张秀才从军》:"抱剑辞高堂,将投霍冠军。"[125]《酬谈少府》:"三事或可羞,匈奴哂干秋。"[126]韦应物(737~?)《送李侍御益赴幽州幕》:"始从车骑幕,今赴嫖姚军。"[127]皇甫曾《送和西蕃使》:"和戎先罢战,知胜霍嫖姚。"[128]

上述各诗即凸显出,文人写作边塞诗并非必要亲至塞垣,借着边塞诗自南朝以来的贵游传统、乐府格式、以及"大汉图腾"之时空思维,同样能够表达出对边塞的苍茫萧瑟、边战的残酷激烈、及边地军卒的思乡怀归,而这已不仅仅只是文学想象与用典手法能够解释的现象了。

五、结论

由以上研究可知,唐代边塞诗不仅继承着自南朝以来所建立的基本格式,唐人习惯于边塞诗中使用汉代事典的现象,也牵涉着边塞诗自南朝以来形成的内在思维模式,此模式即为笔者多年所探究的"大汉图腾"与"时空思维",而这也使得南朝文人纵使于杏花烟雨的江南地区,仍可以对千里之外的塞北大汉进行想象与描摹,造成边塞诗虚实交错、真幻交叠的美学性格。

而盛唐边塞诗人虽然有着经历边塞的实境经验,但其边塞之作仍然建立在南朝边塞诗的基本架构上。故本文用"实景实用""实景虚用""虚景实用""虚景虚用"的分类方式,交错着盛唐诗人"出使入幕""游边""乐府传统""赠答应酬"等四种生命经验,而形成盛唐边塞诗错综迷离的美学性格。本文的结论再次证明,南朝诗歌不仅开拓了唐代"山水""田园""闺怨"等绮丽柔美诸体,就连刚健遒劲的"边塞"一体,也完全源自南朝。则南朝诗歌的众体皆备,可谓既广且深矣!

本文原系台湾彰化师范大学国文学系举办"国科会中文学门90～94研究成果发表会"论文。

――――――――――

① 〔宋〕李昉(925～996)编《文苑英华》(北京:中华书局,1995年2月),页1523～1533。

② 《宋会要·崇儒》:"太平兴国七年九月,命翰林学士承旨李昉、学士扈蒙、直学士院徐铉、中书舍人宋白、知制诰贾黄中、吕蒙正、李至、司封员外郎李穆、库部员外郎杨徽之、监察御史李范、秘书监丞杨砺、著作佐郎吴淑、吕文仲、胡汀、著作佐郎直史馆战贻庆、国子监丞杜镐、将作监丞舒雅,阅前代文集,撮其精要,以类分之,为千卷。雍熙三年十二月书成,号曰《文苑英华》。昉、蒙、蒙正、至、穆、范、砺、淑、文仲、汀、贻庆、镐、雅继领他任,续命翰林学士苏易简、中书舍人王祜、知制诰范杲、宋湜与宋白等共成之。"见〔清〕徐松(1781～1848)编《宋会要辑稿》,册三(台北:新文丰出版股份有限公司,1976年10月),页2233。

③ 〔宋〕姚铉编《唐文粹》(台北:世界书局,1989年5月),页67～76、119～126。

④ 〔元〕方回选评,李庆甲集评校点《瀛奎律髓汇评》,册下(上海:上海古籍出版社,2005年4月),页1303。

⑤ 〔宋〕朱熹集注《诗集传》(台北:台湾中华书局,1971年10月),页105。

⑥ 同前注。

⑦ 同前注,页108。

⑧ 见《诗经·小雅·出车》。参〔汉〕毛亨传,〔汉〕郑玄笺,〔唐〕陆德明(556～627)音义,〔唐〕孔颖达(547～648)疏,〔清〕阮元(1764～1849)校勘《毛诗正义》(重刊十三经注疏本,台北:艺文印书馆,2001年12月),页338。

⑨〔明〕杨慎《升庵诗话》。见丁福保(1874~1952)编订《续历代诗话》，册上(台北：艺文印书馆，1983年6月)，页855。

⑩〔清〕施补华：《岘佣说诗》。见郭绍虞(1893~1984)编《清诗话》(台北：西南书局有限公司，1979年11月)，页917。

⑪何寄澎《总是玉关情——唐代边塞诗初探》(台北：联经出版事业公司，1978年6月)，页7。

⑫谭优学《边塞诗泛论》。参西北师范学院中文系、西北师范学院学报编辑部编《唐代边塞诗研究论文选粹》(兰州：甘肃教育出版社，1988年5月)，页2。

⑬胡大浚编注《唐代边塞诗选注》(兰州：甘肃教育出版社，1990年8月)，序页2。

⑭王文进《南朝边塞诗新论》(台北：里仁书局，2000年12月)，页144~145。

⑮参苏珊玉《盛唐边塞诗的审美特质》(台北：文津出版社，2000年11月)，页15~22。

⑯缪文杰著，冯明惠译《试用原始类型的文学批评方法论唐代边塞诗》。参吕正惠编《唐诗论文选集》(台北：长安出版社，1985年4月)，页121~152。

⑰目前利用笔者此理论进行操作之研究计有林郁迢《南宋士人思维中的南朝影像》(王文进教授指导，花莲：台湾东华大学中国语文学系研究所硕士论文，2003年6月)；许圣和〈论王维边塞诗中空间的虚写与实写〉。参《东华中国文学研究》，第二期(花莲：台湾东华大学中国语文学系，2003年6月)，页201~220。杨士莹《南朝到初唐边塞诗中时空结构之研究》(张双英教授指导，台北：台湾政治大学中国文学系研究所硕士论文，2006年7月)。

⑱《旧唐书·地理志一》。见〔后晋〕刘昫(887~946)等撰《旧唐书》(点校本，北京：中华书局，1997年9月)，页1393。

⑲参谭其骧主编《简明中国历史地图集》(北京：中国地图出版社，1996年6月)，页39~40。

⑳严耕望《唐代北疆直辖境界考》。见中国唐代学会编《唐代研究论集第四辑》(台北：

新文丰出版公司,1992年12月),页3。

㉑清圣祖(1662~1722)御定《全唐诗》(中华书局编辑部点校,北京:中华书局,1999年1月),页3。

㉒黄麟书《唐代诗人塞防思想》(九龙:造阳文学社,1980年1月),页21。

㉓参章群《唐代蕃将研究续编》(台北:联经出版事业公司,1990年9月),页14。

㉔严耕望在《唐代交通图考·序言》即道:"全国大道西达安西(或至葱岭),东穷辽海,北逾沙碛,南尽海隅,莫不置馆驿,通使命,而国疆之外,凡唐声威所曾屈达处,亦颇有中国馆驿之记录。"见氏著《唐代交通图考(一)》《中央研究院史语所专刊之八十三》,台北:中央研究院史语所,1998年5月),序页5。

㉕参章群《唐代蕃将研究绪编》,页21。而关于中国传统对于国防线的认定,王明珂乃由种族认同的角度,提出汉代中国人对异族的政策由两种主观标准而定:一是经济活动;二是"君权"的概念。因此像"匈奴"不但经济型态与汉人不同,更有一中央化的领袖,造成"匈奴"在汉人眼中为道地的异族,至于东北的朝鲜或西南蛮夷,却因农耕的经济型态或无君的原始部落,使得汉代对其采取"内地化"之政策,可知汉人乃视这些异族为"中国人"。因此,在汉人观念中,真正造成边疆纷扰的只有北方的匈奴等游牧民族。见氏著《华夏边缘—历史记忆与族群认同》(北京:社会科学文献出版社,2006年4月),页185~206。

㉖参李德辉《唐代交通与文学》(长沙:湖南人民出版社,2003年3月),页69。

㉗张蜀蕙曾指出初盛唐至中晚唐诗人对于"边境"意义认知的转变:"唐人的使边、游边的边境概念,正是在初盛唐开疆拓土所营造的梦想下,对国力的膨胀想象,因而使边、游边,以边为起点,然而唐的破败,四夷交攻,道路不行,强大的大唐图象破灭了,……'边'。因而只是防守的边境,不再是进略的基地,……所关切的是唐人自筑的防守边城:北方的三受降城,西方的盐州城,西南的松州、维州、威州。……已跃升为唐代北边边防的代称,变成护卫他们生命的边城。中晚唐诗人以自己的边城,替代汉代的地名来书写边境是更加证明中晚唐人已从边塞诗的想象空间移转到他们真实的战场。"参氏著:《论唐代边塞诗

"边境"意义的转变—以盛唐边塞诗与中晚唐陷蕃诗为考察》,发表于香港大学中文系举办:"李白杜甫与盛唐文化国际会议"(2001年3月30日),页28~33。

㉘唐玄宗(712~756)《平胡》,见《全唐诗》,页38。

㉙刘长卿(709?~780?)《平蕃曲三首》之二,见储仲君撰《刘长卿诗编年笺注》(北京:中华书局,1999年11月),册上,页23。

㉚金荣华校注《王绩诗文集校注》(台北:新文丰出版公司,1998年6月),页219。

㉛《全唐诗》,页615。

㉜同前注,页832。

㉝〔明〕胡震亨(1569~1645)撰《唐音癸签》(台北:世界书局,1985年11月),页238。

㉞〔唐〕孟浩然(689~740)《送陈七赴西军》。见佟培基笺注《孟浩然诗集笺注》(上海:上海古籍出版社,2000年5月),页366。

㉟可参考以下研究:余恕诚《战士之歌和军幕文士之歌——从两种不同类型之作看盛唐边塞诗》。收入《唐代边塞诗研究论文选粹》,页109~124。葛晓音《盛唐边塞诗的历史价值和艺术魅力》。参氏著《汉唐文学的嬗变》(北京:北京大学出版社,1990年11月),页111~125。许总《唐诗体派论》(台北:文津出版社,1994年10月),页11、223~226。苏珊玉《盛唐边塞诗的审美特质》,页38~49。任文京《唐代边塞诗的文化阐释》(北京:人民出版社,2005年12月),页77~106。不过,戴伟华在《盛唐社会背景中的边塞诗》一文中却认为,根据现存资料而言唐代文人入幕者实属少数,胡震亨之说法实属中唐以后的现象,故其以为唐代文人会选择出塞者实与诗人个性颇有关联,则从文人入幕风气来解释盛唐边塞诗之兴起实仍可议。参《唐代文学研究丛稿》(台北:台湾学生书局,1999年4月),页47~50。

㊱《旧唐书·高适传》,页3328。

㊲参傅璇琮《唐代诗人丛考》(北京:中华书局,2003年5月),页177~178。

㊳参刘开扬撰《高适诗集编年校注》(台北:汉京文化事业有限公司,1983年9月),页

17。

㊴参刘开扬《高适年谱》中的考证,见《高适诗集编年校注》,页16。

㊵较早且完整的记录见《唐才子传·岑参》:"参,南阳人,文本之后。天宝三年赵岳榜第二人及第。累官左补阙、起居郎,出为嘉州刺史。杜鸿渐表置安西幕府,拜职方郎中,兼侍御史,辞罢。别业在杜陵山中。后终于蜀。参累佐戎幕,往来鞍马烽尘间十余载,极征行离别之情,城障塞堡,无不经行。博览史籍,尤工缀文,属词清尚,用心良苦。诗调尤高,唐兴罕见此作。放情山水,故常怀逸念,奇造幽致,所得往往超拔孤秀,度越常情,与高适风骨颇同,读之令人慷慨怀感。每篇绝笔,人辄传咏。至德中,裴休、杜甫等尝荐其识度清远,议论雅正,佳名早立,时辈所仰,可以备献替之官。未及大用而谢世,岂不伤哉!有集十卷行于世,杜确为之序云。"参〔元〕辛文房撰,傅璇琮主编《唐才子传校笺》(北京:中华书局,2002年8月),册一,页439~445。

㊶〔清〕董诰(1740~1818)等编《全唐文》(上海:上海古籍出版社,1995年11月),册二,页2077~2078。

㊷朱自清(1898~1948)等编《闻一多集》(台北:里仁书局,2000年1月),册三,页116~119。

㊸陈铁民、侯忠义撰《岑参集校注》(台北:汉京文化事业有限公司,1983年9月),页487~493。

㊹《唐才子传校笺》,页443。

㊺柴剑虹《西域文史论稿》(台北:国文天地杂志社,1991年3月),页53。

㊻〔唐〕殷璠《河岳英灵集》。参傅璇琮编撰《唐人选唐诗》(西安:陕西人民教育出版社,1996年7月),页152。

㊼同前注,页158。

㊽〔宋〕许顗《彦周诗话》。见〔清〕何文焕辑《历代诗话》(北京:中华书局,2001年11月),册上,页391。

㊾〔宋〕严羽撰,〔清〕胡鉴注,任世熙校《校正沧浪诗话注》(台北:广文书局有限公司,1990年10月),页165。

㊿〔明〕高棅《唐诗品汇·总序》。见吴文治编《明诗话全编》(南京:江苏古籍出版社,1997年12月),册一,页350。

(51)同前注,页353。

(52)〔明〕王世贞《艺苑卮言》。见《续历代诗话》,册下,页1169。

(53)〔清〕刘大勤撰《师友诗传录续录》。见《清诗话》,页137。

(54)见《岘佣说诗》,《清诗话》,页904。

(55)〔清〕翁方纲撰《石洲诗话》。见郭绍虞编选,富寿荪校点《清诗话续编》(上海:上海古籍出版社,1999年6月),册下,页1369。

(56)〔清〕刘熙载撰《诗概》。见氏著《艺概》(台北:华正书局,1988年9月),页61。

(57)可参考刘开扬《论高适的诗》《略谈岑参和他的诗》。收入氏著《唐诗论文集》(上海:上海古籍出版社,1979年9月),页52~67,68~82。葛晓音《盛唐边塞诗的历史价值和艺术魅力)。参《汉唐文学的嬗变》,页118~125。许总《唐诗体派论》,页278~323。王明居《唐诗风格论》(合肥:安徽大学出版社,2001年7月),页72~85。房日晰《唐诗比较研究》(合肥:安徽大学出版社,2005年2月),页62~77。

(58)程千帆《古诗考索》。收入莫砺锋编《程千帆全集》(石家庄:河北教育出版社,2000年12月),卷八,页170。

(59)同前注,页180。

(60)程千帆《古诗考索》,《程千帆全集》,卷八,页179~180。

(61)参任文京《唐代边塞诗的文化阐释》,页31~76。

(62)见朱明伦《唐诗中的"长城"》。参傅璇琮主编《唐代文学研究》(桂林:广西师范大学出版社,2002年4月),页95~100。

(63)见李子广《"以汉代唐"与〈长恨歌〉的命意》。参《内蒙古社会科学文史哲版》(呼和浩特：内蒙古社会科学院,1998年),第四期,页74~80。凌朝栋《试论唐诗用典的宗汉意识》。参《渭南师范学院学报》(渭南:渭南师范学院,2002年),第十七卷,第六期,页27~31。

㉔见俞樟华、赵霞《论唐代诗人对〈史纪·李将军列传〉的接受》。参《汉中师范学院学报》(汉中:汉中师范学院学报编辑部,2002年),第四期,页56~63。

㉕参《南朝边塞诗新论》,页205。

㉖同前注,页56。

㉗同前注,页76。

㉘参《南朝边塞诗新论》,页145。

㉙在梅祖麟、高友工所著《唐诗的语意研究:隐喻与典故》一文中,即以对唐诗使用"典故"的内在深层理路加以分析,其以为"典故"包含两个基项:"一基项指涉作者切身的经验,另一基项指涉过去发生的事件。……大抵过去的史实之所以为诗人引用为对比的对象,往往是这些史实与诗人当时社会所感受的经验有重要的差异。"而文中也将"典故"以"正""负"加以区别:"过去现在(或未来)事件如果类似(正所谓正的典故)等于历史并没有改变;如果过去的事件与现在的事件对立(即所谓负的典故)表示历史已经有所改。"而"典故"在作者与读者之间的关联乃在于:"运用历史典故至少必须假定诗人与读者之间对历史有共同的认识,共同的价值观。……文学用典重要的在于从历史中发现这种基本的类型或共通的成分,而不在于计较史实的每一细节是否雷同。"因此,梅、高二氏对于唐诗使用典故的主要诉求乃定位于"针对'历史是否会重演'一问题提出个人的解答。"参梅祖麟、高友工著,黄宣范译《唐诗的语意研究:隐喻与典故》。收入《中外文学》(台北:中外文学月刊社,1975年12月~1976年2月),第四卷,第7~9期,页116~129、68~84、166~190。而由此文也可发现,"典故"之意义在唐诗中最重要的关键乃在于"历史意识",而这也正是本文认为"边塞诗"中多出现"大汉图腾"之"时空思维"的主要立论依据,也说明文学使用典故并非仅仅出于表面的美学结构,更重要的还牵涉到作者、读者与文学传统内在

⑦本文所录高适诗皆本《高适诗集编年校注》,页码标于引文末,余下不再注明出处。

⑦《后汉书·班超传》。见〔南朝宋〕范晔(398～445)撰,〔唐〕李贤(651～684)等注《后汉书》(点校本,北京:中华书局,1997年9月),页1571。

⑦《史记·匈奴列传》。见〔汉〕司马迁(145B.C.～86B.C.)撰,〔南朝宋〕裴骃集解,〔唐〕司马贞索隐,〔唐〕张守节正义《史记》(点校本,北京:中华书局,1997年9月),页2890。

⑦同前注,页2891。

⑦《汉书·李广传》。见〔汉〕班固(32～92)撰,〔唐〕颜师古(581～645)注《汉书》(点校本,北京:中华书局,1997年9月),页2443。

⑦《汉书·苏武传》,页2468。

⑦同前注,页2469。

⑦《汉书·武帝纪》,页202。

⑦《史记·陈丞相世家》,页2057。

⑦同前注。

⑧《后汉书·窦宪传》:"会南单于请兵北伐,乃拜宪车骑将军,金印紫绶,官属依司空,以执金吾耿秉为副,发北军五校、黎阳、雍营、缘边十二郡骑士,及羌胡兵出塞。明年,宪与秉各将四千骑及南匈奴左谷蠡王师子万骑出朔方鸡鹿塞,南单于屯屠河,将万余骑出满夷谷,度辽将军邓鸿及缘边义从羌胡八千骑,与左贤王安国万骑出阳塞,皆会涿邪山。宪分遣副校尉阎盘、司马耿夔、耿谭将左谷蠡王师子、右呼衍王须訾等,精骑万余,与北单于战于稽落山,大破之,虏崩溃,单于遁走,追击诸部,遂临私渠比鞮海。斩名王已下万三千级,获牲口马牛羊橐驼百余万头。于是温犊须、日逐、温吾、夫渠王柳鞮等八十一部率降者,前后二十余万人。宪、秉遂登燕然山,去塞三千余里,刻石勒功,纪汉威德,令班固作铭。"见《后汉书》,页810。

㉛本文所录岑参诗皆本《岑参集校注》,页码标于引文末,余下不再注明出处。

㉜《后汉书·班超传》,页1571。

㉝《后汉书·班超传》,页1582。

㉞《史记·大宛传》,页3160。

㉟《汉书·张骞传》:"自骞开外国道以尊贵,其吏士争上书言外国奇怪利害,求使。天子为其绝远,非人所乐,听其言,予节,募吏民无问所从来,为具备人遣之,以广其道。来还不能无侵盗币物,及使失指,天子为其习之,辄覆按致重罪,以激怒令赎,复求使。使端无穷,而轻犯法。其吏卒亦辄复盛推外国所有,言大者予节,言小者为副,故妄言无行之徒皆争相效。其使皆私县官赍物,欲贱市以私其利。外国亦厌汉使人人有言轻重,度汉兵远,不能至,而禁其食物,以苦汉使。汉使乏绝,责怨,至相攻击。楼兰、姑师小国,当空道,攻劫汉使王恢等尤甚。而匈奴奇兵又时时遮击之。使者争言外国利害,皆有城邑,兵弱易击。于是天子遣从票侯破奴将属国骑及郡兵数万以击胡,胡皆去。明年,击破姑师,虏楼兰王。酒泉列亭鄣至玉门矣。"见《汉书》,页2695。

㊱《岑参集校注》,页95。

㊲〔唐〕岑参撰,廖立笺注《岑嘉州诗笺注》(北京:中华书局,2004年9月),页42。

㊳《汉书·西域传下》,页3922。

㊴《汉书·西域传上》,页3890。

㊵同前注,页3891。

㊶《汉书·武帝纪》,页203。

㊷同前注。

㊸参《南朝边塞诗新论》,页197。

㊹《全唐诗》,页1328。

㊺同前注,页1079。

㊻参许圣和《论王维边塞诗中空间的虚写与实写》,《东华中国文学研究》,第二期

⑰李德辉指出："比较能吸引布衣文士的,是游边幕觅之'知音',找出路。"参《唐代交通与文学》,页65。

⑱参《唐代文学研究丛稿》,页48。

⑲参陈寅恪(1890~1969)《唐代政治史论稿》(台北:里仁书局,2000年9月),页279。

⑳李德辉指出："到玄宗朝,长安至河陇碛西的交通已臻极盛,并且与区域经济发展保持同步,……《通鉴》卷二一六天宝十二载秋八月戊戌条则曰:'是时中国强盛,自安(开)远门西尽唐境万二千里,闾阎相望,桑麻翳野,天下称富庶者无如陇右。'这还只是就长安至安西都护府距离而言,若包括藩属西疆则不止此数。"见《唐代交通与文学》,页61。

㉑借由以下诸诗可将高适幽、蓟之游勾勒出来:《蓟门不遇王之涣郭密之因以留赠》:"适远登蓟丘";《酬李少府》:"出塞魂犹惊,……一登蓟丘上,四顾何惨烈,来雁无尽时,边风正骚屑。……";《蓟门五首》之三:"幽州多骑射,结发重横行。"《自蓟北归》:"驱马蓟门北,北风边马哀,苍茫远山口,豁达胡天开。"俱见《高适诗集编年校注》,页25、27、33、46。

㉒参余恕诚《战士之歌和军幕文士之歌——从两种不同类型之作看盛唐边塞诗》《唐代边塞诗研究论文选粹》,页114。

㉓同前注,页109~124。

㉔见余恕诚《战士之歌和军幕文上之歌——从两种不同类型之作看盛唐边塞诗》,页111。

㉕《高适诗集编年校注》,页37。

㉖《后汉书·西域传》,页2911~2912。

㉗《旧唐书·张守珪传》,页3194。

㉘《史记·卫将军骠骑列传》,页2939。

㉙《旧唐书·郭虔瓘郭知运王君㚟张守珪牛仙客王忠嗣列传》史臣曰,页3201。

⑩《新唐书·张九龄传》:"会范阳节度使张守珪以斩可突干功,帝欲以为侍中。九龄曰:'宰相代天治物,有其人然后授,不可以赏功。国家之败,由官邪也。'帝曰:'假其名若何?'对曰:'名器不可假也。有如平东北二房,陛下何以加之?'遂止。"参〔宋〕宋祁(996～1061)、欧阳修(1007～1072)撰《新唐书》(点校本,北京:中华书局,1997年9月),页4428。

⑪《汉书·匈奴传上》,页3785。

⑫同前注,页3786。

⑬《高适诗集编年校注》,页47。

⑭《旧唐书·北狄传》,页5353。

⑮《资治通鉴·唐纪·玄宗·开元二十年》:"春,正月,乙卯,以朔方节度副大使信安王祎为河东、河北行军副大总管,将兵击奚、契丹;壬申,以户部侍郎裴耀卿为副总管。信安王祎帅裴耀卿及幽州节度使赵含章分道击契丹,……已巳,祎等大破奚、契丹,俘斩甚众,可突干帅麾下远遁,余党潜窜山谷。奚酋李诗琐高帅五千余帐来降。祎引兵还。……六月,丁丑,加信安王祎开府仪同三司。"见〔宋〕司马光编著(1019～1086),〔元〕胡三省音注(1230～1302)《资治通鉴》(点校本,北京:中华书局,1997年11月),页6797～6798。

⑯《资治通鉴·唐纪,玄宗·开元二十一年》,页6801～6802。

⑰傅璇琮于《王昌龄事迹考略》曰:"他(王昌龄)曾往来于经济较为发达的中原和东南地区,也因遭受贬谪而去过当时称为荒僻的岭南和湘西;从他的诗作中,还可以看出他远赴祖国西北边地,可能还到过李白的出生地碎叶。"并借由诗歌考证而认为:"王昌龄的西北之行及边塞诗的写作,都应在天宝三载之前。……应当说(开元)二十二年举宏词以前任校书郎期间,获开元十五年进士登第之前,是他去西北的最有可能的时间。"见《唐代诗人丛考》,页109～150。何寄澎则于《两唐书王昌龄传补正》一文中认为王昌龄"早岁从军,亲戎旅,出塞入塞约十年之久。"参中国唐代学会编辑委员会编《唐代文化研讨会论集》(台北:文史哲出版社,1991年7月),页543～558。而蔡幸娟于《试证王昌龄从军经历之

谜——兼探边塞诗中乐府情境的传承》（未刊稿）一文，则就现存的王昌龄作品观察，仅显示出其或有亲临塞垣，但无法确知从军与否，而由其仕宦经历观之，也显示其从未有出使或入幕边塞的迹象。

⑱本文所录王昌龄诗皆本胡问涛、罗琴校注《王昌龄集编年笺注》（成都：巴蜀书社，2000年10月），页码标于引文末，余下不再注明出处。

⑲同前注，页36。

⑳《汉书·匈奴传上》："岁正月，诸长小会单于庭，祠。五月，大会龙城，祭其先、天地、鬼神。"参《汉书》，页3752。而《汉书·武帝纪》颜师古《注》引应劭曰："匈奴单于祭天，大会诸国，名其处为龙城。"见《汉书》，页165。

㉑《后汉书·冯岑贾列传》页641～642。

㉒〔宋〕范晞文曰："王昌龄《从军行》云：'百战苦风尘，十年履霜露。虽投定远笔，未坐将军树。早知行路难，悔不理章句。'怨其有功未报也。"见氏著《对床夜语》。收入〔清〕鲍廷博（1728～1814）校刊《知不足斋丛书》（百部丛书集成第29，台北：艺文印书馆，1966年），卷四，页3。

㉓《新唐书·文艺传中·李白》："白尝侍帝，醉，使高力士脱靴。力士素贵，耻之，摘其诗以激杨贵妃，帝欲官白，妃辄沮止。白自知不为亲近所容，益骜放不自修，与知章、李适之、汝阳王琎、崔宗之、苏晋、张旭、焦遂为'酒八仙人'。恳求还山，帝赐金放还。白浮游四方，尝乘月与崔宗之自采石至金陵，著宫锦袍坐舟中，旁若无人。"见《新唐书》，页5763。

㉔王琦《李白年谱》。见瞿蜕园（1894～1973）等校注《李白集校注》（台北：里仁书局，1981年3月），页1761～1762。

㉕同前注，页1762。

㉖詹锳《李白诗文系年》。参夏敬观（1875～1953）等著《李白研究》（台北：里仁书局，1985年5月），册下，页81。

㉗同前注，页84。

[128] 同前注,页 85~86。

[129] 本文所录李白诗皆本《李白集校注》,页码标于引文末,余下不再注明出处。

[130] 笔者即曾指出:"边塞诗的基本格式是由南朝所决定,唐人边塞虽然由于部分诗人亲赴边戎所带来的实感经验,但是这些实感经验必须攀附在由南朝所发展出来的基本格式中。因此,是汉代建立了历史上的边塞,南朝建立了文学上的边塞,而由唐人蔚为大观。"参《南朝边塞诗新论》,页 205。

[131] 《唐代诗人丛考》,页 106。

[132] 《全唐诗》,页 1348。案:本文所录李颀诗皆本《全唐诗》,页码标于引文末,余下不再注明出处。

[133] 《汉书·西域传下》曰:"始张骞言乌孙本与大月氏共在敦煌间,今乌孙虽强大,可厚赂招,令东居故地,妻以公主,与为昆弟,以制匈奴。……匈奴闻其与汉通,怒欲击之。又汉使乌孙,乃出其南,抵大宛、月氏,相属不绝。乌孙于是恐,使使献马,愿得尚汉公主,为昆弟。天子问群臣,议许,曰:'必先内聘,然后遣女。'乌孙以马千匹聘。汉元封中,遣江都王建女细君为公主,以妻焉。赐乘舆服御物,为备官属宦官侍御数百人,赠送甚盛。乌孙昆莫以为右夫人。"见《汉书》,页 3902~3903。

[134] 《汉书·张骞李广利传》曰:"太初元年,以广利为贰师将军,发属国六千骑及郡国恶少年数万人以往,期至贰师城取善马,故号'贰师将军'。故浩侯王恢使道军。既西过盐水,当道小国各坚城守,不肯给食,攻之不能下。下者得食,不下者数日则去。比至郁成,士财有数千,皆饥罢。攻郁成城,郁成距之,所杀伤甚众。贰师将军与左右计:'至郁成尚不能举,况至其王都乎?'引而还。往来二岁,至敦煌,士不过什一二。使使上书言:'道远,多乏食,且士卒不患战而患饥。人少,不足以拔宛。愿且罢兵,益发而复往。'天子闻之,大怒,使使遮玉门关,曰:'军有敢入,斩之。'贰师恐,因留屯敦煌。"见《汉书》,页 2699。

[135] 《汉书·李广苏建传》曰:"初,广与从弟李蔡俱为郎,事文帝。景帝时,蔡积功至二千石。武帝元朔中,为轻车将军,从大将军击右贤王,有功中率,封为乐安侯。元狩二年,

· 224 ·

代公孙弘为丞相。"见《汉书》,页2446。

⑬⑥《汉书·西域传》赞曰:"孝武之世,图制匈奴,患其兼从西国,结党南羌,乃表河西,列四郡,开玉门,通西域,以断匈奴右臂,隔绝南羌、月氏。单于失援,由是远遁,而幕南无王庭。遭值文、景玄默,养民五世,天下殷富,财力有余,士马强盛。故能睹犀布、瑇瑁则建珠崖七郡,感枸酱、竹杖则开牂柯、越巂,闻天马、蒲陶则通大宛、安息。自是之后,明珠、文甲、通犀、翠羽之珍盈于后宫,蒲梢、龙文、鱼目、汗血之马充于黄门,钜象、师子、猛犬、大雀之群食于外囿。殊方异物,四面而至。"见《汉书》,页3928。

⑬⑦〔宋〕郭茂倩编撰《乐府诗集》(台北:里仁书局,1999年1月),页475。

⑬⑧同前注。

⑬⑨同前注。

⑭⑩参《南朝边塞诗新论》,页119。

⑭①《乐府诗集》,页317~318。

⑭②岑参《北庭西郊候封大夫受降回军献上》即曰:"近来能走马,不弱并州儿。"参《岑参集校注》,页150。杜甫(712~770)《送高三十五书记十五韵》也说:"高生跨鞍马,有似幽并儿。"见〔唐〕杜甫著,〔清〕仇兆鳌(1638~1713?)注《杜诗详注》(北京:中华书局,2004年1月),册一,页127。可知,"并州儿"的形象在唐人心中的意义,然此骁勇善战的塑成,却仍旧要回溯至汉代,《后汉书·桓谭冯衍列传》载冯衍曰:"夫并州之地,东带名关,北逼强胡,年谷独孰,人庶多资,斯四战之地,攻守之场也。如其不虞,何以待之?故曰'德不素积,人不为用。备不豫具,难以应卒'。今生人之命,县于将军,将军所杖,必须良才,宜改易非任,更选贤能。夫十室之邑,必有忠信。审得其人,以承大将军之明,虽则山泽之人,无不感德,思乐为用矣。然后简精锐之卒,发屯守之士,三军既整,甲兵已具,相其土地之饶,观其水泉之利,制屯田之术,习战射之教,则威风远畅,人安其业矣。若镇太原,抚上党,收百姓之欢心,树名贤之良佐,天下无变,则足以显声誉,一朝有事,则可以建大功。惟大将军开日月之明,发深渊之虑,监六经之论,观孙吴之策,省群议之是非,详士之白黑,以

超《周南》之迹,垂《甘棠》之风,令夫功烈施于千载,富贵传于无穷。伊、望之策,何以加兹!"见《后汉书》,页968。

⑭③《全唐诗》,页1354~1355。

⑭④同前注,页1357。

⑭⑤同前注,页1355。

⑭⑥《李白集校注》,页434。

⑭⑦《乐府诗集》,页352。

⑭⑧《乐府诗集》,页5。

⑭⑨同前注,页309~310。

⑮⓪同前注,页914。

⑮①同前注,页425。

⑮②〔五代〕释贯休《胡无人行》。见氏著《禅月集》(影宋刊本,补遗配明末毛氏汲古阁刊本,台北:台湾学生书局,1975年5月),页86~87。

⑮③《李白集校注》,页223。

⑮④〔唐〕王维撰,〔清〕赵殿成笺注《王摩诘全集笺注》(台北:世界书局,1998年6月),页72。

⑮⑤〔南朝宋〕鲍照《代结客少年场行》。见钱仲联(1908~2003)增补集说校《鲍参军集注》(上海:上海古籍出版社,2005年5月),页192。

⑮⑥除了"功名只向马上求"之外,南朝边塞诗中"游侠"形象还有摆荡在酒楼与边塞的特性,而这也影响着日后的唐代边塞诗对"少年游侠"的塑造。参《南朝边塞诗新论》,页136。

⑮⑦《高适诗集编年校注》,页97。

⑮⑧《乐府诗集》,页469。

⑮⑨《乐府诗集》,页469。

⑯〔南朝梁〕萧统(501~531)编,〔唐〕李善(？~689)注,〔清〕胡克家(1757~1816)考异《文选》(台北:华正书局,2000年10月),页391。

⑯〔清〕郝立权注《陆士衡诗注》(台北:艺文印书馆,1976年10月),页64。

⑯参顾绍柏校注《谢灵运集校注》(台北:里仁书局,2004年4月),页308。

⑯逯钦立(1911~1973)辑校《先秦汉魏晋南北朝诗·北周》(北京:中华书局,1998年5月),册下,页2334。

⑯《高适诗集编年校注》,页97。

⑯《新唐书·玄宗本纪》,页129。

⑯《旧唐书·张说传》,页3052~3053。

⑯《新唐书·张说传》,页4407~4408。

⑯《全唐诗》,页726。

⑯同前注,页810。

⑰《王摩诘全集笺注》,页105。

⑰《全唐诗》,页1352。

⑰同前注,页1401。

⑰《李白集校注》,页1022。

⑰同前注,页1025。

⑰同前注,页1026。

⑰同前注,页1091。

⑰孙望编著《韦应物诗集系年校笺》(北京:中华书局,2002年3月),页410。

⑰《全唐诗》,页2186。

南朝与南宋边塞诗的汉代图腾

——论南宋边塞诗对于南朝边塞诗架构的继承

一

　　学者对于边塞诗的讨论,大多着重于唐代的作品,并且认为唐人边塞诗有着大量使用汉代典故的现象[①]。然而据笔者近年来的研究观察,指出这种现象早就形成于南朝,亦即是南朝近一百多首的边塞诗已经大量运用汉代战争的历史典故,使得边塞诗的语言规律与思维模式因此奠基,而确立了边塞诗的基本色调,也因南朝诗人的尝试,使得唐人边塞诗的格局气象得以确立,因此若要建构一完整的边塞诗史,就必须以南朝边塞诗作为起点。

　　笔者在《南朝边塞诗新论》一书中,便透过各种史料与文本证明南朝已有边塞诗的论点,并且考察其来源,进而针对南朝边塞诗遥契汉代的时空思维进行分析讨论,亦指出后代边塞诗的写作方法与内在思维均是在南朝边塞诗的架构中发展而来,其中对于唐人边塞诗的影响,笔者亦有数文加以厘清与解决[②]。而有宋一代,边疆民族的问题比汉唐时期更加严重,赵宋王朝几乎时刻都处于被动的局势③。南宋时期偏安江南的局面，更与南朝时期如出一辙，其诗人的处境更等同于南朝文士，诗人在边塞诗中再度跌入天汉雄风的回忆，恢复中原故土的渴切与焦虑时刻燃漫在士人的心里，陈亮《上孝宗皇帝第三书》：

二圣此狩之痛，盖国家之大耻，而天下之公愤也。五十年之余，虽天下之气销铄颓堕，不复知仇耻之当念，正在主上与二三大臣振作其气，以泄其愤，始人人如报私仇。此春秋书"卫人杀州吁"之意也。若只与一二臣为密，是以天下之公愤而私自为计，恐不足以感动天人之心，恢复之事亦恐茫然未知攸济耳。④

朱熹《壬午应诏封事》：

夫金虏于我有不共戴天之仇，则其不可和也，义理明矣。……而以臣策之，所谓讲和者，有百害而无一利，何苦而必为之？夫复仇讨贼，自强为善之说，见于经者，不啻详矣。⑤

这两段引文值得注意的是：时人将靖康国难视作是公愤与国耻，故对于恢复中原之志仍存在心中，这是一种非常明显的内心焦虑，但朝廷却不图进取，将国耻之事当作私人得益的管道，而陈亮等有识之士对于这种"半没于夷狄，此均天下者之所当耻"⑥的痛苦，都有力图恢复的志向⑦。早期南朝诗人以边塞诗充分反映立都金陵、挥军中原的南方集体意识，南宋诗人则直接继承了南朝诗人所建筑的边塞诗架构，透过京洛意象与大汉图腾的故实使用，寄托置

· 229 ·

身于分裂现实的焦虑。然而,相对于这种从南朝发展的边塞诗,南宋诗人亦有少数诗作运用蜀汉、南朝、唐代时人的故实作为意象来纾解偏安局面的心灵震荡[8]:

试凭古刹俯江城,追思孙权共孔明。三国有人成底事,
六朝何代不交兵。中原天子今恢复。此塞胡儿始削平。
附翼攀麟真际会,小臣亦解说功名。

(史浩《次韵冯圆中郎中游甘露寺》,页 22164~22165)

猾贼挟至尊,天命矜在己。岂知高帝业,煌煌汉中起。
吴蜀本唇齿,悲哉乃连兵。尽锐下三峡,谁使复两京。
洛阳化成灰,棘生铜驼陌,讨贼志不成,父老泣陵柏。

(陆游《先主庙次唐贞元中张俨诗韵三首》,页 24320)

荒林枭独啸,野水鹅群鸣。我坐蓬窗下,答以读书声。
悲哉白发翁,世事已饱更。一身不自恤,忧国涕纵横。
永怀天宝末,李郭出治兵。河北虽未下,要是复两京。
三千同德士,百万羽林营。岁周一甲子,不见胡尘清。
贼首实孱王,贼将非人英。如何失此时,坐待奸雄生。
我死骨即朽,青史亦无名。此诗倘不作,丹心尚谁明。

(陆游《春夜读书感怀》,页 24607)

南宋诗人这些援引蜀汉三国、南朝时期、唐代典故作为意象语言的作品,虽然

也展现出一种困居退守江左的抑郁心情,但从诗的内容与体裁观察,则可发觉多半以咏史、抒怀、述志、赠别为主,比较起从南朝发展出来的边塞诗架构,这些援引他朝典故的诗作,不但数量较少,艺术形式也未能形成特殊的色调,而真正大量又持续性地反映南宋人士中原故土悬念的作品,还是以南朝边塞诗的基本格式表现的为主。其实,我们应该将援引汉代故实的书写思维当作边塞诗主要的架构,它主要反映出南宋诗人对于大汉图腾的依恋与期待,是一种对于京洛意象的时空想象。而援引其他典故的作品,则反映了南宋士人继承政统的心态,将自身当作适中原政权的绍述者,而北方的异族也在此被等同于侵略者的位置,此种思维一旦于引用汉代故实以汉、胡对举时,亦可明显发现。有时则展示出一种现实空间的对照,南宋诗人可以采取同情而了解的态度抒发抑郁的心情,也借此期待有如淝水之战的胜利,以及刘琨、祖逖等精神的象征。另外,采用唐朝典故则着重于天宝之乱的伤害,南宋诗人透过天宝年间的战乱,对比自身所面对的异族欺凌,而希望有如郭子仪般的将领出现带领北伐,敉平叛乱。

　　以上这三种方式只是南宋诗人面对偏安局面焦虑的表层反应,并没有多少丰富的象征意义,作品在量上也还无法形成一个文学传统,如果对照于继承南朝边塞诗运用汉代故实的想象架构,除了数量少之外,也没有这种架构所提供的深层意涵来得深刻[①]。当南宋诗人北伐的希望濒临破灭时,他们便透过南朝诗人所创造的边塞诗架构与汉代意象语言,去虚拟一个内在的思维空间寄托对于北方的依恋,并进而处理内心的焦虑与痛苦。在本文中笔者主要就是针对南宋边塞诗的时空思维作一探讨,希望能梳理其受到南朝影响的成分,揭露出南宋边塞诗如何由南朝演化而来的轨迹。

二

靖康之难后,宋朝南渡以来,偏处江南的政权在边疆民族的欺凌下,面临了自南朝后另一次分裂的危机,对于危机如何度过的问题,一直是南宋士人争论的重要焦点,陈亮《上孝宗皇帝第一书》:

> 南渡之初,君臣上下痛心疾首,势不与虏俱生,卒能以奔败之余而胜百战之虏。及秦桧倡邪议而沮之,忠臣义士斥死南方,而天下之气惰矣。⑩

在这个战乱时期,为了个体的生存与家族的延续,相率渡江避祸的状况与南朝时如出一辙:

> 自戎狄内侮,有晋东迁,中土移氓,播徙江外……莫不各树邦邑,思复旧井⑪。

> 时而西北衣冠与百姓,奔赴东南者,络绎道路,至有数十里或百余里无烟舍者。州县无官司,比比皆是。⑫

从上述两引文比较之,不难看出南朝与南宋的处境颇为一致,而南宋似乎又犹有过之:

> 自晋之永嘉,以迄于隋之开皇,其在南则定建业为都,更六姓,而天下

分裂者三百余年。南师之谋北者不知其几,此师之谋南者盖亦甚有数,而南北通和之时则绝无仅有。未闻有如今日之岌岌然以北方为可畏,以南方为可忧,一日不和则君臣上下朝不能以谋夕也。罪在于书生之不识形势,并与夫逆顺曲直而忘之耳。[13]

靖康之祸,与永嘉等,而势则殊矣。怀、愍虽俘,晋元犹足以自立者;以外言之,晋惠之末,五胡争起,乱虽已极,而争起者非一,则互相禁制,而灭晋之情不果。女真则誓统于一,唯其志之欲为而无所顾也。以内言之,……自孙氏以来,世系三吴之望,一归琅琊,而众志交孚……宋则虽有广土,而无绥辑之人……无一兵之可集,无一粟之可支。高宗盱衡四顾,一二议论之臣,相与周旋之外,奚恃而可谋一夕之安?假使晋元处此,其能临江踞坐,弗忧系组之在目前哉?故高宗飘摇而无壮志,诸臣高论而无持操,所必然矣。[14]

陈亮认为南北朝时期并无通和之议,如今亦不须以通和作为自保的借口,此反而容易招致祸患。王夫之则认为靖康之祸与永嘉之乱在本质上是相同的事态,然而因为南朝与南宋朝廷的对应方法不同,以及两者面对外族的内部情势亦有异,故南宋之"势"更加危险飘摇,而南宋的士人面对这种突如其来的时空变迁,山河改色的悲恸,他们期待回师中原的念头,实与南朝士人多有雷同之处:

癸巳,枢密使韩世忠罢,充醴泉观使;进封福国公;世忠既不以和议为然,由定为秦桧所抑,至是魏良臣等复行,世忠乃谏以为中原士民迫不得已沦于异域,其间豪杰莫不以俟吊伐,若自此与和,日月侵寻,人情销弱,国势萎靡,谁复振之?⑮

表面上这是和战问题的历史纪录,实际上我们却观察到韩世忠等人对于国仇未报的沉痛与激昂,当时除了主和的当权者外,有许多如韩世忠、岳飞一般的有志之士,时刻存在神州之思,希望朝廷能够给予誓师北伐的支持,甚至连沦陷异族的中原士民也期待北伐军队的来临:

臣闻事未至而预图,则处之常有余;事既至而后计,则应之常不足。虏人凭陵中夏,臣子思酬国耻,普天率士,此心未尝一日忘。⑯

我们将这种精神以及对于北地的依恋,"五马来时集宴游,江山风景勿关愁。合思戮力中原语,对泣何须作楚囚"⑰的自我激励,对照于东晋时期"新亭饮宴"里王导一番激昂的话语⑱,便可见两者之间内在思维的联系。

这样的生存思维也会反映在他们表现性情的文学作品当中,南宋诗人亦如南朝诗人一般创作了许多的边塞诗,催迫自己的心灵去面对"克复神州"的京洛依恋,发扬因为偏安而激发的汉家中原之思。这其实非常切近于南朝士人的时空思考,南宋与南朝虽然均地处江南,但诗人却以边塞作品"在空间面将本身置于北方长安塞外,而在时间上又将自己投射于汉代"⑲,使得南宋边塞诗继承了南朝诗人所创造的写作架构,也把自己丢入超越时空的漩涡当中,尽情发挥诗人的想象,书写对于北都意象的向往:

汉马饮长城,匈奴空塞北。楼兰与乌丸,先驱出绝域。

月氏合康居,受诏发疏勒。右校罗天山,左出林胡国。

嫖姚登狼居,旌旗照穹碧。号令明秋霜,房帐余空壁。

朝海无惊波,献捷走重译。大将朝甘泉,后部腾沙碛。

九宇动声容,功烈光偏籍。将军拜通侯,歌舞连朝夕。

(曹勋《饮马长城窟行》,页21051)

朔风凛高秋,黑雾翳白日。汉兵来伐胡,饮马长城窟。

古来长城窟,中有战士骨。骨久化为泉,马来吃不得。

闻说华山阳,水甘春草长。

(戴复古《饮马长城窟》,页33454)

□□多为窟,秦时所筑城。因怜吾马渴,教饮彼泉清。□□卢龙塞,风烟骠骑营。远从贰师垒,瞥过武安坑。□警投鞭虏,身先荷□兵。宁为伏波死,不做李陵生。

(刘克庄《饮马长城窟》。页36284)

上引曹勋之作,乍看之下一如出自南朝诗人之手,其余两首则略带有唐人风格,然而就其语言运用,则有几点可加以注意:(1)地理位置用"长城""塞北""天山"等西域战场与东北、西北边塞阵地,这是南宋时期无法控制的疆域,且在汉地上受到南朝惯用"长安"的影响;(2)使用汉代出征将领"嫖姚""李陵"作为诗中将领的代称;(3)征伐的对象则是"匈奴""楼兰""乌丸""月氏"等西域故国,且以"汉兵""汉马""汉地""汉家"代称自身。其实,这三点也正是南朝边塞诗人所创造出来的边塞诗的语言架构与时空思维,南宋诗人

· 235 ·

因为地处江南与南朝诗人处境相同,所以在继承这个边塞架构上是更为精确,而他们对于汉代故实的引用与向往也与南朝诗人如出一辙。

三

笔者以下便摘引南宋诗人运用汉代意象与故实的作品来证明南宋诗人的边塞诗实源于南朝诗人所提供的写作架构,并借此分析其形构的原因:

(1)地理位置用"长城""塞北""天山""瀚海""祁连""交河"等西域战场与东北、西北边塞阵地,这是南宋时期无法控制的疆域,且在地域上受到南朝惯用"长安"的影响:

姓名	诗题	内容	页数
曹勋	陇头吟	兵满天山雪满衣, 汉家都护拥旌旗	页21039
	饮马长城窟行	汉马饮长城,匈奴空塞北	页21051
	鼓吹曲	按节临瀚海,舒军耀朔方	页21058
吴芾	续潘仲严秋夜叹	邰总堂堂百万师, 尽扫边尘空塞北	页21865
颜师鲁	第一山	孤城不隔长安望, 落日空悲汴水寒	页21711
吕本中	卫青	将军相继出天山, 汉主开边意未阑	页18113
	出塞曲	长戈逐虎祁连北, 马前曳来血丹臆	页24482
	出塞曲	朝践狼山雪,莫宿榆关营	页24483
李洪	次韵马驹父大阅	谭笑诗成马槊横, 偏师何敢犯长城	页27161

续表

姓名	诗题	内容	页数
戴复古	饮马长城窟	汉兵来伐胡,饮马长城窟	页33454
林希逸	登单于台	天仗祁连外,穷荒鸟雀呼	页37343
严羽	出塞行	将军救朔边,都护上祁连	页37188
严羽	塞下	大漠春无草,天山雪作花	页37185

这些不属于南宋朝廷可以控制的空间,实际上正寄托着南宋文士对于故地的向往,他们在诗中多抒写出"北伐"的期待与理想,希望能够透过朝廷的军队重整河山,得还旧地。而这些诗里往往会出现的汉、胡并举,则蕴藏着诗人的正统思想[20],他们认为自身方为正统的继承者,所以他们的想象空间均为天汉雄风的地理空间,所期待的也是朝廷能够恢复到过去大汉的生存气势,所以他们在诗中遥契着汉代"长安"的故都,实际上是对于自身偏安江南的不满与凭吊。

(2)使用汉代出征将领"嫖姚""李将军""汉将""飞将"等作为诗中将领的代称:

姓名	诗题	内容	页数
曹勋	秋风歌	交河水冷骢马骄, 良人万里从嫖姚	页21044
曹勋	饮马长城窟行	嫖姚登狼居,旌旗照穷碧	页21061
曹勋	代北行	征伐司卫霍,奉使遣苏张	页21051
曹勋	塞下曲	可能卫霍年年出, 不及燕然一片碑	页21060
吕本中	卫青	将军相继出天山, 汉主开边意未阑	页18113

237

续表

姓名	诗题	内容	页数
陆游	枕上	明年起飞将,更试北平秋	页24647
	塞上	不应幕府无班固, 早晚燕然刻颂诗	页24708
	焉耆行二首之一	汉家诏用李轻车, 万丈战云来压垒	页24657
刘克庄	郑宁示边报走笔戏赠	曾客嫖姚与伏波, 惯骑生马拥䂄戈	页36275
	李广	飞将无时命,庸奴有战勋	页36736
	题林璞经属平寇	果能歌竟病,不枉事嫖姚	页36542
汪元量	居延	忆昔苏子卿,持节入异域	页44035
	李陵台	伊昔李少卿,筑台望汉月	页44008
严羽	塞下	谁怜李都尉,白首没黄沙	页37185

我们不难看出南宋诗人在运用汉代人名典故时,有两种类型的思维:a. 因为朝廷施政以稳定为最佳的考量,所以形成自治偏安,不图进取的现状,但仍有许多士人仍力主"北伐",这种和战的争议使得诗人借由"嫖姚"来抒发对于大汉常胜将领的期待,也蕴含着对于宋金战局的不安与自我定位的挣扎[21]。b. 对于李陵与苏武等人名意象的使用,则代表着同情的了解、借古自伤的情怀。诗人对于身处中原的汉人(有的是亲人),在异族统治下的痛苦与悲哀,有着一种想象的体会,他们透过李陵迫降与苏武陷敌寄托这种沉痛,表示内心身在南方却心系北方故人的悲哀[22]。

(3)征伐的对象则是"匈奴""楼兰""乌丸""月氏""单于"等西域故国与人物,且以"汉兵""汉马""汉地""汉家"代称自身。并习以汉、胡对举,表示两者间誓不两立的关系:

姓名	诗题	内容	页数
曹勋	饮马长城窟行	汉马饮长城，匈奴空塞北。楼兰与乌丸，先驱出绝域。月氏合康居，受诏发疏勒。右校罗天山，左出林胡国。	页21051
	出塞曲	汉家天子耀神武，不知战士常辛苦	页21060
	紫骝马	汉家骠骑新开府，天子辍赐威遐荒	页21069
韩驹	题蕃骑图	回鞭慎莫向南驰，汉家将军方打围	页16601
苏籀	将军一首	匈奴恨未灭，致官逾哙伍	页19627
范浚	读王建射虎行	官军壮志吞蛮夷，匈奴不灭宁家为	页21486
晁公溯	单于行	单于连年压吴壁，道路当时多阻隔	页22390
陆游	出塞曲	将军八千骑，万里逐匈奴。汉家如天臣万邦，欢呼动地单	页24482
朱熹	闻二十八日之报喜而成诗七	胡马无端莫四驰，汉家原有中兴期	页27503
赵汝镬	上马曲	誓将单于献天子	页34205
刘克庄	无题二首	汉家岂可无三策，胡运何曾有百年	页36462
郑思肖	四砺	愿身化作剑，飞去斩楼兰	页43436
严羽	出塞行	何日匈奴灭，中原得晏然	页37188

汉胡的对举有着极为重要的意义：南宋诗人一如南朝诗人般将作品的时间轴定位在汉代伐胡战争的位置上，实际上是要借此来突显南宋承继着汉代的政统，而异族不过是以蛮夷的姿态成为无理的侵略者，而"挟持历史的羽翼，奔驰昔日奋威沙漠的回忆"[23]则成为在现实偏安的环境中一种理想与美

梦。

四

以下是南宋士人在边塞诗中所呈现意象语言的架构及其意涵：

无法控制的战场与边地与京洛意象群（想象空间）

延续南朝援引汉故实的主架构——大量采用汉代出征将领代己（历史人物）

诗里征伐对象消失，喜以汉、胡对举（正统观念）

从本文的论述与上表的归纳，我们可以说明几个重点：（1）南宋诗人在边塞诗上多仍采用南朝所完成的主要架构书写，去表示他们偏安江南的生命情怀，反映他们对于大汉图腾与京洛意象的期待与依恋，也借此抒发他们对于权臣误国、朝廷无力的不满情绪；（2）除此之外，南宋诗人群也创造了延续主架构命题的书写援引方式，透过蜀汉强调正统、以南朝回归现实空间、用天宝之乱说明胡汉的对立，但相对于南朝边塞诗所创造的架构而言，在内涵与形式上都较为羸弱；（3）大量历史人物意象群的引用都是南宋诗人对于当代困境的担忧，他们期盼有如霍去病、李广等名将治军，希望有如诸葛亮的名臣治国，也强调苏武的气节以批判暗喻朝臣求和的心态丧失国节。他们在少量引用宋代本朝故实的诗作中，更可以看出他们期盼名臣名将的心态[21]。（4）无论如何，南朝创造的边塞诗架构所提供的思维与语言运用的方式影响南宋诗人边塞诗的写作极其明显，并且有些引用蜀汉等典故的边塞诗作也可以划归于广义南朝边塞诗架构的定义领域底下，所以笔者仍然认为南宋诗人在边塞诗的写作上是延续并采用南朝诗人所提供的架构来发展变化，实际上仍是源于南朝所给予的时空思维的影响。

本文原系发表于2001年3月成功大学所举办"第四届魏晋南北朝文学与思想学术会议"。

---

①程千帆在《论唐人边塞诗地名的方位、距离及其类似问题》一文中,就以高适作为例子,讨论并解释这种时空错置的问题,并且认为王昌龄《从军行》一诗完全用的是汉代的空间观,尤其是楼兰一国早在汉代就已消失,根本不可能是唐代的战争。此文收录于氏著《古诗考索》(上海:上海古籍出版社,1984年),页63~64。

②例如:《初唐边塞诗中的南朝体—南朝边塞诗对唐人边塞影响的初步观察》,"六朝隋唐文学研讨会"论文,中正大学主办,1994年4月。

③《靖康要录》:"比岁以来,阉人用事,窃弄国柄,典掌机密,挑发兵端,构成边患,于是金人以数万骑直抵京阙,宗社之危若缀旒……"可见当时国家的情况是极其危殆。(此书不著撰人,为丛书集成初编本,北京:中华书局,1985年),页49。

④引自《陈亮集》(台北:汉京文化,1983年),页13。

⑤引自黄坤译注《朱熹诗文选译》(成都:巴蜀书社,1990年),页116。

⑥引自《戊申再上孝宗皇帝书》,收录于《陈亮集》(台北:汉京文化,1983年),页15。

⑦对于南宋的政治情势,除《宋史》一书外,亦可参《读宋编年资治通鉴》《宋季三朝政要》《中兴小纪》《建炎以来系年要录》《靖康要录》等史撰笔记。(上述各书均收于丛书集成初编,北京:中华书局,1985年)。

⑧本文写作所采录之诗曾受黄麟书编辑《宋代边塞诗钞》(台北:东明文化基金会,1989年)之启发,而本文所引诗作均据北京大学古文献研究所编纂之《全宋诗》(北京大学出版社,新华书店发行,1991年7月),本文此后但标诗题、页数,不再赘引出处。

⑨南宋诗人引用蜀汉等典故撰作诗歌的状况,笔者以下整理列表之。

(1)以蜀汉故实作为诗中意象:

姓名	诗题	内容	页数
史浩	次韵冯圆中郎中游甘露寺	试凭占刹俯江城,追思孙权共孔明。三国有人成底事,六朝何代不交兵	页22164~22165
陆游	病起抒怀二首之一	出师一表通今古,夜半挑灯更细看	页24618
	晚登千峰榭	度兵大岘非无策,收泣新亭要有人	页24691
姜特立	赋张舍人抱啸堂五首之一	韬略故家传杞上,行藏高志似隆中	页24082
阳枋	赴大甯司理贽俞帅	誓出祁山禽仲达,肯屯溪口学姜维	页36112
徐崧	绝命诗	孔明未复中原鼎	页43986
乐雷发	乌乌歌	死诸葛兮能走仲达	页41310
方凤	哭陆秀夫	巩存周已晚,蜀尽汉无年	页43328

从表列所引诗句可以发现诸葛武侯几乎是南宋诗人在蜀汉故实群中援引最多的人名意象,这其实蕴含着几种意义:a.蜀汉地处关中四川,以绍继汉统自命,这种思维与偏安一隅的南宋诗人相同,他们在诗中多汉、胡对举,以汉自代,都是强调自身才为正统的思维;b.诸葛武侯身为丞相,并无私心,全力辅佐刘备及刘禅,虽多次北伐未竟全功,但也有效牵制曹氏势力,保持三国的巧妙平衡。这是南宋诗人所期待向往的一个辅国人才,或许南宋诗人也以此发抒心中对于当时许多权臣私心误国的不满,借着边塞诗的怀古意识作消极的抵拒。

(2)以南朝故实作为诗中意象:

姓名	诗题	内容	页数
史浩	次韵冯圆中郎中游甘露寺	试凭古刹俯江城,追思孙权共孔明。三国有人成底事,六朝何代不交兵	页22164~22165
陆游	夜泊水村	老子犹堪绝大漠,诸君何至泣新亭	页24568
	病酒述怀	李广射归月堕,刘琨啸罢塞云空	页24436
姜特立	赋张舍人抱啸堂五首之五	毛生脱颖请行日,祖逖闻鸡起舞时	页24082

续表

姓名	诗题	内容	页数
赵汝鐩	上马曲	又不见,风声鹤唳谢元破淝水	页34205
刘克庄	又闻边报	孙氏已凭江立国,孔融误以许为寰	页36384
	无题二首	江北尘高战鼓酣,惜无赤壁顺风帆	页36462

南宋诗人援引南朝时人故实则反映出多样化的面貌,首先在时空思维上对于南朝则带有一种同情的了解,毕竟两者在空间上均偏安东南一角,北方亦都有异族虎视眈眈,南朝永嘉之乱也仿佛南宋靖康之乱,这种种的雷同都使得南宋诗人除了延续南朝边塞诗所提供的架构写作外,也针对南朝当时的现况作另外的补充援用;a.他们对于两晋南朝所援引的人物,多半都带着欣羡赞扬的态度,似乎传递了一个"本朝无人"的讯息,而两晋南朝文士的流风余韵也是南宋诗人所希望企及的;b.但是他们对于南朝的亡于北方,也担忧偏安的自身重蹈覆辙,所以在援引的过程中,情绪也感染到南朝亡国的伤心与怨愤,使得他们在意识里也深切关怀国运的未来。

(3)以唐朝故实作为诗中意象:

姓名	诗题	内容	页数
陆游	五月十一日夜且半梦从大驾亲征尽复汉唐故地见城邑人物繁丽云西凉府也喜甚马上作长句未终篇而觉乃足成之	天宝胡兵陷两京,北庭安西无汉营	页24514
	春夜读书感怀	永怀天宝末,李郭出治兵	页24607
周必大	九月十八日夜忽梦作达王龟龄诗两句枕上足成之	唐室安危谁可佩,雪山轻重属之公	页26699
柴望	送监丞弟元亨参江陵	北敌才闻郭子仪,上流决有退师期	页39912

在此类意象群中,南宋诗人关怀的是"天宝之乱",因为它也是外族对于中原士民欺凌的过程,但唐氏的安危仍有李、郭治兵,故安史之乱得以平定;但宋室的安危却因无人治军,朝

政又因权臣误国而摇摇欲坠,所以南宋诗人透过"天宝之乱"抒发南北分裂后的生命情境,仍是有其原因。

⑩引自《陈亮集》(台北:汉京文化,1983年),页2。故黄宽重先生认为:"如何化解危机、渡过难关,甚至开创新局,成为它立国后首先面临的考验。在瞬息万变的内外情势中,朝政的走向,多取决于'生存与发展'孰轻孰重的抉择。……不仅与南宋的国运相终始,更是当时朝野议论,甚至政争的焦点。"引自(从和战到南北人——南宋时代的政治难题)一文,收录于《中国历史上的分与合学术研讨会论文集》(台北:联合报系文化基金会,1995年9月),页169。

⑪引自《宋史·诸志总序》(台北:鼎文书局,1970年),页205。

⑫引自徐梦莘《三朝北盟会编》卷一百三十四建炎三年十一月十三日"刘位知濠州"条(上海:上海古籍出版社,1987年)。

⑬引自陈亮《戊申再上孝宗皇帝书》,收录于《陈亮集》(台北:汉京文化,1983年),页17。

⑭引自王夫之《宋论》,与《读通鉴论》下册合刊(台北:里仁书局,1985年2月),页170。

⑮引自《皇朝中兴两朝圣政》卷二十七,不著撰人,(台北:文海出版社,1967年)。

⑯引自辛稼轩(美芹十论),收录于《稼轩集》(文津出版社,民80.6),页297。

⑰此为罗必元《新亭》一诗的末二句,引诗据黄麟书编辑《宋代边塞诗钞》(台北:东明文化基金会,1989年),页1067。

⑱《世说新语·言语》第31则记载:"过江诸人,每至美日,辄相邀新亭,借卉饮宴。周侯中坐而叹曰:'风景不殊,正自有山河之异!'皆相视流泪。惟王丞相愀然变色曰:'当共戮力王室,克复神州,何至作楚囚相对?'"引自余嘉锡《世说新语笺疏》(台北:仁爱书局,1984年),页92。

⑲引自拙著《南朝边塞诗新论》(台北:里仁书局,2000年12月),页175。

⑳朱熹认为"曹操自是贼,既不可从;孙权又是两间底人,只有先主名分正,故只得从之。"(《朱子语类》卷136,万有文库本,页2),又云:"三国竟须以蜀汉为正统,方得心安耳。"(钱穆《朱子新学案》第五册,台北:三民书局,1971年,页123)南宋时期因为偏安的缘故,背景又似三国时蜀汉或孙吴,故从北宋肯定曹魏为正朔所在,转而以蜀汉、南朝为正统,那么汉、胡的对举便反映了他们的正统观念,亦可看出南宋边塞诗与南朝边塞诗的关系是继承且开创的。

㉑胡诠对此现象曾言:"议者乃曰:'外虽和而内不忘战,此向来权臣误国之言也,一溺于和,不能自振,尚能战乎?'"可说是看到了南宋朝廷主和派所带来的危机。但刘珙却认为"复仇雪耻,诚今日之先务,然非内修政事,有十年之功,臣恐未可轻动也",这则是认为应先安内而后攘外。李纲则有"莫若一切罢和议,专务自守之策,建藩于要害之地"的折衷看法。最后主和派的暂时胜利则使得南宋偏安局势成立,岳飞、韩世忠等将领的被杀或罢黜,都使得许多士人则以作品寄托对于大汉图腾的向往与期待,在对于汉代名将意象的使用上则更趋频繁。上述引文录自《宋史·胡诠传》(中华书局点校本),页11585,与《皇朝中兴两朝圣政》卷46,不著撰人,(台北:文海出版社,1967年),页15,以及李心传撰《建炎以来系年要录》卷6(丛书集成初编本,北京:中华书局,1985年),页142~143。

㉒我们可从吴松弟的《北方移民与南宋社会变迁》一书中,得知在南宋时有数个阶段的北方移民,也导致了南北许多亲人相隔的实例,这也使得许多诗人在作品里援引李陵与苏武的意象去寄托这种分离的苦痛与悲哀。(台北:文津出版社,1993年8月)。

㉓详参拙文《南朝文人的"历史想像"与"山水关怀"—论"边塞诗"的"大汉图腾"与"山水诗"的"欣于所遇"》,第三届"魏晋南北朝文学国际学术研讨会"(台中:东海大学中国文学系与中国古典研究会主办,1997年10月)。

㉔以本(宋)朝故实作为诗中意象的诗整理如下:

姓名	诗题	内容	页数
陆游	夜读范至能揽辔录言中原父老见使者多挥涕感其事作绝句	公卿有党排宗泽,帷幄无人用岳飞	页24796
	书愤	剧盗曾从宗父命,遗民犹望岳家军	页24637
汪元量	送琴师毛敏仲北行	苏子瞻吃惠州饭,黄鲁直度鬼门关	页43997

因为权臣误国,所以在本朝优秀的将领多半罢黜或去职,在此现实环境之下,莫怪乎南宋诗人对于过往人名意象的采用如此繁多,他们援引本朝故实也集中在寥寥可数、已成过往的名将身上,实际上也有些带着历史陈迹的期待与感叹,朝廷如此积弱不振,也难怪南宋诗人也选择在南朝所提供的边塞诗架构下去依恋大汉雄风,期待一个虚拟的想象时空。

文学史中南北文学交流论的假性结构

——以南朝边塞诗为脉络的探讨

一

往往学者论述边塞诗的问题时,多着墨于唐代的边塞作品,对于边塞诗的定义,也透过唐人作品的整理归纳,厘清其中边塞性格的诗作,进而义界。于是便会产生如萧澄宇整理下"边塞诗"的内容[①],以及谭优学对于"边塞"一辞的界定[②]。这些讨论对文学史的建构都相当有建设性,不但区分出战争诗与边塞诗的相异处,也把边塞诗的空间确定在长城范围。然而程千帆(1913~2000)则从时空的角度对边塞诗的用语习惯提出开创性的补充诠释,认为唐人边塞诗的语言大量使用汉代典故,连地名也遥想汉代才存在的空间,这样的分析实际上对边塞诗的性质有突破性的思考[③]。

然而,唐人边塞诗的格局并不是偶然完成的,在文学史的脉络上,这种边塞诗蔚为大国的现象,必然有所继承与发展。本人长期以来从事南北朝(420~589)的文学研究,也长期关注边塞诗起源的问题,毕竟南北朝文学演变在文学史范畴的研究中,有着承先启后的位置,而断代研究与主题学研究更是文学史改写的重要关键。本人此次承主办单位之邀,指定以长期对于南朝边塞诗研究的经验,提供一个此时期文学史改写的思考,希望给文学史研究学者关于"边塞诗起源于南朝"的确切观点,借此修正过去许多学者陷入"江左宫商发越,河朔词义贞刚"[④]的推理迷思。

二

一般研究南北朝诗歌演变与文学史的学者,在面对边塞诗起源的问题时,往往理所当然地将其推至北朝,认为质性属阳刚一格的边塞之作绝不会起源于绮丽柔美的南朝国度。假使文学史家再顺此理路衍伸,当然会论证出唐代边塞诗集大成之原因在于其融合了北朝刚劲与南朝绮丽,刘师培(1884~1919)在《南北文学不同论》里即说:

> 自子山、总持(江总),身旅北方,而南方轻绮之文,渐为此方所崇尚。又初明(沈炯)、子渊(王褒),身居北土,耻操南音,诗歌劲直,习为北鄙之声。而六朝文体,亦自足而稍更矣。[⑤]

而梁启超(1873~1929)在《中国韵文里头所表现的情感》一文里依旧呈现出相同的思维方式:

> 汉人本来不长于文学,所以承袭了三百篇楚辞这两份大遗产,没有什么变化扩大。到了"五胡乱华"时候,西北方有好几个民族加进来,渐

渐成了中华民族的新分子，他们民族的特性，自然也有一部分融化在诸夏民族性的里头，不知不觉间便令我们的文学顿增活气，这是文学史上很重要的关键，不可不知。这种新民族特性，恰恰和我们的温柔敦厚相反，他们的好处全在伉爽真率。⑥

又说：

（北朝文学）试拿来和并时的南朝文学比较……虽然各有各的妙处，但前者以真率胜，后者以柔婉胜，双方的分野显然可见。经南北朝几百年民族的化学作用，到唐朝算是告一段落。唐朝的文学，用温柔敦厚的底子，加入许多慷慨悲歌的新成分，不知不觉便产生出一种异彩来。⑦

梁启超在民国成立后所发表的这篇论文，依旧延续着刘师培以降的思维方式，甚至将汉代置于一个文学非其所长的地位中，进而论证少数民族的加入促进了文学的活络与发展，所以隋唐文学便是南北朝文风融合后的结晶。如果我们将著名文学史家的说法列成表格，似乎更能观察到他们对此问题的讨论均与梁启超一般拥有相同的思考理路：

学者名	书　名	内　　容
陆侃如 （1903～1978） 冯沅君	中国诗史	将北朝诗作分为三组，以王褒的《饮马长城窟》《关山月》归入"北方本色之作"。⑧
刘大杰	中国文学发展史	将《关山月》归为入周后的作品，并且推测王褒庾信"到了北方之后，受了政治环境的影响，他们自己的作品，在内容和风格上也起了变化，而放出不同的光彩"。⑨

续表

学者名	书　名	内　　容
郑振铎	插图本中国文学史	这两人所作,原是齐、梁的正体,然而到了北地之后,作风俱大变了,由浮艳到沉郁,由虚夸到深刻……⑩
罗根泽 (1900~1960)	乐府文学史	二人皆津溉于南朝之柔美文学,入北周后北方山川之雄壮,原野之辽阔……故其所作于纤丽优秀中,寓苍凉激状之美,已先隋唐文人,使南北文学发生化合作用矣。此种南北文学结晶品,在王褒乐府中表现十足。⑪
王钟陵	中国中古诗歌史	综观隋代诗歌,我们可以看到这是一个南北文学交融的时代……⑫
钱基博 (1887~1957)	中国文学史(上)	唐之兴也,文章承江左遗风,限于雕章绘句之弊。⑬
袁行霈	中国文学史纲要(二)	在隋代的三十七年间,诗歌没有什么新的发展,不过是齐梁诗风的延续罢了……隋代另一部分诗人是由陈北徙的……就内容和风格来看,可以说是唐代边塞诗的先驱。⑭

　　这些文学史家看来似乎有着相同的思考理路:第一,庾信(513~581)、王褒在南朝的诗风属于齐梁体,但入北之后,受北方风土民俗之影响,开始写一些具备"北方本色"的作品。第二,隋与初唐文学的柔靡藻饰、雕琢繁绘,都受到南朝文学一贯性的影响。第三,以文士由南入北对北朝文学的影响,以及自身文风的改变,推测隋唐文学实际上是南北民族与文风交融影响而成的结晶品。我们可以看到这样武断的想法,不仅限于文学史家的论述,亦普遍存在于南北朝与隋唐学者的研究成果当中。⑮

　　事实上根据笔者一系列的研究成果,除了证明庾信、王褒的边塞之作,大多成熟于萧梁江南时期⑯,更举证出一百七十首左右南朝诗人的边塞之作⑰,

按理说,这些作品只要学者对郭茂倩《乐府诗集》或丁福保(1874~1952)与逯钦立(1911~1973)对魏晋南北朝全诗辑作稍加浏览,就不应该疏忽至此。但是何以诸多学者会有此近百年的迷思。本文即打算从三个角度来推测多数学者普遍坠入到上述陷阱的原因,并且借此替过去对此命题的研究作一个结论性质的观照,希望能够对魏晋南北朝文学,乃致于中国文学史的研究,有突破性的贡献。

其实历来学者是受以下三种假性结构所围绕的思维而越陷越深:(一)文学史家对"经验主义"的执着;(二)中国历史南北朝民族交融论的跨界与错位;(三)初唐史家南北朝文论的迷惑等三个切面分析说明之。

三

(一)文学史家对"经验主义"的执着

对文学与现实之间的探讨,在中国文学发展中实有着悠远的传统,《毛诗序》即有:"治世之音安以乐,其政和;乱世之音怨以怒,其政乖;亡国之音哀以思,其民困。故正得失,动天地,感鬼神,莫近于《诗》。先王以是经夫妇,成孝敬,厚人伦,美教化,移风俗。"[18]此不仅为儒家诗论之总结,实际上也体现出先秦两汉对于诗歌与政治作用及社会教育的意义。[19]此观念始终贯串于中国文学批评史的脉络中,如《文心雕龙·时序》:

歌谣文理,与世推移,风动于上,而波震于下者。……文变染乎世情,兴废系乎时序,原始以要终,虽百世可知也。[20]

又如钟嵘《诗品序》曰：

> 若乃春风春鸟，秋月秋蝉，夏云暑雨，冬月祁寒，斯四候之感诸诗者也。嘉会寄诗以亲，离群托诗以怨。至于楚臣去境，汉妾辞宫；或骨横朔野，或魂逐飞蓬；或负戈外戍，或杀气雄边；塞客衣单，孀闺泪尽；或士有解佩出朝，一去忘返；女有扬蛾入宠，再盼倾国。凡斯种种，感荡心灵，非陈诗何以展其义，非长歌何以展期情。[21]

则可见由客观事物激发写作动机的立场与观念，仍旧存在于"诗缘情而绮靡"[22]的六朝诗风中。其实，自古以来诠释文学创作的作家或学者，都会强调实际经验对于写作的具体影响，进一步认为文学的本质应该是经验或现实的反映，这样的观点自中唐元、白倡"文章合为时而著，歌诗合为事而作"[23]的新乐府，经元遗山（1190～1257）《论诗绝句》："眼处心生句自神，暗中摸索总非真。画图临出秦川景，亲到长安有几人？"[24]至五四时期或当代的文学史家，对于文学的实证立场从未中断，如罗家伦（1897～1969）在《近代中国文学思想的变迁》里，强调"国语文学"的精神就是"人生化"的精神，表现了这个时代"人的觉悟"，这就是人生化精神与哲学实证主义、人本主义相合为一[25]，而王钟陵则指出民初时代的观念中，虽依旧以"知的文"（经验、写实、分析的：真）与"情的文"（抒情、会意的：美）当作是文学创作不可分离的一体两面，似乎认为文学创作的价值必须站在真的基础上传达美的讯息[26]。由以上所举之例可见清末民初以至五四时期对于文学创作内在思维的看法，仍然集中在现实与人生的指导原则底下，以下笔者仍以表格呈现近、现代文学史家对于文学写作与现实经验互构的诸多说法：

人名	书(篇)名	内　　容
仲　云	唯物史观与文艺	文艺作品是社会意识的反映……但因为社会意识在文艺作品上的反映,不是直接的,而为透过作家个人的曲折反射……由上面唯物史观的立场,对于文艺的研究,使我们知道文艺作品是社会意识的反映,而形成此社会意识的基础则为经济的生产关系。[27]
李希凡	关于文学研究中的庸俗社会学倾向	文学着重描写具体的社会生活……进步的作家在自己的作品中反映先进的阶级的观点时,不但不允许对于社会生活和人物心理不真实的简单化描写,而且力求忠实地表现生活的全部复杂性和历史的具体性。[28]
郭绍虞 (1893~1984)	中国文学批评史的分期问题	文学是一种艺术,文学批评则是一种学术,文学艺术的表现,重在反映当时社会的情况……[29]
李希凡 蓝　翎	关于文学研究中的庸俗社会学倾向	从马克思的分析方法可以看出,只有既认真研究社会历史一般规律,同时又认真研究文学艺术发展的特殊规律,才能正确解释文学艺术领域中的复杂现象。[30]
范　宁 (1916~1997)	论研究中国文学史规律问题	文学发展规律即是文学现象和其他社会现象,文学的这一现象与文学的那一现象之间的内在联系……这种联系不是主观臆造的,而是存在于客观生活实践中。[31]
王钟陵	文学史新方法论	一部文学史著作对于民族文化——心理结构的显示,不仅应该通过概念、范畴的阐发这较为理性的途径,而且还应该通过对一个诗人、作家的心理剖析这较为感性的渠道。[32]

由上述表格,我们可以观察几点:第一,这些学者均认为文学创作必然与社会经验有相当的关系,亦即是文学应该是社会经验的情感产物。第二,文学虽然与作者个体的气质与心灵感受相关,但也必然是作家在社会中的意识

反映,故研究文学作品必然要从作家客观的生活历程中去把握,熔铸出分析的窗口与角度。第三,拓宽来说,文学发展的规律与文化背景息息相关,故研究者也必须透过对于整体文化背景的掌握与了解,方能深入其研究范畴。

会有这样的结果,与当时文学环境所受到的冲击有关:晚清民初大量西方文学理论传入,而丹纳(Hippolyte Adolphe Taine,1828~1893)的文学史概念可说对当时诸家编写中国文学史之著作产生深远的影响,丹纳以"种族""环境""时代"三者作为文学发展的三大动因[33],然其过于强调实证主义,而无视创作者主体的重要性[34]。不过丹纳的理论对中国文学史的影响,乃在于方法的建立与立论的依据[35]。如林传甲(1877~1922)的文学史便十足受到日本笹川种郎(1870~1949)《支那文学史》的影响[36],从陈国球对笹川著作的分析:"一、从地域人种风俗的殊相讨论中国文学的特色;二、以'想像''优美'等概念论述文学。"[37]可知传自欧洲十九世纪的"国族"思想[38],已成为当时中国文艺理论的主流,因此如黄人(1857~1914)所谓:"以文学之谱牒而言,独我国可谓万世一系,瓜瓞相承……保存文学,实无异于保存一切国粹。而文学史之能动人爱国保种之感情,亦无异于国史焉。"[39]又如曾毅曰:"凡在东亚各种族,苟一被中华之文化,几无不归于同化。印度、希腊,更所不及。则谓中华为东洋之母国,诚当之无愧也。"[40]顾实亦论:"文学史者,就一国民依秩序而论究其文学之发达者也。"[41]由上述诸家所言可见清末民初"中国文学史"的出现所代表的意义与著者之态度,实肇因于中国对外战争之挫折与对自我民族重新定位之迫切[42]。当然,笔者并不反对上述学者的说法,然而文学研究社会经验的关系,似乎也不是如此的绝对,大陆学者至近对于文学史研究仍倾向于对客观经验之强调,而流于片面借马克思主义的唯物史观进行分析,如此忽视文学中的情感与思想的致命伤[43],将在面对南朝边塞诗之时完全暴露出来[44]。

　　换句话说，如果边塞诗的写作必须是作家有置身过沙场、临阵杀敌，或屯守边疆的经验方能完成的话，那南朝一百多首的边塞诗作，势必无法讨论。从笔者近年来的一系列研究几乎都指出，南朝的边塞诗作并不需要诗人亲自到战场上拼斗厮杀方能完成，诗人只要掌握文学传统，运用心灵内在的想象，一样可以"处身江南，心怀边塞"[45]。而当时的边塞诗作也的确具有贵游性质，是一种模拟唱和的作品，在文学史上的意义，可以证明诗人的心灵自由才是一切创作力量的根源，即使是大漠边城，胡笳羌笛，诗人也可以运用其"寂然疑虑，思接千载，悄焉动容，视通万里"[46]的超越想象，在江南烟雨中尽情挥洒变化辽阔的大漠景象。

　　这其中牵涉到文学美学观念的转化，王梦鸥(1907～2002)即曾指出中国文学在魏晋以前一般皆把"文学"视为"实用性"的"书本学问"与"生活知识"，致使文学批评的目标就全系于"实用"之目的，但魏晋以下一方面受到乱世现实之冲击，一方面又发现"人以文传"的意识，故出现对文学实用价值的怀疑与重新估计[47]，因此，自魏晋起便屡屡以"性情""神气"作为对儒家"言志"传统的扩张性解释外，也特别注重"寻声律而定墨"[48]"巧构形似之言"[49]等美学技巧之要求。笔者即曾于讨论《咏怀的本质与形似之言》中提道，六朝文人一方面"在魏晋玄学弥漫下，诗人的基本心态当然无法遽尔跳越时代的主流。因此在溺于玄学之风又倦于玄言之诗的夹缝间，择取灵山秀水，附托遥渺胸怀也是时势使然"的情况下迎接山水诗步入六朝诗坛，一方面则又"由内外经典涵濡而来的性情灵思，激荡溅感于乱世隐痛之中，于是选择山水风景为寄兴之物、利用密附形似的手法寄情于景"，而形成中国诗歌语言新的美学典范[50]。

由此可见,六朝文人对于文学是否应具实用目的?或文人创作经验是否需要与实际生活的结合?都已展开新的思考,如刘若愚即指出六朝时代对于"实用"理论实际上只剩名义上的尊敬[51],如"体大虑周"的《文心雕龙》亦视雕丽美文为"自然"而生[52],而萧纲(503~551):"立身之道,与文章异。立身先须谨重,文章且须放荡。"[53]与萧绎(508~554):"至如文者,惟须绮縠纷披,宫徵靡曼,唇吻遒会,情灵摇荡。"[54]等意见,更可视为对六朝文学美学观趋势的代言,故上述论据亦正反证文学史家对作品与作者生活经历之间关系的强调,不仅无法全面解释文学创作历程的合理性[55],亦忽视美学本身所具有的超越性[56]。或许借由刘昌元在《西方美学导论》中对文学与人生经验真实性的讨论:"伟大的小说或戏剧在其能突破表层的限制,由特殊的问题中揭露不受时空限制的普遍人生问题。与现实脱节的文学固难有价值,与现实拉的太近也造就不出伟大的作品。……表象与现实之对立不只是哲学的共同主题之一,也是文学相当普遍的主题之一。"[57]正可作为修正文学史家执着于经验主义的警语。

(二)中国历史南北朝民族交融论的跨界与过度推演

而一般治中国史的学者,在面对南北朝至隋唐的转变时,多认为隋唐制度与文化的架构,纵使如何广博纷复,其形成的因素均不离南北朝的影响,如20世纪30年代陈寅恪(1890~1969)即考证出李唐氏族"先世疑出边荒杂类,必非华夏世家"[58],而得出:"李唐先世若非赵郡李氏之破落户,即是赵郡李氏之假冒牌"的结论[59],不过,陈氏虽始终坚持李唐先世本为汉族的立场,但却也不否认其已杂染胡俗[60]。而这样的观念实已为自民初起史家的主要定论,如吕思勉(1884~1957)著《中国通史》便对李唐先祖是胡是汉则不置可否,却认为文化的相容更能显出民族特性[61]。而范文澜(1893~1969)即指出自五胡乱华起到隋朝统一，黄河流域的汉族与许多异民族间猛烈而持久的斗争，也同时起着同化的作用[62]。至岑仲勉（1885～1961）虽似对陈寅恪以李唐先世为汉族之说持反对立场[63]，但其仍无法否定唐代各民族间的血统遗传记录[64]。由此可以发现，"民族融合论"的探讨，已成为自民初以来学者间的重要议题，而早于上列诸文的王国维（1877～1927）即由地域、人种、语言、风俗等各方面考察"西胡"之义（1919）[65]，但仍主张"当时统治者与被统治者间，言语风俗，固自不同，而统治一级，人数较少，或武力虽优而文化较劣，狎居既久，往往与被治者相融合，故此土之言语风俗，非统治者之言语风俗，实被治者之言语风俗也。"[66]此亦为自晚清以来士大夫面对政治激烈变局，于民族议题上始终摆荡于康有为（1858～1927）"用夷变夏"的接纳交融[67]，或章太炎（1869～1936）极端保守的夷夏之辨的主要立场[68]。但也正显示出"民族融合论"已是近代史家处理文化交融的主要途径[69]，赵梅春便指出自辛亥革命后，史家开始出现中国史乃为各民族融合与竞争的历史[70]，如王桐龄（1878～1933）指出："汉族以文化胜，他族以武力胜，他族以武力压倒汉族者，汉族以文化制伏之。故每一竞争，而汉族势力一膨胀，其终也，他族自忘其为他族，相率融合于汉族之中，遂合多数人民，铸成今日庞大之中国。"[71]故顾颉刚（1893～1980）也说："从历史上证明中华民族是不可分离的，从文化上证明我们中华民族为一个相互融合的大集体，将文化与历史永远打成一片。"[72]而文学史家自刘大杰以来，也明显承袭此论以解释南北文学交融的现象。

故此途径一旦进入文学研究，便会出现以下陈寅恪的判断：

由此言之，秦凉诸州西北一隅之地，其文化上续汉魏西晋之学风，下开北魏北齐隋唐之制度，承先启后，继绝扶衰，五百年间绵延一脉。然后始知北朝文化系统之中,其由江左发展变迁输入者之外,尚有汉魏西晋之河西遗传。[73]

形成文学史家所持对南北文学交融之刻板印象,此判断实际上源自"江左宫商发越,贵于清绮;河朔词义贞刚,贵乎气质。气质则理胜其词,清绮则文过其意。"之记载所推类出的结论。此思考模式至今仍同样存在于大陆学者的思维中:

> 魏晋南北朝是中国第一个大分裂时期,也是第一次与人为、制度等原因密切相关的大动乱时期,然而又是炎黄各个民族和各类炎黄文化与外来文化相融合的时期。……另一方面,民族冲突的唯一出路,是走向和解和文化融合。隋唐文化的兴旺发达,在于其能融合各个民族于一炉,融万家百姓于一体。[74]

亦即认为魏晋南北朝是一个民族从冲突走向融合的时期,如此而替隋唐盛世奠定下良好的基础,使得少数民族的文化系统与汉文化能够彼此互融、彼此交换内在的血液。又如:

> 是鲜卑一切师法中土,而汉族之无耻者,亦多谨是鲜卑人,争举鲜卑语俗以求自媚焉。隋唐代兴,此风虽绝,然六朝时百官多乘牛车,或乘肩舆……北朝则多乘马着靴,至唐则百官皆乘马,靴为朝服,而履反为亵服,则夷狄服饰,固已经北朝而为中夏之法服。[75]

此段话虽以汉族正统论的角度而发,然而却点出隋唐时代胡汉交融的实际状态。今日,陈启云则仍以文明发展史的宏观角度作出了类似的结论:

> 从整个文明发展史来看,中国古代文化发展的总趋向和总成果,是整体中华文明的缔造。……其优点和韧力则在于折衷、调和、综合为主导原则之文化传统……在隋唐时期,新帝国之建造者虽多为胡人血胤,然其文化则几乎"汉化",而其政治亦承续秦汉政治的传统演变而成。[76]

因此,我们不难发现,若从上述所引学者之说法置入文学史的讨论中类推,史学家必然会得出隋唐文学是南北朝文风融合后影响所及的结论,就如傅乐成(1922~1984)所言:

> 唐代文化,上承魏晋南北朝。魏晋南北朝时代的文化对唐代文化直接发生影响的重要因素,不外三端:即老庄、佛教、和胡人习俗。[77]

如此一来,通史论者与文学史家交互影响共构,于是形成前述牢不可破的文学交融论[78]。当然,如此的思维并未有全非之处,但将此思维过度延伸运用在文学研究中,并笼统地置入各种文类的讨论,便较为武断,甚至与文学发展的真正事实不符。以南朝边塞诗为例即可发现,在空间意识[79]、州府双轨的幕僚制度[80]、与汉魏乐府古题的摹拟[81],上述研究均透露着"边塞诗"乃形成于南朝的事实[82],甚至唐代边塞诗依旧是南朝边塞诗的延伸发展[83]。因此,若仅由"民族交融"与"文化交融"之角度切入来思索边塞诗的形成,在文学史之实际发展上仍有着相当大的距离。

(三)初唐史家南北朝文论的误导

而上述"民族交融论"对文学史家研究南北文学最直接的影响,即是主张南风北渐的文化交融,如胡云翼(1906~1965)即以南北朝民族的糅合,作为构成唐诗的来源[64];曹道衡则认为早在北周王室即已对南方文化充满仰慕之情[65];吴先宁也认为南方文化借由书籍流通、使者交聘、与南人入北等途径对北方文风产生剧烈的影响[66];杜晓勤则认为入北南方文人对梁朝覆亡与南方亡风的自觉性反省所形成特殊的乡关思情之文风,是对北朝文风的重大刺激[67];而葛晓音则借由江左文学传统在唐初至盛唐间的因革,而认为"建安骨"与"江左风"是唐诗平衡文化传统的两端[68]。以上的研究,虽各由不同角度论述了南北文风融合的议题,但其实皆站在南方文风影响北方文学的立场。

此立场实透露出对唐代史官"重北轻南"的批判意识,纵使初唐史官已对六朝文风之代变历程进行通盘检讨,但其主要内容还是在于对南方绮靡淫艳的文风加以批判,虽然真正目的在于吸取前朝亡国教训与恢复残破的文化资产,不过:"气质则理胜其词,清绮则文过其意,理深者便于时用,文华者宜于咏歌,此其南北词人得失之大较也。若能掇彼清音,简兹累句,各去所短,合其两长,则文质彬彬,尽善尽美矣。"此语正显示出唐代史官对于南北文化融合的期许,以及对理想文学发展的进化观念。

若单纯仅以民族融合论、南北文化交融论等角度以说明南北朝文学之演进,都只是现代研究者的后设立场,南北文化之间的互相影响是必然的,但就历史记载而言,初唐史家对南北朝文学的论述立场是偏离事实的,南朝文学不仅是北朝典范模习之对象,使得即便处在胡汉之争之紧绷下,北方胡主对文风提倡与喜好的导向,亦说明着南北文学相捋的状态是一种文学史的假性结构,造成此既成映像的主要原因,即是唐初史家重北轻南的文化态度。故在《南史》《北史》《北齐书》《隋书》各史中的《文苑传·序》,与《周书·王褒庾信传》,以及"南四书"中的部分篇章,这些史书皆成于唐初,势必受到唐初史家及其学风之影响,故详考唐初史家的背景,应该是进行讨论最初步的基础工作。

据笔者博士论文《荆雍地带与南朝诗关系的研究》及《南朝边塞诗新论》二书之整理,可以发现唐初重要史家大多为北人,如魏征系"魏州曲城人"、令狐德棻系"宜州华原人"、李百药(565~648)系"定州安平人"、房玄龄(578~648)系"齐州临淄人"、李延寿"世居相州",其中重要史家只有姚思廉(557~637)是"吴兴武康人",为南方人士[89]。而曾守正在《唐修正史史官地域性与文学思想》一文里,则更进一步地将初唐所有史家的出身背景作了归纳与整理,他认为唐初修前代史的史官共有三十一人,其中有列传的二十三人里,属于南方人士仅占四位[90]。

此外,据《隋书·经籍志》所载诸家别集目录,可知(一)从五胡十六国至北魏孝文帝时期(304~471),长达一百六十多年之间,仅有卢湛、傅畅、王猛三家;(二)自北魏孝文帝至魏亡(304~471),整整八十年间才有孝文帝、高允、李谐、卢元明、袁跃、韩显宗、温子升、阳固八家入录;(三)北齐(550~577)仅有邢子才、魏收、刘逖三家;(四)北周(557~581)亦仅有明帝、赵王、滕王简、宗懔、王褒、萧㧑、庾信及一沙门释亡名入计。故自五胡十六国历经北魏、东魏、西魏、北齐、北周二百七十七年之间,属于北朝之作家于《隋志》中得仅二十二家入录,若扣除卢湛、傅畅系西晋归附石勒,及宗懔、王褒、萧㧑、庾信系由南入北者,则仅得十六家。然反观南朝作家入录者却有三百零六家,因此就《隋志》载录的南北朝作家数量比例而言,南北文学实无法并驾齐驱[⑩]。且就质的方面来说,北朝诗歌也不尽然全以"词义贞刚"的风格和南朝的"宫商发越"隔江对峙,即使孝文帝太和时期一度迭有铿锵慷慨之作,但是北魏末年旋又转为浮靡,而东魏、北齐更有魏收、邢邵偷袭江南任昉、沈约之事[⑫]。然初唐史家竟刻意扭曲此一历史,不难看出,唐初史家十之八、九皆为北人,至于实际上史书的统筹审定工作,更完全操在于北人手里,由此可知,史官之出身地域,必然会影响其修史时采取的角度与观点。这项因素正好吻合了牟润孙(1908~1988)在《唐初南北学人论学之异趣及其影响》一文中的推测,牟氏认为魏征、李延寿、李百药、令狐德棻这些北方史家,对南方文学频加指责而独厚北方文学,只有姚思廉对南方较为友善[⑬],以下便以表格方式呈现唐初所编六朝史书中的思维倾向:

史书名	姓名	内容
隋书·文学传	魏征	暨永明、天监之际,太和、天保之间,洛阳、江左,文雅尤盛。于时作者,济阳江淹、吴郡沈约、乐安任昉、济阴温子升、河间邢子才、钜鹿魏伯起等,并学穷书圃,思极人文,缛彩郁于云霞,逸响振于金石。英华秀发,波澜浩荡,笔有余力,词无竭源。方诸张、蔡、曹、王,亦各一时之选也。闻其风者,声驰景慕,然彼此好尚,互有异同。江左宫商发越,贵于清绮,河朔词义贞刚,重乎气质。气质则理胜其词,清绮则文过其意,理深者便于时用,文华者宜于咏歌,此其南北词人得失之大较也。若能掇彼清音,简兹累句,各去所短,合其两长,则文质彬彬,尽善尽美矣。[⑭]
隋书·文学传	魏征	梁自大同之后,雅道沦缺,渐乖典则,争驰新巧。简文、湘东,启其淫放,徐陵、庾信,分路扬镳。其意浅而繁,其文匿而彩,词尚轻险,情多哀思。格以延陵之听,盖亦亡国之音乎?[⑮]
北史·文苑传	李延寿	暨永明、天监之际,太和、天保之间,洛阳、江左,文雅尤盛。彼此好尚,互有异同。江左宫商发越,贵于清绮;河朔词义贞刚,重乎气质。[⑯]

续表

史书名	姓名	内容
北齐书·文苑传	李百药	左梁末,弥尚轻险,始自储宫,刑乎流俗,杂恣漶以成音,故虽悲而不雅。爰逮武平,政乖时蠹,唯藻思之美,雅道犹存,履柔顺以成文,蒙大难而能正。原夫两朝叔世,俱肆淫声,而齐氏变风,属诸弦管,梁时变雅,在夫篇什。莫非易俗所致,并为亡国之音;而应变不殊,感物或异,何哉?盖随君上之情欲也[97]。
北周书·王褒、庾信传	令狐德棻	洎乎有魏,定鼎沙朔,南包河、淮,西吞关、陇。当时之士,有许谦、崔宏、崔浩、高允、高闾、游雅等,先后之间,声实俱茂,词义典正,有永嘉之遗烈焉。……其后袁翻才称澹雅,常景思标沉郁,彬彬焉,盖一时之俊秀也。周氏创业,运属陵夷。纂遗文于既丧,聘奇士如弗及。是以苏亮、苏绰、卢柔、唐瑾、元伟、李昶之徒,咸奋鳞翼,自致青紫。……然则子山之文,发源于宋末,盛行于梁季。其体以淫放为本,其词以轻险为宗。故能夸目侈于红紫,荡心逾于郑、卫。昔扬子云有言:"诗人之赋,丽以则;词人之赋,丽以淫。"若以庾氏方之,斯又词赋之罪人也……[98]。

由上述引文可作如下的分析:第一,这些史家修史几乎一致认为北朝文学应与南朝文学有相同比重,甚至隐然有着北朝文学略优于南朝文学的暗示,于春秋微言之笔法中,反映出他们重北轻南的态度。第二,在"重北轻南""北优南劣"的推论中,似乎又流露出南朝文学与亡国之音的联想。第三,令狐德棻以北地的"声实俱茂、词意典正,有永嘉之遗烈焉",去对照南方的"以淫放为本,其词以轻险为宗"架构,可以看出由地域意识所产生的历史曲解。

故与北朝史书相比,对南朝文学则出现任意批评的笔锋;且在南朝史书等文学传记中,不仅毫无对北朝文学任何负面之评价,竟于部分史论中强调了南朝文学之短。《旧唐书·魏征传》便云：

> 有诏遣令狐德棻、岑文本撰《周史》，孔颖达、许敬宗撰《隋史》，姚思廉撰《梁、陈》史，李百药撰《齐史》。征受诏总加撰定，多所损益，务存简正。隋史序论，皆征所作，梁、陈、齐各为总论，时称良史。[99]

虽然姚思廉的立场于唐初所有史家中是比较超然客观，且是较偏袒南朝文学的史家，应可略为矫正上述所论南北朝文学错误的观点，然而由于代表北方立场的魏征以御诏"总加撰定"的身分，不断在《梁书》与《陈书》里，加重了对南方批评的语调，所以使后代学者无法跳出这种思维窠臼，笔者便以表格呈现魏征之论断与姚思廉的不同：

史书名	内　　容	史书名	内　　容
魏征《梁书·史臣侍中论》	史臣侍中，郑国公魏征曰："高祖固天攸纵，聪明稽古，道亚生知，学为博物，允文允武，多艺多才。……然不能息末敦本，捴雕为朴，慕名好事，崇尚浮华，抑扬孔、墨，流连释、老。或经夜不寝，或终日不食，非弘道以利物，惟饰智以惊愚。……逮夫精华稍竭，凤德已衰，惑于听受，权在奸佞，储后百辟，莫得尽言。险躁之心，暮年愈甚。见利而动，愎谏违卜，开门揖盗，弃好即仇，衅起萧墙，祸成戎羯，身殒非命，灾被亿兆……。[100]	姚思廉《梁书·史臣论》	高祖英武睿哲，义起樊邓……兴文学，脩郊祀，治五礼，定六律，四聪既达，万机斯理，治定功成，远安迩肃。……极乎年，委事群幸。然朱异之徒，作威作福，挟朋树党，政以贿成。服冕乘轩，由其掌握，是以朝经混乱，赏罚无章。"小人道长"，抑此之谓也。贾谊有云"可为恸哭者矣"。遂使滔天羯寇，承间掩袭，鹜羽流王屋，金契辱乘舆，涂炭黎元，黍离宫室。呜呼！天道何其酷焉。[101]

·264·

续表

史书名	内　　容	史书名	内　　容
魏征《陈书·史臣侍中论》	后主生深宫中,长妇人之手,既属邦国殄瘁,不知稼穑艰难。初惧陷危,屡有哀矜之诏,后稍安集,复扇淫侈之风。宾礼诸公,唯寄情于文酒,昵近贼小,皆委之以衡轴……古人有言,亡国之主,多有才艺,考之梁、陈及隋,信非虚论。然则不崇教义之本,偏尚淫丽之文,徒长浇伪之风,无救乱亡之祸矣[102]。	姚思廉《陈书·史臣论》	后主昔在储宫,早标令德,及南面继业,实允天人之望矣。至于礼乐刑政,咸遵故典,加以深弘六艺,广辟四门,是以待诏之徒,争趋金马,稽古之秀,云集麟渠。且梯山航海,朝贡者往往岁至矣。自魏正始、晋中朝以来,贵臣虽有识治者,皆以文学相处,罕关庶务,朝章大典,方参议焉,文案簿领,咸委小吏,浸以成俗,迄至于陈。后主因循,未遑改革,故施文庆、沈客卿之徒,专掌军国要务,奸左道,以衷刻为功,自取身荣,不存国计,是以朝经堕废,祸生讫国。斯亦运钟百六,鼎玉迁变,非唯人事不昌,盖天意然也[103]。

魏征利用本纪礼的总论,一再干扰姚思廉于史臣论里的南方立场。姚思廉在《武第本纪》之后的史臣论,将梁武帝分成早期的英明果断,与晚年的昏聩荒颓,对其前期极力称颂,而晚年的过错则归于朱异之徒;魏征在之后的《总论》,则完全持不同看法:其认为萧梁亡国,完全肇于武帝"慕名好事,崇尚浮华",根本不给萧衍留下任何情面,显示其对南朝文风否定的坚决态度。

姚思廉先称许陈叔宝早期在储宫时颇具人望,且能守礼乐、正刑政,而将日后"朝政堕废,祸生邻国"的责任推给晋、宋以来的沿袭之风;但魏征非作如是观,他直接痛斥陈后主"复扇淫侈之风"的过失,并且借此演绎出"亡国之主多有才艺"之论点,如此一来,"才艺之主"与"亡国之君"居然成为后代史家讨论的议题之一。

在以上诸史家中,李延寿的文学史观,更值得详加探讨。按理来说,南北史之作的本意,是在疏通整合南北诸史书的相互矛盾,据李延寿述及其父李大师著述的本意:"大师少有著述之志,常以宋、齐、梁、陈、魏、齐、周、隋南北分隔,南书谓北为'索虏',北书指南为'岛夷'。又各以其本国周悉,书别国并不能备,亦往往失矣。常欲改正,将拟《吴越春秋》编年已备南北。"[105]但李延寿本身亦无法根本跳出唐初史家重北轻南的思维束缚,如在其《文苑传·序》上[106],李延寿便在《北史》里全力铺陈北朝盛况,且不时批评南朝文学,但是在《南史》中却轻描淡写,草草述言,除了再次证明初唐史家重北轻南的论述立场外,如此谬误之推断也势必误导后代学者对南北朝文学发展的探讨。

四

历来许多文学史家对于南北文学交融论就是建立在上述三个脆弱的假性结构上:(一)文学史家对"经验主义"的执着;(二)中国历史南北朝民族交融论的跨界与过度推演;(三)初唐史家南北朝文论的迷惑。的确,边塞诗形成于南朝的说法,一旦被置入南北朝文学史既有的研究结构时,必会带来极大的冲击。若照过去的思维结构:南方文人既然身处江南,远离边塞征战之地,所以习于赏玩山水,耽溺宫廷游宴,当然凡属绮丽柔美的山水、宫体、咏物之作便应当放入南朝文学的结构中;而北朝既然雄据关陇,民风质朴强悍,所以边塞作品自应出自河朔。这种简单的二元对立,给文学史家提供了解释诗歌流变极方便的骨架,也就顺势推论出唐代的边塞诗系融合南朝绮丽与北朝刚劲诗风而来。但殊不知,即使入北的南方文人如庾信、王褒者所作之边塞诗,却是早于南方即已流行的文学题材,北地的流行只是顺势开花结果的意外收获,亦讽刺着初唐史家对南北文学不同特性的描述结构。

但是一百七十多首出现于南朝的边塞诗,显然已经使得边塞诗形成于南朝的说法得到有力的支持[⑩]。这项说法除势必瓦解原有的文学史建筑之外,也将迫使文学史家不得不思考过去谬误产生的原因,这便是笔者提出三个假性结构的论点分析,故本文也借此提供一个文学史方法论的重要思考,一旦认清楚此三者的问题所在,未来便不至于受到唐初史家的催眠,而陷入南北朝文学史研究的窠臼中。

本文原系发表于2002年辅仁大学"建构与反思——中国文学史的探索"学术研讨会。2007年12月修订稿完成。

---

① 萧氏认为边塞诗的内容应包含:(1)写边塞风光与自然景物。(2)写边地的风土人情与民族间的交谊。(3)写边塞战争,或与边战有关的行军生活,送别酬答等。详参萧氏《唐代边塞诗评价的几个问题》,收录自《唐代边塞诗论文选粹》(兰州:甘肃教育出版社,1988年5月),页19~35。

② 谭氏在《边塞诗泛论》一文中认为"文学史上所说的边塞诗,以地域而言,主要是指沿长城一线及河西陇右的边塞之地",引书同前注,页2。

③ 参程千帆《古诗考索》。收入莫砺锋编《程千帆全集》(石家庄:河北教育出版社,2000年12月),卷八,页179~180。

④〔唐〕魏征(580~643)等撰《隋书》(点校本,北京:中华书局,1997年9月),页1729~1730。又《北史·文苑传序》,参〔唐〕李延寿《北史》(点校本,北京:中华书局,1997年9月),页2782。

⑤ 朱维铮编《刘师培辛亥前文选》(北京:三联书店,1998年6月),页405。

⑥见氏著《中国韵文里头所表现的情感》(台北:台湾中华书局,1966年),页34。

⑦同前注,页36～37。

⑧见氏著《中国诗史》(天津:百花文艺出版社,2002年1月),页333。

⑨见氏著《中国文学发展史》(台北:华正书局,2001年8月),页388。

⑩见氏著《插图本中国文学史》(北平:文学古籍刊行社,1959年),页267。

⑪见氏著《乐府文学史》(台北:文史哲出版社,1972年),页168～169。

⑫见氏著《中国中古诗歌史》(北京:人民出版社,2005年8月),页589。

⑬见氏著《中国文学史》(北京:中华书局,1993年),页251。

⑭见氏著《中国文学史纲要——(二)魏晋南北朝隋唐五代文学》(北京:北京大学出版社,1986年),页105。

⑮如杜晓勤在《地域文化的整合和盛唐诗歌的艺术精神》一文里认为:"南北文化的统一,是在隋炀帝手中开始的……无论是文化格局还是诗坛风尚,唐初武德、贞观中都沿袭隋朝之旧……"参《文学遗产》(1999年第一期),页17～23。曹道衡在《南北文风之融合和唐代〈文选〉学之兴盛》一文中也提到"隋代的统一使南北各地的文人聚集到了长安,促进了文风的融合……"参《文学评论》(1999年第四期),页97～110。

⑯《周书·王褒传》云:"褒,曾作《燕歌行》,妙尽关塞寒苦之状,元帝及诸文士并和之,而竞为凄切之词。"见〔唐〕令狐德棻(583～666)等撰《周书》(点校本,北京:中华书局,1997年9月),页731。可见王褒最成熟之作《燕歌行》之铁证,乃完成于入北之前。而《燕歌行》系列里,与梁元帝文学集团相关的,有梁元帝一首,庾信、王褒各一首,均为边塞风格之作。

⑰详参拙著《南朝边塞诗论》,页7～11。

⑱〔汉〕毛亨传,〔汉〕郑玄(127～200)笺,〔唐〕陆德明音义,〔唐〕孔颖达(547～648)疏,〔清〕阮元校勘《毛诗正义》(重刊十三经注疏本,台北:艺文印书馆,2001年12月),页13～15。

⑲参郭绍虞(1893~1984)编《中国历代文论选》(台北:华正书局,1991年3月),页51。

⑳〔南朝梁〕刘勰著,周振甫(1911~2000)注《文心雕龙注释》(台北:里仁书局,1998年9月28日),页813~816。

㉑王叔岷著《钟嵘诗品笺证稿》《中国文哲专刊一》(台北:中央研究院中国文哲研究所,1992年3月),页76~77。

㉒陆机《文赋》。见〔南朝梁〕萧统(501~531)编,〔唐〕李善(?~689)注,〔清〕胡克家(1757~1816)考异《文选》(台北:华正书局,2000年10月),页241。

㉓见《与元九书》,见《白居易集》(台北:汉京文化事业有限公司,1984年3月),册二,页962。

㉔引文见周益忠撰《论诗绝句》(台北:金枫出版社,1999年4月),页100。

㉕罗文原刊于《新潮》第二卷第五号。

㉖参王钟陵主编《二十世纪中国文学史论文精粹:文学史方法论卷》(石家庄:河北教育出版社,2001年1月),页7。而据王钟陵说法指出,黄人是国内最早从事文学史教学与写作的学者之一,也是最早用西方文学理论探讨文学史问题的文学史学家。

㉗此文引自《小说月报》第二十一卷第四号,1930年4月10日。

㉘此文原刊于1956年3月18日《光明日报》《文学遗产》专栏第九十六期。

㉙见氏著《照隅室古典文学论集》(台北:丹青图书有限公司,1985年10月),页664。

㉚此文原刊于1956年3月18日《光明日报》《文学遗产》专栏第九十六期。

㉛见氏著《范宁古典文学研究文集》(重庆:重庆出版社,2006年6月),页89。

㉜见氏著《文学史新方法论》(台北:文史哲出版社,2003年3月),页36。

㉝参蒋孔扬、朱立元主编,陆扬等著《西方美学通史——十九世纪美学》(上海:上海文艺出版社,1999年12月),页522~526。

㉞丹纳明确指出:"要了解一件艺术品、一个艺术家、一群艺术家,必须正确地设想他

们所属的时代精神和风俗概况。……你们先看到一个总的形势,就是普遍存在的祸福、奴役或自由、贫穷或富庶、某种形式的社会、某一类型的宗教;……其次是总的形势产生特殊倾向与特殊才能;其次是这些倾向与才能占了优势以后造成一个中心人物;最后是声音、形式、色彩或语言,把中心人物变成形象,或者肯定中心人物的倾向与才能,这是一个体系的四个阶段。"见丹纳著,傅雷(1908～1966)译《艺术哲学》(台中:好读出版社,2004年4月),页19～72。

㉟傅雷于丹纳《艺术哲学·译序》曰:"我介绍此书,正着眼在其缺点上面,因这种极端的科学精神,正是我们现代最需要的治学方法。"见《艺术哲学》,页8。

㊱可参考夏晓虹《作为教科书的文学史——读林传甲〈中国文学史〉》《文学史》第二辑,页329～333。又戴燕《中国文学史早期的写作——以林传甲〈中国文学史〉为例》,见氏著《文学史的权力》(北京:北京大学出版社,2002年3月),页171～179。又陈国球《"错体"文学史——林传甲的"京师大学堂国文讲义"》,参氏著《文学史书写型态与文化政治》(北京:北京大学出版社,2004年3月),页45～66。

㊲见《文学史书写型态与文化政治》,页51。

㊳张灏认为晚清空前的变局是由于士人"救亡图存"与"超越意识"两种思想型态的激荡,而前者与西方"国族"思想较有关系:"产生这一型态思想的背景是甲午战争以后,帝国主义侵略转剧,由英美式的商业扩张'升级'为日俄式的领土攘夺。……一时救亡图存的意识弥漫朝野。……值得注意的是:这些西方思想的来源是很驳杂的;有的来自民族主义、有的来自自由主义、有的来自浪漫主义以及其他思潮。"见张灏等著《近代中国思想人物论—晚清思想》(台北:时报文化出版事业有限公司,1985年11月),见30～31。

㊴黄人《中国文学史总论》。见氏著《中国文学史》(上海:国学扶轮社,1907年),见3～5。

㊵曾毅《中国文学史》(台北:文史哲出版社,1977年6月),页1。

㊶顾实《中国文学史大纲》(台北:台湾商务印书馆,1976年10月),页6。

㊷王文仁便认为:"中国的知识分子一开始接触到的正是这样的文学史。那恰恰是在中国对外屡屡战败之际,知识分子猛然醒觉到必须调整对世界的认识,需要在国与国的对应关系中重新确认自我地位的转捩时期。中国文学史的编写,与近代中国努力在新的世界格局里摸索自我定位与前进方向正好同步。中国文学史的出现既为近代中国找到了识别自我的文化,也使其带着自己独特的面貌,登上并融入世界的舞台。"《近现代中国文学进化史观之生成与影乡》(颜昆阳教授指导,花连:台湾东华大学中国语言学系博士论文,2007年5月),页128~129。

㊸如胡适(1891~1962)于《文学改良刍议》中指出:"文学无此二物(情感与思想),便如无灵魂无脑筋之美人,虽有秾丽富厚之外观,抑亦未矣。"见《胡适文集》2(北京:北京大学出版社,1998年11月),页7。

㊹阎采平于《梁陈边塞乐府论》即指出:"梁陈诸文人并没有从军边塞的生活经历与体验。所以,若从有无现实基础的角度来解释边塞乐府在梁陈时期的复兴与发展,无异于井底捞月。"参《文学遗产》(1998年12月),页45。

㊺笔者已在《南朝边塞诗新论》一书里,将一系列的研究成果做一通盘的检讨与整理,提出"南朝边塞诗本质上就是一种文学想像的典型代表,并不需要边塞的战争经验,而边塞诗亦源于南朝"的结论。

㊻引自《文心雕龙·神思》,《文心雕龙注译》,页515。

㊼参王梦鸥《文学概论》(台北:艺文印书馆,2001年10月),页235。

㊽引自《文心雕龙·神思》,《文心雕龙注译》,页515。

㊾《诗品·上》:"晋黄门郎张协,其源出于王粲,文体华净,少病累。又巧构形似之言。雄于潘岳,靡于太冲,风流调达,实旷代之高手。词采葱茜,音韵铿锵,使人味之,亹亹不倦。"见《钟嵘诗品笺证稿》,页185。

㊿参蔡英俊编《意象的流变》(台北:联经出版事业公司,1997年4月),页115~154。

㉛刘若愚《中国文学理论》(台北:联经出版事业公司,2001年5月),页259。

(52)〔清〕章学诚(1738～1801)于《文史通义·诗话》即指出"《文心》体大而虑周。"见章学诚著,叶瑛校注《文史通义校注》(北京:中华书局,2004年9月),册上,页559。而《文心雕龙·丽辞》则对雕丽之文乃自然天成而称:"夫心生文辞,运裁百虑,高下相须,自然成对。……岂营丽辞,率然对尔。"见《文心雕龙注译》,页661。

(53)萧纲《诫当阳公大心书》。见〔清〕严可均(1762～1843)校辑《全上古三代秦汉三国六朝文·全梁文》(缩印本,北京:中华书局,1999年6月),册三,页3010。

(54)《金楼子·立言》。见〔南朝梁〕萧绎《金楼子》。收录于〔清〕鲍廷博(1728～1814)校刊:《知不足斋丛书》,见严一萍(1912～1987)辑《百部丛书集成》29(台北:艺文印书馆,1966年),卷四,页29。

(55)陆机《文赋》即曰:"其始也,皆收视反听,耽思旁讯,精骛八极,心游万仞。其致也,情曈昽而弥鲜,物昭晰而互进,倾群言之沥液,漱六艺之芳润,浮天渊以安流,濯下泉而潜浸。于是沉辞怫悦,若游鱼衔钩而出重渊之深;翩若翰鸟,缨缴而坠曾云之峻。"见《文选》,页240。

(56)刘昌元分析〔德国〕康德(1742～1804)《判断力批判》中之美学观念:"就主体方面来说,康德认为美是种无私的满足感(disinterested satisfaction)……就客体方面来说,康德认为凡是那不涉及明确的(客观)目的概念而又能有形式之合目的性(formal purposiveness)的对象就是美的。"见氏著:《西方美学导论》(台北:联经出版事业公司,2002年12月),页30～32。

(57)同前注,页299～300。

(58)见氏著《李唐氏族之推测》。收录于《金明馆丛稿二编》(北京:三联书店,2001年7月),页331。而据蒋天枢(1903～1988)《陈寅恪先生论著编年目录》可知,此文乃作于1931年,而《李唐氏族之推测后记》则作于1933年。参氏著《陈寅恪先生编年事辑》(上海:上海古籍出版社,1997年10月),页195～196。

(59)见氏著《李唐氏族之推测后记》同前注,页340。

⑥ 陈氏曰:"李唐一族之所以崛兴,盖取塞外野蛮精悍之血,注入中原文化颓废之躯,旧染既除,新机重启,扩大恢张,遂能别创空前之世局。"同前注,页345。

⑥ 参氏著《中国通史》(上海:华东师范大学出版社,2005年12月),页417。据吕氏《自述》言:"予在大学所讲(案:即指《中国通史》),历年增损,最后大致如是。"而卞孝萱(解读吕思勉《自述》)中则注曰:"上册1940年开明书店初版,下册1945年开明书店初版。1992年华东师范大学出版社重版。"故此作非成于一时,但可确定至早成于1940年之前。参卞孝萱(解读吕思勉《自述》)《中国文化》(2006年第1期),页219~223。

⑥ 见氏著《中国通史简编》。参《范文澜全集》(石家庄:河北教育出版社,2002年11月),卷七,页189。陈其泰于《论范文澜在20世纪中国史学中的地位》中指出:"范文澜于1941至1942年在延安著成的《中国通史简编》,便成为20世纪史学发展的重要事件。"参《河北学刊》(2001年第5期),页94~95。

⑥ 参氏著《隋唐史》(石家庄:河北教育出版社,2002年1月),页90。而据杜晓勤所言:"当时(30、40年代)的两位史学家——陈寅恪和岑仲勉,他们在史学研究的同时,也为唐代文学的研究作出相当大的贡献。"参氏著(20世纪唐代文学研究历程回顾)《北京大学学报》(2002年第1期),页72。

⑥ 参氏著《唐史余审·唐人之遗传说》(北京:中华书局,1960年3月),页271。

⑥ 见氏著《西胡考上下》《西胡续考》。参《观堂集林》(北京:中华书局,2004年6月),页607~620。

⑥ 见《西胡考下》。参《观堂集林》,页615。

⑥ 康有为《与沈刑部子培(沈曾植,1850~1922)书》知道其学术历程:"廿四、五乃翻然记诵之学,近于瞀闻,乃弃小学、考据、诗词、骈体不为,于是内返之躬行心得,外求之经纬世务,研辨宋元以来诸儒义理之说,及古今掌故之得失,以及外夷政事学术之异,乐律、天文、算术之瑱,深思造化之故,而悟天地人物生生之理,及沿教之宜,阴阖阳辟,变化错综,独应远游,至乙酉年而学大定,不后有进矣。"参蒋贵麟辑《万木草堂遗稿》(台北:成文出版

社,1978年),页264~265。可见康有为亦非主张全盘西化者,萧公权(1897~1981)即曰:"钱穆曾说,康氏重诂儒学实际上是'用夷变夏'。此说有其见地,不过必须强调,康氏含蓄地附和西方思想并非要西化,而是认为中西有共通之处。"参氏著《康有为思想研究》(台北:联经出版事业公司,1988年5月),页391。因此,汪荣祖便认为:"康氏西学的资源,几全来自江南制造局出版的译本,……在康氏心中,无疑是西学的精华,遂不加深思,误以为实证科学之知,可以解答抽象的哲学问题。……今存他卅岁以前所写的三种文字——《实理公法全书》《教学通议》《康子内外篇》——已经展示重要的西学影响,多少带有用夷变夏的味道,从传统的角度看,当然是相当'激烈',然而从个别的思想因子看,康氏早年的思想又颇多貌似保守。"参氏著《康有为》(台北:东大图书股份有限公司,1998年7月),页19~31。

⑱章太炎于《訄书·原人第十六》中说道:"若夫华夏而臣胡虏之酋者,宁自处于牧圉,操筭而从之,则谓之臣矣。虽然,德之不建也,民之无援也,以大人岂弟,其忍使七十二王之萌庶戕虐于诸戎,而不扜其死、不人分其生也?故假手于臣异类,以全泰氏之民。既臣矣,仁故不代王,义故七十而致政,臣道也,不持以例民。……其名与实,未尝听命于戎人。强与之以听命之名,则犹曰:'听命于龙。'其何不辨?辨之而不遭,弹之而不射隐括。惟政令之一出一入,曰以是分戎夏。"见氏著《訄书》(上海:上海古籍出版社,2000年12月),页204。

⑲吕思勉认为:"抑隋唐先世皆出武川,其自托于汉族信否不可知,而其与异族关系之密,则不诬矣。"参氏著《吕思勉读史札记·隋唐胡化之残迹》(增订本,上海:上海古籍出版社,2005年),册下,页1134。贺昌群(1903~1973)《汉唐精神》则指出:"隋唐文化之特色,不仅在集南北地方文化之大成,而唐代尤有更新之处,溶冶西方各地之外国文化为一炉,而摄取消化之,参以本国固有之成分,故唐代文化,实一种含有世界性之国际文化。"参氏著《贺昌群文集》(北京:商务印书馆,2003年12月),册三,页159。刘伯骥则曰:"中国隋唐文化……盖上朔西周、春秋、战国时代之思想哲学,秦汉大统一之法制及社会组织,魏

晋以来变态社会生活与朔方民族,集西域各国文化而作一次大综合。"参氏著《中西文化交通小史》(台北:正中书局,1953年),页2。而Denis Twitchett则指出山东与关陇集团的士族,并不仅与胡族混血而已,在生活方式、语言风俗等方面实受到游牧民族强烈的影响。参Denis Twitchett编,张荣芳等译《剑桥中国史·隋唐篇上》(台北:南天书局,1987年9月),页4。直至最近,林恩显于《突厥文化及其对唐朝之影响》亦言道:"就李唐王室血统而言,李渊、李世民均非纯粹之汉族,其血统为汉、胡混杂者,而李渊、李世民所娶皇后窦氏、长孙氏更系胡族女子。且唐太祖李渊于创业之初曾事突厥并受支援。因此唐朝皇帝自无歧视胡人之想法。"参《唐代研究论集第一辑》(台北:台湾编译馆,1992年11月),页583。又如卓鸿泽探讨李唐攀附老子之事反映出鲜卑萨满遗俗与道教信仰结合的音源,故指出:"李唐先祖就算非拓拔血统,恐怕在李虎这一辈也已濡染北亚风习,故其兄弟仅以胡名行,本人名字也是胡语'达阇'之意译。"参氏著《塞种源流及李唐氏族问题与老子之瓜葛——汉文佛教文献中所见中、北亚胡族族姓疑案》《中央研究院历史语言所集刊》(2007年3月),第七十八本,第一分,页213。可见,"民族融合论"探讨的延续性自清末以来不绝于耳。

⑦参氏者《二十世纪中国通史编纂研究》(北京:中国社会科学出版社,2007),页184。而赵氏于书末附有《20世纪中国通史著作一览表》,乃近年整理现代中国通史著作目录最完备者,有助于研究者参考。

⑦参氏者《中国全史》(台北:启明出版社,1960),页19。

⑦参顾潮《历劫终教志不灰:我的父亲顾颉刚》(上海:华东师范大学出版社,1997),页196。

⑦见氏著《隋唐制度渊源略论稿》(台北:里仁书局,2000年5月),页38~39。

⑦见史仲文、胡晓林主编《中国隋唐五代文学史·隋唐五代文学概述》,收录于《百卷本中国全史》(北京:人民出版社,1994年4月),页6~8。

⑦见缪凤林(1899~1959)著《中国通史要略》(台北:台湾商务印书馆,1968年1月),

页 33。

⑦⑥见氏著《汉晋六朝文化·社会·制度——中华中古前期史研究》(台北:新文丰出版社,1997年1月),页 30~32。

⑦⑦见氏著《汉唐史论集》(台北:联经出版社,1984年9月),页 339。

⑦⑧如邓之诚(1887~1960)曰:"隋统一南北朝之后,趋重经学文学,融合南北,以开三唐之盛。"参氏著《中华二千年史(卷三)》(北京:中华书局,1983年),页 52。又如林瑞翰在《中国通史》则举出北朝诗作来证明其受南朝绮丽之风的影响,更以王褒、庾信为例,强调他们入北之后变南朝柔媚之音为凄楚之声,来证明南北朝文风的交互影响。参氏著《中国通史》(台北:大中国图书公司,1996年9月),页 310~311。

⑦⑨参拙著《南朝文人的"历史想像"与"山水关怀"——论"边塞诗"的"大汉图腾"与"山水诗"的"欣于所遇"》。收录于《南朝边塞诗新论》,页 239~262。

⑧⑩参拙著《州府双轨制对南朝文学的影响——以荆雍地带为主的观察》。收录于中国古典文学研究会主编《文学与社会》(台北:台湾学生书局,1990年10月),页 1~25。

⑧①参拙著《南朝边塞诗新论》,页 40。

⑧②参拙著《边塞诗形成于南朝的原因》。收录于台湾成功大学中文系主编《魏晋南北朝文学与思想学术研讨会论文集》(台北:文史哲出版社,1991年8月),页 49~70。

⑧③参葛晓音《诗国高潮与盛唐文化》(北京:北京大学出版社,1998年5月),页 263。

⑧④参氏著《唐诗研究》(台北:台湾商务印书馆,1987年10月),页 26。

⑧⑤参氏著《中古文学史论文集续编》(台北:文津出版社,1994年7月),页 302。

⑧⑥参氏著《北朝文学研究》(台北:文津出版社,1993年9月),页 49~65。

⑧⑦参氏著《齐梁诗歌向盛唐诗歌的嬗变》(台北:商鼎文化出版社,1996年8月),页 115~131。

⑧⑧参氏著《诗国高潮与盛唐文化》,页 269。

⑧⑨另详参笔者《荆雍地带与南朝诗关系的研究》(林文月教授指导,台北:台湾大学中

国文学研究所博士论文,1987年7月),页210。及《南朝边塞诗新论》,页30。

⑩参《淡江大学中文学报》(2000年12月),第六期,页56。

⑪参拙著《荆雍地带与南朝诗关系的研究》,页213～214。此外,大陆学者葛晓音对此亦作过详细考证,参氏著《诗国高潮与盛唐文化》,页260～261。

⑫《北齐书·魏收传》:"收每议陋邢邵文。邵又云:'江南任昉,文体本疏,魏收非直模拟,亦大偷窃。'收闻乃曰:'伊常于沈约集中作贼,何意道我偷任昉。'任、沈俱有重名,邢、魏各有所好。武平中,黄门郎颜之推以二公意问仆射祖珽,珽答曰:'见邢、魏之臧否,即是任、沈之优劣。'"参〔唐〕李百药撰《北齐书》(点校本,北京:中华书局,1997年9月),页492。

⑬参氏著《注史斋丛稿》(台北:台湾商务印书馆,1990年6月),页363～414。

⑭《隋书·文学传序》,见《隋书》,页1729～1730。

⑮同前注。

⑯《北史·文苑传序》,见《北史》,页2782。

⑰《北齐书·文苑传序》,见《北齐书》,页602。

⑱《周书·王褒、庾信传论》,见《周书》,页744。

⑲《旧唐书·魏征传》,见〔后晋〕刘昫(887～946)等撰:《旧唐书》(点校本,北京:中华书局,1997年9月),页2548。

⑳〔隋〕姚察(533～606),〔唐〕姚思廉、魏征合撰:《梁书》(点校本,北京:中华书局,1997年9月),页150。

㉑同前注,页97。

㉒《梁书》,页152。

㉓《梁书》,页120。

㉔《北史·序传》,页3343。

㉕李延寿在《北史·文苑传序》里,使用了二千五百七十三字的长度,俨然已文学史源

远流长的视角将北朝文学当作正统的文学的承续者看待,全文从六经诸子开端,继而两汉马班之赋,与建安、太康之诗,随后又将五胡乱华时期的中原文士为叙述主体,继之以北魏、北周文学概况的描述,显然站在以北方为正统的立场下去推展"江左、河朔"的论调。然而其写《南史·文学传序》却只用了二百三十一字,只占《北史·文苑传序》的百分之九,并且内容空泛,丝毫没有描述南朝文学的源流与其文学主张,的确与文学史的事实完全不吻合。

⑩例如:谢灵运《燕歌行》:"秋蝉噪柳燕栖楹,念君行役怨边城"(页1152);萧衍《捣衣诗》:"中州木叶下,边城应早霜"(页1534);柳恽《赠吴均诗》三首之三:"边城秋霰来,寒乡春风晚"(页1674);何逊《寄江州褚谘议诗》:"追忆边城游,奚寻平生乐"(页1648);吴均《边城将诗》四首之二:"朴本边城将,驰射灵关下"(页1738);刘孝威《结客少年场行》:"边城多紧急,节使满郊衢"(页1689);武陵王萧纪《明君词》:"塞外无春色,边城有风霜"(页1900);萧纲《雁门太守行》三首之一:"寒苦春难觉,边城秋易知"(页1906);张正见《梅花落》:"边城灌木少,折此自悲吟"(页2479);陆琼《关山月》:"边城与明月,俱在关山头"(页2537);李爽《赋得芳树诗》:"欲寄边城客,路远讵能持"(页2555);江晖《雨雪曲》:"边城风雪至,游子自心悲"(页2605)等。案:以上标明页数之出处,俱为逯钦立辑校《先秦汉魏南北朝诗》(台北:木铎出版社,1983年)。

下 篇
南北文化再探

三分归晋前后的文化宣言

——从左思《三都赋》谈南北文化之争

一、前言

魏晋南北朝复杂的历史情境,不仅丰富了文学的创作,更产生许多耐人寻味的文化现象,而这些文化现象在后代中国历朝似也不断地一再重复出现。

先前笔者曾针对南朝士人的时空思维进行研究[①],发现南朝士人置身于大时代的分裂,无时无刻悬念着克复神州,再定故都京洛的壮怀;其虽身处"江南佳丽地,金陵帝王州",却不断口诵长安歌吹,手写洛阳风华,将眼前南国的地理形势比附成汉朝北地的神州山河,而产生一种极为特殊之时空错置,坐标北移的思维方式,而这种特殊的时空思维模式居然又再现于相隔时空五百年之后的南宋士人身上,甚至是今日的台海[②]。

本文则针对魏晋南北朝另一极为特出的文化现象"南北文化之冲突与相争"进行第一阶段"西晋时期"的思索。所谓"南北文化之冲突与相争",系指长江南北的人士因地域、风俗或政权变迁等种种差异性而产生相互较劲与争抑的意气郁结。事实上，中国因为幅员辽阔，各地气候、物产、风俗等都极具差异性，使得各地人士往往具有鲜明的地域性格。然而正式以长江作为界线，南北人士出现壁垒分明，相互争胜扬抑的情形，则始自魏晋南北朝时期。

南北文化之争的影响层面至为广大，举凡魏晋南北朝时期的文学、史学、政治、经济等诸多面向的发展均与此息息相关，故对于此一议题的认识，似已成为专治魏晋南北朝学术的研究者理应具备的基本学识背景。因此，夹杂在各种文史论著当中的相关论述不乏诸多精辟之论。而根据本文初步的观察，魏晋南北朝三百余年南北相轻相争的文化现象，大抵可以依据西晋、东晋、南北朝、唐初的历史断限划分成四个层面作探讨：(一)三国统一，南人北上：这是北人以其强势的政治力去压迫国破家亡的南方文化所形成的南北对抗。(二)晋室失驭，北人南下：这是北人处于政治弱势的情况下与南方士族妥协，而形成的以世族社会为核心的南北相轻。(三)南北朝隔江政治对立：这是南北双方为了宣示自身的政权正统性而形成的隔江对骂，可说是略带表演性质的冲突。(四)唐初史官重北轻南诠释：这是北人倚恃其政治优势而霸道地侵占文化解释权[③]。

但本文仅先处理第一个时期，即三分归晋前后酝酿的南方文化之争。而这一系列南北文化相争之滥觞，其实最早是源自于西晋左思(250~305)的一篇《三都赋》。因此，我们要了解中国历来南北相互争抑之郁结所在；见此负面思维的历史发展脉络；对此历史文化复杂面进行剖析及批判性思考，从《三都赋》作为考察进路，极有利于深入地去理解三分归晋后的南北文化相轻现象。

二、《三都赋》对汉大赋政教传统的沿袭与新议题的流溢

左思《三都赋》虽作于西晋,然却被誉为汉代大赋的殿军之作,因其继承了自司马相如《子虚》《上林》扬雄《羽猎》《长杨》班固《两都》及张衡《两京》以来的汉大赋书写传统[④]。但是左思《三都赋》的出现其实是不符合文学发展之进程的,这时期赋的总体走向是往抒情小赋的道路前进,因此马积高在其《赋史》论及《三都赋》时云:"在赋史上,它已不占有重要地位,而只是汉大赋的一种回响了。"[⑤]但是如果从文化史的角度观察《三都赋》,那就相当有意义了!此外,先于左思《三都赋》,另外还有一篇何晏(193?~249)的《景福殿赋》,亦是一篇值得注意的宫殿大赋。这两篇赋的书写一在魏明帝曹叡时代,一在晋武帝司马炎在位期间,这两段时期恰好是魏晋政治史上的相对稳定期,难怪大赋又一度受到重视[⑥]。

必须知道,汉代大赋本质上就是一个政治性格很强的文类,是典型大一统帝国文化之下的虚荣产物,充分担负着润色鸿业的任务;而汉赋作家的心灵取向从班固《两都赋序》中亦可窥见一斑,班固在《两都赋序》中不仅将汉赋提升到"古诗之流"的文章高度,更比附礼乐最为隆盛的周朝文化,认为赋是"雅颂之亚",并说"大汉之文章,炳焉与三代同风"[⑦],可说是把汉赋作家对于自己能够置身新兴帝国,见证光荣历史的心情,用一种昂扬自信的"话语"[⑧]展露无遗。因此,受到天汉雄风之氛围濡染的汉代大赋,总是铺张扬厉地用一种鱼贯类推的模式去构筑出一个假象佯信的理想帝国世界,在文化史上凸显汉代侈丽恢弘,不可一世的大帝国性格[⑨]。

胡学常《文学话语与权力话语——汉赋与两汉政治》谈汉赋本质时,曾借

用西方理论家傅柯(Michel Foucault)的"话语理论"对汉赋与政治权力结构的关系进行一种新的诠释。其研究指出,每一朝代都有一套与当时社会政治事象相匹配的官方象征体系,而汉赋的象征资源乃是对官方象征体系的挪用,因此汉赋化与绝非一种具有审美品质的个体性话语,它更是帝国意识型态机器的一个部分,不仅是为官方政治秩序服务,同时也构成对于现存政治秩序合法性的支持力量。汉赋以其象征资源对于政治秩序的建构,集中体现在它关于帝国格局与帝国圣君的想象性叙事上,汉赋不仅认同君主的至尊性,并运用象征资源对君主进行再塑造,使之成为乌托邦的明君英主,进而描绘出一幅理想的政治图像,完成政治神话的制作,强化知识分子对于现存政治秩序心悦诚服的认同感。因此,汉赋也可以说是受到政治激励与操纵的文化生产过程,是一种受到帝国意识型态的制约或支配下的意识型态的生产[⑩]。

继承汉赋写作传统而来的何晏《景福殿赋》与左思《三都赋》,作为政权文宣的合法性代言人角色,其所散发的正是这种对于帝国愿景的高度期许与自我膨胀,以至于居然连带对于南方文化形成一种傲慢姿态的辐射。当然,尚处在三国对峙的何晏,写起《景福殿赋》来口气自然不会凌驾于已见三分归晋的左思《三都赋》,而其中也未涉及吴、蜀文化的问题。然而《景福殿赋》亦非仅是单纯地借由描绘许昌城景福殿的雄壮宏丽,来颂扬曹魏政权之隆盛而已,其所谓"大哉惟魏,世有哲圣,武创元基,文集大命,皆体天作制,顺时立政,至于帝皇,遂重熙而累盛。远则袭阴阳之自然,近则本人物之至情。上则崇稽古之弘道,下则阐长世之善经……彼吴蜀之湮灭,故可翘足而待之。"[⑪]云云,无疑是对吴、蜀进行政权德治论、政权礼制论与政权天命论的三重心战喊话,文章最后更认为以曹魏如此恢弘之政治格局,吴国、蜀国的灭亡只是时间早晚的问题而已,言词之间充满了北方人士自以为是的骄横。

灭蜀以后，晋廷掌控时局的态势已然成形，不免使左思耽溺在天下业将归于一统的踌躇满志，写起《三都赋》的气魄与何晏直不可同日而语，甚至陷落在一种认为汉代大一统帝国规模即将复现的浪漫执迷之中。左思《三都赋》不仅充斥着类似《子虚》《上林》《长杨》《羽猎》诸赋的帝国自豪，更蕴含着对于天汉雄风极为痴狂的向往之情，甚至完全继承了汉代京都大赋《两都》《两京》的书写模式[12]，其赋序即明白地表示："余既思摹二京而赋三都"[12]，因此在谋篇布局，章法结构上处处可见模拟之迹，或可说根本就是拿着汉赋的框架来型塑三国统一后的政治图景。

三、《三都赋》的写作背景与帝国雄风的想像

《三都赋》的写作年代一直是学术界的公案，历来说法有以下几种：（一）傅璇琮认为成于太康元年（280）之前；（二）李长之认为成于280～282年之间；（三）高桂惠认为成于272～282年，前后共十年；（四）牟世金、徐传武认为完成于295年左右；（五）陆侃如则系之于左思晚年。其中又以傅氏之考论较为详实，相对亦较为学界所接受。而杨合林《左思〈三都赋〉新探》一文又站在傅氏的研究基础上，并配合晋初对于伐吴与否，朝议争执不下的政治课题，推演出《三都赋》很可能是一篇力主伐吴的文宣品，并曾于文中补充傅氏之说，指出：在《吴都赋》中东吴王孙曾针对西蜀公子的夸炫之词，直揭其陋云："公孙国之而破，诸葛家之而灭"，进而将吴蜀相较而论曰："西蜀之于东吴，小大之相绝也，亦犹棘林萤耀，而与夫柯龙烛也。否泰之相背也，亦犹帝之悬解，而与桎梏疏属也。庸可共世而论巨细，同年而议丰确乎？"西蜀之与东吴不得共同议论，非唯"大小相绝"，实乃"否泰相背"，此四字显非亡国者

所得夸言。然在魏国先生看来，吴虽未亡，亦不过是"权假日以余荣，比朝华而庵蔼""揆既往之前迹，即将来之后辙"，其重蹈西蜀覆辙已为时不远[14]。杨氏之说确实极具证据效力，并且从《吴都赋》的文本当中亦可察觉到一些内证，尤其东吴王孙动不动亟欲与中原争胜的情况，本文研判此确实不像是亡国之徒的表现。例如谈吴地草木种类之繁盛，则云"中州所羡"；论吴地则地灵人杰，"中夏比焉，毕世而罕见"；甚至认为"兹都（吴都）之函弘，倾神州而韫椟"即吴都之大，足以涵容中国。

另外，关于《三都赋》的写作动机，王鸣盛《十七史商榷》卷五十一云：

> 左思于西晋初，吴蜀始平之后，作三都赋，抑吴都、蜀都，而申魏都，以晋承魏统耳。[15]

王氏之说盖晋初立国之际，对于汉末三分鼎峙的局面，宜取何者为绩统的问题颇有争执[16]。中国史学上之正统论，从孔子作《春秋》以事系年，主宾旷分，正闰之论遂起，此后不仅是书写历史时须严分正闰，新兴政权甫生之际也格外重视继统的问题，尤其五德终始之说肇兴之后，政治上的正闰问题俨然成为一个政权之所以能够合法存在的依据[17]。晋承魏统而来，故似也有必要为魏代汉一事作一个圆说。因此，在《魏都赋》当中确实是可以看到左思谈论魏国之兴，亦运用了天命符谶之观念，云其乃是"嘉祥徽显而豫作，是以兆朕振古，萌柢畴昔，藏气谶纬，闭象竹帛。回时世儿渊默，应期运而光赫。"[18]即以魏都之兆始自古往，乃天命之所预定也；又"刘宗委驭，巽其神器，窥玉策于金縢，案图箓于石室。考历数之所在，察五德之所莅。量寸旬，涓吉日，陟中坛，即帝位。改正朔，易服色，继绝世……"[19]极言魏之代汉而起，系天命之转移；

又"日不双丽,世不两帝。天经地纬,理有大归。"[20]这更完全视魏为三国时期的唯一正统。

《三都赋》无疑可视为一篇正统论述,但其实更是一篇典型的文化宣言,系乱世之后,士大夫极度期盼天下一统的心理结构受到三分归晋之政治假象的诱发,所作出的一个历史传承的追认与帝国远景的建构。左思《咏史诗八首》的第一首"弱冠弄柔翰,卓荦观群书。著论准过秦,作赋拟子虚。边城苦鸣镝,羽檄飞京都。虽非甲胄士,畴昔览穰苴。长啸激清风,志若无东吴。铅刀贵一割,梦想骋良图。左眄澄江湘,右盼定羌胡。功成不受爵,长揖归田庐。"[21]很能反映他心中的想法。其中"著论准过秦,作赋拟子虚"这两句话,很值得再三玩味!众所周知,不论是贾谊《过秦论》抑或司马相如《子虚赋》,实际上都是汉代帝国大一统格局下的产物,《过秦论》是借秦国之兴衰启发汉文帝推行仁政,寻求长治久安之策;《子虚赋》则讽谏帝王勿耽溺于游猎之乐,应着重养民保民之德。左思云其为文系以此二篇作品为准则的奋发激昂,几乎可说是已经准备坐待天下一统的到临,故其诗云"长啸激清风,志若无东吴""左眄澄江湘,右盼定羌胡"。江、湘是指长江、湘水,是当时东吴的所在地;羌胡则是当时分布在西北甘肃、青海一带的羌族,显然左思纵声长啸,志高气昂,一点也没有把东吴放在眼里,所以说"志若无东吴"。左思正是以这种浪漫激昂的心情创作《三都赋》的。然而就一般而言,左思所处的时代无论就政治、经济、社会、民生等那一方面而言,虽说尚不如前朝之繁荣,但也勉强可以算是一个局面小康的时代,比起汉末以来的三国乱世,给予老百姓相对十足的安定感。而且从史书的记载看来,确实在平吴之后,西晋达到短暂的政治统一,社会安定,人民较于先前有更为繁荣和乐的生活环境,诚如《晋书·舆服志》所云:"世属升平,物流仓府,官闱增饰,服玩相辉。"[22]又《晋书·张华传》云:"远夷宾服,四境无虞,频岁丰稔,士马强盛。"[23]因此,左思对于帝国雄风的企盼也不能算是纯属空想。并且当时无论朝野上下,士庶贵贱对于这样一个崭新时代的来临,也无不充满着期待而"梦想骋良图"[24]。

四、《三都赋》的假性帝国结构与南北文化之争的酝酿

《三都赋》全篇以《蜀都赋》《吴都赋》《魏都赋》三篇都城赋架构而成,所赋三都各有侧重,运用相互顿折之笔,凸显出魏都在政治、经济、疆域、物产、历史、文化、风土、民情等诸多面向的美好,并创构出一种凌驾在蜀都、吴都之上,卓然特异,具有理想国色彩的魏都风貌。

这种风貌大体以下列几种面向呈现之:从历史传承观之,系先王圣贤之乡:

> 魏地者,毕昴之所应,虞夏之余人,先王之桑梓,列圣之遗尘。……[25]

从地理环境观之,乃地气之所汇聚:

> 旁极齐泰,结凑冀道。开胸殷卫,跨蹑燕赵。山林幽峡,川泽回缭,恒碣碪崿于青霄,河汾浩洰而皓溔。南瞻淇澳,则绿竹纯茂;北临漳滏,则冬夏异沼。……温泉毖涌而自浪,华清荡邪而难老。墨井盐池,玄滋素液,厥田惟中,厥壤惟白。……[26]

从都城经营观之,仿效历代圣君贤王的建制:

经始之制,牢笼百王。画雍豫之居,写八都之宇。鉴茅茨于陶唐,察卑宫于夏禹。古公草创,而高门有闶,宣王中兴,而筑室百堵。兼圣哲之轨,并文质之状。……㉗

从宫殿建筑观之,遵循古代营建的法则:

阐钩绳之筌绪,承二分之正要。揆日晷,考星耀,建社稷,作清庙。筑曾宫以回匝,比冈隒而无陂。造文昌之广殿,极栋宇之弘规。若崇山崛起以崔嵬,髣若玄云舒霓以高垂。……㉘

从苑囿功能观之,涵养万物,与民同乐:

羽翩颉颃,鳞介浮沈,栖者择木,雊者择音。若咆渤澥与姑余,常鸣鹤而在阴。表清籞,勒虞箴,思国恤,忘从禽。樵苏往而无忌,即鹿纵而匪禁。……㉙

从官府民风观之,民风和善,行政制度完善:

斑白不提,行旅让衢。设官分职,营处署居。夹之以府寺,班之以里间。其府寺则位副三事,官瑜六卿。奉常之号,大理之名。……㉚

从都市经济观之,虽然繁华却不浮滥:

· 289 ·

廊三市而开廛，籍平遠而九达。班列肆以兼罗，设阛阓以襟带。济有无之常偏，距日中而毕会。抗旗亭之峣薛，侈所眺之博大。百隧毂击，连轸万贯，凭轼捶马，袖幕纷半。壹八方而混同，极风采之异观。质剂平而交易，刀布贸而无算。财以工化，贿以商通。难得之货，此则弗容。器周用而长务，物背亷而就攻。不鬻邪而豫贾，著驯风之醇酿……[31]

从畋猎态度观之[32]，严守大搜之礼：

既苗既狩，爰游爰豫。借田以礼动，大阅以义举。备法驾，理秋御。显文武之壮观，迈梁驺之所著。林不槎枿，泽不伐夭。斧斨以时，层盲以道，德连木理，仁挺芝草。……[33]

从典章制度观之，参照前朝以应当代之变：

斟洪范，酌典宪，观所恒，通其变。上垂拱而司契，下原督而自劝。[34]

再加上历代的魏都君主在左思的巧思型塑之下，一一克守节俭、勤政、勇武、礼治、怀仁、禅让等帝王之德，致使《魏都赋》描绘出一种前所未有的帝国繁盛风华！

然而，揆诸史籍，左氏所言岂是历史真貌？就德行观之，晋朝得位不正，安能久远？诚如《晋书·宣帝纪》所载录的一段东晋明帝与王导的对话：

明帝时，王导侍坐。帝问前世所以得天下，导乃陈帝创业之始，及文帝末高贵乡公事。明帝以面覆床曰："若如公言，晋祚复安得长远！"迹其猜忍，盖有符于狼顾也。㉟

而就实际经济发展概况观之，在咸宁、太康之交，傅咸就曾上言晋武帝云：

> 陛下处至尊之位，而修布衣之事，亲览万机，劳心日昃，……然泰始开元以暨于今，十有五年矣。而军国未丰，百姓不赡，一岁不登便有菜色者，诚由官众事殷，复除猥滥，蚕食者多而亲农者少也。……每见圣诏以百姓饥馑为虑，……空校牙门，无益宿卫，而虚立军府，动有百数。五等诸侯，复坐置官属。诸所宠给，皆生于百姓。一夫不农，有受其饥，今之不农，不可胜计。纵使五稼普收，仅足相接；暂有灾患，便不继赡。以为当今之急，先并官省事，静事息役，上下用心，惟农是务也。㊱

虽说晋武帝登基以后的各项国政已有长足改善，但也必须要五谷丰收才能勉强挨过一年，只要有一年收成不好，百姓就得饿肚子，并且设官分职也还没有完善的制度，所以傅咸才会建议晋武帝应该并官省事，惟农是务。因此，若是比对班固、张衡与左思所处时期的政经情势，《三都赋》比起《两都赋》《两京赋》反而显得更为夸大其词，完全是个虚拟的帝国架构，也难以符合《三都赋》序中所极力强调"美物者，贵依其本；赞事者，宜本其实"㊲的赋学观念。

《三都赋》中除了一厢情愿地虚构魏都蓝图，更是毫不留情地对蜀、吴二都极尽贬抑之能事，并说明其不自量力，乃至于终有灭亡之祸：

榷惟庸蜀与鹡鹊同窠,句吴与蛙黾同穴。一自以为禽鸟,一自以为鱼鳖。山阜猥积而崎岖,泉流迸集而咉咽。㶏壤瀸漏而沮洳,林薮石留而芜秽。穷岫泄云,日月恒翳。宅土燠暑,封疆障疠。蔡莽螫刺,昆虫毒嘬。汉罪流御,秦余徙裂。宵貌蕞陋,禀质径脆。巷无杼首,里罕耆耋。或魋髻而左言,或镂肤而钻发。或明发而耀歌,或浮泳而卒岁。风俗以韰果为婳,人物以戕害为艺。威仪所不摄,宪章所不缀。……揆既往之前迹,即将来之后辙。成都迄已倾覆,建业则亦颠沛。……㊳

李善注云:"三都者,刘备都益州,号蜀;孙权都建业,号吴;曹操都邺,号魏。思作赋时,吴、蜀已平,见前贤文之是非,故作斯赋以辨众惑。"㊴姑且不再谈论《三都赋》写作时究竟吴国灭亡与否的问题,从李善注中可以发现:在左思写作《三都赋》之前,必然已经产生一些零星的南北文化之争,即三国文士各为其主地撰文论说彼此是非,而左思则企图针对各家说法,作赋以辨众惑。

然而,左思的这篇赋不仅没有达到预期效果,弭平争议,似乎还正式开启了南北文化之争的衅端。毕竟《三都赋》以魏都为本位的书写,行文之际对蜀、吴二都的文化现况充满偏见,进而有许多近乎诬名的不实指控;并且对于魏都的典章制度亦过度美化! 北方人士挟持着这种政治上的胜利,居然视历史解释权为战利品而企图垄断之,此举不仅造成北方人士剧烈的自我膨胀,而产生一种文化优越感,也引起南方人士心理上的嫌隙,导致南北之争的火焰四溅。

五、三分归晋后的南北文化冲突

《三都赋》结尾如是说:魏国先生之言未卒,吴、蜀二客面容羞惭,茫然若失地承认自己见短识浅,狂妄无知,不睹皇舆之轨躅,幸得魏国先生的知识宏大,悉心开释,才使其得闻上德之至盛,方知日不双丽,世不两帝的道理。吴、蜀臣服在皇魏底下,中国再度进入大一统时期,在政治上与文化上都有适当的调和,进入一种极具理想色彩的历史发展。不料司马氏的灭蜀平吴,虽说结束了三国鼎峙的政权对立与冲突,然却未能使长江南北的文化之争有所和缓,反而使之更加剧烈[40],殆为左思撰写《三都赋》时始料未及矣!

在三分归晋之后,南北之争大体可以分成以下四个点稍作观察:

(一)国土分治的持续

《晋书·华谭传》记载,太康中,嵇绍举荐南方文人华谭入洛,晋武帝以江表难附一事亲策之曰:

> 吴蜀恃险,今既荡平。蜀人服化,无携贰之心;而吴人赵雎,屡作妖寇。岂蜀人敦朴,易可化诱;吴人轻锐,难安易动乎?今将欲绥靖新附,何以为先?

华谭对曰:

> 蜀染化日久,风教遂成;吴始初附,未改其化,非为蜀人敦悫而吴人易动也。然殊俗远境,风俗不同,吴阻长江,旧俗轻悍。所安之计,当先

筹其人士,使云翔阊阖,进其贤才,待以异礼;明选牧伯,致以咸风;轻其赋敛,将顺咸悦,可以永保无穷,长为人臣者也。[41]

暂且不论华谭之对策为何,但从晋武对"吴人赵睢,屡作妖寇""难安易动"之忧心忡忡,以及华谭诚实以对"吴始初附,未改其化"系因"殊俗远境,风俗不同,吴阻长江,旧俗轻悍"的情形观之,便可想知晋初的南北文化之争必然相当剧烈,甚至于遭遇亡国之痛的南人根本完全不服北人的治理,《晋书·五行传》即云当时的江南地区"窃发为乱者日继"[42]。又《晋书·刘颂传》云:"孙氏为国,文武众职,数拟天朝,一旦堙替,同于编户。不识所蒙更生之恩,而灾困逼身,自谓失地,用怀不靖。"[43]因此,为了稳固政局,西晋朝廷也不得不委派当时入洛的南方人士再重新回到南方故里去治理南方州郡。例如陆机、陆云兄弟入洛不久,即赴任镇守淮南的吴王司马晏的郎中令;从会稽入洛的夏少明更是回吴国要塞武昌出任太守,为武昌之民所望;晋朝平吴之后,仍留任交州刺使陶璜前后三十载,陶璜死后亦先后派吴郡人吾彦、顾秘接任交州刺史的工作[44]。

由于西晋采取这种南方人治理南方人的政策,也难怪晋室失驭,五马渡江之际,元帝会有"寄人国土,心常怀惭"[45]的感叹。而这也传递出一种讯息,就是即便已经统一经过了四十年之久,南方的土地仍是南方人的,并不完全在北方洛阳政权的掌控之中。所以五胡乱华,北人渡江南下,欲借南疆重建司马氏政权,其实是必须要看南方人脸色的。向来在南方人面前骄傲惯了的北方人面对这种窘境,心里头的感受其实是带有一种难以言喻的复杂性。《世说新语·言语篇》云:

元帝始过江，谓顾骠骑曰："寄人国土，心常怀惭。"荣跪对曰："臣闻王者以天下为家，是以耿、亳无定处，九鼎迁洛邑。愿陛下勿以迁都为念。"[46]

东晋元帝系北人集团之领袖，顾荣则是江东士族的代表，当日北人南来者之心理及江东士族对此突如其来的情势变化之态度可从两人问答寥寥数语中窥知。顾荣的说法亦可代表南方主人允许北方宾客寄居江左，与之和平共处的默契[47]。

另外，从司马氏政权初到江左，为了降服江东之民心，立即处心积虑地笼络江东士族，延览江左名士，宾礼名贤，存问风俗，诚如《晋书·元帝本纪》所云："（元帝）用王导计，始镇建邺，以顾荣为军司马，贺循为参佐，王敦、王导、周𫖮、刁协并为腹心股肱，宾礼名贤，存问风俗，江东归心焉。"[48]类似这种对于南方风土民情屈尊敬贤的情形观之，亦可知道在西晋统治的四十年期间，并未达到真正的实质统一，所以史书说司马氏初到江东，"吴人不附，居月余，士庶莫有至者。"[49]必须是经过王导的一番努力之后，方有"吴会风靡，百姓归心焉……渐相崇奉，君臣之礼始定。"[50]的政治新局，但是后来也曾爆发义兴周氏的武装叛变，而叛变的原因据史书记载系因"时中国亡官失守之士避乱来者，多居显位，驾御吴人，吴人颇怨"[51]，虽说叛变很快就被弭平，但还是说明了南北人之间难以消解的郁结。

（二）权力结构的冲突

北上入洛的南方子弟在仕途上是格外艰辛的，有几封陆云与家乡友人的通信很能显明这种情形。如《与杨彦明书》之三云"阶涂尚否，通路今塞，令人罔然"[52]，又《与陆典书书》之五云："愚以东国之士，进无所立，退无所守，明裂眦苦,皆未如意。"[53]廖师蔚卿《陆机研究》[54]一文曾论及陆机兄弟被卢志、孟玖等北方人士谮害,实在是因为政治厉害的冲突,洛阳政权是没有东吴遗族分享的机会的。因此,陆机兄弟遇难的这场政治事件,也让吴人充分地了解到其无法共享政治资源的现实处境。《晋书·陆云传》记载孙权族曾孙孙惠与吴人朱诞书曰:

> 不意三陆相携暗朝,一旦湮灭,道业沦丧,痛酷之深,荼毒难言。国丧俊望,悲岂一人![55]

这段话的意思是说,"三陆"陆机、陆云、陆耽三人相携入洛,代表着东吴遗族向洛阳政权叩门,结果却处处碰壁,甚至不得善终,此事看在吴人的眼里,岂仅只是陆氏兄弟个人的悲哀,更是代表千万南方人未受到公平待遇的酸楚。《晋书》有一段记载将南方人士入室晋廷的甘苦心绪刻画的相当传神:

> 齐王冏召为大司马主簿。冏擅权骄恣,荣惧及祸,终日昏酣,不综府事,以情告友人长乐冯熊。熊谓冏长史葛旟曰:"以顾荣为主簿,所以甄拔才望,委以事机,不复计南北亲疏,欲平海内之心也。今府大事殷,非酒客之政。"旟曰:"荣江南望士,且居职日浅,不宜轻代易之。"熊曰:"可转为中书侍郎,荣不失清显,而府更收实才。"旟然之,白冏,以为中书侍郎。在职不复饮酒。人或问之曰:"何前醉而后醒邪?"荣惧罪,乃复更饮。与州里杨彦明书曰:"吾为齐王主簿,恒虑祸及,见刀与绳,每欲自杀,但人不知耳。"[56]

顾荣是与陆机兄弟同时入洛的南方望士,其在政治上的影响力更是凌驾在陆机之上,但即便是以他的身分地位在入洛之际竟然也显得小心翼翼、如临深渊,更何况是一般的南方士人,其在洛阳的处境必然是更加的艰难。

《晋书·张翰传》记载张翰与顾荣的一段对话,其实很能说明南方人士在洛阳的处境:

> 翰谓同郡顾荣曰:"天下纷纷,祸难未已。夫有四海之名者,求退良难。吾本山林间人,无望于时。子善以明防前,以智虑后。"荣执其手,怆然曰:"吾亦与子采南山蕨,饮三江水耳。"[57]

张翰指出南方人士要在洛阳权力中心打滚的一个特点,就是得"以明防前,以智虑后"。关于这点,顾荣当然是个中高手,从他后来迎晋元帝于江东一事,就可以看出他的利落身段,但他也不得不在此南北相轻的压力之下,而有愿采南山蕨,饮三江水的慨叹。

又《世说新语·识鉴篇》记载:

> 张季鹰辟齐王东曹掾,在洛见秋风起,因思吴中菰菜羹、鲈鱼脍,曰:"人生贵得适意尔,何能羁宦数千里以要名爵!"遂命驾便归。俄而齐王败,时人皆谓为见机。[58]

一般而言,读这段话者皆赞叹于张季鹰(张翰)因识见明智而得以避祸全身,然文廷式《纯常子枝语》对此却有一段极为耐人寻味的批评:"季鹰、彦先(顾荣)皆吴之大族。彦先知退,仅而获免。季鹰则鸿飞冥冥,岂世所能测其浅深哉？陆氏兄弟不知此义，而乾没不已，其沦胥以丧，非不幸也！"[59]张翰与顾荣都是东吴大族，身分地位绝不下于陆机，却都深黯入洛之后的明哲保身之道，是以可以全身保家，而陆机贸然进取的结果，则身家受害观之，确实洛阳的政治权利吴人是无法染指的。

（三）文士之间的相争

过往三国时期，北人袁准就曾经对曹爽说："吴楚之民，脆弱寡能，英才大贤不出其土，比技量力，不足与中国相抗。"[60]而今亡国之民，自然更加被人轻视。例如华谭初举秀才之际，王济就曾当众嘲讽他：

> 五府初开，群公辟命，采英奇于仄陋，拔贤俊于岩穴。君吴楚之人，亡国之余，有何秀异而应斯举？

而华谭亦不甘示弱，不仅以明珠文贝，夜光之璞自抬身价，并唇齿反讥洛阳人士为顽民之后代：

> 秀异固产于方外，不出于中域也。是以明珠文贝，生于江郁之滨；夜光之璞，出乎荆蓝之下。故以人求之，文王生于东夷，大禹生于西羌。子弗闻乎？昔武王克商，迁殷顽民于洛邑，诸君得非其苗裔乎？[61]

类似这种南北文士相轻的剧码在当时是随时搬演[62]，最为人广知的实例是太康末年（289），二陆入洛，北方人士不断地对机、云兄弟的恶言相向。《世说新语》中有几则记载，摘录如下：

陆士衡初入洛,咨张公所宜诣,刘道真是其一。陆既往,刘尚在哀制中。性嗜酒,礼毕,初无他言,唯问:"东吴有长柄壶卢,卿得种来不?"陆兄弟殊失望,乃悔往。　　　　　　　　(《简傲篇》第五则)

卢志于众坐,问陆士衡:"陆逊、陆抗,是君何物?"答曰:"如卿于卢毓、卢珽。"士龙失色。既出户,谓兄曰:"何至如此,彼容不相知也?"士衡正色曰:"我父祖名播海内,宁有不知?鬼子敢尔!"议者疑二陆优劣,谢公以此定之。　　　　　　　　　　(《方正篇》第十八则)

陆机诣王武子,武子前置数斛羊酪,指以示陆曰:"卿江东何以敌此?"陆云:"有千里莼羹,但未下盐豉耳!"　(《言语篇》第二十六则)[63]

亡吴之民,被人轻视本是很自然的事,而陆机本人又"声作钟声,言多慷慨"(《世说新语·赏誉篇》第三十九则)[64],这种趾高气昂的个性再搭配其傲人之才气,就使得他对于北人亦往往出言不逊,例如他对答卢志的那段话,虽说是以彼之道还施彼身,但仍显得极度尖锐而无礼,须知六朝人士是非常忌讳直言家讳,陆机以其初入洛阳之身,就在言行上与人冲突,不免使其胞弟为之担忧,这点在本传中形容得更为传神,也把南方文士离乡背井,北上入洛的处境表露无遗:"殊邦遐远,容不相悉,何至于此!"[65]

　　陆机身为南方文人的代表,自是众矢之的,如《裴子语林》中还有一则关于潘岳与陆机交锋的故事记载:"士衡在坐,安仁来,陆便起去。潘曰:'清风至,尘飞扬。'陆应声答曰:'众鸟集,凤凰翔。'"[66]南北人马双方的敌对意识可见一斑。又《晋书·左思传》记载陆机初入洛[67],本欲作《三都赋》,听闻左思

· 299 ·

正作此文,于是抚掌而笑,与弟云书曰:"此间有伧父,欲作三都赋,须其成,当以覆酒瓮耳。"[68]陆机的傲物不仅是因为恃才,更与南方的民情风俗有关,诚如《晋书·五行志》所云:"吴之风俗,相驱以急,言论弹射,以刻薄相尚。"[69]

陆机欲作《三都赋》一事,从三都赋的著作年代而言,可说是纯属无稽之谈,并且从《三都赋》的著作精神面观察,陆机身为南方文士恐怕也难以稽同其说,更遑论有所谓"机绝叹伏,以为不能加也"[70]的说法。然而,从这类无中生有的传言之渲染,反而更能察觉南北文人相互之间的微妙竞争心态。可想而知,陆机作不成《三都赋》这种长篇巨著的说法,必是成于北方人之口,正如同"二陆入洛,三张减价"[71]推测应是南方人士的谬说!

(四)习以为常的轻蔑

政治上的优势使得北人在面对"亡国之余"的南人时有一种族群上的优越感,甚至已经融入其日常言行举止当中而成为一种习惯。《世说新语·惑溺篇》中有一则故事很能说明这种情况:

> 孙秀降晋,晋武帝厚存宠之,妻以姨妹蒯氏,室家甚笃。妻尝妒,乃骂秀为"貉子"。秀大不平,遂不复入。蒯氏大自悔责,请救于帝。时大赦,群臣咸见。既出,帝独留秀,从容谓曰:"天下旷荡,蒯夫人可得从其例不?"秀免冠而谢,遂为夫妇如初。[72]

《晋书·陆机传》中亦有类似的记载:

> 初,宦人孟玖弟超并为颖所嬖宠。超领万人为小都督,未战,纵兵大掠。机录其主者。超将铁骑百余人,直入机麾下夺之,顾谓机曰:"貉

奴能作督不！"[73]

这两则事件，一是妻对夫不尊，称其为"貉子"；一是下属对官长不敬，呼其为"貉奴"，之所以皆不假思索的号呼，正是因为北人已经对南人形成一种习惯性的轻蔑，又例如庾峻也曾极度不礼貌的询问曾经当过孙皓侍中的李仁曰："闻吴主被人面，刖人足，有诸乎？"又问曰："云归命侯乃恶人横睛逆视，皆凿其眼，有诸乎？"[74]再者晋武帝甚至在大会群臣时，问孙浩曰："朕闻吴人好作汝语，卿试为之！"于是孙浩应声曰："□"于是举杯向武帝劝酒曰："昔与汝为邻，今与汝作臣。"于是场面尴尬，众座皆失色[75]！凡此种种无礼的言行，实际上都是导因于北人对于南人的蔑视心态。

不过，三十年河东，三十年河西！当北人渡江南下寄人国土之际，我们也可以看到南方人士调侃北方人士的情形。《世说新语》中就有不少例子。其中最具代表性的事例是王导与陆玩的互动。《方正篇》曰：

> 王丞相初在江左，欲结援吴人，请婚陆太尉。对曰："培塿无松柏，薰莸不同器。玩虽不才，义不为乱伦之始。"[76]

又《排调篇》曰：

> 陆太尉诣王丞相。王公食以酪。陆还遂病。明日与王笺云："昨食酪小过，通夜委顿。民虽吴人，几为伧鬼。"[77]

王导过江之后，首要工作即致力于缓靖南北世族的对立，以求稳固新成立的东晋政权，是以对于陆玩的出言不逊，一再忍气吞声，屡屡容让，亦以陆氏为强宗大族，为吴人之望的缘故。然此情况却也足以说明东晋时期南方人士已经逐渐取得较为公平对等的地位。

六、《三都赋》之历史识见的局限性

余英时在《中国史上政治分合的基本动力》这篇演讲稿中曾经指出，造成中国自东汉，迄隋、唐初四百年分裂的原因，共有四项主要的离心力：第一是匈奴、羌族不断内徙，在北方和西北疆形成极大的势力；第二是世族的兴起，士大夫保家之念远重于效忠朝廷；第三是在思想上儒学重群体的意识开始衰落，代之而起的是重个体自由的老庄；第四是民间文化对上层的儒教文化公开反抗，从黄巾的太平道，张角的五斗米道，以及孙恩、卢循的天师道都形成民间文化与上层文化的冲突。除此之外，当然还有其他种种的离心势力，尤其是"地方主义的互相竞争"也是极为重要的一环。而这些离心力量，必须要有长达四个世纪的时间来慢慢消解[78]。高明士《隋代中国的统一——兼述历史发展的必然性与偶然性》论及中国历史上的统一工作的完成，除了进行军事上的统一工作之外，尚须考虑有利于统一的客观环境因素，注意历史的发展趋势是否已经呈现出统一的契机，其中最重要者莫过于"敌意的缓和"（如使臣往还、文化交流、通商贸易）[79]与"文化的认同"这类社会文化面向的工作，唯有这几个方面的配合，才有可能进行结构稳定的统一工程，倘若只是进行强势的军事力量的统一，而未能在社会文化方面有强大的号召力，这个统一局面也无法持续太久[80]。若是不能看清这些复杂的历史结构变化，任何青涩生硬的统一都只会是昙花一现的假象，西晋的统一不就是短短三十几年的泡沫浪花而已[81]！

左思以他当时的历史识见所及，也许无法掌握这种历史发展的深层力道，更无法意识到西晋统一的脆弱性，认不清其在多种离心力量的拉扯之下，根本无法形成实质的统一结构。因此才会欣欣然以一篇《三都赋》作为政治文宣以辨众惑，企图用强势的政治力来消解南北文化冲突与对立。诸葛亮一篇《隆中对》言犹在耳："孙权据有江东，已历三世，国险而民附，贤能为之用，此可以为援而不可图也。"[82]虽说这是孔明为刘备擘划国策，论及三国形势所论，但其所云孙吴据有江东逾历数代，掳获老百姓民心的观察实为睿见，从后来西晋统一，吴人不附的历史发生事实观之，其卓然的历史识见确实令人叹服！左思毕竟是浪漫的文学家，是以对于天下大势的认识毕竟还是有所不足，因此，才会一厢情愿地以为军事的强势必然带来北方文化片面性的光环。

假如不以政治、军事上的成败论英雄的话，其实三国分立时期的蜀、吴二国在民生经济上都得到相当程度的发展，一点都不输给中原地区，甚至富裕的程度还有过之而无不及，绝非《三都赋》所谓的"庸蜀与鸰鹊同窠，句吴与蛙黾同穴。一自以为禽鸟，一自以为鱼鳖"可概括。即便左思撰作《三都赋》行文之际，也曾无意之间流露出对于蜀、吴二国物庶民丰的咏叹，为其地方经营的表现，分别打了亮眼的成绩，而留下弥足珍贵的历史记录。《蜀都赋》说：

市廛所会，万商之渊。列隧百重，罗肆巨千。贿货山积，纤丽星繁。都人士女，袨服靓。贾贸墆鬻，舛错纵横。[83]

《吴都赋》说：

乐只衍而欢饫无匮,都荤般而四奥来暨。水浮陆行,方舟结驷。唱櫂转毂,昧旦永日。开市朝而并纳,横阛阓而流溢。混品物而同廛,并都鄙而为一。士女伫眙,商贾骈坒。纻衣缔服,杂沓从萃。轻舆按辔以经隧,楼船举帆而过肆。^㉘

三国的分立,虽然带来八十年的纷乱,但是对于长江流域的巴蜀与江南却带来历史开展的契机。江南、巴蜀在孙吴、蜀汉的埋头经营之下,可谓成绩斐然,因此当地文士百姓对于自己的乡土自然信心十足。

江南地区在到了东汉末年,其实已经有了一定程度的开发甚至被视为"沃野万里"的"乐土",《三国志·吴书·鲁肃传》注引《吴书》就曾记载当时中州扰乱,雄杰并起,鲁肃对其下属分析时势云:"中国失纲,寇贼横暴,淮、泗间非遗种之地,吾闻江东沃野万里,民富兵强,可以避害,宁肯相随俱至乐土,以观时变乎?"^㉝另外,据《三国志·吴书·吴主传》注引《吴书》的记载,孙权曾遣冯熙出使魏国,当时魏文帝曹丕曾问冯熙,听说吴国比年灾旱,人物凋损,以大夫之聪慧,观之如何?冯熙信口答曰:"(吴国)带甲百万,谷帛如山,稻田沃野,民无饥岁,所谓金城汤池,强富之国也。"^㊱冯熙所云自有外交辞令的夸大,但也不是凭空捏造。吴境河川密布,水利农田远远超过长江以北的中原地区,并且根据《水经注》的记载,吴国仍不时整治水利,发展农业:"孙皓天玺元年,吴郡上言,临平胡自汉末秽塞,今更开通。"^㊲又"诸葛恪帅师作东兴堤以遏巢湖,傍山筑城。"^㊳再加上孙吴开发山区,兴建屯田,并有因对抗曹魏而勃兴的造船工屈,及随之而来的海上贸易,江东的民生经济确实呈现出前所未有的富饶,并且出现了一些经济性的都市,例如建康、三吴、会稽、番禺、荆襄、寿春、豫章等地,尔后立国江南的东晋、宋、齐、梁、陈各朝的国内工商业以及对外贸易,其实都是立基在孙吴的营建基础上加以发展的[89]。吴国的商业经济实力雄厚如此,就无怪乎葛洪的《抱朴子·吴失篇》会说吴国的富商生活是"金玉满堂,妓妾溢房,商贩千艘,腐谷万庾,园圃拟上林,馆第僭太极,梁肉余于犬马,积珍陷于帑藏!"[90]至于江南文教事业的发达,《抱朴子·审举篇》亦尝云:"江表虽远,密迩海隅,然染道化,率礼教,亦既千余载矣。往虽暂隔,不盈百年。而儒学之事,亦不偏废也。惟以其土宇褊于中州,故人士之数,不得钧其多少耳。及其德行才学之高者,子游、仲任之徒,亦未谢上国也。"[91]故知江东文化水平之高,实不亚于中原地区。

比肩于江东的繁盛,早在刘备未入蜀地经营之前,庞统就曾为其分析益州的好处,很适合作为三分鼎足之地:"益州国富民强,户口百万,四部兵马,所出必具,宝货无求于外,今可权借以定大事。"[92]而《三国志·蜀书·诸葛亮传》更形容川蜀是"沃野千里,天府之土。"[93]并且在三国之中地理最偏僻的巴川,在蜀汉的苦心经营之下,水利农田的建设也极具规模。《水经注》引《益州记》也说都江堰:"水旱从人,不知饥馑,沃野千里,世号陆海,谓之天府也。"[94]成都平原土地肥沃,原本就是大粮仓,而都江堰贯穿其间更使蜀国"黄壤沃衍,而桑麻列植,佳饶水田。故孟达《与诸葛亮书》,善其川土沃美也。"[95]而实际上,四川更是中国南方最早的文化中心,其文化起源的时间,甚至是与汉文化在黄河流域之出现同时,或许还更早,也因此早在刘备入蜀之前,当地的经济文化就已经有高度的发展了,《史记·货殖列传》谓巴蜀地区"栈道千里,无所不通",如果说交通是经济的命脉,便可推知其经济之发展不在话下,另外表现在文化方面,"蜀锦"的品质之佳美更是独步中国,即便是敌对国家魏、吴也不得不向蜀购置锦缎,《丹阳记》云:"历代尚未有锦,而成都独称妙,故三国时,魏则市于蜀,吴亦资西蜀,至是始乃有之。"并且蜀锦亦是蜀汉极为重要的经济收入来源:"诸葛军令云:今民贫国虚,决敌之资,惟仰锦耳。"而直至后主投降,蜀汉仍库存"锦绮彩绢各二十万匹",可见当时的蜀锦产量之盛,这种制锦工业恐怕不是北人眼中的蛮荒之地可以兴起的[66]。至于在文教事业方面,《蜀书·秦宓传》称蜀地:"五尺童子皆学。"[67]蜀汉草创之际,刘备、诸葛亮便着手兴学,建立学校制度,不仅在中央设太学、立博士,在地方郡县也都广设学校,此外也注重典籍的收集与整理工作,这类文化事业的发展工程,也为入晋以后的学术文化交流奠定了良好基础[68]。

吴、蜀的民丰富庶比起中原地区自建安以来,在基本的民生经济上屡屡捉襟见肘的情形,实不可同日而语。魏明帝太和年间,朝臣杜恕曾云:"今大魏奄有十州之地,而承丧乱之弊,计其户口不如往昔一州之民,然而二方僭逆,北虏未宾,三边遘难,绕天略帀;所以统一州之民,经营九州之地,其为艰难。"[69]魏明帝主政时已距赤壁战争二十余年,北方的经济实力仍显困窘,甚至到了晋武帝时期,也还是"军国未丰,百姓不赡,一岁不登便有菜色"的情形观之,实际上西晋朝廷只是做到了形式上国家的统一、执政中央的统一,离文化交融的统一,其实还有一段距离,甚至《世说新语·言语篇》中曾经记载晋室失驭以后,北人渡江南下的复杂心理云:"寄人国土,心常怀惭。"[70]都已经结束三国纷争四十年了,犹分南疆、北土,便知仓促统一下的西晋其实是相当青涩生硬,各方面的基础并不扎实稳固。

左思沉浸于大一统的幻象之中,无法洞悉历史分分合合的内在发展,因此在面对从分裂到统一的瞬间,欣喜之余,无法用更为宽广的视野去静待各种条件的水到渠成,乃至于痴迷地写下充满文化霸权的《三都赋》,造成北方人士对于南方风土民情的刻板印象,为尔后的南北文化冲突应该带来相当程度的示范作用。

假使说左思能够放宽历史的视野,站在更高的角度俯瞰三国时期中国统治中心的多元化倾向,体认到多政府时期对于地方的经济开发及文化发展所带来的新的生机,尤其是进入魏晋南北朝时期以后,中原经济区的破坏、衰落与江南、边远地区的逐步开发和社会经济迅速发展的新格局的形成,尤其是三吴地区、会稽地区、番禺地区与荆湘地区这些南方经济区域对于往后中国的巨大贡献[101],必然不会如此痴迷地写下对南方文化充满蔑视的《三都赋》,在无意中开启了南北相互争衅的肇端。[102]

本文原为国科会计划:"六朝时期南北文化之冲突与相争"(93-2411-H-259-009-),成果刊于台湾云林科技大学汉学资料整理研究所《汉学研究集刊》创刊号,2005年12月

---

① 参见王文进《南朝士人的时空思维》《东华人文学报》(台东:台湾东华大学人文社会科学学院,2003年7月),页235~259。本文系行政院国家科学委员会专题研究计划之研究成果,计划编号:NSC90-2411-H-259-002。

② 参见林郁迢《南宋士人思维中的南朝影像》(台湾东华大学中国语文学系硕士论文,指导教授:王文进,2003年6月)。

③ 首先对此议题提出观察的是牟润孙《唐初南北学人论学之异趣及其影响》《中国文化研究所集刊》第一卷(香港:香港中文大学,1968年9月)。其次是王文进《荆雍地带与南朝诗歌关系之研究》第五章《江陵文人入周对北朝诗风的影响》中亦曾考察《南四书》《北齐书》《北周书》《隋书》《南北史》中的南北文学观,提出唐初史家立论时的特殊背景。(台湾大学中国文学研究所博士论文,1987年)。再者有曾守正《唐初史官文学思想及其形成》(台湾师范大学国文研究所硕士论文,1992年)。笔者预计将针对此论题另文讨论。

④案：《三都赋》全部一万零一百一十三字，篇幅超过班固《两都》、张衡《两京》，为两汉魏晋第一长赋。见徐公持编著《魏晋文学史》第五章《左思》第一节"左思及其《三都赋》"（北京：人民文学出版社，1999年9月），页389。

⑤见马积高《赋史》（上海：上海古籍出版社，1998年9月），页159。

⑥程章灿的研究指出，京殿大赋再历经汉末建安一段相对萧条之后，在魏明帝太和青龙年间又隐然崛起，目前尚可以知道的这一时期赋作有何晏《景福殿赋》、夏侯惠《景福殿赋》、韦诞《景福殿赋》、缪袭《许昌宫赋》、卞兰《许昌宫赋》、何桢《许都赋》、刘邵《许都赋》《洛都赋》、吴质《魏都赋》，但多亡佚或残篇。魏明帝时期国势强盛，骋辞大赋正好适合政治上的宣传需要。参见程章灿《魏晋南北朝赋史》（南京：江苏古籍出版社，2001年6月），页94~96。

⑦引自《文选》（台北：五南图书出版有限公司，1991年10月），页1~3。

⑧所谓话语，不等于言语，亦非泛指语言的实践或个人的表达方式，而是指语言在特定之历史社会条件下的群体表现形式。因而话语是没有个别作者的，它是一种隐匿在人们意识之下，却又暗中支配各个群体不同的语言、思想、行为方式的潜在逻辑。参见赵一凡《欧美新学赏析》，引自胡学常《文学话语与权力话语——汉赋与两汉政治》（杭州：浙江人民出版社，2000年），页31。

⑨参见吴炎涂《帝国与自我的交光叠影——汉赋》，收录于蔡英俊主编《中国文化新论文学篇二·意象的流变》（台北：联经出版事业公司，1997年4月），页83~84。

⑩参见胡学常《文学话语与权力话语——汉赋与两汉政治》第四章《汉赋的象征、政治神话与乌托邦》，页127~170；又第五章《汉赋的意识型态功能》第三节"汉赋作为意识型态的生产"，页199~204。

⑪见《文选》，页285~297。

⑫关于《三都赋》对于汉代京都赋的承继关系，可参见高桂惠《左思生平及其三都赋之研究》（台湾政治大学中国文学研究所硕士论文，1981年6月），页24。

⑬见《文选》,页99。

⑭参见杨合林《左思〈三都赋〉新探》《吉首大学学报》(1995年第2期),页56~61。

⑮见王鸣盛《十七史商榷》卷五十一"三江扬都条"(台北:大化书局,1977年5月),页463。

⑯此问题可参见饶宗颐《晋初及北朝修史段限之争论》《中国史学上之正统论——中国史学观念探讨之一》(台北:宗青图书出版公司,1979年10月),页19~20。

⑰参见饶宗颐《通论》《中国史学上之正统论——中国史学观念探讨之一》,页1~18。

⑱见《文选》,页152。

⑲见《文选》,页165。

⑳见《文选》,页174。

㉑引自逯钦立辑校《先秦汉魏晋南北朝诗》(台北:学海出版社,1991年2月),页732。

㉒见《晋书》(台北:鼎文书局,1995年6月),页783。

㉓见《晋书》,页1071。

㉔参见叶日光《左思生平及其诗之析论》(台北:文史哲出版社,1979年4月),页31~34。

㉕见《文选》,页150。

㉖见《文选》,页151~152。

㉗见《文选》,页152。

㉘见《文选》,页153。

㉙见《文选》,页157。

㉚见《文选》,页158。

㉛见《文选》,页160。

㉜参见陈静容《三都赋中的'畋猎'主题析论》(未刊稿)。

㉝见《文选》,页164。

㉞见《文选》，页162。

㉟见《晋书》，页20。

㊱《晋书·傅玄传》附《傅咸传》，页1324。

㊲见《文选》，页99。

㊳见《文选》，页170～172。案：《三都赋》的这一段话，几乎可以说成为后来南北文化之争中北人的一种思维原型。杨衒之《洛阳伽蓝记》"景宁寺条"曾记载一场南北文化之争的经典辩论，南人陈庆之云："魏朝甚盛，犹曰五胡；正朔相承，当在江左；秦皇玉玺，今在梁朝。"北人杨元慎听完后，立刻严词反驳："江左假息，僻居一隅，地多湿蛰，攒育虫蚁，疆土瘴疠，蛙黾共穴，人鸟同群。短发之君，无杼首之貌，文身之民，禀丛陋之质。浮于三江，棹于五湖，礼乐所不沾，宪章弗能革。虽复秦余汉罪，杂以华音，复闽楚难言，不可改变。虽立君臣，上慢下暴。……卿沐其遗风，未沾礼化，所谓阳翟之民。不知瘿之为丑。我魏膺录受图，定鼎嵩洛，五山为镇，四海为家。移风易俗之典，与五帝而并迹，礼乐宪章之盛，凌百王而独高。岂卿鱼鳖之徒，慕义来朝，饮我池水，啄我稻粱，何为不逊，以王于此？"参见杨勇《洛阳伽蓝记校笺》（台北：正文书局，1982年9月），页113。

㊴见《文选》，页98。

㊵本文所论之文化争执，主要系针对江东人士与洛阳政权的关系作讨论，盖亡蜀臣民并未与洛阳形成尖锐的对立郁结。蜀汉统治蜀地，并未像东吴一样逾历数世，并且军政大权主要是掌握在随刘备入蜀的外籍侨寓人士手中，当地的土著大族代表，只能充任配角，所以对于司马氏用兵蜀地之举，益州土著其实采取的是静观其变的不抵抗策略。另外由于侨寓人士在蜀地根基未深，所以对于司马氏灭蜀之后对侨民所进行的迁洛措施也没有太大的震动，虽说蜀汉人士，如陈寿、李蜜、何潘、费立等人入洛之后不免受到北人的排抵与歧视，但由于其心怀卑怯，失落感要远大于原乡情怀，所以似乎也未形成激进的对抗心理。详参王永平《中古士人迁移与文化交流》第六章《入晋之蜀汉人士命运的浮沉》（北京：社会科学文献出版社，2005年6月），页141～154。

㊶见《晋书》,页1450。

㊷见《晋书》,页844。

㊸见《晋书》,页1294~1295。

㊹参见〔日〕佐藤利行著、周延良译《西晋文学研究》第二章《以陆机为中心的文学集团》第五节"西晋朝廷对南人的政策——利用南人统治南方"(北京:中国社会科学出版社,2004年6月),页141~147。

㊺引自余嘉锡《世说新语笺疏》(台北:华正书局,1993年10月),页91~92。

㊻引自余嘉锡《世说新语笺疏》,页91~92。

㊼参见陈寅恪《述东晋王导之功业》,收录于氏著《金明馆丛稿初编》(北京:生活·读书·新知三联书店,2001年6月),页59。

㊽见《晋书》,页144。

㊾见《晋书·王导传》,页1745。

㊿见《晋书·王导传》,页1746。

㉛见《晋书·周处传孙楘附传》,页1574。

㉜引自严可均辑《全上古三代秦汉三国六朝文·全晋文》(北京:商务印书馆,1999年10月),页1085。

㉝引自严可均辑《全上古三代秦汉三国六朝文·全晋文》,页1086。

㉞文章收录于廖师蔚卿《中古诗人研究》(台北:里仁书局,2005年3月),页26~27。周一良《魏晋南北朝史札记》"西晋王朝对待吴人条"亦曾指出:"综观陆士衡一生出处及其致祸之由,似不能不联系其出身吴人考察之也。"见《周一良集》第二卷(潘阳:辽宁教育出版社,1998年8月),页另王永平《中古士人迁移与文化交流》第七章《陆机云兄弟之死与南北地域冲突》亦值得参考。

㉟见《晋书》,页1486。

㊱见《晋书·顾荣传》,页1812。

(57)见《晋书》,页2384。

(58)引自余嘉锡《世说新语笺疏》,页393。

(59)转引自余嘉锡《世说新语笺疏》,页395。

(60)见《三国志·魏书·齐王芳纪》注引习凿齿《汉晋春秋》,页122。

(61)见《晋书·华谭传》,页1452。案:《世说新语·言语篇》第二十二则将此本事系于另一位南方文士蔡洪身上。不论事主当为何人,从一事两系观之,更可见当时南北相轻的普遍性,是以版本甚多,流传甚广。见余嘉锡《世说新语笺疏》(台北:华正书局,1993年10月),页83~84。

(62)参见沈宗霖《试由〈世说新语〉简论西晋"南北相轻"之事例》(未刊稿)。

(63)俱引自余嘉锡《世说新语笺疏》,页770、299、88。

(64)见余嘉锡《世说新语笺疏》,页443。

(65)见《晋书·陆机传》,页1473。

(66)引自《古小说钩沉》(台北:盘庚出版社,1978年10月),页23。

(67) 陆机曾撰作《赴洛道中作二首》:"总辔登长路,呜咽辞密亲。借问子何之,世网婴我身。永叹遵北渚,遗思结南津。行行遂已远,野途旷无人。……悲情触物感,沉思郁缠绵。伫立望故乡,顾影凄自怜。""远游越山川,山川修且广。……夕息抱影寐,朝徂衔思往。顿辔倚高岩,侧听悲风响。……抚枕不能寐,振衣独长想。"该诗内容把南方人士乡毁国亡,被迫北上入洛的失根之悲刻划得淋漓尽致。引文见逯钦立辑校《先秦汉魏晋南北朝诗》,页684。

(68)见《晋书》,页2377。

(69)见《晋书》,页823。又参见廖蔚卿《陆机研究》,收录于氏著《中古诗人研究》(台北:里仁书局,2005年3月),页26。案廖蔚卿在该文中以政治权利的角度剖析亡吴遗族在洛阳政权中被排挤的处境,亦是造成文化相轻现象的原因,甚有参考价值。

(70)见《晋书》,页2377。

㉛见《晋书·张载传》，页1525。案：朱晓海《张载剑阁铭著成时代及其相关问题》一文曾针对"二陆入洛，三张减价"提出质疑，并考证出二陆入洛之时，三张声誉犹未尘起，并非当时文坛实况。该文收录于：《书目季刊》第十卷第一期（台北：中国书目季刊社，1976年6月），页57～70。

㉜引自余嘉锡：《世说新语笺疏》，页920。

㉝见《晋书·陆机传》，页1480。这则史料的征引系参考自〔日〕佐藤利行著、周延良译《西晋文学研究》（北京：中国社会科学出版社，2004年6月），页133。

㉞详见《三国志·吴书·三嗣主传》裴松之注（台北：鼎文书局，1997年5月），页1174。

㉟参见《裴子语林》，收录于《古小说钩沉》，页21。

㊱引自余嘉锡《世说新语笺疏》，页305～306。

㊲引自余嘉锡《世说新语笺疏》，页790。

㊳详参余英时《中国史上政治分合的基本动力》演讲稿。收录于中国历史上的分与合学术研讨会筹备委员会编《中国历史上的分与合学术研讨会论文集》（台北：联合报系文化基金会，1995年9月），页9～15。史学界对于东汉之后的分裂原因另有由地方州牧军权的扩张加以解释者，详参韩复智《东汉由统一走向分裂的本源》，收录于中国历史上的分与合学术研讨会筹备委员会编《中国历史上的分与合学术研讨会论文集》，页69～80。

㊴关于这种使结交聘与文化交流的问题，逯耀东《北朝与南朝对峙期间的外交关系》可资参考。文章收录于氏著《从平城到洛阳》（台北：东大图书公司，2001年1月），页341～392。又梁容若《南北朝的文化交流》《中国文学史研究》（台北：东大图书公司，2004年7月），页97～133。

㊵详参高明士《隋代中国的统一——兼述历史发展的必然性与偶然性》。收录于中国历史上的分与合学术研讨会筹备委员会编《中国历史上的分与合学术研讨会论文集》，页89～128。

⑧¹笔者亦曾撰有《论裴松之的"统一观"》一文,该文针对三国仓促统一的问题进行剖析与思考,认为虽然赤壁一战,三国分立,但南北分裂反而是一种正面的建设。设使当时就如历史学家裴松之所言,仓促地让曹操统一天下,那么整个中国政治经济的重心可能会拘限在中原北方,极可能就没有巴蜀、江南的提早开发,更不会有尔后晋代衣冠、六朝金陵,甚至是南宋临安及明清苏杭。因此,历史的吊诡正在于默默地进行分分合合的内在发展。面对分裂的困局时,应有更宽广的视野与深邃的角度,静待各种条件的水到渠成、瓜熟蒂落,这样的统一才是坚固扎实的统一,而非青涩生硬的假象统一。文章收录于《六朝学刊》(台南:成功大学中文系,2004年12月),页45~60。

⑧²见《三国志·蜀书·诸葛亮传》(台北:鼎文书局,1997年5月),页912。

⑧³见《文选》,页106。

⑧⁴见《文选》,页126。

⑧⁵见《三国志·吴书·鲁肃传》,页1267。

⑧⁶见《三国志·吴书·吴主传》裴注引《吴书》,页1130。

⑧⁷见《水经注》卷四十《渐水》。引自郦道元原著,陈桥驿、叶光庭、业扬译注《水经注》(台北:台湾古籍出版有限公司,2002年2月),页1737~1738。

⑧⁸见《水经注》卷二十九《沔水》。引自郦道元原著,陈桥驿、叶光庭、业扬译注《水经注》,页1294。又葛洪《抱朴子·吴失篇》有"牛羊掩原隰,田池布千里"之句。可知江东当时的富裕。引自杨明照《抱朴子外篇校笺》(北京:中华书局,1997年10月),页145。

⑧⁹参见高敏主编《中国经济通史·魏晋南北朝卷》(北京:经济日报出版社,1998年8月),页28~58。

⑨⁰引自杨明照《抱朴子外篇校笺》,页148~149。

⑨¹引自杨明照《抱朴子外篇校笺》,页411。

⑨²见《三国志·蜀书·庞统传》裴注引《九州春秋》,页955。

⑨³见《三国志·蜀书·诸葛亮传》,页912。

㉔见《水经注》卷三十三《江水》。引自郦道元原著,陈桥驿、叶光庭、业扬译注《水经注》,页1450。

㉕见《水经注》卷二十七《沔水》。引自郦道元原著,陈桥驿、叶光庭、业扬译注《水经注》,页1238。

㉖本段叙述多参照耿力群《蜀汉对西南的统治与开发》(台湾大学历史研究所硕士论文,1984年6月),页209~212。

㉗见《三国志·蜀书·秦宓传》,页976。

㉘详参王永平《中古士人迁移与文化交流》第五章《蜀汉时期之学术文化风尚》,页121~139。

㉙《三国志·魏书·杜恕传》,页499。

⑩引自余嘉锡《世说新语笺疏》(台北:华正书局,1993年10月),页91~92。

⑪参见高敏主编《中国经济通史·魏晋南北朝卷》,页27~58。

⑫本论文从去年着笔写来,将近完成之际,喜获大陆学者王永平《中古士人迁移与文化交流》新近问世,其中有一段论及三分归晋之后的历史问题,极为深刻,全文摘录如下,拟以为本文之余论:"这一次的统一并不是秦、汉历史课题的简单重复,长时期的分裂必然会带来一些新问题。对于司马氏而言,一个最突出的问题是在蜀汉和孙吴割据统治下的蜀地与江东的地方势力获得了长足的发展,从而与中原王朝在政治需求、思想观念和社会心理方面存在着明显的差异和冲突。如何解决这一问题呢?这是在军事征服之后巩固统一的关键所在。"见王永平《中古士人迁移与文化交流》,页140。

北魏文士对南朝文化的两种态度
——以《洛阳伽蓝记》与《水经注》为中心的考察

一、引言

　　魏晋南北朝极其复杂的历史社会情境,不仅丰富文学艺术的创作,更加深文化思维之浑涵。笔者近年来的研究重心逐渐地从六朝文学的领域迈入南北朝文化的论争,大略可依序整理成五个进程:(一)以南朝边塞诗为进路思考南朝士人对北方历史古都长安、洛阳的历史悬念。(二)从南朝历史典籍文献中的汉代图腾研究南朝士人的历史时空思维。(三)思考魏晋南北朝各个时期南北文化的冲突与相争。(四)对裴松之的"统一观"进行研究,凸显南朝史家潜在的大一统意识。奠基在此一系列并系统性的对于南朝文化之学术研究基础上,今欲调整镜头,由北朝视角反观当时的历史文化现象,进入第五个阶段的研究。(五)"北魏洛阳时期的文化思维",进一层作多重角度的探讨,本文《北魏文士对南朝文化的两种态度——以〈洛阳伽蓝记〉与〈水经注〉为中心的考察》正是此一阶段研究的开端[①]。

北魏洛阳时期是魏晋南北朝非常重要的一个时期。太和十七年(493)，北魏孝文帝拓跋宏(467~499)为了彻底执行汉化政策,将政治统治中心从平城南迁到代表着中国文化正统的历史古都洛阳,不仅建立了中国有史以来最辉煌的国际都市,更使北魏与南朝的齐、梁正式进入政权正统与文化正统之争。事实上,北魏统一中原之后,便有了南侵的野心,频与南朝交锋,太武帝拓跋焘(408~452)甚至声称:"我生头发未燥,便闻河南是我家地。"[②]而孝文帝更是充分表明北魏并吞南疆的立场与决心:"密迩江扬,不早当晚,会是朕物。"[③]这样的昂扬意图,尔后竟微妙地以两种不同方式展现在北魏洛阳时期最重要的两部文史地理著作之中:分别是杨衒之《洛阳伽蓝记》与郦道元《水经注》。

《洛阳伽蓝记》受限于历史意识,执著于血缘关系、空间占有、文化继承的合理性而对南朝文化采取一种攻击性、排他性的自我封闭式的正统主义;《水经注》虽也继承北魏正统的立场,但却本于对山水美学的鉴赏而跳脱历史文化的束缚,进而对南方文化呈现出一种宽宏开广的包容性,二书截然不同的论述神髓正好形成极其强烈的对比。当然,我们不能不考虑到两部书的性质差异而形成的对比性的问题,《洛阳伽蓝记》是以洛阳为出发点,站在世界中心的高度,向外辐射,评点南北文化;《水经注》则是广纳全国山水,以纯粹审美的视野,公平地看待南北文化,但是如果能够先过滤掉这两部书在书写性质上的差异性,就会发现其背后应该是受到不同意识型态的驱策,而有作者生命本质上两种态度的差异性存在。而借由对北朝人士这两种态度的讨论,或能更加细腻地剖析出南北朝士人究竟因何置身于如此南北文化对立与融合的纠结之中。

本研究暂拟以两个环节三个步骤进行之:第一个环节:探讨北魏孝文帝

迁都洛阳,对于北魏争取中原文化继承权的影响。第二个环节:以杨衒之《洛阳伽蓝记》与郦道元《水经注》为核心探讨北魏文士对南朝文化的两种态度,分别先后讨论(一)杨衒之《洛阳伽蓝记》对于南方文化的态度;(二)郦道元《水经注》对于南方文化的态度。相信经此讨论,当可对北朝知识分子心理深层结构的两大基型有所认识。

二、迁都洛阳对北魏争取中原文化正统继承权的影响

正统观念不仅是汉人建立政权的根柢,其影响范围亦及于进入中原地区的外来政权,最明显具体的事例则为永嘉之乱以来的胡人政权:五胡诸国入主华夏的当务之急,便是提出正统论述,为巩固政权寻求一个合法性的论据[4]。而随着历史地不断发展,外族政权争取正统的立场也一再演进,从最初攀谈"民族血缘的关系"次及主张"地理空间的占有"再到强调"历史文化的继承",随着北方胡人政权的愈加强势而层层转进,其理论推演亦渐趋细致,到了北魏洛阳时期,更是达到前所未有的力度,进而给予南朝政权极大的压力。以下针对上述所观察到的三个现象,依序分成三个阶段/段落,分别援引现存史料为例证阐述之。

第一阶段:从"民族血缘的关系"立论正统

秦、汉大一统帝国的建立,造就了统一的制度、统一的民族、统一的国家、统一的文化,正式开启了"中国人"对于自我意象与异族意象之间的辩证与严格区分。汉人透过"排除异己"的方式对异族与自我进行诠释,说明"为何那些人不是中国人"而"我是中国人",不断地调整、强化并确定"中国人"的成分与性质,最终"族源历史"成为一种意识型态工具[5]。因此,为了对抗中国史

上的民族主义,在两晋南北朝时期强入中原的外族统治者,几乎都以炎黄子孙自居,他们为自己在中国的历史记忆中追寻一个上古祖宗,宣称与汉族"同祖同源"⑥,甚至对自身的民族血统进行委婉曲折的"失忆",进而巧妙地赋予自己新的华夏身分,其目的自然是欲图名正言顺地入主华夏,成为政权的合法继承人。

匈奴人刘渊掌握晋室失御的时机,趁衅而起,是五胡第一个崛起的势力,其针对胡、汉的民族血缘问题所做出的种种举动,不仅首开先例且极具典范意义。刘渊声称:"夫帝王岂有常哉?大禹出于西戎,文王生于东夷,顾惟德所授耳。今见众十余万,皆一当晋十,鼓行而摧乱晋,犹拉枯耳。上可成汉高之业,下不失为魏武。何呼韩邪足道哉!虽然,晋人未必同我。汉有天下世长,恩德结于人心,是以昭烈崎岖于一州之地,而能抗衡于天下。吾又汉氏之甥,约为兄弟,兄亡弟绍,不亦可乎?且可称汉,追尊后主,以怀人望。"⑦此首先以疑问句的方式松动固有的思维,提出中原的上古圣王大禹、文王皆出生于西戎、东夷之地,从最根本的血缘问题上进行胡、汉民族关系的模糊,企图消解种族间的隔阂,进而砥砺自己往上或可成汉高之业,而就算不行也下不失为魏武曹操,绝非止于呼韩邪单于!但是从文中可以看出刘渊仍顾虑晋人未必能认同匈奴政权存在于华夏中原,故特别宣称自己是汉氏之甥,有兄弟之约⑧,故能合情合理地绍继汉代,修三祖之业,甚至直接以汉为国号,并极其勉强地依附成汉氏子孙云:"昔我太祖高皇帝以神武应期,廓开大业。太宗孝文皇帝重以明德,升平汉道。世宗孝武皇帝拓土攘夷,地过唐日。中宗孝宣皇帝搜扬俊乂,多士盈朝。……我世祖光武皇帝诞资圣武,恢复鸿基,……显宗孝明皇帝、肃宗孝章皇帝累叶重晖,炎光再阐。自和安已后,皇纲渐颓,天步艰难,国统频绝。……昭烈播越岷蜀,冀否终有泰,……何图天未悔祸,后帝窘辱。自社稷沦丧,宗庙之不血食四十年于兹矣。今天诱其衷,悔祸皇汉,使司马氏父子兄弟迭相残灭。黎庶涂炭,靡所控告。孤今猥为公所推,绍修三祖之业。"⑨进而"追尊刘禅为孝怀皇帝,立汉高以下三祖五宗之神主而祭之"⑩。

刘渊为何要耗尽心思,如此迂回曲折,大费周章地推崇汉室,远尊汉祖?事实上,戎狄不能作为中华帝王的观念是深植于当时人心的,后来创建后赵的石勒为取信当时的晋幽州乌丸校尉王浚,便曾云:"自古诚胡人而为名臣者实有之,帝王则未之有也。石将军非所以恶帝王而让明公也,顾取之不为天人之所许耳。"⑪而一度宣称"其先有虞氏之苗裔,禹封舜少子于西戎,世为羌酋"⑫的姚弋仲亦尝戒诸子曰:"吾本以晋室大乱,石氏待吾厚,故欲讨其贼臣以报其德。今石氏已灭,中原无主,自古以来未有戎狄作天子者。我死,汝便归晋,当竭尽臣节,无为不义之事。"⑬无怪后来姚苌建立后秦,要"服色如汉氏承周故事"⑭。由是观之,戎狄不能作天子的观点应是当时胡汉社会普遍的价值认知⑮,无怪乎五胡的建国者无不在血缘问题上曲作文章。夏国的赫连勃勃曰:"朕大禹之后,……今将应运而兴,复大禹之业。"⑯前燕慕容廆游说中州大族高瞻为其效力时云:"奈何以华夷之异,有怀介然。且大禹出于西羌,文王生于东夷,但问志略何如耳,岂以殊俗不可降心乎。"⑰凡此种种皆足以说明外族亟欲在民族血缘关系上征得汉人的认同,以取得在华夏地区建立政权的合理性。

第二阶段:从"地理空间的占有"立论正统

极为巧合,五胡中几个较为强盛且极具野心的国家,前赵、前秦、后秦、胡夏均不约而同地立都在象征着大汉文化正统的汉代首都长安,这不仅是一种归属感的展现,更大的意义是诉诸于地域本位,强调地理空间的占有,以拥有汉代首都为凭借，企图取得真正的华夏正统地位，为一统中国，经营宇内提供合理的依据，无怪乎苻洪临终遗言建议苻坚建西部长安："关中周汉旧都形胜之国，吾亡后，便可鼓行而西。"[18] 而苻坚曾登龙门而顾谓群臣曰："美哉山河之固，娄敬有言，关中四塞之国，真不虚也。"[19] 也只有昂首站立在累帝旧都的长安帝王，方得以拥有这种踌躇满志、发情思古的权利。

相对于坐拥长安的胡族，东晋却只好是远遁江会、播迁于未宾王化的东南一隅。苻坚在太极殿主持伐晋会议时就曾云："吾统承大业，垂三十载。芟夷逋秽，四方略定，惟东南一隅未宾王化。吾每思天下不一，未尝不临食辍餔，今欲起天下兵以讨之。"[20] 苻坚此语俨然有中原正统代言人之姿。而秘书监朱肜揣测上意答曰："陛下应天顺时，恭行天罚，啸咤则五岳摧覆，呼吸则江海绝流，若一举百万，必有征无战。晋主自当衔璧舆榇，启颡军门，若迷而弗悟，必逃死江海，猛将追之，即可赐命南巢。中州之人，还之桑梓。然后回驾岱宗，告成封禅，起白云于中坛，受万岁于中岳，尔则终古一时，书契未有。"[21] 更是说明当时前秦因为据有中原，包括五岳，所以不仅可以在泰山封禅告天祭祖，也可亲登嵩高，受臣民拥戴，其背后自然隐含着华夏正统非我莫属的思维，也难怪苻坚的心里会有一统天下，舍我其谁的强烈使命感[22]。前秦建元十九年，国力日渐鼎盛，四方诸夷来朝，苻坚南游灞上，以中华帝王之姿，魁岸从容地谓群臣曰："轩辕，大圣也，其仁如天，其智若神，犹随不顺者从而征之，居无常所，以兵为卫，故能日月所照，风雨所至，莫不率从。今天下垂平，惟东南未殄。朕忝荷大业，巨责攸归，岂敢优游卒岁，不建大同之业！每思桓温之寇也，江东不可不灭。"[23]

然而苻坚有志于一统中国，挥军南下伐晋的举动，其实并没有得到满朝文武的支持，除了是因为"晋道虽微，未闻丧德，君臣和睦，上下同心。谢安、桓冲,江表伟才,可谓晋有人焉"[24];还有一个很重要的原因正是苻融所云"国家,戎族也,正朔会不归人,江东虽不绝如缕,然天之所相,终不可灭。"[25]又王猛临终之时,仍耿耿告诫苻坚:"晋虽僻陋吴越,乃正朔相承,……愿勿以晋为图。"[26]虽说苻坚经常强调"帝王历数,岂有常哉,惟德之所授耳……刘禅何非汉之遗祚,然终为中国之所并。"[27]但是甚为明显,在当时北方人士的心目当中,恐怕南方的东晋政权才真正是天命所归,即便北方胡人国家占有中原神州,拥有长安、洛阳等历史古都,但仍没有被天下士民普遍地接受为合法的正统继承者。而这种观点的调转,则必须待北魏孝文帝迁都洛阳,彻底实行汉化以后,以血缘、地域、文化三方面的竞争优势压过南朝,才真正取得北方士民的认可,成为合情合理的中原继承人。

三、从"历史文化的继承"立论正统

在东晋时期,由于北方陷入十六国的传舍更迭,时局瞬息万变,并没有一个长治久安的政权能延续其政权的稳定与之抗衡,所以尽管五胡诸国从民族血缘的关系上攀论正统;或是因为占有中原神州而自视为正统,但仍无法转变汉人心目当中以东晋为唯一正统的思维,甚至连一些少数民族也认定东晋才是正统,最典型的例子就是自始至终向东晋称臣的前燕鲜卑慕容氏。

北魏崛起,扫平诸国,完成北方的统一工作,历史正式进入南北朝对峙时期,也促使南北双方的正统之争愈演愈烈。主因是北魏建国以后的历代君主逐渐地意识到若是想要永续地经营中原地区,就必须得到汉人的充分认同,从文化层面上获得汉人的接纳,诚如邢义田在《天下一家——传统中国天下观的形成》一文中所云:"中国人很早就将中国看成一个文化体,而不是一定的政治疆域。"[28]所以他们积极地推行汉化以融入汉人的生活圈、文化圈,企图从最根本的文化思维上更新汉人的正统意识,以为日后名正言顺地统一中国做准备。而其中又以北魏孝文帝最有活力和效率,他多次亲临祭祀中原地区的名山大川和历代圣哲[29],祷告北魏的肇兴与功业,敬祈天地的认可与护佑[30],此除了是表现其对于汉民族文化的高度尊崇敬服与虚心学习仿效之外,更大的用意盖塑造北魏在历史文化传承上的正统性地位,进而依据五德终始的理论研议德位继承的问题,认为各国只要能够入据中原,不管国祚长短,都有资格成为延续正统政治的一环,故议以魏承汉为土德;晋承魏为金德;赵承晋为水德;燕承赵为木德;秦承燕为火德,那么北魏承继前秦则应是土德,至于南朝在北魏的认知中,由于"事系蛮夷",足以"非关中夏",自然也就无关正统[31]。

北魏统一北方之后,一再透过血缘关系、地缘关系、文化传承去标榜北朝的正统地位,使得南朝已经不得置之不理,因为如果再不据理以争的话,很可能就会沦为伪僭政权,丧失历史的解释权。因此,即便刘宋是经由原本具有正统地位的东晋禅位而来,但是其优势似乎已经未若前期的绝对性,是以必须积极地与北方胡人政权争夺正统,并极力地否定北朝政权的正当性,除了斥北朝为"索虏"或"魏虏"(《南齐书》)之外,更史无前例地在史书中增设《祥符志》或《符瑞志》以渲染天命。司马光《资治通鉴》云:"宋、魏以降,南、北分治,各有国史,互相排黜。"[32]此正是南北朝时期双方互争正统的最佳注脚[33]。

北魏君臣之所以视南朝为无物,自然是因为对本身急遽提升的文化质量深具信心,尤其迁都洛阳,彻底汉化以后,放弃其原有的生活方式,而转变成道道地地的中原汉人,由于文化习惯的转换,甚至反倒与留在北镇的同宗形成对立[33],由是不难理解为何北方人士的文化优越感几乎凌驾于南方人士之上。根据《魏书·高祖本纪》记载:"庚午,幸洛阳,周巡故宫基址。(孝文)帝顾谓侍臣曰:'晋德不修,早倾宗祀,荒毁至此,用伤朕怀。'遂咏黍离之诗,为之流涕。壬申,观洛桥,幸太学,观石经。……冬十月戊寅朔,幸金墉城。诏征司空穆亮与尚书李冲,将作大匠董爵经始洛京。"[35]又《任城王澄传》记载:"(孝文帝)乃独谓澄曰:'今日之行,诚知不易。'但国家兴自北土,徙居平城,虽富有四海,文轨未一,此间用武之地,非可文治,移风易俗,信为甚难。崤函帝宅,河洛王里,因兹大举,光宅中原。"[36]可以想见孝文帝之所以迁都洛阳,系导因于一股内在剧烈的文化传承感[37],是以大兴土木,参考前朝旧制,外加政治现实环境的考量[38],进而重新规划营造,使洛阳历劫重生,再度粉墨登上历史舞台,成为北朝的政治中心,并以其厚实浓郁的人文色彩及极具前瞻性的都市建制工程抗衡南方建康城,一跃而为国际最耀眼的大都会。因此,从历史文献当中,可以发现从北魏洛阳时期开始,其君臣上下便兹长出大汉文化继承者的强烈意识。孝文帝在《报卢渊议亲伐江南诏》中曾云:"今则驱驰先天之术,驾用仁义之师,审观成败,庶免斯咎。长江之阻,未足可惮;踰纪之略,何必可师。洞庭、彭蠡,竟非殷固,奋臂一呼,或成汉业。"[39]其后宣武帝又在《诏有司敕蠕蠕使人勿六跋》亦云:"大魏之德,方隆周汉,跨据中原,指清八表。"[40]就其影响所及,尔后北方的政权,诸如北齐、北周乃至于隋的禅代,皆循此思维模式,理所当然地承接先朝周、汉帝统,这种政治现象亦足以说明自北魏洛阳时期以后,北方人逐渐形成一种牢不可破的正统主义[41]。

这种北朝正统主义,集中地展现在对于推行汉化不遗余力的孝文帝的思想当中。孝文帝完完全全是以正统王朝、天下共主的胸襟、气魄在经营北魏帝国,是以他曾大力主张应以北魏政权为核心,广布朝德,建立一种和睦正常

·324·

的民族关系[42],每言:"凡为人君,患于不均,不能推诚御物,苟能均诚,胡越之人亦可亲如兄弟。"[43]此种恢弘的格局、识见在当时紧张的民族关系中堪称卓绝群伦!而在此泱泱大国的踌躇满志之下,孝文帝更将南征吴会的统一大业定调为恩泽天下的的仁义之战:"先朝屡兴征伐者,以有未宾之虏。朕承太平之基,何为摇动兵革?夫兵者凶器,圣王不得已而用之。便可停也。"[44]而孝文帝临终遗命,亦勉励公卿大臣曰:"惟我太祖丕丕之业,与四象齐茂,累圣重明,属鸿历于寡昧。兢兢业业,思纂乃圣之遗踪。迁都嵩极,定鼎河瀍,庶南荡瓯吴,复礼万国,以仰光七庙,俯济苍生。困穷早灭,不永乃志。公卿其善毗宠,隆我魏室,不亦善欤?可不勉之!"[45]由是观之,孝文帝似乎深根地接受了华夏衣冠乃四方诸夷欣羡学习的对象的这种文化信仰,以仁德之君有其责任要德泽四夷,使之能够分享中国的高水平文化,对于一位欲"王天下"的皇帝而言,如何化外服为内服,合天下为一家,不啻是一项永恒的挑战[46]。而正是这种昂扬的北朝正统主义或说政治信仰[47],促使北方人士怀抱着南下统一中国的梦想,并衍生出对于南方文化的两种态度。

而这两种态度分别展现在北朝最重要的两部经典当中,分别是杨衒之《洛阳伽蓝记》与郦道元《水经注》。

四、杨衒之《洛阳伽蓝记》对于南方文化的态度

南北朝隔江对峙的政治局势,形成双方人马经常为了争取自身的政权正统性而产生相互争胜扬抑的文化冲突现象。杨衒之身为汉民族的后裔,居然丝毫没有受到胡、汉之间的民族界线所限制,反而在《洛阳伽蓝记》中用优美的彩笔挟持饱满的历史感怀,忘情地展露其对于北魏洛阳文化的服膺与热

爱，并且对于南方文化的鄙陋无情地极尽嘲讽之能事，这种吊诡的文化现象愈能显明北方的汉人在北魏鲜卑政权汉化之后，对其政治、文化方面的认同感。

杨衒之《洛阳伽蓝记》以北魏洛阳文化为中原正统之代表，而或许是受到过度文化使命感的激化，竟然对于南方文化转成贬抑、排斥的强烈立场[48]。整理杨衒之的作法约有以下六点：

(一)**以空间的占有强调北魏的历史传承**：由于北魏政权实质的控有代表中原文化正统的前朝历史古都洛阳城，所以杨衒之特别喜欢在《洛阳伽蓝记》中强调洛阳历史文物的存在，从洛阳诸城门的历史沿革到洛阳城内各地的景物描摹，凡是涉及历史掌故，皆刻意而详尽的记载，很明显地有意透过北魏与汉、魏、晋朝的历史联系性来暗示其历史文化的正统性与传承性。例如他从《序文》一开始，就详切地介绍某门汉时叫某门，魏晋时叫某门，再来就是高祖沿承门名的情形："太和十七年高祖迁都洛阳，诏司空公穆亮赢造宫室，洛阳城门，依魏晋旧名。""东面有三门：北头第一门曰建春门，汉曰上东门。"阮籍诗曰"步出上东门"是也。"魏晋曰建春门，高祖因而不改。次南曰东阳门，汉曰中东门，魏晋曰东阳门，高祖因而不改。次南曰清阳门。汉曰望京门，魏晋曰清明门，高祖改为清阳门。""南面有四门：东头第一门曰开阳门，初，汉光武迁都洛阳，作此门始成，而未有名，忽夜中有柱自来在楼上。后琅琊郡开阳县言南门一柱飞去，使来视之，则是也。遂以'开阳'为名。自魏及晋，因而不改，高祖亦然。次西曰平昌门，汉曰平门，魏晋曰平昌门，高祖因而不改。次西曰宣阳门，汉曰津门，魏、晋曰津阳门，高祖因而不改。"[49]又《卷二》"明悬尼寺条"论及建春门外的石桥云："谷水周围绕城，至建春门外，东入阳渠石桥。桥有四柱，在道南铭云：'汉阳嘉四年将作大匠马宪造。'逮我孝昌三年，大雨颓桥,柱始埋没。道北二柱,至今犹存。"[50]《卷一》"建中寺条"论及西阳门内御道南有永康里元乂宅时,云:"掘故井得石铭,云是汉太尉荀彧宅。"《卷一》"修梵寺条"云寺北有永和里,系"汉太师董卓之宅也。里南北皆有池,卓之所造,今犹有水,冬夏不竭。"[52]《卷一》"瑶光寺条"云"千秋门内道北有西游园,园中有凌云台,即是魏文帝所筑者。台上有八角井,高祖于井北造凉风观,登之远望,目极洛川。"[53]《卷一》一"建春门条"云:"华林园中有大海,即魏天渊池。池中犹有文帝九华台。高祖于台上造清凉殿。"[54]《卷三》"大统寺条"论及"寺东有灵台一所,基址虽颓,犹高五丈余,即是汉光武帝所立者。灵台东辟雍,是魏武所立者。至我正光中,造明堂于辟雍之西。"[55]

(二)以国号及四馆四里的建置强化北魏的正统性:在南北方政治正统的争执上,杨衒之行文之际屡屡使用"皇魏""圣阙""天阙"(分见《序文》《卷二》"龙华寺条"、《卷五》"凝玄寺条")[56]等字眼自我强化,而呼波斯、西域为"胡人"(《卷一》"永宁寺条"、《卷三》"菩提寺条"、《卷四》"凝玄寺条")[57],这正是以北魏为中原唯一正当性政权的公开宣言。此外,北魏洛阳城内四馆四里的建置,其名称实已暗寓其高高在上的强势立场。"宣扬门条"记载"永桥以南,圆丘以北,伊、洛之间,夹御道有:东有四夷馆。一曰金陵,二曰燕然,三曰扶桑,四曰崦嵫。道西有四夷里,一曰归正,二曰归德,三曰慕化,四曰慕义。吴人投国者处金陵馆,三年已后,赐宅归正里。北夷来附者,处燕然馆,三年已后,赐宅归德里。东夷来附者,处扶桑馆,赐宅慕化里。西夷来附者,处崦嵫馆,赐宅慕义里。"[58]由"归正""归德""慕化""慕义"这种具有道德高低从属的字眼中,正可以显明北魏是如何以天下共主的身分,将北朝与"东""西""北"夷"周边化""边陲化"而自居于天下新中心[59]。而从《卷五》"凝玄寺条"的记载:宋云与惠生奉命出使四夷诸国,诸国国王大都跪拜接受诏书的情况观之,北魏当时确实也有天下共主的架势[60]。

(三)以学术的继承展现北魏在文化上的正统地位:儒家经典诗、书、易、礼、春秋,自汉代以来就是中华学术文化的代表作品,而汉代熹平年间刻石经以作为定本,更是经学史、学术史上的大事件。杨衒之在《卷三》"报德寺条"昂首自满地说明北魏对于"石经"的拥有与保存的现况:"开阳门御道东,有汉国子学堂。堂前有三种字石经二十五碑,表里刻之。写《春秋》《尚书》二部,作篆、科斗、隶三种字,汉右中郎将蔡邕笔之遗迹也。犹有十八碑,余皆残毁。复有石碑四十八枚,亦表里隶书,写《周易》《尚书》《公羊》《礼记》四部。又赞学碑一所,并在堂前。魏文帝作典论六碑,至太和十七年,犹有四存,高祖题为劝学里。"[61]此现象的背后无异是宣告北方才是正统儒家文化的真正继承者与拥有者。而杨衒之对于南方学者的无心之过,更是吹毛求疵,疾言厉色的乘机批评一番,《卷二》"明悬尼寺条"谈到建春门外的石桥系建造于汉阳嘉四年,而因为东晋戴延之与南齐刘澄之将建造之年代误记为太康元年,于是杨衒之居然就毫不留情地严词指责戴、刘二人是穿凿附会,误我后学:"按刘澄之山川古今记、戴延之《西征记》并云:'晋太康元年造,'则失之远矣。按澄之等并生在江表,未游中土,假因征役,暂来经过,至于旧事,多非亲览,闻诸道路,便为穿凿,误我后学,日月已甚。"[62]

(四)以社会风俗的描写进行北雅南劣的辩论:杨衒之对于南方文化的不友善,集中反映在《卷二》"景宁寺条"所记载的一场南、北之间的文化激辩。南人陈庆之云:"魏朝甚盛,犹曰五胡;正朔相承,当在江左;秦皇玉玺,今在梁朝。"北人杨元慎听完后,立刻严词反驳:"江左假息,僻居一隅,地多湿蛰,攒育虫蚁,疆土瘴疠,蛙黾共穴,人鸟同群。短发之君,无杙首之貌,文身之民,禀丛陋之质。浮于三江,棹于五湖,礼乐所不沾,宪章弗能革。虽复秦余汉罪,杂以华音,复闽楚难言,不可改变。虽立君臣,上慢下暴。是以刘劭杀父于前,休龙淫母于后,见逆人伦,禽兽不异。加以山阴请卖夫,朋淫于家,不顾讥笑。卿沐其遗风,未沾礼化,所谓阳翟之民。不知瘿之为丑。我魏膺箓受图,定鼎嵩洛,五山为镇,四海为家。移风易俗之典,与五帝而并迹,礼乐宪章之盛,凌百王而独高。岂卿鱼鳖之徒,慕义来朝,饮我池水,啄我稻粱,何为不逊,以至于此?"⑥这段文字堪称是历史文献中南北之争的典范之作,杨衒之透过南北风俗高下之比较,极力凸显北方文化的绝对优越性。更离谱的是陈庆之回到南方以后,对于北方人特别敬重,钦佩异常,并且还说:"自晋宋以来,号洛阳为荒土,此中谓长江以北,尽是夷狄。昨至洛阳,始知衣冠士族,并在中原。礼仪富盛,人物殷阜,目所不识,口不能传。所谓帝京翼翼,四方之则。始登泰山者卑培塿,涉江海者小湘、沅。北人安可不重?"尔后陈庆之"羽仪服式,悉如魏法",而"江表士庶,竞相模楷,褒衣博带,被及秣陵"。⑭

(五)以南人在北方的社会地位进行对南方文化的矮化:虽说杨衒之曾提及王肃、萧宝夤、萧琮等南方贵族人士投奔北朝之后备受朝廷礼遇⑯,然而北朝的社会舆论对于南来之士其实颇为轻蔑,动辄呼来奔之南人为"吴儿"(《卷二》"景宁寺条")⑯,将南方鱼食贬抑为"邾莒",茗饮折辱成"酪奴":"(王)肃初入国,不食羊肉及酪浆等物,常饭鲫鱼羹,渴饮茗汁。京师士子,见肃一饮一斗,号为'漏卮'。经数年以后,肃与高祖殿会,食羊肉酪粥甚多。高祖怪之,谓肃曰:'卿中国之味也。羊肉何如鱼羹? 茗饮何如酪浆?'肃对曰:'羊者是陆产之最,鱼者乃水族之长;所好不同,并各称珍;以味言之,甚是优劣'。羊比齐鲁大邦,鱼比邾莒小国。唯茗不中,与酪作奴。"(《卷三》"报德寺条")⑰,甚至将北来南人所居之地称为"鱼鳖市"(《卷二》"景宁寺条")⑱,处处流露北人之傲慢与对南方之矮化。此外,杨衒之还透过文笔的顿折来贬责南方政权为"逆",例如他称许王肃从南入北是"背逆归顺";并且透过王肃前、后任妻子双方的机辩来映衬北方妇女的才秀特出:"肃在江南之日,聘谢氏女为妻,及至京师,复尚公主。其后谢氏入道为尼,亦来奔肃;见肃尚主,谢作五言诗以赠之。其诗曰:'本为箔上蚕,今作机上丝;得路逐胜去,颇忆缠绵时?'公主代肃答谢云:'针是贯线物,目中恒任丝。得帛缝新去,何能纳故时?'"(《卷三》"报德寺条")[69]

(六)以北人在南方的社会地位进行对北方文化的扬升:杨衒之在卷四"追先寺条",叙述博学好道的元略与元熙密谋起义,欲问罪于独揽朝政的元义,结果失利,于是逃奔江左,而竟然受到梁武帝萧衍的异常敬重,甚至策封他为中山王,号称"食邑千户,仪比王子"。有一次萧衍问元略曰:"洛中如王者几人?"元略对曰:"臣在本朝之日,承乏摄官;至于宗庙之美,百官之富,鸳鸯接翼,杞梓成阴,如臣之比,赵咨所云:车载斗量,不可数尽。"萧衍听完,于是大笑。后来,北魏孝明帝拘宥吴人江革(萧衍大将),企图换请元略归国,萧衍居然说:"朕宁失江革,不得无王。"最后元略要回到北朝时,萧衍还赐钱五百万、金二百斤、银五百斤、锦绣宝玩之物不计其数,甚至亲帅百官送于江上。而元略回到北朝之后,亦未遭到怀疑,甚至是立即加以重用,拜为侍中,参与国政,封义阳王,后又改封为东平王[70]。元略以战国策士之姿,出南入北,究竟是长袖善舞的的政坛名流,还是缓和双方敌意,扮演文化交流的和平信鸽,颇为耐人寻味。

综观《洛阳伽蓝记》对于南方文化的立场与态度,可以发现杨衒之完全纠缠于血缘论、空间论、文化论等错综复杂的历史情感之中,极其强烈的历史意识与政治对立的客观形势,使得他执迷于北魏正统主义,进而对南方文化采取极端不友善的排拒心理。

五、郦道元《水经注》对于南方文化的态度

《洛阳伽蓝记》与《水经注》在历代学术传统中时常为学者所并提相论,如《四库全书总目提要》论及《洛阳伽蓝记》时即云:"其文秾丽秀逸,繁而不厌,可与郦道元《水经注》肩随"[71]。但是这些讨论的重点,大都及于文辞章句的层面。而今笔者将《洛阳伽蓝记》与《水经注》置于南北朝文化的冲突与交融的研究网脉之中,两书相互对衬映照之下,将呈现出崭新丰富的意涵与可探讨性[72]。

有别于杨衒之的敌对心理,郦道元在空间的界定上则迈越当时南北方政治疆域的束缚,进而以宽宏的气魄悄然将南北鸿沟置于一完整的文化一统的版图之上。因而对南方文化表现出友善与向往的态度。依据本文观察,大略归纳整理出以下六个方面进行说明:

(一)对南方风土民情的咏叹:郦道元《水经注》中对于南方风土的描绘,不仅完全不同于杨衒之《洛阳伽蓝记》对于南方风土所记述的"地多湿蛰,攒育虫蚁,疆土瘴疠,蛙黾共穴"的,反而处处可见的是郦道元对于南方风土民情、草木山水的咏叹。在《江水注》中,谈蜀地则"水旱从人,不知饥馑,沃野千里,世号陆海,谓之天府也"[73];论益州亦是"土地沃美,人士隽乂""滨江泽卤,泉流所溉,尽为沃野"[74];另外巴乡村的美酒"巴乡清"、水发县的江中"嘉鱼"[75];三峡的"素湍绿潭""回倾倒影""悬泉瀑布""清荣峻茂"[76];黄鹄山四周围的林润之美[77],凡此种种在郦道元所记载的长江之水与江南诸水当中俯拾即是,不胜枚举。

(二)对南方基础建设的肯定:郦道元对南方的地方建设抱以高度肯定的

态度,以其谈论三国时期魏、蜀、吴的建设成果为例,除了肯定曹魏的建设工程之外,对南方吴、蜀的营建功绩也不吝赞扬。从《水经注》的记载,便可以得知当年吴国对于整治水利,发展农业不遗余力。例如"孙皓天玺元年,吴郡上言,临平胡自汉末秽塞,今更开通。"(卷四十《渐水》)[78]又"诸葛恪帅师作东兴堤以遏巢湖,傍山筑城。"(卷二十九《沔水》)[79]而郦道元对于蜀国对巴蜀地区的埋头经营,也有许多正面的记载。例如《水经注》引《益州记》说都江堰:"水旱从人,不知饥馑,沃野千里,世号陆海,谓之天府也。"(卷三十三《江水》)[80]成都平原土地肥沃,乃蜀国粮仓,都江堰贯穿其间,则为蜀之经济命脉,故诸葛亮视都江堰为立国根本,甚至规划"堰官"一职,专门维护都江堰。《水经注》说:"诸葛亮北伐,以此堰农本,国之所资,以征丁千二百人主护之,有堰官。"(卷三十三《江水》)[81]在诸葛亮悉心经营之下,蜀国"黄壤沃衍,而桑麻列植,佳饶水田。故孟达《与诸葛亮书》,善其川土沃美也。"(卷二十七《沔水》)[82]

(三)对南方地理图志客观大量的征引:相较于杨衒之在"明悬尼寺条"中对于南方文士戴延之及刘澄之在考据石桥年代上的吹毛求疵,小题大作的严加指责"误我后学",郦道元可以说完全抛开意识形态上的对立关系,对南方文人采取宽广开放的心胸。《水经注》中随处可见郦道元大量征引南方的山水地理图志资料,诸如庾仲初《扬都赋》、庾仲雍《江水》《汉水》、裴渊《广州记》、常璩《华阳国志》[83]、袁山松《郡国志》、邓德明《南康记》、盛弘之《荆州记》、慧远《庐山记》、山谦之《吴兴记》等人等作,此或因郦道元无缘身历其境所致,但相信这其中更包含着郦道元对于南方文人与文化事业的尊重并山水文化的向往之情。

(四)深受南方文学家的文采吸引:郦道元对于南朝作家的斐然文章带着

无比的欣羡之情，不论是郭景纯《江赋》、或是谢灵运、吴均的诗文，信手拈来，好比自家文章，甚至是将南方文学家当成自己的国士加以礼赞。钱钟书《管锥篇·全梁文卷六〇》便曾指出："吴均《与施从事书》《与朱元思书》《与顾章书》……与郦道元《水经注》中写景各节，轻倩之笔为刻画之词。""按参观论简文帝《临秋赋》。'水皆漂碧，千丈见底，游鱼细石，直视无碍'：按参观《水经注沔水》：'绿水平潭，清洁澄深，俯视游鱼，类若乘空矣'，又《夷水》：'虚映，俯视游鱼，如乘空也'，'空'即'无碍'，而以'空'状鱼之'游'较以'无碍'状人之'视'，更进一解。""'夹岸高山，犹生寒树，负势竞上，互相轩邈，争高直指，千百成峰'；按参观鲍照《登大雷山与妹书》，《水经注》中乃成熟语，如《河水》：'山峰之上，立石数百丈，亭亭桀竖，竞势争高'，又《汝水》：'左右岫壑争深，山阜竞高'，又《小潩水》：'双峰共秀，竞举群峰之上。'""《与顾章书》：'森壁争霞，孤峰限日'；按参观《水经注·易水》：'南则秀嶂分霄，层崖刺天'，又《滱水》：'岫嶂高深，霞峰隐日'……吴、郦命意铸词，不特抗手，亦每如出一手焉。"[84]近人谭家健也注意到这一点，其在《试论水经注的文学成就》一文亦曾指出："《水经注》的语言技巧，不少地方可以看出是吸取了当时山水诗的最新成就，其中最主要的代表人物要数谢灵运和吴均。《水经注》中好几处提到他们的诗文，个别语言甚至直接模仿吴均。其笔调淡雅清绮又和谢朓类似，而意境开阔深邃则与鲍照相通。"[85]

（五）南北朝年号并用：在北方人士动辄将南朝排黜为"岛夷"的风气之下，最令人匪夷所思的是郦道元身为北魏朝臣，居然在《水经注》中将南北朝并列齐观，据当代郦学重要学者陈桥驿的考察，书中使用南朝年号的情形竟然多达十五次之多[86]，个中应有极为值得探讨的讯息在焉。陈桥驿从郦道元的大一统思想猜测其之所以会将南北朝年号并用，盖因北魏自孝文帝以后国势一落千丈,而南朝篡夺频仍,亦不足以成大器,在大一统的事业上,南北两朝皆难有作为,南北对峙的局面在其有生之年,已经成为定局,如此一来,南北两朝年号并存,就成为一种客观事实,回避南朝年号似无必要,特别是他倾注了全部情感于这部著作,向往一个大一统帝国的出现,他更应该南北兼顾[67]。以当时南北的历史情势观之,双方确实没有兵戎相见、互见真章的统一急迫性。因此,南北朝政治上的隔阂,显然丝毫没有影响到郦道元对于南北山水和谐而统一的美感。《水经注》一书由地志而及于历史;由自然空间而涵盖掌故文物,绝不因政治上的短暂对立而分划河山的整体存在。

(六)以自然山水的审美情怀泯除南北政治疆域的鸿沟:郦道元本身其实就是一位山水的美学主义者,他童年随着父亲奔走四方,对北方山水刻下极甜美的印象,例如卷二十六《巨洋水》就有其随父到青州的童年回忆:"巨洋水自朱虚北入临朐县,熏冶泉水注之。水出西溪,飞泉侧濑,于穷坎之下,泉溪之上,源麓之侧,有一祠,目之为冶泉祠。……水色澄明,而清冷特异。渊无潜石,浅镂沙文,中有古坛,参差相对,后人微加功饰,以为嬉游之处。南北邃岸凌空,疏木交合。先公以太和中作镇海岱,余总角之年,侍节东州。至若炎夏火流,闲居倦想,提琴命友,嬉娱永日。桂笋寻波,轻林委浪,琴歌既洽,欢情亦畅,是焉栖寄,实可凭衿。小东有一湖,佳饶鲜笋,匪直芳齐芍药,实亦洁并飞鳞。"[68]由此可见郦道元的天性就是一个山水的爱好者。因此郦道元反而能够不受当时南北行政区域现实框架的限制,而只以江河水系之分布为唯一考量,直接面对江河水系中的山水美感。郦道元这种回归自然山水的美学观,使其不受限于历史政治的束缚,而开拓出与杨衒之迥然不同天下一体观。郦道元这种视彼如己,将对方疆域悄然纳入的移形阔位,一如魏收将当时魏、梁通书的行款"想彼境内宁静,此率土安和"的语词结构诡谲巧妙地改成"想境内清晏,今万国安和",在语词上既取消了"彼""此"的界线,在语意上则不着痕迹地把对方笼罩起来。(《北齐书·魏收传》)[89]

也许是书的性质如此,抑或郦道元的个性使然,《水经注》对于南方文化的立场与态度,完全建立于作者对于南方山水的感应,从美学鉴赏的高度,跳离正统意识的对立,摆脱历史与政治的包袱,纯粹耽溺于自然山水的美学世界,反而在无形中开拓了空间视野与文化格局。

六、结语

在北魏孝文帝彻底汉化的努力之下,北魏洛阳时期不仅成为魏晋南北朝历史上非常重要的一个时期,并使得北魏鲜卑政权与南朝汉家的齐、梁政权正式进入政权正统与文化正统之争。北魏富强的国力与高度的文化自信,促使北魏人士极具大一统的历史责任感,而在此责任感的驱使之下,竟然形成了北朝人士对于南朝文化的两种态度,并且竟微妙地以截然不同的方式展现在北魏洛阳时期最重要的两部文史地理经典著作之中:分别是杨衒之《洛阳伽蓝记》与郦道元《水经注》。

综观杨衒之《洛阳伽蓝记》与郦道元《水经注》的著述态度,两者虽然都是以北方为正统,但杨衒之是激烈的历史主义者,认为北方才是唯一的合法政权,是以他站在洛阳历史古都的地理优势与汉化正统政权的继承关系及血缘文化的合理性,对南方采取侵略性与攻击性的对立姿态;郦道元则以山水美学为基调,撇开当代的历史包袱,将历史的高度提升至周、汉的版图架构,以全国自然山水美学为触发点,透过对河川地理的热爱、山水风俗的咏叹,反而对南方文化表现出向往与宽容的怀抱。

本文猜想，不论是杨衒之抑或郦道元对于南朝文化的心态，绝不会仅仅是个案的存在而已，极有可能是当时北朝知识分子心理深层结构的两大基型。对这两大基型的形成原因、发展现象及恰当的历史评价应是研究南北朝文化极为重要的一环，而本文只是一个开端。

本文原为国科会计划："北魏文士对南朝文化的两种态度——以《洛阳伽蓝记》与《水经注》为中心的考察"（94－2411－H－259－007－）成果刊于《台大中文学报》第24期，2006年6月

---

① 关于《洛阳伽蓝记》一书，笔者早年曾做过一些基础性的研究，并撰有专书：《净土上的烽烟——〈洛阳伽蓝记〉》，今将该书与《水经注》对举，并置于整个南北文化研究的网脉之中，企盼能进一步挖掘其中许多隐而未显的重要文化思维。至于《洛阳伽蓝记》这本奇书的探讨，台湾学界呈现出相当多元的研究面向，举凡文学、历史、文化、语言、佛学诸多面向多有涉及，蔚为大观，例如林师文月先生《〈洛阳伽蓝记〉的冷笔与热笔》、何寄澎《试论杨衒之的历史精神》《北魏时期佛教发展的两个现象》康韵梅《〈洛阳伽蓝记〉的叙事》林晋士《洛阳伽蓝记研究》栗子菁《论〈洛阳伽蓝记〉的创作理念》朱雅琪《记忆中的城市——〈洛阳伽蓝记〉中的时空建构》王美秀《历史空间身分——〈洛阳伽蓝记〉的文化论述》《论杨衒之的文化认同及其相关问题》。而大陆方面的研究，诸如范子烨《〈洛阳伽蓝记〉的文体特征与中古佛学》、卢宁《由〈洛阳伽蓝记〉看北魏的中原法化》、其他在曹道衡论及南北朝文学史也开始大量运用《洛阳伽蓝记》的资料，可见《洛阳伽蓝记》的研究在海峡两岸已逐渐加温。

② 《宋书·索房传》（台北：鼎文书局，1998年7月），页2332。

③ 《魏书·卢昶传》（台北：鼎文书局，1998年9月），页1055。

④ 雷家骥："正统之争的发生条件往往是在同时出现两个以上政权时产生，天下若只有一个政权，所争者则常是内继的正统。内继理论所涉及的因素较少，常以宗法为本，故

所争者不及外继般(如国家缘起论、军权天授)剧烈而显著。"又其论习凿齿的正统论时曾云:"(正统)表面上是道德上的褒贬主义问题,而其实是政治上的承认主义问题。"详见氏著《中古史学观念史》第五章《秦汉正统论的发展及其与史学的关系》(台北:台湾学生书局,1990年10月),页165、149。

⑤参见王明珂《华夏边缘》第十章《汉人形成:汉代中国人的边疆异族意象》(台北:允晨出版社,2001年5月),页289~319。

⑥参见吴怀祺主编,庞天佑著《中国史学思想通史·魏晋南北朝卷》(合肥:黄山书社,2003年11月),页51。案:是书颇为注意到五胡十六国时期的民族关系与当时历史学上正统论述的问题,对本文此一段落"从'民族血缘的关系'立论正统"之思考亦多有启发。参见是书第二章《民族关系与魏晋南北朝时期的史学思想史》,页37~59。

⑦引自《新校本晋书并附编六种六》之《十六国春秋辑补》卷一《前赵录一·刘渊》(台北:鼎文书局,1995年6月),页5。案:现有之《十六国春秋辑补》系后人根据《晋书》诸胡的"载记"及《北史》等书辑录而成,参见关尾史郎《五胡时代的霸史及其佚文搜集工作》,收录于中国魏晋南北朝史学会编《魏晋南北朝史研究》(武汉:湖北人民出版社,1996年10月)。本文为求征引及复查上的方便,选用台北鼎文书局出版的《新校本晋书并附编六种六》之《十六国春秋辑补》为据。

⑧邢义田《天下一家——传统中国天下观的形成》指出:"汉初即从'家'的理念来建立与匈奴的关系。高祖和单于约为兄弟。……文帝写信给单于曾表示'万民熙熙,朕与单于为之父母……谋臣计失,皆不足以离兄弟之驩……朕与单于皆捐往细故……以图长久,使两国之民若一家子。'"该文收录于氏著《秦汉史论稿》(台北:东大图书公司,1987年6月),页34。

⑨引自《新校本晋书并附编六种六》之《十六国春秋辑补》卷二《前赵录二·刘渊》,页7~8。

⑩引自《新校本晋书并附编六种六》之《十六国春秋辑补》卷二《前赵录二·刘渊》,页

8。

⑪引自《新校本晋书并附编六种六》之《十六国春秋辑补》卷十二《后赵录录二·石勒》,页87。

⑫引自《新校本晋书并附编六种六》之《十六国春秋辑补》卷四十九《后秦录一·姚弋仲》,页373。

⑬引自《新校本晋书并附编六种六》之《十六国春秋辑补》卷四十九《后秦录一·姚弋仲),页375。

⑭引自《新校本晋书并附编六种六》之《十六国春秋辑补》卷五十《后秦录二·姚苌),页381。

⑮参见刘学铫《五胡史论》(台北:南天书局,2001年10月),页25。

⑯引自《新校本晋书并附编六种六》之《十六国春秋辑补》卷六十四《夏录一·赫连勃勃》,页467。

⑰引自《新校本晋书并附编六种六》之《十六国春秋辑补》卷二十三《前燕录一·慕容廆》,页183。

⑱引自《新校本晋书并附编六种六》之《十六国春秋辑补》卷三十一《前秦录一·苻洪》,页240。

⑲引自《新校本晋书并附编六种六》之《十六国春秋辑补》卷三十三《前秦录三·苻坚》,页255。

⑳引自《新校本晋书并附编六种六》之《十六国春秋辑补》卷三十六《前秦录六·苻坚》,页281。

㉑引自《新校本晋书并附编六种六》之《十六国春秋辑补》卷三十六《前秦录六·苻坚》,页281。

㉒司马光在《资治通鉴·魏纪·世祖文皇帝上》论及正闰与古史分合的关系时曾说:"臣愚诚不足以识前代之正闰,窃以为苟不能使九州合为一统,皆有天子之名而无其实者

也。"亦即谁能使九州合一,谁才配称为真正的天子。因此,田余庆指出一个历史现象:凡是统一过北方的五胡君主,都自居中华正统,以统一六合为务,汲汲于向南用兵。这类战争在南北文化所存在的胡汉差异尚未基本消弭以前,总不免具有民族入侵的性质,但也并非没有分中求合的主观意愿和客观影响。参见氏著《古史分合中的国土开发与民族发育》,收入于中国历史上的分与合学术研讨会筹备委员会编《中国历史上的分与合学术研讨会论文集》(台北:联合报系文化基金会,1995年9月),页85。

㉓引自《新校本晋书并附编六种六》之《十六国春秋辑补》卷三十六(前秦录六·苻坚),页284。

㉔引自《新校本晋书并附编六种六》之《十六国春秋辑补》卷三十六(前秦录六·苻坚),页281。

㉕引自《新校本晋书并附编六种六》之《十六国春秋辑补》卷三十八《前秦录八·苻坚》,页304。

㉖引自《新校本晋书并附编六种六》之《十六国春秋辑补》卷三十八《前秦录八·苻坚》,页302。

㉗引自《新校本晋书并附编六种六》之《十六国春秋辑补》卷三十八《前秦录八·苻坚》,页304。

㉘文章收录于氏著《秦汉史论稿》,页26。

㉙案:太和十九年夏四月癸丑,孝文帝遣使以太牢祭汉高祖庙;己未,遣使以太牢祠岱岳;庚申,则亲祠孔子庙;辛酉诏拜孔氏四人、颜氏二人为官;又诏选诸孔宗子一人,封崇圣侯,以奉孔子之祀;又为孔子起园柏,修饰坟垅,更建碑铭,褒扬圣德。二十年夏四月甲辰,遣使者以太牢祭汉光武帝及明、章三帝陵;又诏汉、魏、晋诸帝陵,各禁方百步步得樵苏践蹋。二十一年夏四月更申,遣使者以太牢祭夏禹;癸亥,遣使者以太牢祭虞舜;戊辰,诏修尧、舜、夏禹庙;丙戌,遣使者以太牢祀汉帝诸陵;壬辰,遣使者以太牢祭周文王于酆,祭武王于镐;癸卯,遣使祭华岳。参见《魏书·高祖纪》(台北:鼎文书局,1998年9月),页

177~182。

㉚参见程维荣《拓拔宏评传》(南京：南京大学出版社,2002年4月),页84~87。

㉛参见《魏书·礼志》,页2745。

㉜见《资治通鉴》《魏纪》第69卷,《魏纪一》,"世祖文皇帝上·二年"(台北：明伦出版社,1973年),页2187。

㉝参见林郁迢《南宋士人思维中的南朝影像》第三章《南朝与南宋士人的正统心态》(台湾东华大学中国语文学系研究所硕士论文,2003年6月),页57~62。

㉞孙同勋《拓拔氏的汉化及其他——北魏史论文集》第一编"拓拔氏的汉化"对于北魏实行汉化的过程与结果有极为深入的论述,可以参考。(台北：稻乡出版社,2005年3月),页3~176。

㉟见《魏书·高祖纪》,页173~174。

㊱见《魏书·景穆十二王列传第七中·任城王》,页464。

㊲参见逯耀东《北魏孝文帝迁都与其家庭悲剧》,收录于《从平城到洛阳——拓拔魏文化转变的历程》(台北：东大图书公司,2001年1月),页149~194。

㊳刘精诚研究曾指出,北魏迁都的原因大概有四个层面的问题：一、北方威胁已经解除,孝文帝的战略目标是南伐齐朝,统一中国；二、平城自然条件恶劣,交通不便,经济条件差；三、统治区域的扩大,必须加强对中原地区的控制；四、平城保守势力强大,不利于汉化改革。而其中又以第四个层面最为主要。参见氏著《魏孝文帝传》(天津：天津人民出版社,1993年12月),页81~96。另根据周建江的研究成果,北魏迁都洛阳可以从以下诸多原因进行思考：从外在客观形势的转变而言,北魏统一北方之后,所面临的已不是群雄逐鹿的场面,而是要指挥中国北方的政治运作,抗衡南方,进而统一南北。地处关外的平城已不符合泱泱大国的政治、军事、经济的需求,而必须有政治中心的转移；从孝文帝内在主观的权力考量而言：他亟欲摆脱冯太后集团的影响,打破拓拔鲜卑贵族集团对政治的干预,甩掉庞大的官僚集团的负担,还有就是建立自己的功业。详见氏著《太和十五年——

北魏政治文化变革研究》第四章《孝文帝迁都始末》(广州:广东人民出版社,2001年7月),页94~116。

㊴见《魏书·卢玄附传》,页1048。

㊵见《魏书·蠕蠕传》,页2297。

㊶高明士《隋代中国的统———兼述历史发展的必然性与偶然性》一文指出:"在北魏分东西以后,看似衰败,但因西魏、北周乃至隋朝,都努力从事文化建设,进而树立其向心力,这一方面,无疑的,长安的北朝政权是越做越起色。如西魏所实施的'关中本位政策'、北周以《周礼》建国、隋朝的'依汉魏之旧'的立国政策,在在均用以作为'文化认同'的号召,结果,关中政权成功了。"收入于中国历史上的分与合学术研讨会筹备委员编《中国历史上的分与合学术研讨会论文集》,页117~118。

㊷参见程维荣《拓跋宏评传》,页96。

㊸见《魏书·高祖纪》,页186。

㊹见《魏书·高闾传》,页1203。

㊺见《魏书·高祖纪》,页185。

㊻参见邢义田《天下一家——传统中国天下观的形成》,收录于氏著《秦汉史论稿》,页30。

㊼华尔泽(Herbert Waltzer)界定政治意识形态为"一个信仰的体系,它为既存的或构想中的社会,解释与辩护为人所喜好的政治秩序,并且为其之实现提供策略(过程、制度、计划)。"而特殊的政治意识形态的形成与特性是由其历史的与当代的环境所构成,具有团结政治组织中的人民,以达成有效的政治行动之目的。参见恩格尔等著(Alan Engel etc),张明贵译《意识形态与现代政治》第一章《政治意识形态:政治中的信仰与行动》(台北:桂冠图书公司,1990年3月),页6~7。

㊽杨衒之或受到北方正统意识形态的影响,或基于知识与感情的牵引,也许自觉,也或许不自觉选择地"看",而无视于与其信仰相矛盾的事物,或以此方式来认知它,以使它与

其信仰表现得一致相符。本文的这种观点借用恩格尔等著(Alan Engel etc),张明贵译《意识形态与现代政治》第一章《政治意识形态:政治中的信仰与行动》的部分理论,页19。而从社会冲突(social conflict)的概念观之,杨衒之只是集体或群体的代表,不是为了自己而只是为了他所代表的群体理想而进行对抗冲突,似乎要比为个人原因而进行的对抗要更激进、更冷酷无情。参见科塞(Lewis A. Coser)孙立平等译《社会冲突的功能》第六章《意识形态与冲突》(台北:桂冠图书公司,2002年2月),页123~132。

㊾引自杨勇《洛阳伽蓝记校笺》(台北:正文书局,1982年9月),页2。

㊿引自杨勇《洛阳伽蓝记校笺》,页70。

(51)引自杨勇《洛阳伽蓝记校笺》,页40。

(52)引自杨勇《洛阳伽蓝记校笺》,页58。

(53)引自杨勇《洛阳伽蓝记校笺》,页46。

(54)引自杨勇《洛阳伽蓝记校笺》,页63。

(55)引自杨勇《洛阳伽蓝记校笺》,页131。

(56) 引自杨勇《洛阳伽蓝记校笺》,页1、72、216。

(57)引自杨勇《洛阳伽蓝记校笺》,页13、153、215。

(58)引自杨勇《洛阳伽蓝记校笺》,页144~145。

(59)杨衒之对于洛阳城空间秩序的描写,方位排列严整有序,不仅使全书呈现一种规律的韵律,亦能满足北魏在空间上的文化气象。参见陈昱志(《洛阳伽蓝记》与文化人格的美学教育),收录于殷善培,周德良王编《叩问经典》(台北:台湾学生书局,2005年6月),页61~62。

(60)参见杨勇《洛阳伽蓝记校笺》,页209~216。

(61)引自杨勇《洛阳伽蓝记校笺》,页135。

(62)引自杨勇《洛阳伽蓝记校笺》,页70。

(63)引自杨勇《洛阳伽蓝记校笺》,页113。

㉔引自杨勇《洛阳伽蓝记校笺》,页114。

㉕王肃、萧宝夤、萧琮等南方贵族人士的投奔北魏,不仅具有政治上的意义,透过其身分认同的转变过程,亦可显现文化意义。参见王美秀:《历史、空间、身分——《洛阳伽蓝记》的文化论述》(台南:复文书局,2003年4月),页109~132。

㉖引自杨勇《洛阳伽蓝记校笺》,页113。案:陈庆之骁勇善战,是史称"十四旬平三十二城,四十七战,所向无前"的南方猛将,洛中甚至流传"名军大将莫自牢,千兵万马避白袍"(庆之麾下悉着白袍)的民谣。如此英勇形象,在杨衒之笔下,居然变成懦弱无能之徒,一再受到杨元慎的奚落、凌辱。检视《梁书·陈庆之传》,并未有其推崇北方典章人物之事。至于杨元慎斯人更难查考。《洛阳伽蓝记》的向来以空间文物的考证精神备受肯定,但是在叙述南北人物时,竟有如此扑朔迷离的手法,着实耐人寻味。

㉗引自杨勇《洛阳伽蓝记校笺》,页136。

㉘引自杨勇《洛阳伽蓝记校笺》,页113。

㉙引自杨勇《洛阳伽蓝记校笺》,页135~136。王美秀指出"此段叙述为研究中国古代社会女性文学增添了宝贵的资料……陈留公主于诗歌应答时,其反应的迅速、其承接与引喻的巧妙,在在显示了北魏洛阳时期贵族妇女于文学上的造诣之深;尤其值得注意的是,谢氏出身江南世家大族,家学渊源,与一般女性又自不同,而陈留公主的文学/文化与谢氏相较,竟然丝毫不显逊色。如果妇女尚且如此,一般男性文士的成就更不容忽视。于此,杨衒之所传达的讯息其实在指出北魏洛阳时期的文学/文化与同一时期的南方汉人统辖地区的文学/文化等高的情形。"见氏著《历史、空间、身分——《洛阳伽蓝记》的文化论述》,页78~79。

㉚参见杨勇《洛阳伽蓝记校笺》,页193。康韵梅《〈洛阳伽蓝记〉的叙事》云:"杨衒之运用了'显示'的叙述方式凸显北人的优越意识,他假借萧衍和元略的对话,夸示北魏人文荟萃和萧衍珍惜元略胜于本朝大将,此外,他亦以'讲述'的方式,极陈元略在南朝的政绩,充分流露他身为北人的优越感,此一历史事件,完全为杨衒之所敷衍,成为具有地域偏见

的叙事。"收录在台湾成功大学中文系编《魏晋南北朝文学与思想学术研讨会论文集》第三辑(台北:文津出版社,1997年9月),页326。

㉑见《四库全书总目》卷七十,史部,地理类三(北京:中华书局,2003年8月),页619。

㉒案:关于《水经注》的研究,自有其源远流长的"郦学"传统。根据陈桥驿的整理,郦学研究可分为三派:第一为考据派:自南宋金人蔡珪起其源,明代朱谋㙔《水经注笺》奠定基础,自清代全祖望、赵一清、戴震集其大成。第二为词章学派:以晚明钟惺、谭元春评点《水经注》为主,此派虽非郦道元撰书的本旨,但却对《水经注》一书的推广有极大的贡献。第三派则为以晚清民初的杨守敬、熊会贞为主的地理学派。民国以后,《水经注》的研究更是名家辈出,胡适、杨家骆、汪辟疆、岑仲勉均为郦学重镇。郑德坤、吴天任更以《水经注研究史料汇编》搜集了古今中外有关《水经注》的研究资料二百四十余篇,使《水经注》的发展状况一览无遗。"文革"以后,钟凤年、谭家健、陈桥驿、吴晓铃更在前人的基础上将郦学的发展推向高峰。而实际上,郦学研究在港台也有佳绩,香港的郑德坤、吴天任,台湾的胡适、杨家骆、方丽娜、陈识仁等人前后为郦学做出卓越的贡献。不过近人的研究,仍可说大体不出"郦学三派",除了陈识仁以历史学者的洞见开始从比较新的观点去研究《水经注》的形成可能与北魏当时的民族气氛和修史事业有关,其博士论文《北魏修史事业与〈水经注〉的形成》当可以与本文《北魏文士对南朝文化的两种态度——以〈洛阳伽蓝记〉与〈水经注〉为中心的考察》一同为郦学研究的第四个学派的正式开启进行暖身——历史文化派。

㉓见《水经注》卷三十三《江水》,引自郦道元原著,陈桥驿、叶光庭、业扬译注:《水经注》(台北:台湾古籍出版有限公司,2002年2月),页1450。

㉔见《水经注》卷三十三《江水》。引自郦道元原著,陈桥驿、叶光庭、业扬译注:《水经注》,页1460。

㉕见《水经注》卷三十三《江水》。引自郦道元原著,陈桥驿、叶光庭、业扬译注:《水经注》,页1468。

⑯见《水经注》卷三十四《江水》。引自郦道元原著,陈桥驿、叶光庭、业扬译注:《水经注》,页1478。

⑰见《水经注》卷三十五《江水》。引自郦道元原著,陈桥驿、叶光庭、业扬译注:《水经注》,页1518。

⑱见《水经注》卷四十《渐水》。引自郦道元原著,陈桥驿、叶光庭、业扬译注:《水经注》,页1737~1738。

⑲见《水经注》卷二十九《沔水》。引自郦道元原著,陈桥驿、叶光庭、业扬译注:《水经注》,页1294。

⑳见《水经注》卷三十三《江水》。引自郦道元原著,陈桥驿、叶光庭、业扬译注:《水经注》,页1450。

㉑见《水经注》卷三十三《江水》。引自郦道元原著,陈桥驿、叶光庭、业扬译注:《水经注》,页1450。

㉒见《水经注》卷二十七《沔水》。引自郦道元原著,陈桥驿、叶光庭、业扬译注:《水经注》,页1238。

㉓任乃强《华阳国志校补图注》指出:"《水经注》屡引常璩之书,有称《华阳国记》者(《漾水》《沫水》)两处,称《华阳记》者多处〔卷三十三最多〕,他或称'常璩曰',或称《巴汉志》,其文则皆今日通行之《华阳国志》文也。"(上海:上海古籍出版社,1987年10月),页4。案:本文以为郦道元《水经注》的撰述与成书深受常璩《华阳国志》的启发,常璩虽致力于保存巴蜀文化的工作,但却未形成狭隘封闭的川蜀地域观念/地方文化意识,反而能够对于外来文化的刺激与影响给予比较正面价值的评价而尽可能地避免负面的批评,如《蜀志》中论秦国统一四川之后,徙其豪侠入蜀的政策时云:"然秦惠文、始皇,克定六国,辄徙其豪侠于蜀;资我丰土,家有盐铜之利,户专山川之材,居给人足,以富相尚。故工商致结,驷连骑,豪族服王侯美衣,娶嫁设太牢之厨膳,归女有百两之徒车,送葬必高坟瓦椁,祭奠而羊豕夕牲,赠襚兼加,赗赠过礼,此其所失。原其由来,染秦化故也。若卓王孙家童千

数,程、郑各八百人;而公从禽,巷无行人;箫、鼓歌吹,击钟肆悬;富侔公室,豪过田文;汉家食货,以为称首。盖亦地沃土丰,奢侈不期而至也。"(引自任乃强《华阳国志校补图注》,页148。)虽说常璩对于蜀地受到关中文化影响,在富足之后所形成的奢侈之风不以为然,但是从"资我丰土"的字眼可以看出,他对于这样的历史事件还是抱持着高度肯定的态度。猜想郦道元之所以比杨衒之对于南方文化更具包容性,很有可能便是继承了常璩的这种宏观视野与胸襟,因此比较能平心地看待地方与全国的紧张关系。

㉞见钱钟书《管锥篇》第四册(台北:书林出版社,1980年8月),页1456~1457。

㉟见谭家健《试论〈水经注〉的文学成就》,收录于谭家健、李知文选注《水经注选注》(台北:建宏出版社,1994年8月),页9。

㊱参见陈桥驿《郦道元评传》(南京:南京大学出版社,1997年3月),页39~40。

㊲参见陈桥驿:《郦道元评传》,页41。

㊳见《水经注》卷二十六《巨洋水》。引自郦道元原著,陈桥驿、叶光庭、业扬译注:《水经注》,页1169~1170。

㊴《北齐书·魏收传》:"自魏、梁和好,书下纸每云:'想彼境内宁静,此率土安和。'梁后使,其书乃去'彼'字,自称犹著'此',欲示无外之意。收定报书云:'想境内清晏,今万国安和。'梁人复书,依以为体。"(台北:鼎文书局,1998年10月),页486。案:《北齐书·魏收传》的记载当是参照魏收于《魏书·自序》所云:"自南北和好,书下纸每云'想彼境内宁静,此率土安和'。萧衍后使,其书乃去'彼'字,自称犹著'此',欲示无外之意。收定报书云:'想境内清晏,今万国安和。'南人复书,依以为体。",页2325。

魏晋时期巴蜀文化史确立的三部曲

——由《三都赋》到《三国志》到《华阳国志》

一、绪言

中国文化是由许多地方特色交流汇聚整合而成,因此始终存在着显著的地域特征。而地域的自然环境因素及人文社会活动则形成特定的文化氛围,进而产生支配人文活动的地方意识与价值系统,是一种地域性的文化心理结构。地方意识的崛起相当早,春秋战国时期吴、越、楚、秦、燕、赵等国就已经形成分明的地域文化性格[①]。因此现代学者亦根据考古文物的出土,提出"楚文化""齐文化""三晋文化""秦文化"等去区分个别地域所各自蕴含的文化特色,而这些文化之间当然彼此存在着相互交流并竞争的关系[②]。秦帝国的统一,虽然奠定中国疆域的基础,也确立中国人政治大一统的观念,但是却未能拆解掉地域与地域之间的文化隔阂,反而更激化地方意识,开启地方文化对中央文化霸权的反扑,于是《吴越春秋》《越绝书》《燕丹子》这类具有强烈地方意识的作品相继而生。

从《诗经》的十五国风之别,其实已经可以看出中国很早就有地域文化区隔的概念,尔后《史记·货殖列传》中更看见经济地理观念的雏形,而《汉书·地理志》的"风俗篇"则正式且明确地开始注意到各地区的人文地理、风俗文化特色。中国地域文化的千姿百态本就已经是炫人眼目,而其中巴蜀文化的特色与发展过程更是耐人寻味。巴蜀地区原本地处偏僻,但却因此反而能远避接二连三的中原战祸,全区官民深晓休养生息之道,在东汉时代逐渐取代关中盆地,成为全国最富庶的地区,进而博得"天府"的美誉。后来三国时代,蜀汉政权对巴蜀的开发与经营更对巴蜀文化做出远大的贡献[3]。更重要的是巴蜀地区自汉代以来生产了许多知名的文人,《汉书·地理志》在谈到巴蜀地区时,不仅谈它的地理特色,更特别谈到它的文教事项,云:"土地肥美,有江水沃野,山林竹木疏食果实之饶。……景、武间,文翁为蜀守,教民读书法令,未能笃信道德,反以好文刺讥,贵慕权势。及司马相如游宦京师诸侯,以文辞显于世,乡党慕循其迹。后有王褒、严遵、扬雄之徒,文章冠天下。繇文翁倡其教,相如为之师,……"[4]而《三国志·蜀书·秦宓传》亦云:"蜀学本无士,文翁遣相如东受七经,还教吏民,于是蜀学比于齐、鲁。"[5]由是可知自文翁、司马相如、王褒、严遵、扬雄一脉而下,朝中蜀籍人才辈出,无怪乎《华阳国志·公孙述刘二牧志》敢云:"自建武至乎中平,垂二百载,府盈西南之货,朝多华岷之士矣。"[6]而根据《华阳国志》的记载,诸如司马相如、严遵、扬雄这些人都曾撰著《蜀本记》,对巴蜀地方文化意识的发展当然有极具正面的激励作用。而巴蜀地区日益兴盛的文教事业也形成独具一格的巴蜀学派,对巴蜀文化的长期发展产生关键性的影响,尤其巴蜀学派出现了两位杰出的史家,分别是陈寿和常璩,他们用文字保存记录了巴蜀文化的精华,使后代能一窥巴蜀文化的丰灿与精神之所在,更提供了宝贵的巴蜀研究资料。因此,本文在六朝南北文化的研究板块中特别着墨于此。

"地域文化"在近几年成为学界热门研究的议题,海峡两岸亦曾多次以"地域文化"为题,举办学术研讨会,故也成为目前地域文化研究的焦距,其中又以"巴蜀文化"的研究最为显眼,超越其他各州郡文化的研究成果。细究其源由,盖受到两个事件的影响:首先是20世纪的40年代因为爆发中日战争,致使大批学者群集四川,其中知名学者如徐中舒、董作宾、顾颉刚、缪凤林、童书业、郑德坤、卫聚贤、商承祚、陆侃如等人都因而撰写与巴蜀文化有关的学术论文,使巴蜀文化的研究开始受到关注;再者系由于80年代挖掘出震惊中外考古学界,被誉为"中国考古史上奇迹",与中原商周文化几乎同时崛起的"三星堆文化遗址",在此刺激之下,巴蜀文化的研究遂一跃而为显学。终于在2000年引起大陆学界的注意,并正式成立了四川省巴蜀文化研究中心。又2004年6月四川人民出版社出版一系列的"巴蜀文化研究丛书";2006年9月西华大学蜀学研究中心与四川省文史研究馆合作创办《蜀学》,为蜀学研究专门学术刊物。此外巴蜀书社也一直陆续出版"巴蜀文化丛书""三国文化书系"等研究论著,足见巴蜀研究成绩斐然,俨然形成一门"巴蜀学"新势力。这也是巴蜀文化特别引起本文兴趣而想一窥堂奥,探究其何以令近代学者着迷探索不止的源由。

巴蜀是四川的古称,因古有巴、蜀二国建立于斯,后来此二国被秦所灭,又缘其名设立巴郡、蜀郡,故四川文化的研究一般也被称为巴蜀文化的研究。据袁庭栋《巴蜀文化》一书的说解:"巴蜀文化有两种含义,狭义的是指秦统一巴蜀之前还称为巴蜀时期的四川文化,广义的是指整个四川古代以及近代的文化。"[7]本文之探讨范围着重于魏晋南北朝时期的四川文化研究,是以当属广义的巴蜀文化研究。

巴蜀地区原本并不被称为"天府",天府大多指称经济发展较早的长安关中地区,《战国策·秦策一》云:"大王之国,西有巴、蜀、汉中之利,北有胡貉、代马之用,南有巫山、黔中之限,东有肴、函之固,田肥美,民殷富,战车万乘,奋击百万,沃野千里,蓄积饶多,地势形便,此所谓天府,天下之雄国也。"[⑧]《史记·刘敬传》云:"夫秦地被山带河,四塞以为固,……因秦之故,资甚美膏腴之地,此所谓天府者也。"[⑨]《史记·留侯世家》云:"夫关中左淆函,右陇蜀,沃野千里,南有巴蜀之饶,北有胡苑之利……此所谓金城千里,天府之国也。"[⑩]后来由于历经战国末年至秦汉之交,西汉末年与东汉末年的数次群雄逐鹿,关中地区饱受兵燹,是以自汉代以后,远避战祸的巴蜀地区之经济实力已经超过关中,跃居全国首位,逐渐取代关中地区"天府"的赞誉[⑪]。例如诸葛亮在著名的《隆中对》中便称赞蜀地"沃野千里,天府之土"[⑫],这也是"天府"一词专用于蜀地的开始;而法孝直献策于刘备劝其入蜀时亦标此地为"天府"[⑬];郦道元《水经注》引《益州记》也说都江堰:"水旱从人,不知饥馑,沃野千里,世号陆海,谓之天府也"[⑭];而最具说服力,最足以显明巴蜀富裕程度的,又莫过于班固在《西都赋》中以西汉长安一代比拟巴蜀,云其"封畿之内,厥土千里。……其阳则崇山隐天,幽林穹谷。陆海珍藏,蓝田美玉。……郊野之富,号为近蜀。"李善文选注曰:"言秦境富饶,与蜀相类,故号近蜀焉。"[⑮]可见巴蜀地区在汉人的普遍认知中已是经建富足的天府宝地。而巴蜀地区这种相对于中国北方较为稳定的政经基础,也逐渐发展出专属于巴蜀地区的人文地理色彩。尤其当桓、灵之际,北方陷入黄巾之乱、董卓窃国以及军阀割据,所引起的战祸连连,致使生灵涂炭,民不聊生,诚如王粲诗云:"出门无所见,白骨蔽平原。路有饥妇人,抱子弃草间"[⑯]的乱离期间,极具神秘色彩的四川巴蜀学派的杨厚、董扶诸人审观天下大势之隐微,以其方术内学,预言西南分野有天子气,说服刘焉领益州牧,入蜀开国经营,远避中原战火,以求取地方生民安靖;尔后蜀汉及成汉的崛起与灭亡亦与巴蜀学派的推占预言和劝降换和的主张息息相关。而巴蜀学派这批学士对于政局的分析与主张及对乡土的关护,对于后来四川地方意识的形成与政治、经济、文化的发展也极具启发作用[17]。

但是四川文化的发展也曾历经诸多艰难过程。因为客观历史大势的决定,三分归晋以后,北方人士挟着政治军事的胜利,对于南方文化产生居高临下的傲慢姿态,使巴蜀文化几乎泯没于北方大一统狭隘文化观的洪流之中。而今我们尚庆能一窥魏晋以前巴蜀文化的精华,幸赖当时的三部作品以各自不同的方式和书写理念将其保存下来:分别是左思《三都赋》、陈寿《三国志》与常璩《华阳国志》[18]。

设若无巴蜀学派保乡卫民的精神传承,没有《三都赋》《三国志》《华阳国志》这三部作品对于巴蜀文化的记载,我们今日将看不到蜀汉继承地方丰富的财产所卷起的三国风云;看不到璀璨的巴蜀文化。而此三部作品最耐人寻味的是:《三都赋》是左思代表魏晋人士站在北方文化霸权的视角下对于偏居西南一隅的蜀地的远方想象;《三国志》系陈寿北上入洛之后,怀着故国情思往南想望蜀国过往的辉煌;《华阳国志》则为常璩南下东进建康,回顾西北故国万古苍茫的历史长廊。三部作品分别以三个不同的空间观念对于蜀文化的位阶进行多重角度的描述,其中必有许多值得探讨的奥义与讯息。

本文拟将左思《三都赋》、陈寿《三国志》与常璩《华阳国志》依序分别成三个研究部分/阶段/步骤,针对各书作者之著作意图的差异性及其究竟如何巧妙而妥善地留存巴蜀文化进行研究剖析,并确立此三部作品在巴蜀文化逐渐形成的过程中的实质贡献。当然也随文探讨"巴蜀学派"对于魏晋时期巴蜀文化史确立的意义。

相信透过本研究，不仅能帮助我们认识三国魏晋时期巴蜀文化的传承问题，亦能作为思考今日各乡各土应当如何在中央文化的压境之下保护地域文化，却又能不自我封闭地接纳广博优美的文化刺激，从文化的交流中取得一个丰沛的滋养。

二、左思《三都赋》对巴蜀文化的保存工作

曾经造成洛阳纸贵的文学名篇，左思的《三都赋》，不仅是一篇文采瑰丽耀眼、内容包罗宏富的汉晋大赋，原本是一篇弥漫中原北方霸权的文化宣言，但也颇能适时反映当时南北地域郁结的珍贵历史文献资料，在地域文化的纷争史上有一定程度的重要性[19]。

《三都赋》的写作时间约略是在三分归晋的前后[20]，全篇以《蜀都赋》《吴都赋》《魏都赋》三篇三国都城赋架构而成。司马晋在灭蜀以后，已然掌控天下时局，因此《三都赋》可说是饱经世乱之后，首次在秦汉崩乱之后重新回到稳定的政权情况下来正视魏、蜀、吴三个地域的发展与成就。但是由于左思尚沉浸在西晋结束东汉末年以来的乱象，更耽溺于大一统的幻象之中，这种踌躇自满不免影响左思对三国的历史判断，使其无法放宽历史的视野，洞悉历史分合互替的内在规律与长久发展演变的诡谲，进而体认三国分裂时期各地文化发展所带来的复杂结构，乃至于在过度亢奋中写下充满文化霸权的《三都赋》：赋文不仅充满着北方中原正统本位文化的自我膨胀[21]，更尽其所能，毫不留情地对蜀、吴二都极尽贬抑矮化之能事，凸显出北方人士挟着政治军事的胜利，对南方文化产生一种居高临下的傲慢心理。

左思所赋写之三都各有侧重,文章以相互顿折之笔,衬托出魏都在政治、经济、疆域、物产、历史、文化、风土、民情等种种社会环境的美好,并建构创造出一种凌驾在蜀都、吴都之上,卓然特出,极具理想规模的魏都风貌。虽说左思是以西晋为本位去审视三都的人文地理风貌,不免过度强调魏都的优越性,但是纵使如此,其行文之际,也曾无意之间流露出对于蜀、吴二国物庶民丰的咏叹,为其地方文化特色与经济发展的规模,予与不得不然的肯定,而留下弥足珍贵的历史文献记录。尤其对于魏晋以前历史文献资料贫瘠的巴蜀地区具有特别的意义[22],使后世能对三国时期蜀国埋头经营的丰盛成果有更多的认识。

《蜀都赋》开头即云:"夫蜀都者,盖兆基于上世,开国于中古。廓灵关以为门,包玉垒而为宇。带二江之双流,抗峨眉之重阻。水陆所凑,兼六合而交会焉;丰蔚所盛,茂八区而庵蔼焉。……于是邛竹火缘岭,菌桂临崖,旁挺龙目,则生荔枝。布绿叶之萋萋,结朱实之离离。……井沉荧于幽泉,高焰飞煽于天垂。其间则有琥珀丹青,江珠瑕英,金沙银砾,符采彪炳,晖丽灼烁。……水物殊品,鳞介异族。或藏蛟螭,或隐碧玉。嘉鱼出于丙穴,良木攒于褒谷。其树则有木兰梫桂,杞櫹椅桐,櫄柠楔枞。梗柟幽蔼于谷底,松柏蓊郁于山峰。……巢居栖翔,聿兼邓林。穴宅奇兽,窠宿异禽。熊罴咆其阳,雕鹗鸐其阴。狄腾希而竞捷,虎豹长啸而永吟。"[23]一连串地歌颂说明了巴蜀地区历史文化的悠远,崇山峻岭的地势屏障,水路交通的四通八达,以及林物水产的富饶、飞禽走兽的繁盛和金银及琥珀珍珠等奇石矿藏的丰富。

论蜀国境内的景貌,则云:"其封域之内,则有原隰坟衍,通望弥博。演以潜沫,浸以绵雒,沟洫脉散,疆里绮错。黍稷油油,粳稻莫莫。指渠口以为云门,洒滮池而为陆泽。虽星毕之滂,尚未齐其膏液。"[24]那一望无际的平原盆地,绵水雒水所滋养的绿洲,都江堰的水利建设,一整片绿油油的高粱稻谷,使左思对于蜀地农田水利的发达与丰沛充满欣羡之情;再加上"栋宇相望,桑梓接连。家有盐泉之井,户有橘柚之园"㉕的城乡富足;以及首都成都是"辟二九之通门,画方轨之广涂。营新宫于爽垲,拟承明而起庐。结阳城之延阁,飞观榭乎云中。开高轩以临山,列绮窗而瞰江。……外则轨躅八达,里闬对出。比屋连甍,千庑万室。亦有甲第,当衢向术。坛宇显敞,高门纳驷"㉖,其建筑与街景是如此高崇壮丽;而叙述成都极其热络的社会经济生活,则"市廛所会,万商之渊。列隧百重,罗肆巨千。贿货山积,纤丽星繁。都人士女,袨服靓。贾贸墆鬻,舛错纵横。异物崛诡,奇于八方。布有橦华,面有桄榔。邛杖传节于大夏之邑,蒟酱流味于番禺之乡。"㉗凡此种种,都在在地体现巴蜀确实是拥有极高的生活水准与文化水平,而非左思在《魏都赋》中批评蜀、吴二国的生活文化时所云"摧惟庸蜀与鸲鹊同窠,句吴与鼃黾同穴。一自以为禽鸟,一自以为鱼鳖。山阜猥积而崎岖,泉流迸集而映咽。隰壤瀸漏而沮洳,林薮石留而芜秽。穹岫泄云,日月恒翳。宅土熇暑,封疆障疠。蔡莽螫刺,昆虫毒噬。汉罪流御,秦余徙裔。宵貌蕞陋,禀质遒脆。巷无杼首,里罕耆耋。或魋髻而左言,或镂肤而钻发。或明发而嫿歌,或浮泳而卒岁。风俗以韰果为婳,人物以戕害为艺。威仪所不摄,宪章所不缀。"㉘将蜀、吴视为生活原始、文化落后的蛮荒未开化之地,这其中的矛盾性,当然是因为《三都赋》以魏都为本位的书写理念与文化优越感,导致左思在行文之际对蜀、吴的文化概况充满偏见,进而有许多近乎诬名的历史解释。

值得庆幸的是,就在左思站在西晋统一天下的高度兴奋昂扬地写下《三都赋》,歌颂美化魏都的同时,却无意中描述了巴蜀文化的初步轮廓:举凡蜀国的山川林业、农田水利、地理特征、民间风俗、市民生活等种种文化现况,这些对于巴蜀文化的珍贵记录必然成为后来陈寿撰作《三国志》、常璩撰写《华阳国志》时的重要资料与思想启发。由是观之，左思《三都赋》可视为巴蜀文化保存过程中的第一阶段。

三、陈寿《三国志》对巴蜀文化的保存工作

面对西晋的遽然统一，陈寿回顾当年三国的鼎峙竞争之局，深感三国文化各自辉煌的成就，唯恐三国史迹散佚，故以私家著述的性质[29]，客观地保存三国各自的历史真相，使之免于湮灭在政治立场主导的国史中。在此亟欲留存历史事实的强烈使命感驱策激励之下，陈寿义不辞难，考核旧史，搜罗文献，走访遗闻轶事与歌谣传闻，历时十年，终于写成这部约略三十七万字的春秋巨著，将三国历史分分合合的诡谲复杂，简明扼要地记录在这部《三国志》中，为三国留下他心目中真正的历史事实。

陈寿撰写《三国志》对于巴蜀文化的保存工作可谓用心良苦。因为在《三国志》以先，魏史有王沉《魏书》、鱼豢《魏略》；吴史有韦昭《吴书》，蜀则因为"国不置史，注记无官，是以行事多遗，灾异靡书"[30]。试想在这种情况之下，若不是陈寿胼手胝足勤奋搜罗蜀国文史，三国文化必然残缺不全，丧失完整性，甚至是淹没不闻。例如一般人对于三国魏晋巴蜀历史的刻板印象，就是战乱不断，全国处于长期不安定的情况，但是透过陈寿在《蜀书·诸葛亮传》的记载，却可以看见巴蜀在蜀汉统治时期，百姓也曾有一段很安定的生活："外连东吴，内平南越，立法施度，整理戎旅，工械技巧，物究其极，科教严明，赏罚必信，无恶不惩，无善不显，至于吏不容奸，人怀自厉，道不拾遗，强不侵弱，风化肃然也。"[31]使我们能够觑见在魏晋中央观点之下的地方成就。但是后来有许

多学者或因陈寿的籍贯（蜀国安县人）问题，或因政治立场的限制而忽略陈寿对于三国整体文化的保存之功，反而在过多的期望与苛求下，认为陈寿必须坚决以蜀为正统的叙述才能符合人格道德上的要求。历来评议三国的学者对于陈寿以曹魏为正统的史观颇多贬责之辞，与苏东坡同乡，北宋眉州丹棱（四川今籍）出生的诗人唐庚在《三国杂事序》中便曾批评指责陈寿为魏帝立本纪之举之不是："刘备父子相传四十余年，始终号'汉'，未尝一称'蜀'，其称'蜀'者，流俗之语耳。陈寿黜其正号，从其俗称，循魏晋之私意，废史家之公法。用意如此，则其书善恶褒贬与夺，尚可信乎！"[②]朱熹对陈寿替魏帝立本纪亦颇有微词，严明指正："三国当以蜀汉为正。"[③]尔后南宋时期为了符合江左政权在正统论述上的实际需要，许多学者纷纷对《三国志》的正统归属直接进行修订，如陈亮《三国志纪年》即以蜀、魏、吴为其先后排序，暗示正统在蜀；李杞《改修三国志》以蜀汉二主为纪，魏、吴列于其后；萧常《续后汉书》为蜀汉立本纪，将吴、魏列为载记；翁再《蜀汉书》、郑雄飞《蜀汉书》亦皆以蜀汉为正统。元、明学者大多承袭南宋以来的三国史观，反对陈寿将正统归于曹魏，甚至不约而同地提出修改三国历史的主张并付诸实践，元代有郝经《续后汉书》、赵复《蜀汉本末》、张枢《续后汉书》、赵居信《蜀汉本末》等，明代则有谢陛《季汉书》、吕尚俭《续后汉书》等。

但是到了清代，开始有许多学者重新仔细推敲考定陈寿著书之意旨，并对《三国志》的正朔问题提出更加具体而全面的思考与理解，这些清代学者的见解对于本文思考陈寿面对巴蜀故国文化的态度极具启发意义。故不厌其烦地摘录诸家之说如下：

钱大昕《潜研堂文集》卷二十八《跋三国志》指出"陈承祚，蜀人也，其书虽帝魏而未尝不尊于蜀！于蜀二君书先主、后主而不名，于吴诸君则曰权曰亮曰休曰皓，皆直斥其名；蜀之甘皇后、穆皇后、敬哀皇后、张皇后皆称后，而吴之后妃但称夫人，其书法区别如此。"又卷二十四《三国志辨疑序》："魏氏据中原日久而晋承其禅，当时中原人士知有魏而不知有蜀吴也。自承祚书出，始正三国之名，且先蜀而后吴，又于《杨戏传》末载季汉辅臣赞，亹亹数百言，所以尊蜀殊于魏、吴也。存季汉之名者，明乎蜀之实汉也。"㉞

赵翼《廿二史札记》卷六《三国志书法》："正统在魏，则晋之承魏为正统，自不待言。此陈寿仕于晋，不得不尊晋也。然吴志孙权称帝后，犹书其名，蜀志则不书名，而称先主、后主。陈寿曾仕蜀，故不忍书故主之名，以别于吴志之书权、亮、休、皓也。此又陈寿不忘旧国之微意也。"㉟

朱彝尊《曝书亭集》卷五十九《陈寿论》云："于时作史者，王沉则有魏书、鱼豢则有魏略、孔衍则有魏尚书、孙盛则有魏春秋、郭颁则有魏晋世，语之数子者第知有魏而已，寿独齐魏于吴、蜀，正其名曰三国，以明魏不得为正统。……先主王汉中，即帝位，……大书特书，明著昭烈之绍汉统，予蜀以天子之制，是以见良史用心之苦矣。"㊱

恽敬《大云山房文稿》卷二《书三国志后》云："其以评易论而无赞，何也？吴、魏之君若臣，皆乱世之雄耳，赞之是长乱也。蜀以讨贼号天下，故于《杨戏传》载蜀君臣赞以别之，是正于吴、魏也；其书目曰武帝操、明帝叡，何也？与先曰备、吴主权同书也，明魏之非帝而已，魏非帝而蜀之宜为帝，人无直知之者，故于《蜀书》曰先主备，而于《吴书》曰吴主权，不称先主权，吴者非蜀俦也。吴非蜀俦，魏又何得以蜀为寇敌邪？此与之至也，《春秋》之义微而显，志而晦，《史记》盖得其意几十之六七，《汉书》得四五，《三国志》得一二。"㊲

然而无论陈寿的正统观念如何，毕竟是北方的政权结束了三国的纷乱，曹魏也顺理继承了历史的正统。在此既成的历史客观事实之下，陈寿以贰臣身分北上入仕晋朝,还能尽其所能地维持魏、蜀、吴三国的平均视角,已属难能可贵。设使没有陈寿之《三国志》,吴、蜀文化的精华很可能会消失在政治所主导的历史洪流之中。当三国鼎峙之时,各自拥有自身的历史文化解释权而彼此抑扬,而今三分归晋的结果,蜀、吴自然顿失发言权。魏晋人士对于蜀、吴文化原本就极度轻蔑,现在既然获得了政治军事上的胜利,原本三国文化各自表述的局面自然归于北方文化一言堂。在这种艰难的情势之下,陈寿在撰写《三国志》时竟然能够平心客观地保存三国各自的历史文化,以三国分志的书写体例,用三方的声音说话,注意保留各自的观点,努力使三方面获得平衡,从而保证《三国志》的客观公正,遂使魏人读《魏书》,蜀人读《蜀书》,吴人读《吴书》时都能感到亲切而宽慰。可见在陈寿的思维当中,他是尽可能地将吴、蜀和曹魏三国并峙齐观[③]。

过去对于《三国志》最多的责难就是陈寿以魏为正统,就形式而论,他的确是为曹魏君主立纪,而为蜀、吴立传,然而实质上,他记蜀、吴君主的事迹,却无异于魏纪。《三国志》虽说是站在以曹魏为正统的前提下撰写而成,但实际上却又根据三国鼎峙,正朔有三的历史发生事实,将三国历史分成《魏书》《蜀书》《吴书》平行记载,以彰显三国不相统属的历史事实。刘蜀与孙吴的君主虽然表面上均以"传"为名,但却各自拥有自己的年号,并且按照编年体的书写形式记载其在位期间所发生的重大历史事件,在《蜀书》与《吴书》中实质上却各自承担"纪"的作用。总之,我们应该从《三国志》整体结构上去考察陈寿的正统思想,不应拘泥于该书以曹魏为正统的编撰体例,也应该明察其以三国各自为统分撰三书,再结合三书构成一部完整著作的苦心积虑。陈寿的良史之才就潜藏在他一方面既能以曹魏作为整个三国时期历史的正统,以符合历史发展的结局,另一方面又能在考量历史实际发展过程下使三国各为正统的事实而得到绝佳的结合,并巧妙地体现在《三国志》一书之中,这样既不会触犯晋廷的忌讳,虽呼应了晋人的主体意识,更尊重了三国时期正朔有三的历史实情[39]。

衡诸左思《三都赋》,便可察知陈寿的苦心孤诣之处:在尽可能符合历史书写的常规与贴契西晋统治者的需求之下,透过文学的转折与取巧的彩笔,对三国历史人物不分国别地进行刻画记录,尤其对于蜀国人物的描述用语更是格外传神,此从陈寿极富感情地描摹刘备、诸葛亮、关羽、张飞、赵云等人物特色可见一斑,其影响所及是《三国演义》对于蜀汉群雄性格的刻画尤其引人入胜,故事取材特别脍炙人口,造成蜀国人物形象深入民间,仿佛三国人才尽在蜀汉,遂使蜀文化俨然成为整个三国文化的代名词。

另外陈寿《三国志》中充满着极为浓厚的旧君故国之思,最明显的例子莫过于陈寿对蜀汉末业经理国事的几位要员,诸如蒋琬、费祎、姜维等人的严厉指斥,这些苛责很可以看出陈寿对于蜀汉灭国的耿耿于怀与不能谅解,《蜀书·蒋琬费祎姜维传》评曰:"蒋琬方整有威重,费祎宽济而博爱,咸承诸葛之成规,因循而不革,是以边境无虞,邦家和一,然犹未尽治小之宜,居静之理也。姜维粗有文武,志立功名,而玩众黩旅,明断不周,终致陨毙。老子有云:'治大国者犹烹小鲜。'况于区区蕞尔,而可屡扰乎哉?"[40]关于此评,裴松之注有比较中肯的议论:"蒋、费为相,克遵画一,未尝徇功妄动,有所亏丧,外却骆谷之师,内保宁缉之实,治小之宜,居静之理,何以过于此哉!今讥其未尽而不著其事,故使览者不知所谓也。"[41]又裴注引干宝之说:"姜维为蜀相,国亡主辱弗之死,而死于钟会之乱,惜哉!非死之难,处死之难也。是以古之烈士,见危授命,投节如归,非不爱死也,固知命之不长而惧不得其所也。"[42]又引常璩《华阳国志》所云说明姜维在蜀亡之前所做的最后努力:"维教(钟)会诛北来诸将,既死,徐欲杀会,尽坑魏兵,还复蜀祚,密书与后主曰:'愿陛下忍数日之辱,臣欲使社稷危而复安,日月幽而复明。'"[43]并认为:"于时钟会大既造剑阁,维与诸将列营守险,会不得进,已议还计,全蜀之功,几乎立矣。"[44]事实上,不论是蒋琬抑或费祎都是蜀汉末期尽忠职守的贤臣,也都享有不错的历史评价,他们在内政修理方面,一切依循诸葛亮之成规,使贤能各尽其职,上下辑睦;而姜维更代表着蜀汉中兴的最后一线希望,他继承诸葛亮遗愿,力图克复中原,复兴汉室,是三国风云变幻中,力挽狂澜的悲剧英雄。因此不论是干宝、常璩或是裴松之,乃至于后世的人基本上对于姜维都有颇佳的印象。陈寿曾经担任过姜维幕府的主簿,不可能不知道姜维的昂扬志气,并且其在《姜维本传》中也曾引用诸葛亮对姜维的评价来说明姜维的人格特质:"姜伯约忠勤时事,思虑精密。"又曰:"姜伯约甚敏于军事,既有胆义,深解兵意。此人心存汉室,而才兼于人,毕教军事……。"[45]换言之,陈寿对于姜维不是没有赞赏之处,但是他对于姜维未能审时度势,权衡厉害得失,连年不断地北伐无功,致使蜀汉国力急遽衰退,众庶怨讟,感到不满,更无法谅解,这除了是因为陈寿经历了亡国的憾痛,更与整个巴蜀学派保乡卫民的理念有关。

　　陈寿仕蜀期间,本就极为重视弘扬乡国优秀的历史文化遗产,而其入仕晋朝之后不仅曾编定一部多达二十四篇,十万四千一百一十二字的《诸葛氏集》,将诸葛亮生前富国安民、练武强兵的政军成绩全面地记录下来;又撰作专门研究巴蜀历史人物的《益部耆旧传》十编,记录了上起先汉,下终当世,前后三四百年间益部名贤达上百余人的事迹,是书更可视为陈寿志存乡土文化的序曲,并为其尔后撰写《三国志》奠定了极为雄厚的基础与参考价值。而因为陈寿《三国志》对于巴蜀文化的保存工作,使得三国文化的主体无形中转移至蜀汉。无怪乎致力于三国历史研究的当代大陆学者李纯蛟即云:"历代的诗词歌赋文章小说的创作、讲史平话的编讲、戏曲艺术电影电视片的创演、三国文化旅游景区点建设的如火如荼和三国文化旅游市场销售的旺势,都源自于《三国志》。……陈寿的《三国志》为他的家乡赢得了'三国文化源头发祥地'的美誉!"[46]

或许我们可以说:陈寿的《三国志》在形式上是配合客观的历史事实将"政治正统"归给曹魏,但在情感上却将"文化继承"留给蜀汉。陈寿是巴蜀子弟,从小就受到巴蜀文化的熏陶喂养,后来北上仕晋,以贰臣的尴尬身分夹在蜀汉与魏晋的政治矛盾当中,透过编修三国历史的机会,设法以一种非常隐微,极具技巧的手法突破网罗,在符合史传常规之下,以人物画廊的方式记录巴蜀精神,保存凸显巴蜀文化的独立性与沿承性。陈寿《三国志》在其《益部耆旧传》的基础上,承先启后,上承左思《三都赋》,下启常璩《华阳国志》,尤其在巴蜀人物传记的方面更是为《华阳国志》奠定了良好的文献基础,成为《华阳国志》写作描绘巴蜀英豪群像的重要资源,可视为巴蜀文化史成立的第二阶段。

四、常璩《华阳国志》对巴蜀文化的保存工作

有别于陈寿修纂《三国志》的瞻前顾后与小心翼翼,常璩因为没有政治因素的顾忌,是以在《华阳国志》[47]中可以放胆疾书,不遗余力地对巴蜀地区的地理沿革、历史事件、人物事迹、民族形成、经济发展、土风民俗、物产资源、学术活动及与外来文化的交流情形等各式各样的人文活动酣畅淋漓地一一详述,是以《华阳国志》在问世之后,即备受瞩目重视。范晔《后汉书》、裴松之《三国志注》、崔鸿《十六国春秋》、郦道元《水经注》等书,凡涉及西南史地的部

分,多加以参照并吸收其成果。也难怪《华阳国志》可以赢得刘知几《史通·杂述篇》所赋予"不朽"的最高评价与殊荣:"郡书者,矜其乡贤,美其邦族,施于本国,颇得流行,置于他方,罕闻爱异。其有如常璩之详审,……而能传诸不朽,见美来裔者,盖无几焉。"[48]最难能可贵的是《华阳国志》与《三国志·蜀书》的内容绝大部分不相重复,若将二书齐置,真是粲然可观!篇幅多达十一万字的《华阳国志》,记录上起西汉下至东晋的巴蜀人物近四百人的遗闻旧事并追溯上古以来巴蜀的人文历史活动,无疑可视为巴蜀文化保存的第三阶段。

常璩本为四川成汉政权服务,在李势主政时期任职散骑常侍。永和三年,桓温伐蜀,兵临成都,璩与中书监王嘏等人沿承巴蜀学派的精神,审视天下历史大势,犹如当年谯周劝蜀汉后主刘禅投降司马晋一样,劝李势投降东晋,于是巴蜀地区结束了半独立的状态,正式并入东晋版图,亦再度避过了一场烽火浩劫,并得以继续维持巴蜀地区的民生经济与文化建设。然而常璩随势移徙建康以后,却赫然发现江左人士对于蜀人颇为轻蔑,与当年西晋灭蜀之后对待蜀人的态度极为不同,《华阳国志·大同志》记载:"后主既东迁,内移蜀。大臣宗预、廖化及诸葛显等并三万家于河。东及关中,复二十年田租。董厥、樊建并为相国参军。冬,分州置梁州,遣厥、建兼散骑常侍,使蜀慰劳。"[49]以此观之,西晋朝廷与东晋朝廷对于蜀国君臣的态度真是彼重此轻,无怪乎常璩要大失所望。常璩在《序志》中将此失望心情展露无遗:"驷牡骙骙,万马龙飞。陶然斯犹,阜会京畿。获西狩,鹿从东麋。郇伯劳之,旬不接辰。尝兹珍嘉,甘心庶几。忠为令德,一行可师。瓌玮俶傥,贵韬光辉。据中体正,平揖宣尼。导以礼乐,教洽化齐。木讷刚毅,有威有怀。锵锵宫县,磬筦谐谐。金奏石拊,降福孔皆。综括道检,总览幽微。选贤与能,人远乎哉。"[50]

这段文字言词闪烁,不易解读,任乃强先生认为大抵是在"通其郁塞,明其牢骚怏悒发愤著书之情""恨晋室不能抚用蜀人,为其发愤著书之由",盖常璩劝成汉投降东晋,本来希冀可以获得谯周劝降之功,不料李势君臣东至建康之后,却被江左世族藐视,从臣李福、李权、谯献之,乃至于常璩自己等十余人皆无官禄,即便蜀中邓定、隗文、王誓、王润、萧敬文、李金银、李弘等接连叛乱,东晋朝廷却仍无用成汉降臣以倾李势旧臣之意,此与晋初灭蜀之后重用蜀国旧臣以倾吴会的作风迥异[51]。遂使常璩由失望转成愤懑,遂不复仕进,退而据其前所撰著之旧作,诸如《梁益宁三州地志》《蜀汉书》《南中志》《巴汉志》等书,另撰《华阳国志》以矜其乡贤,美其邦族,夸诩巴蜀人文之优越,欲颉颃中原,凌驾扬越,抵拒江左人士之诮诋轻蔑。全书共分十二卷:[52]一至四卷为《巴志》《汉中志》《蜀志》《南中志》,以地为纲,涵盖的疆域北起今陕甘南部,南至今滇南和滇西南边境,西起今川西地理,东至长江三峡地区,广博地记载中国西南地区的史地,颇似《汉书》以来正史中的"地理志";五至九卷为《公孙述刘二牧志》《刘先主志》《刘后主志》《大同志》《李特雄期寿势志》,以编年的形式记述前后几个巴蜀政权,即公孙述、刘焉刘璋父子、蜀汉,尤其成汉时期的辉煌历史,其中《大同志》则是西晋大一统时期的历史,这一部分颇似正史中的"本纪";十至十二卷,为《先贤士女总赞》《后贤志》《序志并士女目录》,记述了西汉至当代的贤士列女,相当于正史中的《列传》。《华阳国志》考核巴蜀前贤所著旧籍,撷其所长,弃其所短,分别以地理、历史、人物为主,收纳前人地理志、编年史、人物传之优点,将三者巧妙地结合,再加上每卷的卷末,以类似于《史记》"太史公曰"、《汉书》"赞曰"、《三国志》"评"、《后汉书》"赞论"的形式用"撰曰"来发表常璩个人的评论,遂形成一种既能上下古今,又能脉络分明、内容博大,且能有所议论的全新体例,任乃强先生即云:"一至四世纪,地方志虽已发达,率皆偏记一类,无全面描绘之巨文。其一书而兼备各类,上下古今,纵横边腹,综名物,揆道度,存治要,彰法戒,极人事之变化,穷天地之所有,汇为一帙,使人览而知其方隅之全貌者,实自常璩此书创始。此其于地方史中开创造之局,亦如正史之有《史记》者一。"[53]因而《华阳国志》一书被誉为"现代方志的初祖"。[54]

历来谈论《华阳国志》者,大多将其置于方志学的范畴进行研究,但如果将其纳入三国学中魏、蜀、吴三国人士文化论争的网脉之中,则呈现出别具一格的意义价值。从秦末以来,北方历经楚汉相争、王莽篡汉、汉季乱世,不断地处于战乱之中。而从汉武帝开始,巴蜀地区就一直不断地发展吸纳各地的文化与经济资源,若遇世乱则远避战祸,是以不仅在文化上取得很高的成就,丝毫不让步于中原文化,甚至在经济的发展上也逐渐超越了中原地区。所以常璩撰写《华阳国志》其实是带有一种相当自负的地方意识形态,脱离了传统上以一个中原汉文化为核心去向四方扩展的"一点四方"[55]的史书写作架构,使巴蜀不再附属于中原中心论的文化地理结构下。《华阳国志》从商周历史一路谈到秦汉、魏晋、五胡十六国、东晋,用地理写历史的架构,以地方的山水古迹;特色的风俗民情;丰富的物产矿藏;进步的农田水利建设;兴旺的工商业机制;不亚于中原的经史诸子文教,夹杂讨论历史的演变与蜀中人物的传奇,具有非常强烈的地方历史优越感与骄傲的文化自信。而20世纪80年代震惊中外考古学界,被誉为"中国考古史上奇迹"的四川三星堆文化遗址的出工发现(甚至一九九五年更发现比三星堆更早的宝墩文化)[56],将巴蜀文化溯源至约略公元前2700年至900年之间,相当于中原历史上的新石器时代到西周初期,这与《华阳国志·蜀志》所云:"蜀之为国,……历夏、商、周"更是完全吻合的[57]。三星堆古蜀文化实际而具体的存在,不仅证成《华阳国志》一书所记载的巴蜀历史脉络的真实性,更使源远流长的四川文化主体俨然与中原商周文化并行,确立了巴蜀文化独立的完整性[38]。

最为难能可贵的是,常璩虽致力于保存巴蜀文化的工作,但却未形成狭隘封闭的川蜀地域观念/地方文化意识,反而能够对于外来文化的刺激与影响给予相当正面肯定的评价而尽可能地避免负面思维的批评,如《华阳国志·蜀志》中论秦国统一四川之后,徙其豪侠入蜀的政策时云:"然秦惠文、始皇,克定六国,辄徙其豪侠于蜀;资我丰土,家有盐铜之利,户专山川之材,居给人足,以富相尚。故工商致结驷连骑,豪族服王侯美衣,娶嫁设太牢之厨膳,归女有百两之徒车,送葬必高坟瓦椁,祭奠而羊豕夕牲,赠襚兼加,赙赗过礼,此其所失。原其由来,染秦化故也。若卓王孙家童千数,程、郑各八百人;而公从禽,巷无行人;箫、鼓歌吹,击钟肆悬;富侔公室,豪过田文;汉家食货,以为称首。盖亦地沃土丰,奢侈不期而至也。"[39]从这段文字当中,虽然说常璩对于巴蜀地区受到关中三秦文化之影响,在地沃土丰、生活富隆之后所形成的奢侈之风表达了不以为然,但是从"资我丰土"这样友善的字眼的使用,却可以看出他对于秦汉徙民的历史事件始终抱持着高度肯定的态度,并没有地方自我封闭主义,这正是巴蜀先民无畏于蜀道艰难而能以开放的心胸不断吸纳、融合外来文化的精神之继承。又常璩论述蜀汉群雄时,能超越乡域界线成见,举凡对巴蜀发展有贡献的贤良人士,不论原籍为何,皆入诸贤传中,此更见巴蜀文化的海涵宽阔。

常璩之所以能够挣脱地方主义的笼罩,平心静气地评估北方中原文化对巴蜀文化的实际贡献,以类似现代历史学中的大历史(macro-history)观点[40],宏观地从长远的社会发展与经济结构观察历史的脉动,去碰触秦汉移民政策对四川文化的正面提升作用,透过历史长廊的景深过滤掉短期的伤痛,沉淀出对北方文化的接纳与欣赏,探其所以,实与历史发展过程中南北政权突如其来的移行换位之诡谲变化有关。五胡乱华以后,原本的北方西晋政权被迫南移至东晋建康,北方中原长期以来的文化霸权猝然卸下。原本巴蜀就是个独立的区域,但是由于三国末期,曹魏派军压境,使得连年征战,兵民疲惫的蜀汉无心抵挡,就此投降臣服于北方,但是北方西晋政权统一不过四十年左右,天下政局又再度崩解,使得北方中原的政权"形在神移",以致巴蜀与南北的关系形成一种"政治权力在南方""历史记忆在北方"的准三国式奇怪均衡,这种历史的转折突变,使得常璩能够从南北文化之争的框架中抽离出来,而以仲裁者之姿,远远地站在第三立场的观点从西南鸟瞰南北文化架构。至此,常璩乾坤一指,不再承认北方十六国而奉东晋为正朔,劝李势投降东晋,也就连带舒解了巴蜀对北方的臣属关系,巴蜀历史的发展不再受限北方中原政权的压迫,因而对北方过度紧绷的文化之弦也获得一种微妙的松弛,从此中原文化不再是蜀人紧张关系的主要对象,取而代之的则是东晋扬越世族社会对于归降蜀人的不友善态度所形成的一股新文化压力。而常璩面对这股压力的消解方式是退而撰作《华阳国志》,从侧翼包围,以第三重空间观点的文化思维,重新接纳中原文化,并再度审视整个巴蜀文化在南北朝文化的关键地位。

值得一提的是,《华阳国志》融会地理、历史、人物的书写体例也给后来郦道元作《水经注》带来相当程度的启发。《水经注》屡引常璩之书,有称《华阳国记》者(《漾水》《沬水》)两处,称《华阳记》者多处(卷三十三最多),他或称"常璩曰",或称《巴汉志》,其文则皆今日通行之《华阳国志》文也[61]。本文猜测郦道元《水经注》之所以能够捐弃地域本位的既有成见,而对于南方文化极具包容性[62],很有可能是继承了常璩的这种宏观视野与胸襟,因此可以宽和地看待地方与全国的紧张关系。

综上所述：常璩既热爱乡土文化，又能气度恢弘地接受外来文化的刺激；既有蜀川意识又不形成狭隘的地方郁结，这正是尔后四川文化最大的特色与优势。《华阳国志》是架构巴蜀文化最最重要的阶段。

五、巴蜀学派对于巴蜀文化的保存之功

"巴蜀学派"是雷家骥在《中古史学观念史》及程元敏先生《三国蜀经学》中用来称呼三国时期巴蜀地区的学风，就经学而言，此派保守沿袭东汉的旧有学风与规模，重师法、究图谶、阴阳、占侯之术[63]；就史学而言，则秉持班氏家法，而杂入方志之风，故地方意识极其浓厚，而地方史之修撰更是前后不缀[64]，前文所论之陈寿、常璩皆系出巴蜀学派，相继禀承巴蜀学派对地方文化传承的强烈使命感，因此为了更清楚地了解陈寿、常璩所接受的知识体系，本文有必要补述巴蜀学派对于整个巴蜀文化保存工程的贡献。

巴蜀学派以广汉杨门一派为主流，即杨厚、董扶、任安、周舒、周群、杜琼、谯周一系，陈寿师承谯周，并有"谯门子游"[65]的雅称，便是源出于此。据《后汉书·杨厚列传》记载：杨厚修黄老之学，其门生之多，上名录者就有三千余人。杨厚之学颇得家传，其祖父杨春卿擅长图谶之学，原为公孙述手下大将，汉军平蜀之后，春卿自杀，临命告戒其子杨统修习祖传秘记；统感父遗言，遂辞家从犍为、周循二人学习先法，又就同郡郑伯山受河洛书及天文推步之术，故善推阴阳消伏，是以朝廷有灾异，多以访之；杨厚继承其父统业，精力思述，晓读图书，同样以善推阴阳灾异闻名于世，每当有灾异之时，杨厚屡上消救之法[66]，是以《后汉书·方术列传》云朝廷对杨厚"若待神明"[67]。从史书的记载

观之,杨门学问来源极为神秘,雷家骥认为是根于益部西南神秘之学[68],而杨学的一些政治行为及其主张,诸如天启史观、末世救劫、真君救世等观念,似乎与早期道教系统中的谶录图纬有关[69],而这些观念对于尔后的巴蜀政权更具有决定性的影响,如董扶和刘焉(自称道教徒,故教徒能拥护之)[70]相与入蜀;周群劝进先主开启蜀汉基业;谯周劝降后主终结蜀汉政权;常璩劝李势归降东晋,其思想根据正是巴蜀学派的学说理论。

(一)巴蜀学派的积极劝驾与刘焉入蜀

关于刘焉入蜀的历史事件,据《三国志·蜀书·刘二牧传》记载:"(刘)焉睹灵帝政治衰缺,王室多故,……求交阯牧,欲避世难。议未即行,侍中广汉董扶私谓焉曰:'京师将乱,益州分野有天子气。'焉闻扶言,意更在益州。……扶亦求为蜀郡西部属国都尉。"[71]巴蜀学派的代表人物董扶以其谶纬内学预言天下大势之隐微变化,劝服刘焉领益州牧,入蜀经营,保州自守,不与天下讨董卓,远避战火,安靖地方生民。

(二)巴蜀学派的推波助澜与蜀汉建国

周群劝进先主一事,据《三国志·蜀书·先主传》记载:"魏文帝称尊号,改年曰黄初。或传闻汉帝见害,先主乃发丧制服,追谥曰孝愍皇帝。是后在所并言众瑞,……治中从事杨洪、从事祭酒何宗、议曹从事杜琼、劝学从事张爽、尹默、谯周等上言:'臣闻河图、洛书,五经谶、纬,孔子所甄,验应自远。谨案洛书甄耀度曰:"赤三日德昌,九世会备,合为帝际。"洛书宝号命曰:"天度帝道备称皇,以统握契,百成不败。"洛书录运期曰:"九侯七杰争命民炊骸,道路籍籍履人头,谁使主者玄且来。"孝经钩命决录曰:"帝三建九会备。"臣父群未亡时,言西南数有黄气,直立数丈,见来积年,时时有景云祥风,从璿玑下来应之,此为异瑞。又二十二年中,数有气如旗,从西竟东,中天而行,图、书曰

· 368 ·

"必有天子出其方"。……当有圣主起于此州,以致中兴。……臣闻圣王先天而天不违,后天而奉天时,故应际而生,与神合契。愿大王应天顺民,速即洪业,以宁海内。'"[72]据任乃强先生的考证,本段引文之"谯周"当为"周群",因谯周当时尚未入仕,而"臣父群"合当是"臣群父"三字误倒,群父周舒与任安、董扶齐名,并列为杨厚的三大弟子,故此"西南数有黄气"云云,盖与董扶所言"益州分野有天子气"同为一事[73]。引文所提及的何宗、杜琼是任安的学生,而周家更是名闻一时的观气世家[74],因而从这段文献的记载,不仅可以看见巴蜀学风图谶文纬、天文望气的鲜明特色,更可以观察到巴蜀学派基于对邦国乡土的关心,为寻求英主而主动参与地方政治,为先王提供承气真君的合法继统立论基础。

(三)巴蜀学派的审势斡旋与蜀汉降魏

正因为巴蜀学派这种保乡卫土的精神特质,是以才有后来谯周劝降后主于曹魏之事。据《三国志·蜀书·谯周传》的记载,谯周在劝降后主以前,就曾因为蜀国军旅数出致使百姓凋瘁而作《仇国论》,其辞曰:"因余之国小,而肇建之国大,并争于世而为仇敌。因余之国有高贤卿者,问于伏愚子曰:'今国事未定,上下劳心,往古之事,能以弱胜强者,其术何如?'伏愚子曰:'……周文养民,以少取多,勾践恤众,以弱毙强,此其术也。'贤卿曰:'曩者项强汉弱,相与战争,无日宁息,然项羽与汉约分鸿沟为界,各欲归息民;张良以为民志既定,则难动也,寻帅追羽,终毙项氏,岂必由文王之事乎?……'伏愚子曰:'……今我与肇建皆传国易世矣,既非秦末鼎沸之时,实有六国并据之势,故可为文王,难为汉祖。夫民疲劳则骚扰之兆生,上慢下暴则瓦解之形起。……是故智者不为小利移目,不为意似改步,时可而后动,数合而后举,故汤、武之师不再战而克,诚重民劳而度时审势也。如遂极武黩征,土崩势生,不幸遇难,虽有智者将不能谋之矣。"[75]谯周的学问除了是承自巴西谯玄所传之经术内学,也游学于广汉杨门,他数访大名鼎鼎的益州学士,有"蜀之仲尼"高誉的当代硕儒秦宓(宓为广汉人,按理与杨门应有交游,从其曾举荐任安、赞扬董扶可知),承袭保乡护土的观念并充实古史素养[76];问内学谶纬之术于任安门生杜琼[77],而谯周之学的这两大主要思想体系几乎预定其尔后的劝降曹魏之举。《三国志·蜀书·杜琼传》记载蜀汉末年的一则宫廷异象:"景耀五年,宫中大树无故自折,(谯)周深忧之,无所与言,乃书柱曰:'众而大,期之会,具而授,若何复?'言曹者众也,魏者大也,众而大,天下其当会也。具而授,如何复有立者乎?蜀既亡,咸以周言为验。周曰:'此虽己所推寻,然有所因,由杜君之辞而广之耳,殊无神思独至之异也。'"[78]谯周根据杜琼之学,以谶语预表天下大势之发展终归于魏,此天意宿命论对他后来因应曹魏入蜀采取不抵抗的接纳态度,应该有决定性的影响因素;而秦宓爱乡保民的精神感召,大概也给予谯周相当程度的启示,致使其愿意以巴蜀苍生之利益为前提,牟取邦国最大的利益。

谯周的历史性决断对于整个巴蜀地区的影响,陈寿深契其师的苦心[79],是以在《三国志·蜀书·谯周传》特别赞扬谯周的功绩:"刘氏无虞,一邦蒙赖,周之谋也。"[80]但是这种赞语却也为陈寿招来千古骂名,关于"谯周劝降"与"陈寿评周"二事,历代评论可谓之百般责难,史不绝书。兹选录几则较为激烈评议如下[81]:

裴《注》引孙绰评语:"谯周说后主降魏,可乎?曰:自为天子而乞降请命,何耻之深乎!夫为社稷死则死之,为社稷亡则亡之。先君正魏之篡,不与同天矣。推过于其父,俯首而事仇,可谓苟存,岂大居正之道哉!"[82]

宋朱黼《三国六朝五代纪年总辨》批评:"要谯周之为是策,大抵特为身谋，非复少为汉计也。身受全国之赏而君为亡国之俘，周真小人哉。"[63]

宋王应麟《困学记闻》引邵博《谒武侯庙文》批评："史臣寿奸言非公，惟大夫（谯）周误国非忠。"[64]

元吴师道《礼部集》卷十《谯周》有两段批评："卖降覆国，俯首事仇……周不可胜诛矣……""（寿）又引董子比之，所以尊扬周者不一而足，徇私党恶一至于此，其罪当与周同科矣。"[65]

清牛运震《读史纠谬》《谯周传》批评："《谯周传》载周劝降事特详，且云'刘氏无虞，一邦蒙赖，周之谋也。'按周策蜀归魏，甘蹈舆衬之辱，失君死社稷、臣死封疆之义，殆愧申包胥、文种多矣！寿乃以此褒周，不亦悖乎？……谯周非不渊博该达，独至邓艾入蜀，力主降议，不知有名节廉耻事，真小人之尤者，其《雠国论》劝降疏多有背道逆理之言，又杂以术数谶兆之事，鄙俗特甚……寿评谯周渊通，有董、扬之规，盖寿之所志可知也。"[66]

大抵而言，这些历史批评家因为受限于帝王封建时代的思维模式，是以无法洞悉巴蜀地方意识的深层力道，而以僵化的忠君观念来评价谯周、陈寿师徒，当然更没能体察巴蜀学派谶纬内学系统下的天意史观与保乡卫民的精神传承。而事实上，谯周站在历史的关键点，做出如此重大的历史谏言之际，必然早已料想到后代史论对他可能出现的责难，是以当魏廷因其有全国之功，欲策封他为阳城亭侯，又下书辟周时，他选择困疾不进。厥后晋室践阼，又累下诏书遣周，周再三推辞之后才舆疾诣洛。到了洛阳之后又以疾不起，就拜骑都尉，周乃自陈无功而封，求还爵土，皆不听许[67]。而据裴《注》引晋阳秋的记载，谯周临终更嘱咐其子谯熙对于西晋朝廷所赐衣物钱粮一律悉数归还，曰："久抱疾，未曾朝见，若国恩赐朝服衣物者，勿以加身。当还旧墓，道险行难，豫作轻棺。殡敛已毕，上还所赐。"[68]由是观之，谯周建议蜀汉归降于曹魏一事并未存有丝毫的私心，也未从中牟取私利，完全着眼于维护巴蜀地区的安定，避免巴蜀百姓沦于战乱烽火之中。清人李清植对于谯周的所作所为虽未能全面思考，但却有较公允的评论："周虽劝降，然不仕魏晋，至临终所嘱又如此，则其劝降也，盖度殉国之义非后王所办，故姑此以为全君之计耳，视夫误其以荣其身，则有间矣。"[89]而谯门弟子北上仕晋之后，亦知承继巴蜀学派爱乡卫土的精神，时时见机为巴蜀仗义发言：《华阳国志》记载文立（谯门颜回）上言："故蜀大官及尽忠死事者子孙，虽仕郡国；或有不才，同之齐民，为剧。"又上："诸葛亮、蒋琬、费祎等子孙，流徙中畿，宜见叙用，一则以慰巴蜀民之心，其次倾东吴士人之望。"[90]并且其所上诸事皆得以施行。而陈寿作为巴蜀学派的继承者，更是尽心存护巴蜀文化，使之传承不辍；后来的常璩亦继承巴蜀学派的精神，故能劝谏成汉归降东晋，并致力于巴蜀文化的保存。

（四）巴蜀学派的余波荡漾与成汉兴亡

常璩论及成汉政权的兴起时，曾引述先人常宽所记录下来的谯周谶语暗示李雄兴起自有天命。《华阳国志·大同志》云："武平府君云：'谯周言：【巴】已没三十年后，当有异人入蜀，蜀由之亡。'蜀亡之岁，去周三十三年。"[91]武平府君是指常璩的族祖常宽，因宽曾官拜武平太守，故尊之。从《华阳国志·后贤志》的常宽传观其所学，治《毛诗》《三礼》《春秋》《尚书》，尤耽意《大易》，博涉《史》《汉》，仍是正统巴蜀学风，而继谯周《巴志》《蜀志》补撰《蜀后志》及《后贤传》，又续陈寿《耆旧》作《梁益篇》，更可见常宽之学术源流。

又《华阳国志·李特雄期寿势志》譔曰："特流乘衅险害。雄能推亡固存。遭皇极不建，遇其时与。期倡为祸阶，而寿、势终之。……长老传谯周谶曰：'广汉城北有大贼，曰流曰特攻难得。岁在玄宫自相贼。'终如其记。先识预睹,何异圣人乎?"[92]此又以谯周谶语解释成汉兴亡皆乃天意命定,常璩不仅再三引述谯周之谶语,并高举谯周为圣人、先知,可说是完全倾服于谯周思想,甚至常璩在劝李势投降东晋时,亦语带深意地以谯周之勋自况,《四库总目》以"《晋书》载劝势降桓温者即璩,盖亦谯周之流也。"[93]来评论常璩,虽因立论观点不同而语带嘲讽,但若仅观其"谯周之流"四字,作为常璩毕生所追求保乡卫土的职志而言,不亦宜乎!

常璩在《华阳国志·刘后主志》中云:"谯周著《仇国论》,言可为文王,难为汉祖。人莫察焉。"[94]"人莫察焉"一句话说得其实很耐人寻味,究竟常璩意指为何?常璩在《华阳国志·李寿志》极力宣扬罗恒、龚壮、解思明、李奕、王利诸人附晋称藩以求蜀地之平靖的主张,其实正是说明自己的心情何尝不是如此,而谯周当年作《仇国论》的心情又何尝不是如此?而常璩入晋以后,遍寻群书,广搜文献史料,撰写《华阳国志》以存蜀地故旧的心情,与巴蜀学派先贤写下一系列地方史的心意不亦一脉相传乎!

六、结语

四川巴蜀文化由于三国纷争与魏晋乱世,一度遭遇保存危机,幸赖当时的三部作品《三部赋》《三国志》《华阳国志》在有意无意之间,各自以不同的书写理念及撰述方式将巴蜀文化的精髓存录下来。

左思沉浸在西晋大一统的浪漫执迷中,居高傲慢地写下《三都赋》,试图压抑吴、蜀文化,然而却在历史文化发展的吊诡当中,意外地保存了巴蜀文化的精华,做了初步的贡献。

陈寿以贰臣身分,夹在南北政治、文化的矛盾之中,殚智竭力地在史书的撰写体例中技术犯规,玩弄正朔观念,以对应当朝的政治处境,而又借由《三国志·蜀书》谨心慎意地将故乡巴蜀的文化保存下来,奠定良好的基础。

常璩入晋之后,虽不满中原、江左人士对于巴蜀文化的一贯性轻蔑,但却能在愤懑不平之下保持怀乡爱土的热忱,冷静客观地看待外来文化给予巴蜀文化的正面刺激与贡献,最终完成《华阳国志》,确立巴蜀文化的基本精神。

而不论是陈寿或是常璩皆受到巴蜀学派的学风影响,因此,在讨论巴蜀文化之发展时,不得不注意到巴蜀学派对于巴蜀地区的发展及文化保存的功劳。

但愿透过本研究,能不仅有助于认识三国魏晋时期巴蜀文化的保存问题,亦能启发今日各乡各土在保护乡土文化的同时,如何不自我设限,进一步以辽阔的胸襟博纳外来文化的良性刺激,庶几能在世运动荡中获得丰硕的滋养。

本文为行政院国家科学委员会补助专题研究计划之成果报告之一。计划编号:95-2411-H-259-008-。发表于中正大学中文学术年刊2007年第一期(总第九期)。原题为《魏晋时期巴蜀文化确立的三部曲——由〈三都赋〉到〈三国志〉到〈华阳国志〉》,经国科会专题研究计划匿名审查委员先生之提醒建议,改易为斯题,仅此致谢!另感谢博士生研究助理林郁迢于本计划执行期间尽心协助。

---

① 参见卢云《中国知识阶层的地域性格与政治冲突》《复旦学报》(社会科学版,1990年第三期),页33~41。

②关于地域文化争辩的问题,可参见曹道衡《南朝文学与北朝文学研究》,页 28~56。

③有关蜀汉政权对巴蜀文化的贡献,请参阅耿立群《蜀汉对西南的统治与开发》(台大历史研究所硕士论文,1984 年 6 月,郑钦仁教授指导)。

④见新校本《汉书·地理志》,页 1645。

⑤见新校本《三国志》,页 973。

⑥引自任乃强《华阳国志校补图注》,页 337。

⑦见袁庭栋《巴蜀文化》(中国地域文化丛书),页 2。

⑧见刘向集录《战国策》,页 78。

⑨见新校本《史记》,页 2716。

⑩见新校本《史记》,页 2044。

⑪见袁庭栋《巴蜀文化》,页 29~39。

⑫见新校本《三国志·蜀书·诸葛亮传》,页 912。

⑬见新校本《三国志·蜀书·法正传》,页 957。

⑭见《水经注》卷三十三《江水》。引自郦道元原著,陈桥驿、叶光庭、业扬译注《水经注》,页 1450。

⑮引自萧统《文选》,页 6。

⑯引自逯钦立《先秦汉魏晋南北朝诗》,页 365。

⑰案:本文论"巴蜀学派对于巴蜀文化的保存之功"这一部分的研究,颇受雷家骥:《中古史学观念史》之启发。

⑱按常璩在《华阳国志》的《序志》所举,当时记录巴蜀历史文化的文献,尚有司马相如、严君平、扬雄、阳城衡、郑廑、尹贡、谯周、任熙八家的《蜀本记》,惜今日皆已亡佚。

⑲参见王文进《三分归晋前后的文化宣言——从左思〈三都赋〉谈南北文化之争》,收录于台湾云林科技大学汉学资料整理研究所编《汉学研究集刊第一集》,页 27~48。

⑳《三都赋》的写作年代一直是学术界的公案,历来说法有以下几种:(一)傅璇琮认为

成于太康元年(280)之前;(二)李长之认为成于 280~282 年之间;(三)高桂惠认为成于 272~282 年,前后共十年;(四)牟世金、徐传武认为完成于 295 年左右;(五)陆侃如则系之于左思晚年,其中以傅说最为学界所接受。杨合林《左思〈三都赋〉新探》一文站在傅说的基础上,配合晋初朝议对于伐吴与否的政治课题,推断《三都赋》极可能是一篇力主伐吴的文宣。该文收录于《吉首大学学报》(1995 年第 2 期),页 56~61。

㉑王鸣盛《十七史商榷》卷五十一"三江扬都条"云:"左思于西晋初,吴蜀始平之后,作《三都赋》,抑吴都、蜀都,而申魏都,以晋承魏统耳。"页 463。

㉒案:左思撰写《蜀都赋》,曾就教于因探视出任蜀都太守的父亲而赴蜀的张载。张载的《剑阁铭》已流露中原士人对巴蜀割据势力的态度,其中"闭由往汉,开自有晋"之观念想法,最是明显流露出胜利者的自大心态。国科会专题研究计划匿名审查委员先生特地提醒在左思《蜀都赋》之前还有张载的《剑阁铭》,特此致谢!

㉓引自《文选》,页 99~101。

㉔引自《文选》,页 103。

㉕引自《文选》,页 104。

㉖引自《文选》,页 105~106。

㉗引自《文选》,页 106。

㉘见《文选》,页 170~171。案:《魏都赋》这一段话,几乎成为后来北人看待南方文化的一种原型思维模式。杨衒之《洛阳伽蓝记》"景宁寺条"中曾记载一场关于南北文化的论战,其中北人杨元慎有一席评论南方文化的言谈,与此几乎如出一辙:"江左假息,僻居一隅,地多湿蛰,攒育虫蚁,疆土瘴疠,蛙黾共穴,人鸟同群。短发之君,无杼首之貌,文身之民,禀丛陋之质。浮于三江,棹于五湖,礼乐所不沾,宪章弗能革。虽复秦余汉罪,杂以华音,复闽楚难言,不可改变。虽立君臣,上慢下暴。……卿沐其遗风,未沾礼化,所谓阳翟之民。不知瘿之为丑。我魏膺箓受图,定鼎嵩洛,五山为镇,四海为家。移风易俗之典,与五帝而并迹,礼乐宪章之盛,凌百王而独高。岂卿鱼鳖之徒,慕义来朝,饮我池水,啄我稻

梁,何为不逊,以至于此?"参见杨勇《洛阳伽蓝记校笺》,页113。

㉙案:陈寿《三国志》原为私修之史,陈寿没后,该书方提升为国史。据《晋书·陈寿传》之记载,《三国志》要到陈寿没后,才由梁州大中正尚书郎范頵等上表曰:"故治书侍御史陈寿作三国志,辞多劝诫,明乎得失,有益风化。虽文艳不若相如,而质直过之。愿垂采录。"于是诏下河南尹洛阳令就家写其书。页2138。

㉚见新校本《三国志·蜀书·法正传》,页902。

㉛见新校本《三国志·蜀书·诸葛亮传》,页930。

㉜引自永瑢、纪昀等纂修《影印文渊阁四库全书》686册,据台北故宫博物院藏本影印,页14。

㉝黎靖德编《朱子语类》七,卷第一百五,朱子二,论自注书,页2637。

㉞引自王云五主编《大本原式精印四部丛刊正编》第89册,页268、224。

㉟赵翼《廿二史札记》,页96。

㊱引自《影印文渊阁四库全书》1318册,页313。

㊲引自《大本原式精印四部丛刊正编》第91册,页61。

㊳参见李纯蛟《三国志研究》,页65~90、164~181。

㊴参见庞天佑《中国史学思想通史》第七章《陈寿的史学思想》,页184。

㊵见新校本《三国志·蜀书·蒋琬费祎姜维传》,页1069。

㊶引自新校本《三国志·蜀书·蒋琬费祎姜维传》,页1069。

㊷引自新校本《三国志·蜀书·蒋琬费祎姜维传》,页1069。

㊸引自新校本《三国志·蜀书·蒋琬费祎姜维传》,页1067。

㊹引自新校本《三国志·蜀书·蒋琬费祎姜维传》,页1068。

㊺引自新校本《三国志·蜀书·蒋琬费祎姜维传》,页1063。

㊻参见李纯蛟《三国志研究》,页39~45。

㊼案:过去对于《华阳国志》的研究,学者每以未有美善的校注本为憾,幸赖于一九八

〇年代前后，四川上古史研究的专家任乃强教授在四川大学历史系师生的协助下，蒐讨旧刻，博征群书，勘正原文，补其残阙，撰著《华阳国志校补图注》；此外又有刘琳的校注本可资参考，遂使得《华阳国志》的研究得以向前迈进了一大步。

㊽引自清·浦起龙释，唐·刘知几撰《史通通释》，页275。

㊾引自任乃强《华阳国志校补图注》，页435。

㊿引自任乃强《华阳国志校补图注》，页736。

(51)见任乃强《华阳国志校补图注》，页736~739。

(52)案：常璩经常在《华阳国志》中对东晋江左政权退守东南一隅，未能宅于天下之中进行嘲讽，如《序志》中云："综其理数，或以为西土险固，襟带易守，世乱先违，道治后服，若吴楚然。逋逃必萃，奸雄阋觎。盖帝王者统天理物，必居土中，德膺命运。非可资能恃险，以干常乱纪。虽饕窃名号，终于绝宗殄祀。"明显暗指东晋也只是割据之雄，早晚要灭亡。见任乃强《华阳国志校补图注》，页730。

(53)见任乃强《华阳国志校补图注》，页6。

(54)有关于《华阳国志》的基本概念，请参见袁庭栋《巴蜀文化》，页243~244。任乃强《华阳国志校补图注》"出版说明部分"，页1。刘琳《华阳国志校注》，页2~3。仓修良《方志学通论》，页178。

(55)在中国的文化传统中，对其自身内部以某一地区为核心再向东、南、西、北四周进行辐射式划分和描述的一种书写结构。参见杨庭硕、罗康隆：《西南与中原》，页3~6。

(56)见周新华《三星耀天府：三星堆文化和巴蜀文明》，页1、155~173。又可参见段渝《玉垒浮云变古今：古代的蜀国》，页65~87。

(57)袁庭栋《巴蜀文化》，页286。

(58)巴蜀文化的研究在20世纪40年代因为对日战争的爆发，众多学者云集到巴蜀地区，其中徐中舒、董作宾、顾颉刚、缪凤林、童书业、郑德坤、卫聚贤、商承祚、陆侃如等都曾撰写与巴蜀文化有关的论文，在这当中有以顾颉刚《古代巴蜀与中原的关系说及其批判》

所提出的“巴蜀独立发展说”最具启发性；卫聚贤研究铜器，撰成《巴蜀文化》，更可视为“巴蜀文化”一词的正式提出，更确立了巴蜀文化独立于中原文化之外的认知。参见林向：《近五十年来巴蜀文化与历史的发现与研究》，收录于李绍明、林向、徐南洲主编《巴蜀历史·民族·考古·文化》，页3～22。

(59)引自任乃强《华阳国志校补图注》，页148。

(60)关于“大历史”观念，请参看黄仁宇《大历史不会萎缩》。

(61)参见任乃强《华阳国志校补图注》，页4。

(62)参见王文进《北魏文士对南朝文化的两种态度——以〈洛阳伽蓝记〉与〈水经注〉为中心的初探》《台大中文学报》第二十四期，页115～150。

(63)参见汪惠敏《三国时代之经学研究》，页25～37。

(64)参见雷家骥《中古史学观念史》，页285～298。

(65)参见新校本《晋书·儒林传》，页2347。

(66)参见新校本《后汉书》，页1047～1050。

(67)参见新校本《后汉书》，页2725。

(68)见雷家骥《中古史学观念史》，页287。

(69)关于天启史观、末世救劫、真君救世等观念，可参见李丰楙《末世与救劫：六朝道教的末世救劫观》，收录于沈清松主编《末世与希望》，页131～156。案：众所周知，巴蜀是道教最早的发源地之一，汉末张陵（张天师）闻蜀人多淳厚，易可教化，且多名山，乃与弟子入蜀，学道于鹤鸣山，造作道书，自称太清玄元，百姓事奉之，以为师。是以巴蜀地区的经史学术杂有浓厚的道教神秘色彩亦不足为奇，关于巴蜀学派与道教文化的关系，颇值得另文深入讨论。

(70)参见任乃强《华阳国志校补图注》，页74。

(72)见新校本《三国志》，页865。

(72)见新校本《三国志》，页887～888。

⑬参见任乃强《华阳国志校补图注》，页378。

⑭据《三国志·蜀书·周群传》记载："(周)舒，……少学术于广汉杨厚，名亚董扶、任安。……时人有问：'春秋谶曰代汉者当涂高，此何谓也？'舒曰：'当涂高者，魏也'。乡党学者私传其语。(周)舒少受学于舒，专心候业。于庭中作小楼，家富多奴，常令奴更直于楼上视天灾，才见一气，即白群，群自上楼观之，不避晨夜。故凡有气候，无不见之者，是以所言多中。"见新校本《三国志》，页1020。

⑮见新校本《三国志》，页1029～1030。

⑯参见新校本《三国志·蜀书·秦宓传》，页971～976。案：观《秦宓本传》，宓为人不慕荣利，屡征不仕，自比巢、许、四皓，重视地方文教之传承，但又不自外于邦国大事，他曾举荐任安于刘焉，也曾陈天时不利，欲制止先主征吴，展现出保乡爱民的浓厚乡土意识，其精神、态度对于巴蜀后学有很大的感召，颇值得另文探讨。又《华阳国志》云秦宓"甚有通理，弟子谯周具传其业。"引自任乃强《华阳国志校补图注》，页567。

⑰参见新校本《三国志·蜀书·杜琼传》，页1022。

⑱见新校本《三国志》，页1022。

⑲关于谯周劝降及陈寿对其师之评价，大陆学者王定璋与本文的论述观点大相径庭。该文以"大一统观"评述谯周师徒的思想，而本文则立论于"乡土意识"的显露。参见王定璋《谯周与陈寿》页105～113。

⑳参见王定璋《谯周与陈寿》，页1033。

㉑参见李纯蛟《三国志研究》，页222～227。

㉒见新校本《三国志》，页1032。

㉓转引自李纯蛟《三国志研究》中所整理的历来对谯周的评论，页224。

㉔引自《影印文渊阁四库全书》，子部杂家类(第八五四册)，卷十三，页8上。

㉕同前注，集部别集类(第一二一二册)，卷十，页7上～8上。

㉖引自续修四库全书编纂委员会编《续修四库全书》，史部史评类(第四五一册)，《读

史纠谬》卷四,页28。

㊇参见新校本《三国志·蜀书·谯周传》,页1033。

㊈参见新校本《三国志·蜀书·谯周传》,页1033。

㊉引自梁章钜《三国志旁证》卷二十四《谯周传》,页228。

⑨见任乃强《华阳国志校补图注》,页624。

⑨见任乃强《华阳国志校补图注》,页480。

⑨见任乃强《华阳国志校补图注》,页516~517。

⑨见《四库全书总目》,卷六六,史部,载记类,页583。

⑨见任乃强《华阳国志校补图注》,页471。

参 考 书 目

传统文献

汉·司马迁:《史记》(台北:鼎文书局,1997年10月)。

汉·刘向:《战国策》(台北:里仁书局,1982年1月)。

汉·班固:《汉书·地理志》(台北:鼎文书局,1997年10月)。

晋·陈寿:《三国志》(台北:鼎文书局,1997年5月)。

宋·范晔《后汉书》(台北:鼎文书局,1999年4月)。

梁·萧统:《文选》(台北:五南图书出版有限公司,1991年10月)。

唐·令狐德棻:《晋书》(台北:鼎文书局,1995年6月)。

宋·黎靖德编:《朱子语类》(北京:中华书局,1986年)。

清·浦起龙:《史通通释》(台北:里人书局,1993年6月)。

清·王鸣盛:《十七史商榷》(台北:大化书局,1977年5月。

清·赵翼:《廿二史札记》(台北:广文书局,1992年8月)。

清·永瑢、纪昀等纂修:《影印文渊阁四库全书》(台北:台湾商务印书馆,1986年3月)。

清·纪昀:《四库全书总目》(北京:中华书局,2003 年 8 月)。

清·梁章钜:《三国志旁证》(台北:艺文印书馆,1955 年 10 月)。

王云五主编:《大本原式精印四部丛刊正编》(台北:台湾商务印书馆,1979 年 11 月)。

续修四库全书编纂委员会编:《续修四库全书》(上海:上海古籍出版社,2002 年 3 月)。

近人论著

专书

任乃强:《华阳国志校补图注》(上海:上海古籍出版社,1987 年 10 月)。

段渝:《玉垒浮云变古今:古代的蜀国》(四川人民出版社,2000 年 8 月)。

杨勇:《洛阳伽蓝记校笺》(台北:正文书局,1982 年 9 月)。

黄仁宇:《大历史不会萎缩》(台北:联经出版社,2004 年 9 月)。

刘琳:《华阳国志校注》(台北:新文丰出版公司,1988 年 11 月)。

仓修良:《方志学通论》(山东:齐鲁书社,1990 年 11 月)。

李纯蛟:《三国志研究》(成都:巴蜀书社,2002 年 9 月)。

汪惠敏:《三国时代之经学研究》(台北:汉京文化事业,1981 年 4 月)。

逯钦立:《先秦汉魏晋南北朝诗》(台北:学海出版社,1991 年 2 月)。

庞天佑:《中国史学思想通史》(合肥:黄山书社,2003 年 11 月)。

周新华:《三星耀天府:三星堆文化和巴蜀文明》(杭州:浙江大学出版社,2004 年 9 月)。

袁庭栋:《巴蜀文化》(中国地域文化丛书)(沈阳市:辽宁教育出版社,1991年7月)。

杨庭硕、罗康隆:《西南与中原》(昆明:云南教育出版社,1992年10月)。

曹道衡:《南朝文学与北朝文学研究》(南京:江苏古籍出版社,1998年8月)。

雷家骥:《中古史学观念史》(台北:台湾学生书局,1990年10月)。

陈桥驿、叶光庭、业扬译注:《水经注》(台北:台湾古籍出版有限公司,2002年2月)。

单篇论文

林向:《近五十年来巴蜀文化与历史的发现与研究》,收录于李绍明、林向、徐南洲主编:《巴蜀历史·民族·考古·文化》(成都:巴蜀书社,1991年4月),页3~22。

王文进:《三分归晋前后的文化宣言——从左思〈三都赋〉谈南北文化之争》,收录于台湾云林科技大学汉学资料整理研究所编:《汉学研究集刊第一集》,2005年12月,王文进:《北魏文士对南朝文化的两种态度——以〈洛阳伽蓝记〉与〈水经注〉为中心的初探》,《台大中文学报》(第二十四期,2006年6月),页115~150。页27~48。

杨合林:《左思〈三都赋〉新探》收录于:《吉首大学学报》(1995年第2期),页56~61。

卢云:《中国知识阶层的地域性格与政治冲突》,《复旦学报》(社会科学版,一九九〇年第三期),页33~41。

李丰楙:《末世与救劫:六朝道教的末世救劫观》,收录于沈清松主编:《末世与希望》(台北:五南图书公司,1999年),页131~156。

王定璋:《谯周与陈寿》,收录于西华大学,四川省文史研究馆,蜀学研究中心主办:《蜀学》(成都:巴蜀书社,2006年),页105~113。